The History
of Modern Chinese Literature
in Early Linguistic Classics

早期语言学经典中的
中国现代文学史

基于副文本的框架分析
Frame Analysis Based on Paratexts

张虹倩 著

上海社会科学院出版社
SHANGHAI ACADEMY OF SOCIAL SCIENCES PRESS

国家话语生态研究丛书
编辑委员会

编委会主任

胡范铸　华东师范大学国家话语生态研究中心主任、《华东师范大学学报（哲学社会科学版）》原主编、复旦大学《当代修辞学》编委会主任、上海市语文学会会长

李宇明　北京语言大学教授、中国语言学会语言政策与规划研究会会长

姜　锋　上海外国语大学教授、党委书记，上海市社会科学界联合会副主席

编　委

陈光磊　复旦大学教授、《当代修辞学》原主编、中国修辞学会会长

陈佳璇　韩山师范学院教授、韩山师范学院文学与新闻传播学院副院长

陈丽君　浙江旅游职业学院教授

杜　敏　陕西师范大学教授、《陕西师范大学学报》主编

段　刚　《社会科学报》总编

范　军　华东师范大学教授、上海俄罗斯东欧中亚学会会长

古川裕　日本大阪大学言语文化研究科教授

甘莅豪　华东师范大学传播学院教授

胡　键　上海政法学院教授

胡炯梅　新疆师范大学教授

胡培安　华侨大学教授、华侨大学华文学院院长

胡玉华　日本北九州市立大学教授

刘亚猛　福建师范大学外国语学院教授

毛履鸣　美国犹他大学人文学院教授、修辞写作系主任

王建华　浙江科技大学教授、浙江政务新媒体研究院院长

魏　晖　北京语言大学教授，党委副书记

杨　敏　中国人民大学外国语学院教授

张先亮　浙江师范大学教授、原党委副书记

祝克懿　复旦大学教授、《当代修辞学》主编

机构与社会公众的沟通何以推进？
跨文化的国际理解何以可能？

——"国家话语生态研究丛书"总序

胡范铸

"话语生态"尽管是一个全新的理论命题，却又是所有人都熟悉的现实问题。

——在"郭美美炫富"事件中，红十字会的失语何以重创中国慈善事业？

——在政府信息发布中，"反正我信了"何以成为"雷人雷语"？

——在国与国突发安全危机中，如何有效地运用语言加以管理？

——汉语国际教育教材，构建了什么样的中国形象？

——语言政策，是促进了国家的和谐发展还是相反？

……

这些都可以说是"话语生态"的问题。

所谓"生态"即"有机体与其周围环境的相互关系"，"话语生态研究"关注的则是人们的话语如何与社会环境互相作用？更进一步说，就是"语言活动是促进社会的和谐、促进社会的发展还是相反"？

其中焦点问题就是"国家话语生态"。

"国家话语生态"是一个新的领域，这一领域牵涉语言学、传播学、社会学、教育学、政治学、国际关系学等。仅以语言学而论，又有修辞学、语用学、社会语言学、批评语言学、生态语言学等各种理论模型。不过，尽管以布斯"倾听修辞"和伯克"象征修辞"为代表的现代西方修辞学不仅设定"人是使用象征的动物",在人类的一切语言活动中都具有修辞,并且进一步强调如何从动机出发考察人们互相使用象征并受到象征的影响,强调在公共活动中必须学会倾听,但中国修辞学目前关注的还主要是如何依据题旨情境,运用各种语文材料、各种表现手法,来恰当地表达思想和感情,揭示修辞现象的条理。语用学是最近几十年从西方引进的,获得了越来越多的语言学者的关注,不过尽管西方语用学以哈伯马斯为代表,已经将语用学发展成为指导社会"对话"的一种实践,但国内语言学界的语用学研究基本还停留在命题与语句的理解上。社会语言学历来主要关注"语言系统"变化的社会因素,近年则逐渐发展出语言规划学的研究和生态语言学的研究,生态语言学尽管强调"对语言和环境之间相互作用的研究",不过,受传统的历史比较语言学的影响,迄今关注的还主要只是"语言的多样性问题""保护濒危语言"等问题。批评语言学是现代西方不断发展的一个语言学分支,是语言学实现社会功能的另一种理论努力,不过,国内的批评语言学总体上还停留在介绍层面。

如何才能走出这一局面?

我们以为:语言不仅是一种符号体系、一种能力,更是一种行为过程,是人们认识世界、发展自我、改变社会的过程。语言的行为过程也就是话语,可以说当代语言运用研究的核心问题是话语,话语的最大特征是实践,而所有的社会实践过程都具有一定的价值目标。如果说在农业化社会和工业化社会,人们还可能被分割成为不同的社群,"鸡犬之声相闻,老死不相往来",那么,到了21世纪,到了互联网时代,在经济全球化和信息网络化的推动下,"地球是个村庄"已然成为极其现实的命题,人类比以往任何时候都需要互相理解、沟通与合作,人类"命运共同体"的构建成为毋庸置疑的必需。而"命运共同体"的构建不仅仅是政治问题、经济问题、军事问题,同时也是语言问题。在21世纪,国家内部如何进行更好的语言沟通、国家和国家之间如何彼此理解、国际社会如何健康地发展,不仅需要政治环境、法律环境,同样需要一个好的话语生态环境。

这时，人的话语实践、机构的话语实践、国家的话语实践究竟是推进地区的命运共同体建设、推进人类的命运共同体建设抑或相反，便成为一个极其现实而严峻的问题。语言学者、社会学者、传播学者、政治学者、教育学者等一切关注语言同时又具有社会责任感的学者对此都不能不作出自己的回应。

由此，我们发起组织了"国家话语生态研究丛书"。这套丛书不可能回应"话语生态"的所有问题，我们试图聚焦的，一是在国内，机构尤其是政府机构与社会公众的话语沟通何以推进；二是在全球，基于话语的跨文化国际理解何以可能，以期对于国家内部话语生态的改进、对于国际社会话语生态的改进能够作出一点自己的贡献。

为此，我们将不懈努力，更企盼学界的不断批评。

序

复旦大学教授、中国修辞学会会长　陈光磊

《早期语言学经典中的中国现代文学史：基于副文本的框架分析》是杰出青年语言学者张虹倩又一部融汇语言学、文学史、社会学研究的力作，更是中国社会语言学研究上一项具有开拓性意义的切实成果。

"文学是语言的艺术"，然而，作者却由此发出了发人深省的三问：20世纪中国文学史的书写，有多少真正是以"语言"为核心参数而展开的？在作家的创作谈、评论家的批评、文学史家的叙事以外，文学史是否存在其他叙事形式的可能？作家、作品除了其思想价值、审美价值、情感价值以外，是否还存在其他一向被忽略的重要价值，从而限制了我们对作家作品的历史地位的整体感知？

对此，作者独辟蹊径，做出了自己的回答。

"语言不仅是一种符号系统，一种行为过程，还是一种社会制度"（胡范铸语），现代汉语作为中国现代社会最重要的交际工具，从倡立到如今业已百年，这一中华民族共同语也是一种从"晚清官话运动"开始经过不断与文言文竞争而确立起的社会制度。根据法国社会学家布迪厄的观点，一种语言制度的确立是语言学家与文学家和教师"合谋"的结果。文学家拥有"写作权威"，他们将新的语言形式以文学作品的方式生产出来；语言学家扮演"法官群体"的角色，"对言说主体的言语行为进行检验"；教师则以此为标准规范社会尤其是青少年。基于布迪厄的这一理论假设，作者以"新言语行为理论"为逻辑起点，运用"副文本"概念和"框架分析"

方法,对20世纪早期中国新文学、文学家、文学作品、文学体裁是如何与"语言学家"一起参与对于"现代汉语制度化"的"合谋"进行了系统的考察。

研究发现,在现代汉语制度化的过程中,语法学家在他们的著作中大量引用更具有"语言形式的规范性"的新文学语例,以选择、确立现代汉语的语法规范,从而直接标记了现代汉语制度化的过程;修辞学家则在他们的著作中大量引用更具有"语言艺术的显著性"的新文学语例,以"显示白话文同样具有语言的美感",从而成为社会大众的"修辞样板"。

研究发现,就文学家和文学作品而言,早期语言学家笔下的"焦点作家群"为鲁迅、冰心、周作人、徐志摩、胡适、朱自清、叶圣陶、汪仲贤、赵元任、丁西林等,"典范作品群"则为徐志摩《我所知道的康桥》、鲁迅《故乡》、朱自清《背影》、汪仲贤《好儿子》、鲁迅《野草·风筝》、冰心《寄小读者》、胡适《新生活》、鲁迅《药》、鲁迅《鱼的悲哀》、鲁迅《头发的故事》等。在这里,所谓"鲁郭茅巴老曹"的传统文学史叙事序列,除鲁迅外,余者并未占据优势地位,而胡适、周作人、林语堂、徐志摩、陈西滢等,尤其是一些在以往长期的文学史书写中相对边缘化的剧作家如汪仲贤、丁西林、洪深、欧阳予倩、徐半梅则获得了特别关注,而语言学家赵元任、美学家朱光潜、哲学家冯友兰等作家作品也成为重点关注的"典范样本"。

研究发现,一般的文学史叙事通常是按照"小说、诗歌、散文、戏剧"依次展开,其中以小说地位最为突出。然而,在早期语言学家与文学家"合谋"现代汉语制度化的过程中,首先受关注的却是散文和戏剧,继而才是小说,最末是诗歌。由此可见,基于现代汉语制度化视角的考察,早期语言学家对文学家、文学作品之成就贡献的考量同以往文学史的传统认知存在着较大差异。

由此,也许可为20世纪中国现代文学史的书写提供一个源自语言学视角的叙事图景。

其一,为文学史的叙事显示一种新的可能:由语言学的视角切入考察文学史的叙事,考察作家作品的历史价值,为20世纪中国文学史研究提供一种新的可能性,建构另一种叙事图景。

其二，为语言史的研究探索一个新的领域：探究文学家如何参与现代汉语制度化进程，呈现语言学家心目中的民族共同语，其实是文学家与语言学家、语文教师"合谋"构筑的过程，建构另一种现代汉语发展史的图景。

其三，为"文学是语言的艺术"这一命题提供一种新的注解：由文学史与语言学史的共生互文过程显示社会文化史的发展。

张虹倩是一位极其勤勉而又富于探索精神的青年学者，更得名师指点，从文献学到话语分析，从文学话语到政治话语，从案例分析到理论建构，涉猎广泛，思虑深湛，显示了新时代中国语言学者的创新精神和蓬勃朝气。希望并相信她一定会有更多更大的新成就。

是为序。

目　　录

绪论 …………………………………………………………………… 1
　第一节　20世纪中国文学史之叙事嬗变及修辞策略 …………… 1
　第二节　"国语建构观"下的文学史叙事框架 …………………… 21

第一编　早期语法学家视野下的中国现代文学史

第一章　早期语法学史分期及代表性语法著作的选取 …………… 29
　第一节　汉语语法学史的分期与嬗变历程(1898—1949) ……… 29
　第二节　早期现代汉语语法学著作的选取 ……………………… 36

第二章　汉语语法学自觉初创期的文学史叙事框架 ……………… 47
　第一节　《国语文法概论》与五四语境下的文白转型 ………… 47
　第二节　黎锦熙语法学著作中的文学史叙事框架 ……………… 63
　第三节　杨伯峻语法学著作中的文学史叙事框架 ……………… 69

第三章　汉语语法学革新探索期的文学史叙事框架 ……………… 81
　第一节　王力语法学著作中的文学史叙事框架 ………………… 84
　第二节　吕叔湘语法学著作中的文学史叙事框架 ……………… 99
　第三节　高名凯语法学著作中的文学史叙事框架 ……………… 105

第四章　早期语法学家视域下的中国新文学史景观 …………… 111
　第一节　早期语法学家笔下的作家群考察 ……………………… 111

第二节　早期语法学家笔下的作品群考察 …………………… 117
　　第三节　早期语法学家笔下的文体贡献度考察 ………………… 127

第二编　早期修辞学家视野下的中国现代文学史

第五章　早期修辞学史分期及代表性修辞著作的选取 ……………… 143
　　第一节　汉语修辞学史的分期与嬗变历程(1905—1949) ……… 143
　　第二节　早期现代汉语修辞学著作的选取 ……………………… 151

第六章　汉语现代修辞学创建期的文学史叙事框架 ………………… 160
　　第一节　吕云彪、董鲁安修辞学著作中的文学史叙事框架 …… 160
　　第二节　陈望道《修辞学发凡》中的文学史叙事框架 ………… 164

第七章　汉语现代修辞学深化期的文学史叙事框架 ………………… 188
　　第一节　修辞学通论中的文学史叙事框架 ……………………… 188
　　第二节　国语修辞学著作中的文学史叙事框架 ………………… 198
　　第三节　实用修辞学著作中的文学史叙事框架 ………………… 209

第八章　早期修辞学家视域下的中国新文学史景观 ………………… 217
　　第一节　早期修辞学家笔下的作家群考察 ……………………… 217
　　第二节　早期修辞学家笔下的作品群考察 ……………………… 225
　　第三节　早期修辞学家笔下的文体贡献度考察 ………………… 236

结语　早期语言学家视野下的中国现代文学史 ……………………… 246
　　第一节　早期语言学家笔下的文学史个性叙事框架 …………… 247
　　第二节　早期语言学家笔下的文学史共性叙事框架 …………… 262

参考文献 ………………………………………………………………… 278

绪　　论

本书拟在布迪厄社会语言学理论基础之上,以现代汉语制度化为视角,综合运用新言语行为理论及框架理论的研究方法,对早期代表性语言学著作(具体以语法学著作与修辞学著作为代表)中的现代文学作品引例予以穷尽性考察,以期揭示语言学视野下中国现代文学史的另一种叙事图景,并由此呈现文学史与语言学史的互文共生历程。

第一节　20世纪中国文学史之叙事嬗变及修辞策略

一、新言语行为理论观照下的文学史书写

纵观20世纪修辞学,曾经有过长达几十年的辉煌历程,然而临近世纪之交,修辞学研究却日益式微。胡范铸师对于现代修辞学的困境有着深刻的认识。他在《科学主义与人文主义的分野——中国修辞学研究方法的研究》(1990)及《20世纪中国修辞学研究的几个问题》(1998)中深刻分析了修辞学陷入了"失语"窘境的深层原因:"既未能根据社会中心话语而及时调整自己的学术聚焦,又未能根据语言领域的变化而有效地获得相应的生活体验和理论素养,从而建立新的研究范式,于是,修辞学在相当程度上只能成为'自言自语'。"他在《论中国修辞学的当下处境》(1998)中不无尖锐而深刻地指出:

中国的修辞学者,尤其是中青年修辞学者,需要学术上的"涅槃",所谓"死去活来",不把"修辞学者"的身份"死去"一下,就不可能

在"文学语言""法律语言""广告语言""传播语言"等一系列社会生活语言领域中"活过来"。否则,修辞学只能是"自言自语"。

"真正的问题,不但为方法的探寻构建了切实的前提,而且能为其提供真正的动力和路径。任何问题都内蕴着对方法的呼唤。"[①]面对修辞研究"失语"的窘境,胡范铸师对于"什么是修辞""什么是修辞学""修辞的原则是什么"等带有全局意义的根本性问题进行了深入思考,致力于新的研究范式的建立。《"修辞"是什么?"修辞学"是什么?》(2002)中提出现代修辞学就是"努力探寻修辞行为的构成性规则和策略性规则,努力提高语言交际行为的有效性的一门学科"的论断。他在《什么是"修辞的原则"?——对于修辞学若干基本范畴的重新思考》(2002)中又提出实现修辞行为有效性的一系列修辞原则。[②]

近年来,修辞学吸收社会语言学、语用学、认知语言学、叙事学等相关学科的研究成果,采用数据统计、语料库研究等方法,在学科交叉融合中取得了一定的进展,产生了国家和机构形象修辞学、实验修辞学、案例库修辞学等[③],而这一系列旨在实现当代修辞学"涅槃"的努力,其逻辑起点便在于胡范铸师创立的"新言语行为理论"。他在《从"修辞技巧"到"言语行为"——试论中国修辞学研究的语用学转向》(2003)、《汉语修辞学与语用学整合的需要、困难与途径》(2004)及《"言语主体":语用学一个重要范畴的"日常语言"分析》(2009)等文中认为现代汉语修辞学从辞格研究起

[①] 胡范铸:《修辞学"转向":走出"问题迷失"的困境》,《中国社会科学报》2012年2月27日。

[②] 即码本共通原则、角色认同原则、合作原则、得体原则、收效原则、共存原则。

[③] 以"新言语行为理论"为逻辑起点,胡范铸师在《作为修辞问题的国家形象传播》(2010)、《言者身份与修辞力量——国家形象修辞分析中的一个问题》(2011)中创立了国家形象修辞理论。《"海量接受"下国家和机构形象修辞研究的方法设计——兼论构建"机构形象修辞学"和"实验修辞学"的可能》(2013)中呼吁建立"实验修辞学",指出实验修辞学就是"运用调查、测试、计量、建模等自然科学、心理科学的方法研究修辞行为"。《"案例库修辞学":国家和机构形象修辞研究的一种进路——兼论"面向中亚的跨文化交际案例库"设计的基本思路》(2014)又提出了建立"案例库修辞学"的理论构想,并认为"依据对于大量显示或模拟的修辞案例的分析而展开的修辞理论研究更应该成为优先的进路"。

步,直到同义结构的讨论,遵循的基本上是同一研究范式,即"语言的艺术化的技巧及其选择"。而当代语用学理论的发展,却促使我们认识到"'言语行为'规律的讨论或许可以成为修辞学的一个新的研究范式"。由此提出了语用学与修辞学的整合的必要性,认为语用学的核心概念应该是"言语行为","言语主体"应该成为语用学分析的一个基本范畴,并推导出得以解释一系列语用问题的范畴和命题,在当代语用学理论基础之上,结合汉语实际创立了新言语行为理论。

新的理论引导发现新的材料,而新的材料也可能产生新的理论。反观 20 世纪的中国文学史书写,自 1923 年胡适发表《五十年来中国之文学》①至今,20 世纪中国文学史的书写已有百年。依据新言语行为理论,"一切理性的言语行为在本质上都是修辞行为",而"任何修辞行为都是一种意图性行为实施过程中的一个组成部分"(胡范铸,2014)。德国著名汉学家沃尔夫冈·顾彬(Wolfgang Kubin)在《二十世纪中国文学史》(2008:9)中也指出:"20 世纪中国文学并不是一件事情本身,而是一幅取决于阐释者及其阐释的形象。"由此可见,文学史的书写,在本质上同样属于修辞行为——一种在某种特定修辞意图和修辞策略引导下完成的修辞性行为。

二、副文本目录的框架分析:20 世纪中国文学史之叙事嬗变

(一)副文性和框架理论提供的语言学视角

中国现当代文学史书写至今已有百年的历史,著述如林,硕果累累,然而在以往的研究中语言学视角似未得到充分关注,进而言之,迄今尚无基于"副文性"视角和框架理论来考察文学史著述。

副文性理论是当下篇章语言学中颇具影响的理论,也是狭义互文性理论中的代表性理论。自 20 世纪 60 年代法国朱莉娅·克里斯蒂娃(Julia Kristeva)在《词语、对话和小说》("Word, Dialogue and Novel")(1980:66)

---

① 《五十年来中国之文学》为胡适应申报馆五十周年纪念刊《最近之五十年》之约而作,完稿于 1922 年 3 月,次年发表于申报馆五十周年纪念刊《最近之五十年》,1929 年由上海新民国书局出版。

一文中提出"互文性"(intertextualité)概念,互文性理论已逐渐成为篇章语言学界具有重要影响的理论,且对文本范式的重构具有学科革命意义(祝克懿,2014)。祝克懿《互文性理论的多声构成:〈武士〉、张东荪、巴赫金和本维尼斯特、弗洛伊德》(2013)从四个角度全景式展现了互文性理论的多元构成。

自"互文性"概念提出之后,互文性理论沿着两条嬗变路径发展:

其一是以罗兰·巴特(Roland Barthes)、克里斯蒂娃为代表的广义互文性理论。1973年罗兰·巴特为法国《通用大百科全书》(*Encylopaedia universalis*)撰写了《文本理论》("Théorie du texte")一文,使得互文性理论获得了主流学术界的认可。文中提出(1987:93)的"任何文本都是一种互文"更可视为广义互文性理论的理论宣言。

其二是以吉拉尔·热奈特(Gérard Genette)为代表的狭义互文性理论。(刘斐,2013)1982年热奈特发表的《隐迹稿本:第二度的文学》("Palimpsests: Literature in the Second Degree")在互文性理论发展史上,具有里程碑的意义,被蒂费纳·萨莫瓦约的《互文性研究》(2003:17)认为"决定了'互文性'概念从广义到狭义的过渡"。文中"按照抽象程度、蕴涵程度以及概括程度大体上递增的顺序"依次列举了五种类型的跨文性(transtextualité)关系,其中的第二种类型便是"副文性"(paratextualité)。热奈特《隐迹稿本:第二度的文学》(2001:71—72)将"副文性"定义为"由一部文学作品所构成的整体中正文与只能称作它的'副文本'(paratexts)部分所维持的关系组成"。热奈特用副文本来指称依附于主文本而存在的文本形态(如序、标题、副标题、注释、前言、目录、参考文献、后记等内容)。在热奈特看来(2001:95):"副文本将那些处在文本门槛的、指导并控制读者接受文本的因素标示出来。副文本性最为重要的方面就是要'确保文本的命运与作者的目的相一致'。"格雷厄姆·艾伦(Graham Allen)在 *Intertextuality*(2000:104)中充分肯定了副文本的理论价值:

> 副文本由所有那些我们不能肯定属于一部作品的文本的东西构

成,但是这些东西通过使文本变成一本书来帮助呈现文本。它不仅标明文本和非文本之间的过渡地带,而且标明一种交流。

根据副文性理论,目录属于依附于主文本而存在的文本形态,是典型的副文本类型。

而框架理论(Frame Theory)可以说是 21 世纪运用最为广泛的理论之一。1955 年,美国人类学家 G.贝特森(G.Bateson)提出了"框架"概念,指出它是"一个心理学概念,既类似于图画架构,又类似于数学集",是"一组信息,或有意义的行为"[①]。之后引发了包括心理学、人类学、社会学、人工智能、语言学、认知科学以及新闻传播学等众多不同领域的学者的关注和研究。

"知识"通常都不是零碎离散的,而是组织成某种"框架"进行的。所谓"框架"(frame),即"关于特定知识的统一框架组织,或者是对经验的一种图式表征"[②]。美国社会学家戈夫曼(Goffman)认为"人们在情景中对事物的解释或对行为链条的解释,是通过可感知的、环绕它的蓝图和所引发的框架来进行的"。"当人们看待这个世界的时候,他们会利用一个框架来界定:什么是将要勾勒的;什么是需用戈夫曼所谓的框架的边框(Rim of the Frame)来过滤掉的。人类的经验是由框架——为确切的事物和'行为链条'提供了解释性'框架'或'参照系'——来组织的。"[③]而围绕同一议题,可能存在多个不同的解释性"框架",分别指向不同的主体认知或话语效果。框架间存在的竞争关系"对于特定议题的生命周期可能产生重大影响"[④]。由此,"人类的知识积累便是在不断的框架与再框

[①] 汪少华、梁婧玉:《基于语料库的当代美国政治语篇的架构隐喻模式分析》,北京大学出版社 2017 年版,第 24 页。
[②] C.J. Fillmore, "Frames and the Semantics of Understanding", Quaderni di Semantica, Vol.6, No.2, 1985, pp.222-254.
[③] [美]乔纳森·特纳:《社会学理论的结构》(第 7 版),邱泽奇等译,华夏出版社 2006 年版,第 391 页。
[④] 潘亚玲:《安全化与冷战后美国对华战略演变》,复旦大学出版社 2016 年版,第 52 页。

架过程中发展的"①。

由上,基于框架理论,以副文本目录为研究视角,有助于揭示中国现当代文学史修辞构筑嬗变历程的另一种叙事图景。

(二) 20 世纪中国文学史修辞构筑之嬗变历程

纵观 20 世纪中国文学史著作的修辞构筑历程,实际上体现出文学性导向与革命性导向的此消彼长。我们择取若干部不同时期具有代表性的现当代文学史著作,通过这些著作中副文本目录的变迁,以期管窥百年来中国文学史修辞构筑的嬗变历程。

1. 20 世纪早期新文学史著之修辞构筑

20 世纪早期(20 世纪初至 1949 年)的新文学史著作多数遵循文学性导向,革命性导向则居于从属地位,如胡适《五十年来中国之文学》(1923)、陈子展《最近三十年中国文学史》(1928)、周作人《中国新文学的源流》(1932)、王哲甫《中国新文学运动史》(1933)及朱自清《中国新文学研究纲要》(20 世纪 30 年代)无不呈现出文学性导向。

然而并非意味着早期文学史著作修辞构筑中不存在革命性导向。我们选取 20 世纪 30 年代王哲甫《中国新文学运动史》(1933)、王丰园《中国新文学运动述评》(1935)与李何林《近二十年中国文艺思潮论》(1939)这三部著作,由其目录的变迁脉络可以清晰地看到革命性导向在文学史修辞构筑中渐趋显著。

王哲甫《中国新文学运动史》(1933)是我国首部系统的新文学史专著,也是文学性导向的代表性著作。全书共九章,该书目录的章次大致是按照新文学的概论(第一章)—原因(第二章)—经过(第三章)—实绩(第四章至第六章)这一主线来安排。值得注意的是该书还专门设置了两章,分别介绍翻译文学(第七章)和儿童文学(第八章),这在后世的文学史著作中几成绝响。该书第九章"新文学作家略传"也为后世文学史著作修辞建构中的作家视点提供了样板。此外,该书章次目录中并未出现政治色

---

① 潘亚玲:《安全化与冷战后美国对华战略演变》,复旦大学出版社 2016 年版,第 51 页。

彩较浓的关键词,"革命文学"与"左联"亦未单列成章。

与此形成对比的是王丰园《中国新文学运动述评》(1935)。该书共分为六章,除第三章"自然主义的文学运动"和第四章"浪漫主义的文学运动"是立足于文学性导向而设立之外,其余四章都显现出较强的革命性导向。该书第一章"戊戌政变与文章新趋势"介绍文学运动的背景,特别强调戊戌政变这一晚清重大政治事件对于新文学产生的影响。第二章"五四文学革命运动的总清算"则将五四文学运动冠之以极富政治色彩的"总清算"。而后又为"革命文学运动"(第五章)和"左翼作家联盟"(第六章)专设两章。

李何林《近二十年中国文艺思潮论》(1939)在章节设计中其革命性导向更趋明显。具体表现为三个方面:

其一,以重大政治事件作为文学分期的主要依据。全书共三编,下辖十四章。其中第一编为"五四前后的文学革命运动",第二编"'大革命时代'前后的革命文学问题",第三编"从'九一八'到'八一三'的文艺思潮",从各编之后绪论的目录可知其分别选取"五四运动""五卅运动""九一八事变""八一三事变"等政治事件为文学分期的界点。

其二,开始凸显两军对垒、阵线分明的叙事策略及标签化的运用。如对三十年代文艺论争中鲁迅、茅盾、语丝派的主张称为"意见"(第二编第三章"鲁迅的态度和茅盾的意见",第四章"'语丝派'及其他作者的意见"),而对反对阵营的主张则称为"论调"(第五章"'新月派'及其他反对者的论调"且该章第一节为"与'新月派'斗争的历史任务",将语丝派与新月派的论争上升到"历史任务"的高度)。此外,第二编第六章"进步的文艺理论及文学团体的建立"冠之以"进步"的标签,该章第二节"科学的文艺论的输入与左联的成立"之前设置的第一节为"认识了共同的敌人",意为左联是在认识了共同敌人的基础上成立的。

其三,左翼地位的提高以及阶级论与唯物观的贯彻。该书目次之始便是"鲁迅先生与宋阳先生(即瞿秋白)"的照片,且首次将二人并称为"现代中国两大文艺思想家"。书中将革命文学上升到"第二编"的高度且下辖六章。在第三编第二章"文艺创作自由问题"中设立第三节"左联的结论"将左联的意见作为这一论争的"结论"。此外,阶级论和唯物观的贯彻也是该书极其鲜明的特点。该书第二编第二章"创造社的革命文学主张"中特意设立了三节(第五节"文学的阶级性",第六节"文学的宣传作用",第七节"唯物的文学论"),第三编第一章又专设两节(第一节"文艺的阶级性的再讨论",第二节"文艺的武器作用")强调文学的阶级性及文艺武器论,将文学视为阶级斗争的宣传工具与批判武器,文学的独立性受到削弱,而革命性导向则大大强化。

可以说,李何林《近二十年中国文艺思潮论》的很多做法在新中国成立之后的文学史著作中都得到了强化,从这里可以看到革命性导向类文学史著作修辞构筑中的诸多元素,如强调文学的阶级性、以阶级斗争视角分析文学问题、据政治事件分期、标签化,等等。

2. 20世纪中期新文学史著之修辞构筑

20世纪中期(1949—1976)的新文学史著作与前期新文学史著作相比,最大的区别在于唯物史观和阶级论成了文学史修辞构筑中具有先决性的修辞意图,明确将新文学史视为中国革命史的一部分,现代文学史逐渐丧失了独立的学科地位,成为革命史的附庸。我们以20世纪中叶的王瑶《中国新文学史稿》(1951)、丁易《中国现代文学史略》(1955)和吉林大学中文系现代文学组学生集体编著的《中国现代文学史》(1959)(下文简称"吉大本")为例,可以清晰看出新文学史著作修辞构筑过程中革命性导向的不断强化并达到极致。

(1) 王瑶《中国新文学史稿》(1951)

王瑶《中国新文学史稿》(1951)是公认的现代文学史奠基之作。该书具有很强的转型印记。与之前的新文学史著作不同,该书目录在"绪论"中专设两节"性质"和"领导思想",指出中国新文学史是"中国新民主主义革命史的一部分"(1951:4),"它的领导思想当然是无产阶级的马克思列宁主义思想"(1951:10)。该书目录分为四编,下辖二十章。第一编为"伟大的开始及发展(一九一九——一九二七)",第二编为"左联十年(一九二八——一九三七)",第三编为"在民族解放的旗帜下(一九三七——一九四二)",第四编为"文学的工农兵方向(一九四二——一九四九)"。每编之间的分期按照毛泽东《新民主主义论》对文化革命统一战线"四个时期"的划分,以此反映新文学史的政治定位。

尽管如此,该书目录设置仍旧立足于文学视角,而并未被贴上厚重的政治标签。以四个时期的戏剧为例。第四章为"萌芽的戏剧",第九章为"进展中戏剧",第十四章为"抗战戏剧",第十九章为"歌剧与话剧"。命名简洁客观,而无鲜明的政治色彩。也正因此,该书虽努力试图转型,终因转型"不够彻底"而于1955年招致停用。

(2)丁易《中国现代文学史略》(1955)

丁易《中国现代文学史略》(1955)则基本完成了文学史著作修辞构筑过程的革命性导向转型。该书在目录安排中"阶级斗争"和两军对垒意图更为明显。如各章目录的关键词中频繁出现"斗争"(如第一章"五四运动与中国现代文学革命运动的兴起、发展和斗争以及鲁迅的贡献",第四章"中国文学的工农兵方向——毛泽东同志的'在延安文艺座谈会上的讲话'的发表以及文艺理论的斗争")。此外强化鲁迅并树立了"鲁迅—郭沫若—茅盾"系列革命文学家的地位,该书第一章介绍中国现代文学革命运动时特别加上"鲁迅的贡献",第二章为"左翼文学运动(上)",特意在副标题中强调"以鲁迅为旗手的中国左翼作家联盟",又设立第五章和第六章两个专章介绍鲁迅,称之为"中华民族新文化的旗手共产主义者——鲁迅(上)、(下)",第七章和第九章则介绍了郭沫若和茅盾。

(3)"复旦本"与"吉大本"《中国现代文学史》(1959)

20世纪中期在"大跃进"狂潮中掀起了学生集体编著教材的热潮,现代文学史著作中革命性导向由此被推向了巅峰。这一时期的突出特点在于强调新文学运动的领导权以及新文学的两条道路斗争的历史。如复旦大学中文系现代文学组学生编写的《中国现代文学史》(1959)(下文简称"复旦本")中,"绪论"开篇便是"关于新文学运动的领导",第一章则为"无产阶级领导下的五四新文化运动",此外又专设一节"关于贯穿在新文学史中的两条道路的斗争"。

"吉大本"较之"复旦本"其革命性导向更为鲜明。首先,"吉大本"更为强调中国现代文学的革命性质及社会主义因素的壮大。其"绪论"专设"中国现代文学与中国无产阶级革命的关系"一节,对中国现代文学的性质加以了政治化的界定,认为是"无产阶级和共产党领导的革命民主主义和社会主义的文学,是世界无产阶级革命文学的一部分"。其次,配合当时的反右反修形势认为"修正主义是粘在中国现代文学身上最久的毒疮,它对现代文学的危害也是最大的。1957年的反右斗争,把它们这种一脉相承的资产阶级思想体系粉碎了"。再次,"吉大本"将两条道路的斗争上升到章的高度,专设第十四章"文艺思想战线上两条道路的斗争"。

可以说,20世纪中叶新文学史的修辞构筑过程受到政治的强力干预,逐渐丧失独立地位,蜕变为中国革命史的组成部分,文学本身蜕变为革命的武器与工具。

3. 20世纪后期新文学史著之修辞构筑

20世纪后期(1977年至20世纪末)中国新文学史的修辞建构过程中革命性导向逐渐消退,新文学史逐渐获得独立的学科地位,文学性导向重新确立。唐弢《中国现代文学史》(1979)是"文革"后第一部新文学史专著。作为转型期的文学史著作,唐弢的《中国现代文学史》也同约三十年前王瑶《中国新文学史稿》(1951)一样留下了鲜明的转型印记。从该书目录来看,保留了不少左倾痕迹,依旧沿用阶级斗争的观点对文学史的认知加以干预。如"绪论"中指出现代文学包含资产阶级文学、小资产阶级革命民族主义文学与无产阶级文学,而"居于主导地位、占有绝对优势并获得了巨大成就的,则是无产阶级领导的人民大众的反帝反封建的文学,亦即新民主主义性质的文学";"现代文学的发展过程……充满了革命文学与反动文学、革命文艺思想与反动文艺思想的斗争"。

不过该书目录的设置已开始显现革命性导向的衰退与文学性导向的复苏。其一,表现为去标签化。虽然为鲁迅、郭沫若、茅盾、巴金、老舍、曹禺等设立专章(其中鲁迅设立两章,郭沫若、茅盾独立一章,而巴金、老舍、曹禺则共属一章),但目录中不再按政治眼光将作家区分为革命作家、进步作家与反动文人,不再将鲁迅称为旗手甚至共产主义者。其二,目录中对现代文学史的分期虽未摆脱对政治事件的依附(如第四章、第五章为"第一次国内革命战争时期的文学创作(一)(二)",第十章、第十一章为"第二次国内革命战争时期的文学创作(一)(二)"),但目录中不再凸显两条道路的斗争。

实际上早在70年代,身处香港地区的司马长风便开始尝试摒弃以重大政治事件为视点对新文学史予以分期的做法,司马长风在《中国新文学史》(1975至1978年由香港昭明出版社出版)中按照文学发展的线索将新文学史分为四个时期:"诞生期(1918—1920)""成长期(1921—1928)""收获期(1929—1937)""凋零期(1938—1949)"。内地尝试从文学自身的规律对现代文学史予以分期则始于黄修己《中国现代文学简史》(1984)。该书虽然对于新文学的性质依然沿用毛泽东的判断,但在对现代文学的分期则努力遵循文学自身规律。该书分为四编:第一编为"现代文学发生期(1917—1920)",第二编为"发展第一期(1921—1927)",第三编为"发展第二期(1928—1937.7)",第四编为"发展第三期(1937.7—1949.9)"。值得注意的是,其对现代文学的分期并非依据政治事件,而是更多地依据文学事件。如现代文学发展第一期和第二期的分界点选为1928年,并非因为前一年发生了"四一二事变",而是因为这一年出现"无产阶级文学"的倡导及关于"革命文学"的论争。这都体现出革命性导向的日渐式微和文学性导向的复苏,中国现当代文学正逐渐从革命史中独立出来并获得独立的学科地位。

80年代末掀起了一股"重写文学史"热潮。陈思和、王晓明《重写文学史·主持人的话》(1988)中指出"重写文学史"旨在"重新研究、评估中国新文学重要作家、作品和文学思潮、现象","冲击那些似乎已成定论的文学史结论"。而其本质则如陈思和《关于"重写文学史"》(1989)所言在于力图"改变这门学科的性质,使之从属于整个革命史传统教育状态下摆脱出来,成为一门独立的、审美的文学史学科"。受此影响,90 年代的文学史书写开始转向文学发展自身的审美经验和审美价值。钱理群等著《中国现代文学三十年》(1987)则进一步显示出文学性导向在文学史修辞建构中影响的增长。王瑶在序中认为 80 年代以来文学史作者"注意从文学发展的历史过程与历史联系中去分析各种重要的文学现象,重视文学本身的规律和特点,重视作品的实际艺术成就"。该书前言中指出现代文学"是用现代文学语言与文学形式,表达现代中国人的思想、感情、心理的文学",认为文学现代化"所发生的最深刻并具有根本意义的变革是文学语言与形式的变革,以及与此相联系的美学观念与品格的变革"。这是对于现代文学性质的认识的重大突破,试图将文学史从革命史中彻底独立出来。该书目录分为三编:第一编第一个十年(1917 年—1927 年),第二编第二个十年(1928 年—1937 年 6 月),第三编第三个十年(1937 年 7 月—1949 年 9 月)。选取"十年"这一时段,意在打破以往从政治事件角度对文学史予以分期的做法。洪子诚《中国当代文学史》(1999)则选取更大的时间跨度作为文学史的分期依据,该书目录分为两编:上编为"50—70 年代的文学",下编为"80 年代以来的文学"。洪子诚在前言解释了分期的原因:"上编主要叙述特定的文学规范如何取得支配地位,以及这一文学形态的基本特征。下编则揭示这种支配地位的逐渐失去,以及在不同的社会历史语境中,中国作家建立多元的文学格局所做的艰苦努力。"

以上便是 20 世纪中国文学史修辞构筑的大致嬗变历程,文学性导向与革命性导向的此消彼长是贯穿其中的一条主线。在此基础上,我们试图对 20 世纪中国文学史修辞构筑的策略予以分析,并指出其中存在的问题。

三、20 世纪中国文学史之修辞策略

在全景式梳理 20 世纪中国文学史修辞构筑嬗变的基础之上,我们对相应的修辞策略予以了考察,总结出三种布局策略、两种阐述策略及五种视点策略。

(一) 布局策略

综观20世纪新文学史类著作,其修辞构筑的布局策略的选择大致有三种模式:

一为"收官式",将新文学史处理为近代文学史的结尾。这类著作以胡毓寰《中国文学源流》(1924)为代表。书中"目次"共含二十五个部分,始于"一　文字之创始",而后历述中国文学的源流演变,最后一部分才是"二十五　新文与新诗"。此后赵景深《中国文学小史》(1928)、陈子展《中国近代文学之变迁》(1929)、陈炳堃(陈子展)《最近三十年中国文学史》(1930)、陆侃如与冯沅君合著的《中国文学史简编》(1932)、周作人《中国新文学的源流》(1932)均采用这种模式。如赵景深《中国文学小史》一书中共分三十三章。除第一章"绪言"之外,始于第二章"屈原和宋玉",终于第三十三章"最近的中国文学"。陈子展《中国近代文学之变迁》(1929)一书分九章。第一章为"近代文学从何时说起",而后始于第二章"诗界革命运动",终于第九章"十年以来的文学革命运动"。其另一部著作《最近三十年中国文学史》共十一章,最后两章方为"文学革命运动"(上)、(下)。再如陆侃如、冯沅君的《中国文学史简编》分为上下两编共二十讲,也是最后一讲方为"文学与革命",均将新文学史处理为文学史中的收官部分。

二为"主体式",即以清末政治事件或文学运动为背景,而将新文学史作为主体。这类著作以30年代朱自清《中国新文学研究纲要》为代表。该书虽只是授课提纲,却是第一次将现代文学史作为独立的学科来研究。《中国新文学研究纲要》目录共分八章。第一章为"背景",下辖七节,依次介绍了"戊戌政变"与"辛亥革命"(第一节),梁启超的"新文体"、吴沃尧等的清末谴责小说、林译小说、苏曼殊等的小说(第二节到第五节),"礼拜六派"(第六节)及白话运动(第七节),以清末的政治事件和重要的文学现象、文学流派及文学运动作为新文学产生的背景。而后从第二章"经过"到第八章"文学批评"介绍新文学的发展与实绩,占据了全书的主体地位。此外王丰园《中国新文学运动述评》(1935)和李一鸣《中国新文学史讲话》(1943)均属此模式。王丰园《中国新文学运动述评》全书共六章。第一章为"戊戌政变与文章的新趋势",从第二章到第六章系统介绍新文学的文学运动。李一鸣《中国新文学史讲话》共九章,第一章"新文学的酝酿"将晚清的"报章文与逻辑文"视为新文学的准备,而后从第二章"文学革命"起记述新文学史。

三为"开端式",即直接将新文学作为叙事开端,以王哲甫《中国新文学运动史》(1933)为代表,该书首章便是"什么是新文学"。吴文祺《新文学概要》(1936)与霍衣仙《最近二十年中国文学史纲》(1936)也采用了此模式。吴文祺《新文学概要》全书共分六章,除第一章"导言"之外,第二章起便是"五四运动与文学革命"。霍衣仙《最近二十年中国文学史纲》分三编十章,第一编即为"新文学运动导论",下辖三章分别为"新文学的解释""新文学运动的起源""新文学运动的经过"。新中国成立后的新文学史著作几乎都采用了这一模式。

(二)阐述策略

在20世纪现当代文学史修辞构筑过程中,表现出两种基本的阐述策略。

一为"客观记述型"。从严格意义上来说,并不存在完全客观的文学史,文学史必然折射出一定的修辞意图,"客观记述"实际上既是一种修辞意图,也是一种阐述策略,深刻地影响了20世纪新文学史著的修辞构筑过程。我们以"朱自清《中国新文学研究纲要》(1930年代)—王瑶《中国新文学史稿》(1951)—钱理群等《中国现代文学三十年》(1987)—钱理群等《中国现代文学三十年》(修订本)(1998)"系列史著目录的变迁可以清晰地看出"客观记述型"阐述策略虽受到政治因素的强力干预,依然顽强延续。

朱自清《中国新文学研究纲要》是客观记述型阐述策略的代表,其突出特点有以下几方面:其一,无标签化。该书在目录中对涉及的作家、团体与文学运动一律不添加标签。如第二章"经过",下辖十三节,第一节为"《新青年》时期",第四节为"五四运动时期",第七节为"创造社时期"。第四章为"诗",下辖十一节,第五节至第七节为"长诗""李金发的诗""新韵律运动",均未添加标签。其二,无预设结论,不将文学史的发展视为某种文学或政治结论的注脚。王瑶是朱自清的弟子,他在《中国新文学史稿》(1951)虽然自觉接受毛泽东《新民主主义论》及《在延安文艺座谈会上的讲话》,而将新文学史视为"新民主主义革命史的一部分",并努力在"编"这一层级上按照毛泽东《新民主主义论》对新文学史予以分期,但在"章"这一层面依然表现出受其师的客观记述型阐述策略的影响。如第二编"左联十年(一九二八——一九三七)"中第八章为"多样的小说",第十章为"杂文·报告·小品";第三编"在民族解放的旗帜下(一九三七——一九四二)"中第十三章为"战争与小说";第四编"文学的工农兵方向(一九四二——一九四九)"中第十九章为"歌剧与话剧"。"章"的命名体现出了较为明显的客观记述倾向。钱理群等人是王瑶的弟子,对比《中国现代文学三十年》1987年初版目录与1998年修订本目录,由朱自清践行的客观记述型阐述策略的持续影响便一目了然了。如对于设立专章的作家,1987年初版目录为第三章"鲁迅:中国现代文学的伟大奠基者",第七章"郭沫若:开一代诗风的新中国预言诗人",第十一章"茅盾:革命现实主义小说艺术的高峰",而1998年修订版目录则为第二章、第十七章"鲁迅(一)、(二)",第五章"郭沫若",第十章"茅盾",不再附加作家地位的相关表述。1987年初版对于话剧与戏剧设立了三章,分别为第九章"广泛摄取异域营养的初期话剧"、第二十章"追求'民族化'与'莎士比亚'化的话剧创作"、第三十二章"人民翻身的戏剧演出与歌唱",而1998年修订版这三章的目录则改为:第八章"戏剧(一)"、第二十章"话剧(二)"、第二十八章"戏剧(三)",可以说将客观记述型策略运用到了另一个高度。

二为"主观论证型"。这类新文学史著往往具有先决的文学结论或政治结论,将文学史的修辞构筑过程作为某种结论的论证过程。新中国成立后的文学史著多数运用这一策略,且集中体现在对于目录中"绪论"的安排。如王瑶《中国新文学史稿》(1951)在"绪论"中下辖四节"开始""性质""领导思想""分期",先对中国新文学史予以定性,而后根据"领导思想"对其予以"分期"。而该书共分四编,正是为了论证中国新文学史"是中国新民主主义革命史的一部分"这一政治结论。丁易《中国现代文学史略》(1955)目录中"绪论"下辖两节,第一节便是"中国现代文学运动与新民主主义革命运动的关系和它的性质",只是较之王瑶更为彻底,该书目录沿着"五四运动与中国现代文学革命运动的兴起、发展和斗争"—"左翼文学运动"—"中国文学的工农兵方向"这一主线安排,而以"毛泽东文艺路线的伟大胜利"告终,不仅论证了中国新文学史属于新民主主义革命史的一部分,而且论证了毛泽东文艺路线必然胜利的结论。同样地,1959年"复旦本"和"吉大本"都在"绪论"部分特设一节"关于贯穿在新文学史中的两条道路的斗争","在两条道路斗争中的中国现代文学",以此作为贯穿全书的主线及需要得出的结论。

此外,主观论证型阐述策略与标签化的运用也有天然联系。早在李何林《近二十年中国文艺思潮论》(1939)的目录中便已运用标签化,其第六章为"进步的文艺理论及文学团体的建立",对"左联"及倡导的文艺理论冠以"进步"的标签。新中国成立后新文学史著中标签化的使用更为普遍,丁易《中国现代文学史略》(1955)的目录中政治标签化进一步强化,如第八章"革命文学作家、进步作家以及没落的资产阶级文学流派",对作家群体根据其政治倾向分别贴上"革命""进步"和"没落的资产阶级"等政治标签。"复旦本"在目录中对"反动文人"则设置"胡适的反动文学观""周作人批判""张资平批判""徐志摩、沈从文、戴望舒作品批判"等专节予以批判。该书不仅对作家群加以革命作家、进步作家(如洪深、老舍、巴金和曹禺等)和反动文人的划分,还将第六章"进步作家"的第一节中设置为"进步的民主主义作家在新民主主义革命时期的作用及其局限性"开始批判其"局限性"。"吉大本"的目录中专设第七章"文艺思想战线上的反'围剿'斗争",则将三十年的文艺论争冠以"反围剿斗争"的政治标签。

不过,应该指出的是,主观论证型阐述策略并非仅出现于革命性导向的文学史著,文学性导向的文学史著也运用这一策略。如前期新文学著作中即有所反映。周作人《中国新文学的源流》(1932)将中国文学分为"载道"和"言志"两派,将新文学都归入言志派,认为中国文学发展的规律即在于此二派的更迭。80年代末"重写文学史"热潮下出现的大量现当代文学史著也都普遍运用此策略。如陈思和《中国当代文学史教程》(1999)一书在"内容提要"中指出该书是一部"以文学作品为主型的文学史",试图通过对具体的作品的解读来传递出作者对于文学史的理解。该书目录中完全看不到以往根据政治事件、文学事件或时段来划分的做法,代之以用作者创立的当代文学史研究中的诸多核心观念(如"多层面""潜在写作""民间文化形态"及"民间隐形结构"等)将作品串联起来。如第八章为"对时代的多层面思考",下辖第二节"时代的抒情:《桂林山水歌》与《长江三日》",第三节"现实的讽喻:《燕山夜话》及其他",第四节"私人性话语:《无梦楼随笔》"。通过对具体的作品的解读论证作者的文学史观。

(三) 视点策略

纵观20世纪中国文学史的修辞构筑历程,其构筑视点主要有以下五类。

一为作家视点。此类以作家(包括作家流派及团体)为视点构筑文学史。作家视点往往与所谓"大师排序"紧密相连。早在20世纪30年代,李何林《近二十年中国文艺思潮论》(1939)首次将鲁迅、瞿秋白并称为"现代中国两大文艺思想家"。丁易《中国现代文学史略》(1955)作为20世纪中叶革命性导向较为显著的论著,首次树立起了"鲁、郭、茅"三人的突出地位,在具体的目录安排中,专门设立第五章、第六章"中华民族新文化的旗手共产主义者——鲁迅(上)、(下)",用两章的篇幅来凸显鲁迅的旗手地位,而后通过第七章"郭沫若和'五四'前后的作家"和第九章"茅盾和'左联'时期的革命文学作家",构筑起一个"鲁、郭、茅"的大帅序列。而到了"吉大本"中,依然延续"鲁、郭、茅"的大师序列。与丁易不同的是,"吉大本"为郭沫若和茅盾各设一章(第四章和第八章),不再与五四时期或者左联时期的作家共处一章。

"文革"之后,文学史著修辞构筑中的革命性导向逐渐消退,不过,大师排序却得到某种程度的发展。唐弢《中国现代文学史》(1979)在修辞构筑中所表露的作家视点尤为明显,该书目录中为鲁迅专设两章(第二章和第七章),为郭沫若(第三章)和茅盾(第八章)也设置专章,此外,让"巴金、老舍、曹禺"共处一章(第九章),至此基本确立了20世纪官方教科书公认的大师排序中的"鲁、郭、茅、巴、老、曹"六老格局。钱理群等著《中国现代文学三十年》(1987)较之唐著在大师排序方面有不少变化:其一,将"鲁、郭、茅、巴、老、曹"的排序改为"鲁、郭、茅、老、巴、曹"。其二,为老舍(第十二章)、巴金(第十三章)、曹禺(第十八章)分别单列一章。其三,在大师序列中增设艾青(第二十四章)与赵树理(第二十九章)且均单独成章,将大师序列由六老格局丰富为"鲁、郭、茅、老、巴、曹、艾、赵"八老格局。钱理群等著《中国现代文学三十年》(修订本)(1998)在大师排序方面又有了新的变化,最大的亮点在于为沈从文单列一章(第十三章)且位于曹禺(第十九章)之前,此外,调整了艾青(第二十五章)和赵树理(第二十二章)的排序,将八老格局演变为"鲁、郭、茅、老、巴、沈、曹、赵、艾"九老格局。

二为事件视点,即以重大的政治事件或文学事件(如文学运动、文艺思潮、文学论争)为视点构筑文学史。20世纪前期的文学史著已运用事件视点,如李何林《近二十年中国文艺思潮论》(1939)目录中设立三编,分别选取"五四运动""五卅运动""九一八事变"及"八一三事变"为文学分期的节点。而将1942年毛泽东发表《在延安文艺座谈会上的讲话》及1949年第一次文代会的召开作为文学史分期的重要节点,则是20世纪中叶以来文学史著作中最通行的做法。

值得注意的是,以政治事件抑或文学事件为构筑视点往往是革命性导向史著与文学性导向史著的分界点。如王瑶《中国新文学史稿》(1951)分为四编,选取了1919—1927年、1928—1937年、1937—1942年、1942—1949年四个时段。黄修己《中国现代文学发展史》(1988)也分为四编,选取1917—1920年、1921—1927年、1928—1937年、1937—1949年四个时段。二者划分存有重合之处,然而前者属于革命性导向史著,而后者属于文学性导向史著,原因即在于前者严格依据毛泽东《新民主主义论》从政治事件角度划分,而后者则从文学事件角度分期,如黄修己选取1921年为现代文学发生期与发展期的分界点,并非这一年中共成立,而是因为这一年文学研究会与创造社的成立及《女神》《沉沦》《阿Q正传》的发表,由此标志着现代文学由发生期已经进入发展期。

三为文体视点。纵观20世纪新文学史著修辞构筑的历程,文体视点往往跟客观记述型阐述策略密切相关。文体视点在朱自清20世纪30年代所撰《中国新文学研究纲要》得到了充分体现,该书共八章,其中,第四章到第七章均为文体分类(第四章诗,第五章小说,第六章戏剧,第七章散文)。王瑶受到其师文体视点的深刻影响,在《中国新文学史稿》(1951)一书中以时间为纵轴设四编,每编中又以文体为横轴,每编中按照"小说—戏剧—杂文·报告·小品"等文体分别设立专章说明各时期文体的发展,如第一编"伟大的开始及发展(一九一九——一九二七)"下辖第三章"成长中的小说",第四章"萌芽的戏剧",第五章"收获丰收的散文"。钱理群等著《中国现代文学三十年》(修订本)(1998)则将文体视点贯彻得更为彻底,全书共二十九章,文体视点构筑的便占十五章。该书先将现代文学分为三个十年,而后从小说、通俗小说、新诗、散文、戏剧等不同文体视点设置专章说明每个十年各种文体的发展,每章的标题命名则更为明显,如为三个十年均专设一章(第六章、第十六章、第二十六章)介绍新诗的进展,标题直接命名为"新诗(一)""新诗(二)""新诗(三)"。

四为地域视点。地域视点具有文学地理学的重要意义,也是前期新文学史著作中较为忽略的构筑视点。20世纪中叶为了突出毛泽东《在延安文艺座谈会上的讲话》所起的作用,文学史开始特别关注解放区的文学创作,如丁易《中国现代文学史略》(1955)专设一章"向社会主义现实主义迈进中的解放区的文学创作"。作为对比,20世纪中叶的文学史著在修辞构筑过程中也开始特别关注国统区的文学创作,如"吉大本"(1959)中专设一章"国统区的文艺创作"。实际上,将文学版图分为解放区文学和国统区文学,正是为了配合当时革命性导向转型的需要。而后"复旦本"(1959)又专设一节苏区文艺运动及创作,试图将一九三七年之前的文学版图分为"苏区文艺"与"白区文艺"。"吉大本"(1959)更是设立专章——"苏区文艺运动及一九三七至一九四二年抗日根据地文艺运动",对苏区文艺加以探讨,从地域视点构筑起新的文学版图以强化革命性导向。不过应该指出的是,无论是苏区文艺、抗日根据地文艺抑或解放区文艺,均为中共治理的区域,而白区、国统区则均为国民党治理的区域,实质上还是国共二分式文学版图,这种二分式文学版图在唐弢《中国现代文学史》(1979)与黄修己《中国现代文学发展史》(1988)均得以延续。钱理群等著《中国现代文学三十年》(1987)则首次打破这一二分格局,专设一章"在荆棘中潜行的'孤岛'和沦陷区文学",下辖三节"上海'孤岛'和沦陷期文学""台湾文学""其他沦陷区文学",将以往国共二分的文学版图变为根据地(解放区)文学、国统区文学、"孤岛文学"和"沦陷区文学"的四分格局。钱理群等《中国现代文学三十年》(修订本)(1998)则进一步将"台湾文学"独立成章。国共二分格局的打破实质上是革命性导向的式微与文学性导向复苏的生动写照。

五为时段视点。时段视点在20世纪前期文学史著修辞构筑中即已运用,如王哲甫《中国新文学运动史》(1933)中第四章"十五年来之中国文坛",以"十五年"这一时段来考察文学史的变迁。时段视点往往与文学分期相关,王瑶《中国新文学史稿》(1951)目录中选取1919—1927,1928—1937,1937—1942,1942—1949这个时段作为新文学史的分期,时段之间的节点则依照重大政治事件划分,可见这种时段视点的选取为革命性导向使然。尤其值得注意的是,时段视点往往用以抗衡革命性导向的强力制约,如钱理群等著《中国现代文学三十年》(1987)目录中分为三编,选取"十年"这一时段视点,试图打破以往依赖政治事件对文学史予以分期的弊病。洪子诚《中国当代文学史》(1999)目录分为上下两编(上编为"50—70年代的文学",下编为"80年代以来的文学"),选取更大时段跨度为视点,体现出摆脱革命性导向的干预和还原文学真实的努力。事实上,20世纪80年代中期,钱理群、黄子平、陈平原就提出"二十世纪中国文学",陈思和也提出"中国新文学整体观",这种长时段的文学史视野意在突破以往根据重大政治事件而对文学史予以分期的做法,使新文学史的分期标准更多立足于文学自身实际。而钱理群等人的文学史修辞构筑实践正是这种理论倡导下的积极尝试。

应该说,在 20 世纪中国文学史中并不存在仅以单一视点构筑的情况,而是不同视点相互作用,共同影响修辞构筑过程。如以黄修己《中国现代文学发展史》(1988)第十三章"皖南事变以后的国统区文艺(一)"为例,便涵盖了"事件"(皖南事变)和"地域"(国统区)两大构筑视点。而洪子诚《中国当代文学史》(1999)第二十一章"80 年代后期的小说"则包含"时段"(80 年代后期)和"文体"(小说)两大构筑视点。

第二节 "国语建构观"下的文学史叙事框架

一、语言学家与文学家的"合谋":布迪厄的"国语建构观"

语言不仅是一种"符号体系",也是一种"社会制度",并且是最重要的社会制度之一。①

"现代汉语"作为一种"语言制度",从倡立到如今业已百年。"普通话"(狭义的"现代汉语")的通行定义即是"以北京语音为标准音,以北方话为基础方言,以典范的现代白话文著作为语法规范的汉民族共同语"②。可见,在现代汉语这一中华民族共同语的制度化历史中,文学实际上发挥了极其巨大的功用。可以说,一部中国现代文学史是与现代汉语史共生共长、互文建构的历史。

法国著名的社会学家、哲学家皮埃尔·布迪厄曾于《言语意味着什么——语言交换的经济》(2005:18—19)中提出了他的"国语建构观":

> 它(官方语言——引者注)由那些拥有写作权威的著作者生产出来,由那些对这种语言的掌握同样负有反复灌输责任的语法学家和教师予以整理和固定下来。……正是在国家形成的过程中,受官方

---

① 胡范铸:《言语行为的合意性、合意原则与合意化》,《外语学刊》2009 年第 4 期。
② 1955 年 10 月"全国文字改革会议"和"现代汉语规范问题学术会议"上将汉民族共同语的正式名称定为"普通话",并确定其定义为"以北京语音为标准音,以北方话为基础方言"。1956 年 2 月 6 日,国务院发出关于推广普通话的指示,将定义增补为"以北京语音为标准音,以北方话为基础方言,以典范的现代白话文著作为语法规范"。

语言支配的一体化语言市场得以建立的那些条件才被创造出来。……这种语言法则有其法官群体(语法学家)以及进行管理与推行的代理人(教师),他们被普遍赋予了权力,对言说主体的言语行为进行检验,并使之受到有关学术资质的法律认可。

布迪厄的这段话主要包含了两层含义:

其一,新的民族共同语的诞生实则是现代国家意识觉醒的产物。"国语"即民族共同语,它是一个现代语言概念。"国语"的概念提出及其形成是在近代以来政治、经济、文化变革的深广背景下发生的。语言学家周有光《中国语文纵横谈》(1992:26)指出"'现代共同语'是工业革命的产物"。从世界历史来看,资本主义的兴起,"民族国家"这一现代国家形式的出现与"国语"的形成紧密相联。同样,工业经济形态对汉语的转型,对现代汉语发展的影响也是深刻久远的。

然而在中国近代,语言改革的最直接动力是源自晚清以来民族救亡图存的严峻现实与迫切要求。深重的民族危机促使国民对现代民族国家身份认同感的增强,现代国家观念应运而生。在新的语言格局下,自觉追求确立民族共同语逐渐成为晚清知识界的共识。

早在1892年汉语拼音文字的首倡者卢戆章便在《中国第一快切音新字序》(1958:1—3)中提出确立民族共同语的主张[①],认为如此"则十九省语言文字既从一律,文话曾相通,中国虽大,犹如一家"。戊戌变法期间,维新志士更是将使用白话文视为国运兴衰之根本。1898年,裘廷梁在《苏报》上发表《论白话为维新之本》一文,全面阐述维新派的白话文主张。1901年《辛丑条约》签订后,在更为严峻的民族危机下,晚清知识分子进一步意识到民族共同语的重要性。1902年,吴汝纶在《东游丛录》中记录了

[①] 与日后普遍将北京话视为民族共同语代表不同的是,卢戆章主张将南京话奉为民族共同语,他在《中国第一快切音新字序》(1958:3)中认为"当以一腔为主脑,十九省之中,除广福台而外,其余十六省,大概属官话,而官话之最通行者莫如南腔"。主张"以南京话为通行之正字,为各省之正音"。

他与伊泽修二的谈话(1958:27—28):

> 伊泽氏又曰:欲养成国民爱国心,须有以统一之,统一维何?语言是也。……察贵国今日之时势,统一语言尤其亟亟者。……前世纪人犹不知国语之为重,为其足以助团体之凝结,增长爱国心也。

伊泽修二认为统一语言是中国"尤其亟亟者",并以德意志和奥匈帝国为例,认为"德意志本分多少小国,语言自不相同",后来统一语言,"国势亦日臻强盛",而"欧罗巴各国中爱国心之薄弱殆莫如墺大利匈牙利之共同国。全国国种不一,自然语首不齐,莫知改良之方",甚至预言"墺匈之恐不国也",将是否统一民族共同语上升到国家存亡的高度。可见,正是在救亡图存的社会大语境之下,晚清现代国家观念逐渐萌生,知识分子普遍意识到民族共同语的重要意义。

其二,布迪厄认为官方语言(即民族共同语)的构筑与合法化过程是由文学家、语法学家和教师通力完成的。文学家拥有"写作权威",将新的语言形式以文学作品的方式生产出来,语法学家扮演着"法官群体"的角色,"对言说主体的言语行为进行检验",确立语言规范标准,教师则扮演"管理与推行的代理人"的角色。最终使这种新的语言形式"受到有关学术资质的法律认可",进而获得"官方语言"的合法地位。而这三者中,文学家、语法学家在"合谋"构筑民族共同语过程中发挥着主导性作用。

需补充一点的是,我们以为,一种语言的确立不仅仅需要关注语言形式的合法性,同时也需关注其语言艺术的审美性。前者通常为语法学家所着重考虑,而后者则备受修辞学家关注。王力曾于《汉语语法纲要》中提出"修辞属于艺术的范畴。若拿医学来做比喻,语法好比解剖学,逻辑好比卫生学,修辞好比美容术"。进而言之,在语言学家这一群体中,语法学家与修辞学家最具有代表性。语言形式的"合法性"与语言艺术的"审美性"同属于一种语言的两个不同层面上的问题,却也是最为基本的问题。鉴此,本书的研究在布迪厄理论的基础上作适当延伸,即将修辞学家作为语言学家的一个基本且重要的群体,同语法学家一起纳入考察范围之中。

尽管文学对于现代汉语的构筑发挥了巨大的功用,但不同的作家作品对此的贡献却有着天壤之别。那么,在现代汉语制度化进程中,语言学家究竟选择与哪些文学家合谋?其背后折射出怎样的修辞意图?作家作品(尤其是文学史上被边缘化的作家作品)除了其思想价值、审美价值、情感价值以外,是否还存在其他一向被忽略的重要价值,从而限制了我们对作家作品的历史地位的整体感知?从语言学的角度反观20世纪中国文学史,又能建构出怎样的一种叙事框架?

二、副文本引文的框架分析:构筑另一种文学史的可能

由上不难发现,一方面前贤时彦对于文学史的考察已作出了诸多有益探索与突出贡献;另一方面在文学史的多元化叙事中,基于语言学视角的探究似乎还存在较大的开拓空间。

从世界范围来看,20世纪西方哲学和人文科学领域发生了深刻的"语言学转向"。语言成为文学的"本体","语言是存在的家"(海德格尔),"想象一种语言意味着想象一种生活方式"(维特根斯坦)。语言观的改变引发了文学观念的变化,为文学语言研究提供了契机,由此相继出现了俄国形式主义、英美新批评、结构主义理论等文学流派。它们一反传统强调文学外部研究的思路,而转向作品语言、形式、结构、技巧方法等文学自身的因素。雅克布逊更是指出文学的根本规定性是"文学性",而"文学性"存在于语言形式之中,认为可以运用语言学方法重新发现文学艺术的一般规律。

20世纪80年代末在中国文坛掀起的"重写文学史"热潮,对根深蒂固的文学史叙事框架有着巨大的冲击,且在这一热潮的推动下,久违的文学传统和审美价值维度得以回归,文学语言的艺术性在文学史书写中得以再度释放。然而,对于文学在现代汉语这一中华民族共同语的制度化进程中所发挥的巨大功用,尚未引起重视。

尽管在20世纪中国文学史著作中,也存在少量跟语言改革相关的章

节内容,如朱自清《中国新文学研究纲要》即设有"白话运动"(第一章第七节)与"国语运动及其他"(第二章第二节),王丰园《中国新文学运动述评》(1935)也设有专节"大众语问题的论战"(第六章第四节),李何林《近二十年中国文艺思潮论》(1939)则专设一章"大众文艺问题及语文改革运动"(第三编第三章)。此外王瑶《中国新文学史稿》(1951)、唐弢《中国现代文学史》(1979)、黄修己《中国现代文学发展史》(1988)均设专节讨论"大众语"与"语文改革运动"等。然而不难发现,以往文学史书写中的这类内容往往被作为文学事件处理,而并未从文学对语言制度的构筑角度对其加以考察研究。

进而言之,对于20世纪中国作家作品的历史贡献的考察,文学史叙事通常或就其思想价值,或就其艺术成就而展开,似乎忽略了另外一个非常重要的叙事维度:不同作家作品对于"现代汉语"制度化的历史贡献,而这一贡献显然不容小觑。透过这一视角的考察可以为20世纪中国文学史与汉语史提供另一种叙事图景,揭示出文学史与汉语史互文共生的历程。

综上,"文学是语言的艺术",然而迄今为止,在文学史修辞构筑实践中,基于语言学视角的探究,尤其是文学对于"现代汉语"制度化的历史性贡献,还存在较大的开拓空间。鉴此,本书拟从语言学家的视角切入,考察20世纪不同作家作品在现代汉语制度化进程中贡献的差异,以期为20世纪中国文学史提供另一种叙事可能,构筑另一种文学史叙事,或有助于开阔文学史研究视野。具体而言,本书将重点聚焦20世纪早期语言学(包括语法学、修辞学)著作为考察对象,基于框架理论和热奈特跨文性理论对这些著作中的现代白话文学语例予以穷尽性考察,重点揭示文学对于"现代汉语"制度化的历史性贡献。

在热奈特看来,引文结构是最为典型的互文现象。由此它也成了从语言学视角研究文学史的有效突破口。胡范铸《语法研究的修辞性:中国现代语法学史的另一种考察》(2007)指出任何语法都具有修辞性。语法学家从事的语法研究,就本质而言,亦属于一种修辞行为。而"任何修辞行为都是一种意图性行为实施过程中的一个组成部分"。据此,语言学家对于引语的选取(具体表现为语言学著作中源自文学作品的语例)实际上就是这种意图性行为实施过程的组成部分,关系到语言学家认为哪些作家作品属于"典范的现代白话文著作"的问题。具体对语法学家而言,对语例的选取不仅代表语法学家对文学作品"合法性"的认定,更关系到现代汉语语法体系可以构筑在何基础之上的问题。而修辞学家对于引语的选取不仅代表对作家作品"审美性"的认可,更关系到其创立的修辞规范的建构基础问题。

由此,通过对20世纪早期语言学著作中的引文结构(即现代文学语例)开展研究,对于揭示现代汉语制度化进程将有着特殊价值。具体而言,我们拟从以下两个层面展开:考察在20世纪早期中国语法学著作中哪些作家作品更具有"语言形式的规范性",从而直接标记了现代汉语制度化的过程;考察在20世纪早期中国修辞学著作中哪些作家作品更具有"语言艺术的显著性",从而成为社会大众的"修辞样板"。由此,或将使文学的另一种社会价值、文学家的另一种历史地位、文学作品的另一种历史贡献得以凸显,从而建构出中国现代文学史的一种叙事图景,亦为中国现代语言学史提供另一种书写向度,并呈现文学史与语言学史的互文共生历程。

第一编
早期语法学家视野下的中国现代文学史

第一章　早期语法学史分期及代表性语法著作的选取

第一节　汉语语法学史的分期与嬗变历程(1898—1949)

一、汉语语法学史的分期(1898—1949)

我们选取了七部汉语语法学史专著,以期从中确定为学界所公认的早期汉语语法学代表性著作。这七部汉语语法学史专著为:

  林玉山:《汉语语法学史》(湖南教育出版社1983年版)
  马松亭:《汉语语法学史》(安徽教育出版社1986年版)
  龚千炎:《中国语法学史》(语文出版社1987年初版[①],1997年修订本)
  董杰锋:《汉语语法学史概要》(辽宁大学出版社1988年版)
  邵敬敏:《汉语语法学史稿》(上海教育出版社1990年初版;商务印书馆2006年修订本)
  陈昌来:《二十世纪的汉语语法学》(书海出版社2002年版)
  王珏:《现代汉语语法学简史》(上海交通大学出版社2010年版)

以上七部著作基本涵盖了现有的汉语语法学史专著[②],我们拟在此基础上

---

 ① 初版书名为《中国语法学史稿》,语文出版社1987年版。
 ② 汉语语法学史专著尚有严修所著《二十世纪的古汉语研究》(书海出版社2001年版),但因该书考察对象为古汉语研究,故未列入本书考察范围。

确定汉语语法学史学界公认的汉语语法学历史分期及代表作,继而选取若干部最具代表性的早期现代汉语语法学著作作为本书的重点考察对象。

据我们考察,上述七部汉语语法学史著作对汉语语法学史的分期(1949年前)略有差异,详见表1-1。

表1-1 汉语语法学史分期

汉语语法学史著作	汉语语法学史分期(1949年前)	
林玉山 《汉语语法学史》(1983)	古代语法研究时期	萌芽期(春秋时期—鸦片战争)
	近现代语法研究时期	模仿期(鸦片战争—1936)
		革新期(1936—1949)
马松亭 《汉语语法学史》(1986)	战国时期至《马氏文通》出版前(战国时期—1897)	
	《马氏文通》出版至新中国成立前(1898—1949)	模仿西方语法体系编写的汉语语法著作(1898—1936)
		以普通语言学的理论为指导对汉语语法的研究(1936—1949)
龚千炎 《中国语法学史》 (1987,1997)	酝酿、萌芽时期(公元前475—1897)	
	引进、初创时期(1898—1937)	
	探索、革新时期(1938—1949)	
董杰锋 《汉语语法学史概要》 (1988)	创建时期(1898—1936)	
	革新时期(1937—1949)	
邵敬敏 《汉语语法学史稿》 (1990,2006)	酝酿时期(西周时期—1898)	
	草创时期(1898—1936)	
	探索时期(1936—1949)	
陈昌来 《二十世纪的汉语语法学》 (2002)	自发萌芽时期(《马氏文通》以前的语法研究)	
	自觉建立时期(1898—1936)	
	革新探索时期(1936—1949)	

续表

汉语语法学史著作	汉语语法学史分期(1949年前)
王珏 《现代汉语语法学简史》 (2010)①	现代汉语语法学的前奏
	现代汉语语法学的初创模式

由表1-1可知,学界关于汉语语法学史发展的历史分期,表现出以下特点:

第一,各书大体以1898年马建忠发表中国第一部汉语语法著作《马氏文通》为界,上推为古代汉语语法研究时期②,下推为近现代汉语语法研究时期。③

第二,各书均以1949年新中国成立为语法学分期的时间节点。④

第三,关于1898年至1949年新中国成立前这段时期,又大致分为"模仿期"(或"创立期")与"革新期",⑤前为模仿西方语法体系编写汉语语法著作,后为以西方普通语言学理论为指导开展对汉语语法的研究,注意到对汉语语法特点的探索,对汉语语法规律有细致描写,具有批判和创新精神。只是在中间节点的划分上各家略有分歧:有的以1936年王力发表

---

① 王珏《现代汉语语法学简史》(2010)根据语法学研究模式划分,并以语法学著作为核心,将《马氏文通》独立为第一编,视其为"现代汉语语法学的前奏"。继而在第二编"现代汉语语法学的初创模式"中,为《新著国语文法》《中国文法要略》《中国现代语法》各设一章。实际上是将早期现代汉语语法学史分为"前奏期"与"初创模式期"。

② 至于古代汉语语法研究的起点,各家差异较大,邵敬敏《汉语语法学史稿》(1990,2006)认为始于西周时期,林玉山《汉语语法学史》(1983)认为始于春秋时期,马松亭《汉语语法学史》(1986)及龚千炎《中国语法学史》(1987,1997)则认为始于战国时期。

③ 这七部著作中唯有林玉山《汉语语法学史》以鸦片战争为界。实际上,鸦片战争虽为中国古代史和近代史的分水岭,却非语法学史的分水岭。1898年马建忠《马氏文通》发表之前,1840—1897年之间的汉语语法研究依然处于萌芽时期,故以1898年为界对汉语语法学史予以分期较为合适。

④ 七部著作中的六部均明确以1949年为界,王珏《现代汉语语法学简史》(2010)虽未明言,但该书第三编"现代汉语语法学的结构主义模式",为新中国成立后出版的七部著作设立专章,故而实际上也是以1949年为界限。

⑤ 王珏《现代汉语语法学简史》(2010)除外,该书将早期现代汉语语法学史分为"前奏期"与"初创模式期",其中黎锦熙《新著国语文法》同《中国文法要略》《中国现代语法》一起被归入"初创模式期"。

《中国文法学初探》一文为界,有的以1938年文法革新讨论开始为界。

我们认为以1936年为分界点较为合适。1936年王力发表的《中国文法学初探》与之后1938年开始的文法革新大讨论之间密切相关,二者具有共同的理论诉求与理论目标(即破除旧语法体系,创立新汉语语法体系)。前者是后者的先声,而后者又催生了具有汉语特色的三大语法体系——王力《中国现代语法》、吕叔湘《中国文法要略》、高名凯《汉语语法论》所创立的语法体系,标志着汉语语法研究进入了一个独立探索、建构汉语语法新体系的时期。[①]故而我们以1936年王力发表《中国文法学初探》为界,将1898年至1949年新中国成立前这段近现代汉语语法研究时期划分为两个阶段:汉语语法学自觉初创期(1898—1935)、汉语语法学革新探索期(1936—1949)。

二、汉语语法学的嬗变历程(1898—1949)

以1898年马建忠《马氏文通》的出版为标志,汉语语法学开始进入自觉初创期(1898—1935)。在面临国家存亡与民族陷入深重危机的境况下,晚清知识分子纷纷自觉地承担起社会责任。马建忠以古汉语为研究对象,"爰积十余年之勤求探讨"以成《马氏文通》,试图"探夫自有文字以来至今未宣之秘奥,启其缄縢,导后人以先路"(吕叔湘、王海棻,2000)。作为我国第一部系统的汉语语法著作,《马氏文通》的问世具有划时代的重大意义。受其影响,汉语语法学著作蜂出,并呈现出不同的发展脉络。大抵可分为两大类:

第一大类是文言(国文)语法研究。其根据不同理论取向又可分为两派:

一是仿照派。这一派或参照《马氏文通》的体例或对《马氏文通》中出现的谬误予以考订修正。这类语法著作有:来裕恂《汉文典》(1902)、章士钊《中等国文典》(1907)、戴克敦《国文典》(1912)、庄庆祥《共和国教科书

---

① 1936年1月王力发表的《中国文法学初探》强烈呼吁革新旧语法体系。随后1938年至1943年间,陈望道、方光焘、傅东华等人为摒弃旧语法体系、创立新语法体系,以上海为中心掀起了一场关于中国文法革新的轰轰烈烈的讨论,极大地促进了结构主义语法理论的传播。在这股浪潮的巨大影响下,王力《中国现代语法》、吕叔湘《中国文法要略》、高名凯《汉语语法论》三部试图创立新语法体系的著作相继问世。

文法要略》(1916)、吴明浩《中学文法要略》(1917)、俞明谦《新体国文典讲义》(1918)、姜征禅《国文法纲要》(1923)、杨树达《高等国文法》(1930)、吴瀛《中国国文法》(1930)等。其中以章士钊《中等国文典》(1907)和杨树达《高等国文法》(1930)影响最大。

二是探索派。这一派不满于因袭《马氏文通》的做法,而试图建立新的汉语语法体系,故而从某种意义上来说这一派是对《马氏文通》的一种反动。探索派都主张突破《马氏文通》的藩篱,另辟蹊径,但具体做法不同。有的主要借助英语语法体系试图重新建构汉语语法体系,代表性著作如刘半农《中国文法通论》(1920)、金兆梓《国文法之研究》(1922)。有的则立足于汉语实际,提出新的语法研究原则。这方面最杰出的代表是陈承泽的《国文法草创》(1922)。吕叔湘在重印《〈国文法草创〉序》(1957)[①]中盛赞该书"是《马氏文通》以后相当长的一个时期内最有意思的一部讲文言语法的书"。

第二大类是白话(国语)语法研究。自五四白话文运动之后,白话文语法研究逐渐得到关注与重视,"白话语法""国语语法"的相关书籍不断涌现,如陈浚介《白话文文法纲要》(1920)、李直《语体文法》(1920)、王应伟《实用国语文法》(1920)、孙俍工《中国语法讲义》(1921)、黄洁如《文法与作文》(1930)、杨树达《中国语法纲要》(1920)、许地山《语体文法大纲》(1921)、黎明《国语文法》(1922)、后觉《国语法》(1923)、邹炽昌《国语文法概要》(1928)等著作在推动白话语法研究、普及语法知识方面都发挥了一定的社会效应。其中以胡适《国语文法概论》(1921)与黎锦熙《新著国语文法》(1924)最具代表性。

胡适《国语文法概论》(1921)堪称汉语语法学史上"为'国语'(现代汉语)文法研究在理论上鸣锣开道"之作(邵敬敏,2006:75)。作为五四白话文运动的首倡者之一,胡适在理论与研究方法上对国语文法加以阐释,并作了有益的探索,为巩固、维护白话文的地位,促进、完善国语文法研究发

---

① 陈承泽著《国文法草创》于1957年由商务印书馆重印,并由吕叔湘作序。

挥了重要作用。

然而在自觉初创期白话语法探索方面,作出最杰出贡献者当属黎锦熙。其《新著国语文法》(1924)是中国第一部较为系统的白话语法著作。书中以白话文为研究对象,摒弃了《马氏文通》以来的"词本位",转而以"句本位"为指导,建立起一个新的国语文法体系,由此奠定了现代汉语语法研究的基础,成为"继《马氏文通》之后在汉语语法学史上具有重大意义的一部著作,这一历史地位必须充分予以肯定。"(邵敬敏,2006:77)

值得注意的是,随着汉语语法学研究的深入开展,20世纪30年代初文言语法研究和白话语法研究两大潮流呈现出"合流"之势。首开此风气之先者为刘半农《中国文法讲话》(1932)。作为白话文运动的积极倡导者之一,他在序言中指出:"文白兼讲,求其彼此合参而易予贯通也。"此外,黎锦熙《比较文法》(1933)在当时具有一定的影响。

此外,这一时期的语法理论研究方面以胡以鲁《国语学草创》(1912)、何容《中国文法论》(1937)二书影响较大。胡氏一书为中国第一部阐释普通语言学理论的专著,"第一次为汉语研究建立了普通语言学的框架,确属开创性工作,故章炳麟也极力推崇,称之'治语学者所未有也'(序)"(邵敬敏,2006:88)。而何氏一书则是对自觉初创期语法研究的总结,是"我国第一部也是1949年以前唯一的语法学评论著作"(龚千炎,1997:81)。书中对《马氏文通》以来几部代表性语法专著进行综合评述,并引入叶斯泊森(丹麦)的新语法理论,在语法学史上起了一个承上启下的作用。

综上,《马氏文通》与《新著国语文法》是汉语语法学自觉初创期的两大奠基性著作,集中代表了这一时期的研究成果,然而应该指出的是,这一时期的语法学著作也普遍未能摆脱模仿西方语法体系之窠臼。

1936年王力发表的《中国文法学初探》一文,"实质上是呼吁对旧语法体系实行革新的带纲领性的宣言书,预示着汉语语法研究迈进了一个新的时期"(邵敬敏,2006:95)。以此为标志,汉语语法研究开始进入革新探索期(1936—1949)。随后,1938年至1943年间陈望道等人发起以反对模仿西洋文法,主张建立汉语自己的语法体系为目的的"中国文法革新"大讨论。这是汉语语法学史上第一次有较大规模与影响的大讨论,开创了集体讨论重大学术问题的新风,在此基础上形成了以陈望道、方光焘、张世禄等为代表的语法学界的"南派"。这次讨论集中围绕五个问题展开:(1)怎样建立中国文法新体系;(2)怎样探索中国文法研究的新方法;(3)文言与白话文法研究的关系问题;(4)文法学和文字学、训诂学、词汇学的关系;(5)对黎锦熙《新著国语文法》的评论。1940年汪馥泉《中国文法革新讨论集》及1943年由陈望道增益而成的《中国文法革新论丛》[①]集中代表了这次讨论的成果。

"中国文法革新"大讨论对之后的汉语语法研究起到了相当积极的作用,促进了中国语法新体系的建立。其中最具代表性的语法著作如王力《中国现代语法》《中国语法理论》,吕叔湘《中国文法要略》,高名凯《汉语语法论》等。其中,《中国现代语法》(1943,1944)与《中国语法理论》(1944,1945)是姊妹篇,前者重在叙述语法规则、特点及用法,后者重在讲解语法理论,二者互为补充。之后的《中国语法纲要》(1946)则是《中国现代语法》(1943,1944)的简编。相较之下,吕氏《中国文法要略》是一部语法书,注重说明各类语法规则。二人的著作均致力于挖掘汉语结构的特点及其规律,从而建立了汉语语法新体系。它们的问世使得文法革新运动具有了实际的成果,同时也标志着中国语法学开始走上了独立研究的道路。朱德熙在《〈汉语语法丛书〉序》(1980)中指出:"吕(叔湘)、王(力)二氏的书反映了前半个世纪汉语语法研究所达到的水平。这两部著作几乎是同时出版的,同工异曲,各有千秋。"继吕、王开创文法革新时代之后,高名凯《汉语语法论》(1948)则扩大了革新语法学的内容。这是一部深受法国房德里耶斯语言学说的理论著作,"创建起了一个与王力、吕叔湘三足鼎立、别具一格的新的汉语语法体系"(邵敬敏,2006:129)。

对于王、吕、高三家开创的汉语语法学新体系,王力在《中国语言学

[①] 这次中国文法大讨论最初由汪馥泉编成《中国文法革新讨论集》,于1940年由上海学艺出版社出版。后由陈望道改编成《中国文法革新论丛》,1943年由重庆文聿出版社出版。

史》(1981:184)中认为:"尽管三家的语法体系各不相同,但是他们有一个很大的共同点:都是以普通语言学为理论指导来进行研究工作的。这是这个时期和语法初期的明显分野。"

此外,值得一提的是赵元任《国语入门》(1948),该书堪称中国现代语法学奠基作之一。原用英文写就,1948年于美国出版,后由李荣编译成中文,改名《北京口语语法》,由开明书店1952年出版。全书分"汉语跟汉字"和"北京口语语法"两篇,以北京口语为研究对象,运用美国描写主义语言学理论,对后世的汉语语法学研究产生了深远影响。

综上,自1898年《马氏文通》问世至1949年间,汉语语法学研究经历了自觉初创期(1898—1935)到革新探索期(1936—1949)的嬗变历程,并呈现出一条鲜明的嬗变主线,即由机械模仿外国语法体系转变为借鉴外国语言学理论以创建符合汉语实际的语法体系。而这一嬗变历程,同时也是现代汉语语法体系与语法规范逐步确立的过程,属于现代汉语制度化进程中最为重要的有机组成部分。

第二节 早期现代汉语语法学著作的选取

汉语语法学的嬗变历程在一定程度上折射出了现代汉语的制度化进程。根据布迪厄社会语言学理论(1982),民族共同语的制度化主要由文学家与语言学家"合谋"构筑而成,二者共同参与"建造民族共同意识的活动"。具体而言,文学家拥有"写作权威",其将新的语言形式以文学作品的方式生产出来。语言学家则扮演着"法官群体"角色,"对言说主体的言语行为进行检验"以确立语言规范。语法学家对文学作品的取例,本身就代表着对文学作品"合法性"的认可,而文学家则通过作品被引为"语例"这一语言学手段参与现代汉语语法规范的建构之中。那么,在现代汉语制度化进程中,语法学家究竟倾向于同哪些文学家"合谋"以确立语法规范?要解决这一问题,首先就要回答:究竟哪些早期现代汉语语法学著作可以作为阐释语法规范的典范代表?

关于早期现代汉语语法学著作的选取，我们主要参照以下四大原则。

一、经典性原则

我们拟对七部汉语语法学史专著中所列代表性著作予以整理，以期确定1898—1949年间经典性汉语语法学著作。七部语法学史著作中以专章或专节形式介绍的不同时期的汉语语法学重要著作如表1-2所示：

表1-2 汉语语法学重要著作

汉语语法学史著作	汉语语法学史分期(1949年前)	以专章或专节形式介绍的汉语语法学重要著作（1898—1949）
林玉山《汉语语法学史》(1983)	模仿期（鸦片战争—1936）	马建忠《马氏文通》，胡适《国语文法概论》，黎锦熙《新著国语文法》、《比较文法》，刘半农《中国文法讲话》，黄洁如《文法与作文》，陈浚介《白话文文法纲要》，邹炽昌《国语文法概要》
	革新期(1936—1949)	吕叔湘《中国文法要略》，王力《汉语语法纲要》、《中国现代语法》、《中国语法理论》，陈望道《中国文法革新论丛》，何容《中国文法论》，高名凯《汉语语法论》，廖庶谦《口语文法》
马松亭《汉语语法学史》(1986)	模仿西方语法体系编写的汉语语法著作(1898—1936)	马建忠《马氏文通》，章士钊《中等国文典》，刘半农《中国文法通论》、《中国文法讲话》，陈承泽《国文法草创》，金兆梓《国文法之研究》，黎锦熙《新著国语文法》，杨树达《高等国文法》
	以普通语言学的理论为指导对汉语语法的研究(1936—1949)	王力《中国文法学初探》、《中国现代语法》、《中国语法理论》、《中国语法纲要》，吕叔湘《中国文法要略》、《汉语语法论文集》、《文言虚字》，高名凯《汉语语法论》，廖庶谦《口语文法》
龚千炎《中国语法学史》(1987，1997)	引进、初创时期(1898—1937)	马建忠《马氏文通》，陈承泽《国文法草创》，杨树达《高等国文法》，刘半农《中国文法通论》、《中国文法讲话》，金兆梓《国文法之研究》，黎锦熙《新著国语文法》、《比较文法》，胡适《国语文法概论》，王应伟《实用国语文法》，黄洁如《文法与作文》，陈浚介《白话文文法纲要》，孙俍工《中国语法讲义》，谭正璧《国语文法与国文文法》，杨伯峻《中国文法语文通解》，何容《中国文法论》
	探索、革新时期(1938—1949)	陈望道《中国文法革新论丛》，吕叔湘《中国文法要略》、王力《中国现代语法》，赵元任《国语入门》，高名凯《汉语语法论》

续表

汉语语法学史著作	汉语语法学史分期(1949年前)	以专章或专节形式介绍的汉语语法学重要著作(1898—1949)
董杰锋《汉语语法学史概要》(1988)	创建时期(1898—1936)	马建忠《马氏文通》、章士钊《中等国文典》、刘半农《中国文法通论》、陈承泽《国文法草创》、金兆梓《国文法之研究》、杨树达《高等国文法》、黎锦熙《新著国语文法》、孙起孟《词和句》、黄洁如《文法与作文》
	革新时期(1937—1949)	王力《中国文法学初探》、陈望道《中国文法革新论丛》、何容《中国文法论》、吕叔湘《中国文法要略》、王力《中国现代语法》、高名凯《汉语语法论》
邵敬敏《汉语语法学史稿》(1990，2006)	草创时期(1898—1936)	马建忠《马氏文通》,章士钊《中等国文典》、陈承泽《国文法草创》、杨树达《高等国文法》、刘半农《中国文法通论》、金兆梓《国文法之研究》、胡适《国语文法概论》、黎锦熙《新著国语文法》、《比较文法》、杨伯峻《中国文法语文通解》、胡以鲁《国语学草创》、何容《中国文法论》
	探索时期(1936—1949)	王力《中国现代语法》、《中国文法学初探》、陈望道《中国文法革新论丛》、吕叔湘《中国文法要略》、高名凯《汉语语法论》
陈昌来《二十世纪的汉语语法学》(2002)	自觉建立时期(1898—1936)	马建忠《马氏文通》、章士钊《中等国文典》、刘半农《中国文法通论》、陈承泽《国文法草创》、金兆梓《国文法之研究》、杨树达《高等国文法》、黎锦熙《新著国语文法》、《比较文法》、胡适《国语文法概论》、王应伟《实用国语文法》、刘半农《中国文法讲话》、杨伯峻《中国文法语文通解》、胡以鲁《国语学草创》、何容《中国文法论》
	革新探索时期(1936—1949)	王力《中国文法学初探》、《中国现代语法》、陈望道《中国文法革新论丛》、廖庶谦《口语文法》、吕叔湘《中国文法要略》、高名凯《汉语语法论》
王珏《现代汉语语法学简史》(2010)	现代汉语语法学的前奏	马建忠《马氏文通》
	现代汉语语法学的初创模式	黎锦熙《新著国语文法》、吕叔湘《中国文法要略》、王力《中国现代语法》

我们根据汉语语法学"自觉初创期"与"革新探索期"的划分,将上表整理如表1-3:

表 1-3 "自觉初创期"与"革新探索期"的汉语语法学重要著作

语法学史分期	语法学家	以专章或专节形式介绍的汉语语法学重要著作
汉语语法学自觉初创期（1898—1935）	马建忠	《马氏文通》(1898)
	章士钊	《中等国文典》(1907)
	胡以鲁	《国语学草创》(1912)
	刘半农	《中国文法通论》(1920)
		《中国文法讲话》(1932)
	陈浚介	《白话文文法纲要》(1920)
	王应伟	《实用国语文法》(1920)
	孙俍工	《中国语法讲义》(1921)
	陈承泽	《国文法草创》(1922)
	金兆梓	《国文法之研究》(1922)
	胡　适	《国语文法概论》(1921)①
	黎锦熙	《新著国语文法》(1924)
		《比较文法》(1933)
	邹炽昌	《国语文法概要》(1928)
	杨树达	《高等国文法》(1930)
	黄洁如	《文法与作文》(1930)
	谭正璧	《国语文法与国文文法》(1938)
	杨伯峻	《中国文法语文通解》(1936)②
	孙起孟	《词和句》(1936)
	何　容	《中国文法论》(1937)③

---

① 胡适《国语文法概论》完成于1921年，被收录于1924年上海亚东图书馆出版的《胡适文存》(第三卷)。

② 杨伯峻《中国文法语文通解》虽出版于1936年，然其语法体系主要参照《马氏文通》，尤其仿照其叔杨树达《高等国文法》体例，故而当归入自觉初创期。表中谭正璧《国语文法与国文文法》(1938)、孙起孟《词和句》(1936)的归类缘由类同。

③ 何容《中国文法论》作于1937年，1942年由商务印书馆出版，邵敬敏(2006:88)特意指出，虽然何容《中国文法论》出版时间稍晚，但由于它"把十年前的几部文法著作中的理论作了一次总结算"，故仍将其归入自觉初创期。龚千炎《中国语法学史》(1987，1997)、董杰锋《汉语语法学史概要》(1988)、陈昌来《二十世纪的汉语语法学》(2002)亦将其归入前一时期。

续表

语法学史分期	语法学家	以专章或专节形式介绍的汉语语法学重要著作
汉语语法学革新探索期(1936—1949)	王 力	《中国文法学初探》(1936)
		《中国现代语法》(1943,1944)
		《中国语法理论》(1944,1945)
		《中国语法纲要》(1946)
	吕叔湘	《中国文法要略》(1942,1944)
		《文言虚字》(1944)
	陈望道	《中国文法革新论丛》(1943)
	廖庶谦	《口语文法》(1946)
	高名凯	《汉语语法论》(1948)
	赵元任	《国语入门》(1948)

在上表基础上,考虑到这些汉语语法学著作在不同汉语语法学史著中的"共现"程度及其在语言学史上的地位(详见前文对于汉语语法学史嬗变历程的梳理),依据"经典性"原则,我们认为汉语语法学自觉初创期(1898—1935)的经典性著作如表1-4所示。

表1-4 汉语语法学自觉初创期(1898—1935)经典性著作

马建忠	《马氏文通》(1898)
章士钊	《中等国文典》(1907)
胡以鲁	《国语学草创》(1912)
刘半农	《中国文法通论》(1920)
	《中国文法讲话》(1932)
陈承泽	《国文法草创》(1922)
金兆梓	《国文法之研究》(1922)
胡 适	《国语文法概论》(1921)

续表

黎锦熙	《新著国语文法》(1924)
	《比较文法》(1933)
杨树达	《高等国文法》(1930)
杨伯峻	《中国文法语文通解》(1936)
何　容	《中国文法论》(1937)

革新探索期(1936—1949)的经典性著作如表 1-5 所示。

表 1-5　汉语语法学革新探索期(1936—1949)经典性著作

王　力	《中国文法学初探》(1936)
	《中国现代语法》(1943，1944)
	《中国语法理论》(1944，1945)
	《中国语法纲要》(1946)
吕叔湘	《中国文法要略》(1942，1944)
陈望道	《中国文法革新论丛》(1943)
高名凯	《汉语语法论》(1948)
赵元任	《国语入门》(1948)

值得一提的是,上述 21 部汉语语法学经典著作中有 10 部被收录进商务印书馆 20 世纪 80 年代出版的"汉语语法丛书"①中,朱德熙在《〈汉语语法丛书〉序》(1980)中认为这 10 部著作"除了本身各有其独自的价值之外,合在一起,可以说大致上反映了上半个世纪汉语语法研究经历的过程"。可见,上表所列 21 部汉语语法学经典著作可以基本反映 1898—1949 年间汉语语法学研究的发展脉络。

---

① 此套丛书选取了 1898—1948 年这 50 年间国内出版的十种重要的汉语语法学著作。分别为:马建忠《马氏文通》(1898)、陈承泽《国文法草创》(1922)、杨树达《高等国文法》(1930)、黎锦熙《新著国语文法》(1924)、金兆梓《国文法之研究》(1922)、陈望道编《中国文法革新论丛》(1943)、吕叔湘《中国文法要略》(1942，1944)、王力《中国现代语法》(1943，1944)、高名凯《汉语语法论》(1948)、何容《中国文法论》(1942)。

二、白话性原则

前文依据"经典性"原则筛选出汉语语法学自觉初创期与革新探索期的若干代表性著作,在此基础上,我们再依据"白话性"原则将这些经典语法学著作中的文言语法研究类著作予以排除。

值得注意的是,部分汉语语法学经典著作虽曰研究"国语",但经考察书中并未引用白话语例,故予以排除。如胡以鲁的《国语学草创》(1912)在传统语言学向现代语言学转向的过程中发挥了重要作用,该书第一次将普通语言学的理论和具体的汉语研究结合起来,堪称我国第一部普通语言学著作。然而据我们考察,该书行文、语例皆为文言,故将此类著作一并予以排除。

需要说明的是,我们所谓的"白话"包括近代白话与现代白话,但以考察语法学著作中的现代白话语例为主。之所以将近代白话也纳入考察范围,是基于以下两个原因。

其一,"现代汉语"的制度化是一个不断的、持续的构筑过程。在现代白话初创期,虽然先驱们已经强烈意识到要推翻文言文,提倡白话文,但当时的历史语境下并不存在现成的"现代白话"可供大家直接使用,与此同时,胡适们普遍认为以明清小说为代表的白话小说具有极高的文学价值,因而后者成了早期现代白话最为重要的取材对象。如胡适《文学改良刍议》可谓白话文运动的纲领性文献(值得一提的是这篇文章本身是用文言写的,可见现代白话文学的理论主张无法代替相应的建构实践)。文中高度肯定了明清白话小说的文学价值:

> 吾每谓今日之文学,其足与世界"第一流"文学比较而无愧色者,独有白话小说(我佛山人、南亭亭长、洪都百炼生三人而已)一项。此无他故,以此种小说皆不事摹仿古人。(三人皆得力于《儒林外史》《水浒》《石头记》,然非摹仿之作也。)而惟实写今日社会之情状,故能成真正文学。其他学这个、学那个之诗古文家,皆无文学之价值也。今之有志文学者,宜知所从事矣。

在胡适看来,"足与世界'第一流'文学比较而无愧色者"只有我佛山人(吴趼人)、南亭亭长(李宝嘉)、洪都百炼生(刘鹗)"三人而已"。而此三人的作品,如吴趼人的《二十年目睹之怪现状》、李宝嘉的《官场现形记》、刘鹗的《老残游记》又"皆得力于《儒林外史》《水浒》《石头记》"。陈独秀在《文学革命论》中也认为"元、明剧本,明、清小说,乃近代文学之粲然可观者"。可见明清白话小说被白话文运动先驱普遍视为极具文学价值的白话文学典范之作,并成为建构现代白话文的重要基础,故而我们也将近代白话纳入考察范围,以期更好地揭示现代白话文构筑的嬗变历程。

其二,早期语法学家普遍在以明清小说为代表的俗文学基础上建构起语法体系,以胡适《国语文法概论》和王力《中国现代语法》为主要代表,其著作语例均来自明清小说。尤其是王力在《中国现代语法》(该书奠定了现代汉语新语法体系)中特别指出,为避免因语例来源庞杂而造成"四不像"的语法体系,特意"以专找一部书的例子为原则",只选取《红楼梦》和《儿女英雄传》的语例,因为"这两本书都用的纯粹北京话"。语法学家的这种语例选取原则实质上包含了一个重大理论预设,即在明清白话小说的基础上可以在很大程度上衍生并建构出现代汉语语法体系。故而从这个意义上来说,将近代白话纳入研究视野,具有理论必要性与逻辑必然性。

综上,依据"白话性"原则,上文所列经典性语法著作中予以排除者如表 1-6 所示:

表 1-6 据"白话性"原则排除的汉语语法学经典著作

马建忠	《马氏文通》(1898)
章士钊	《中等国文典》(1907)
胡以鲁	《国语学草创》(1912)
陈承泽	《国文法草创》(1922)
金兆梓	《国文法之研究》(1922)
杨树达	《高等国文法》(1930)

三、文学性原则

本文以早期语法学著作中的现代白话文学语例考察为切入,以期呈现早期语法学家视野下的文学史(尤其是现代文学史)景观,故而在依据"白话性"原则对汉语语法学经典著作予以筛选后,再依据"文学性"原则予以取舍。

部分早期语法学经典著作中,虽然有不少现代白话语例,但主要是出于语法学家自造而非引自白话文学作品。这种以自造为语例主要来源的做法以刘半农《中国文法通论》(1920)为代表,他在书中论及选例原则时即强调:

> 从来讲中国文法的,有一个无形的规律,就是无论那一种例句,都要有个出处。这是受了考据家的影响,事事脚着实地,不肯放松一点,诚然极好。不过在极简单、极普通的地方,尽可不必。所以我现在就依了外国文法家的通例,除于必须之处外,凡是例句,都是自己做一两句;或者是把极习见的文句写上,不追求他的出处。

刘半农这种"依了外国文法家的通例"语例多为自造的做法在当时很有代表性。据我们考察,刘半农《中国文法通论》(1920)语例多为自造,并无现代白话文学语例。又如王力《中国文法学初探》(1936)虽为汉语语法学革新探索期的理论宣言,然全书所引几乎均为文言语例,仅有的两处现代白话语例均引自陈浚介《白话文文法纲要》①,且为著者自造,并非出自文学作品,且王力书中是将其作为批驳的例证。再如何容《中国文法论》(1937)与赵元任《国语入门》(1948)亦属此类。何容《中国文法论》(1937)所引用书目多为国内外语言学论著(如胡适《国语文法概论》、黄侃《文心雕龙札记》、赵元任《北京苏州常州语助词的研究》及《新国语留声片课本》),而未引用现代白话文学语例。赵元任《国语入门》中语例亦多为自造,并未取自现代白话文学。故据"文学性"原则排除以下汉语语法学经

---

① 这两个例句为:"捉得的贼,已经受嘱咐去受严厉的刑罚了。"(第59页)"除非他讲话太快是一个优秀的教师了。"(第62页)

典著作(见表1-7)。

表1-7 据"文学性"原则排除的汉语语法学经典著作

刘半农	《中国文法通论》(1920)
王　力	《中国文法学初探》(1936)
何　容	《中国文法论》(1942)
赵元任	《国语入门》(1948)

四、足量性原则

在依据"白话性""文学性"原则筛选后,为确保结论的可靠性,我们再依据"足量性"原则对余下的汉语语法学经典著作作最后的筛选。

例如刘半农《中国文法讲话》(1932),是首开文言语法与白话语法对比研究之风的经典著作。他在序言中指出:"文白兼讲,求其彼此合参而易予贯通也。"有力推动了汉语语法学研究向纵深发展。然据我们考察,书中仅有三处出自现代文学作品,其中两处出自鲁迅《彷徨·祝福》,还有一处出自胡适《〈淮南鸿烈集解〉序》。又如,黎锦熙《比较文法》(1933)虽为研究古今语法之异同,然所举例句多为文言,且多征引自《马氏文通》,白话语例较少,其中又以近代居多,现代仅有一处①。再如陈望道所编《中国文法革新论丛》(1943)虽具备了"经典性""白话性"两大标准且集中代表了"中国文法革新"大讨论的成果,但据我们考察书中仅有一处现代白话文学语例②。故据"足量性"原则再排除以下著作(见表1-8)。

表1-8 据"足量性"原则排除的汉语语法学经典著作

刘半农	《中国文法讲话》(1932)
黎锦熙	《比较文法》(1933)
陈望道	《中国文法革新论丛》(1943)

---

① 《比较文法》中仅有的一处现代白话语例引自胡适翻译的法国都德《最后一课》。
② 书中傅东华《请先讲明我的国文法新体系的总原则》一文有一例出自鲁迅散文《风筝》,此为《中国文法革新论丛》中仅有的一例现代白话文学用例。

综上所述,我们依据"经典性""白话性""文学性""足量性"等原则逐层筛选,最终确立了以下具有代表性的早期汉语语法学著作为重点考察对象(见表1-9)。

表1-9 本书重点考察早期汉语语法学经典著作

自觉初创期 (1898—1935)	胡　适	《国语文法概论》(1921)
	黎锦熙	《新著国语文法》(1924)
	杨伯峻	《中国文法语文通解》(1936)
革新探索期 (1936—1949)	王　力①	《中国现代语法》(1943,1944)
		《中国语法理论》(1944,1945)
	吕叔湘	《中国文法要略》(1942,1944)
	高名凯	《汉语语法论》(1948)

在此基础上,我们将对这些早期代表性语法学著作中的现代文学引例予以研究,考察作为现代汉语制度化进程中"法官群体"的早期语法学家眼中究竟哪些属于"典范的现代白话文"著作,或曰哪些新文学作家作品语言被早期语法学家普遍视作符合语法规范的"典范的现代白话文",从而揭示出语法学家与文学家合谋构筑现代汉语的历程。与此同时,通过早期语法学家的视角,探析不同作家作品在现代汉语制度化进程中的贡献的差异性,从而呈现出区别于文学史家的一种新的文学史叙事。

需要指出的是,上述早期汉语语法学经典著作,基本上为民国时期的中学、大学教材或讲义。这些汉语语法学经典著作的"教材"性质,使得其具备双重属性,从而成为语法学家与教师"合谋"的绝佳载体。而对其中现代白话文学语例的探析,又为探索语法学家、教师与文学家三者"合谋"构筑现代汉语制度化历程提供了绝佳视点。

---

① 王力《中国语法纲要》因其为《中国现代语法》的简编,故不作考察。

第二章　汉语语法学自觉初创期的文学史叙事框架

自1898年《马氏文通》问世以来,直至1936年王力发表《中国文法学初探》之前的这段时期属于汉语语法学自觉初创期。胡适《国语文法概论》(1921)、黎锦熙《新著国语文法》(1924)及杨伯峻《中国文法语文通解》(1936)等著作集中代表了这一时期国语文法研究取得的成绩。作为新文学运动中"首举义旗"的标志性人物,胡适的《国语文法概论》是在其国语建构观指导下对国语语法体系予以建构的重要实践,这也是胡适最为重要的语法著作。黎锦熙的《新著国语文法》(1924)是汉语语法学自觉初创期的奠基之作。书中第一次系统研究了白话文语法,初步形成了较为完整的现代汉语语法体系。而杨伯峻《中国文法语文通解》(1936)则是汉语语法学自觉初创期中"文言语法"与"白话语法"两股潮流"合流"的代表性著作。故而我们选取这三部代表性著作,以期全景式展现汉语语法学自觉初创期的文学史叙事框架。

第一节　《国语文法概论》与五四语境下的文白转型

一、从晚清白话到五四国语

早在五四白话文运动之前,清末以黄遵宪、梁启超和裘廷梁为代表的维新派人士,已在中国文坛掀起了一场声势浩大的白话文运动。且自1887年近代史上第一份白话报上海《申报》副刊《民报》[①]发行以来,迄于

[①]　1887年上海《申报》发行副刊《民报》,奉行"专为民间所设,故字句俱如常谈话"之宗旨,从而成为近代史上第一份白话报。

清末已有百余份白话报,可见晚清白话文运动为五四白话文运动奠定了坚实基础,开了后者之先声。

然而在胡适看来,晚清白话文运动不免于失败,其原因如下。

第一,晚清白话文运动倡导者实质上采取了"二元论"的态度:文言依然属于中心话语体系,而白话不过是其附庸,它仅仅是作为开通民智的工具,居于边缘地位。胡适曾辛辣地指出此时的白话不过是写给"小百姓"看的。①周作人也于《中国新文学的源流》指出在晚清"古文是为老爷用的,而白话是为听差用的"②,以此区别于五四"一元论"态度。

第二,晚清白话文运动只是"有意的主张白话",并非"有意的主张白话文学"。胡适在《五十年来中国之文学》(1923)中总结道:

> 二十多年来,有提倡白话报的,有提倡白话书的,有提倡官话字母的,有提倡简字字母的;这些人难道不能称为"有意的主张"吗?这些人可以说是"有意的主张白话",但不可以说是"有意的主张白话文学"。他们的最大缺点是把社会分作两部分:一边是"他们",一边是"我们"。一边不妨仍旧吃肉,但他们下等社会不配吃肉,只好抛块骨头给他们吃去罢。③

对此,周作人在《中国新文学大系·散文一集》(1935)导言中也同样指出:"在清末戊戌前后也曾有过白话运动,但这乃是教育的而非文学的。"

胡适国语建构观与晚清白话文运动的根本性分歧在于胡适秉持"白话文学之为中国文学之正宗"说,将白话由"引车卖浆之徒"的手里提升至文学"庙堂"之上,并重视白话的文学审美价值。1921年胡适在教育部国语讲习所同乐会上所作的讲演《国语运动与文学》中指出:"中国几千年的

---

① 胡适:《胡适学术文集·语言文字研究》,中华书局1998年版,第307页。
② 周作人:《中国新文学的源流》,华东师范大学出版社1996年版,第55页。
③ 见《胡适文存》二集卷二。

封建体制,不仅束缚了人们的思维,而且也用一种大统一方式,束缚了人们的审美观念和审美意识。""国语所以能成为一种运动,不仅是做一个统一的工具罢了,这不过是一部分的事情,最重要,最高尚的是不要忘了'文学'这一个词。"①正是胡适对"文学"本身这个"最重要,最高尚"的词的关注体现出其高度的审美自觉意识,从而与晚清白话运动绝然区别开来。

尽管如此,我们认为晚清白话文运动与五四白话文运动之间具有内在必然性,其虽分属于不同的历史语境下,实则却是"属于同一个不曾断绝的传统,最直接的证据就是领导1910年代白话文运动的两个台柱——胡适和陈独秀——都在1900年代的主要白话刊物上写过大量的文字,而且其中的一些主张都成为1910年代启蒙运动中新思想的要素"②。陈独秀于1904年在安徽创办了《安徽俗话报》,胡适则是1906年创办于上海的《竞业旬报》的主要撰稿人、编辑,钱玄同也在清末创办了《湖州白话报》。可见,文学革命的倡导者大多数也是清末白话文运动的参与者。日本学者木山英雄在《从文言到口语》(1974)中曾耐人寻味地指出:"一般说来,胡适的'八不主义'颇得要领地抓住了旧文学的缺陷,但每一项具体的主张又都被认为是在清末的维新运动中人们说起过的,而胡适本人留学前又在上海参与过维新派的白话报纸。"③

此外,需要指出的是,针对学界存在将晚清与五四予以割裂的做法,当代学者王德威曾提出一个文学史命题——"没有晚清,何来五四",他在《被压抑的现代性:晚清小说新论》导言(2005)中如此说道:

> 五四文学革命的典范意义,尤其引起众多思辨。而其中最值得注意者,当属晚清文化的重新定位。传统解释新文学"起源"之范式,

---

① 1921年12月31日胡适在北京教育部国语讲习所同乐会上所作的讲演《国语运动与文学》,该讲演由郭后觉记录,后刊于1922年1月9日《晨报副刊》。
② 见李孝悌《清末的下层社会启蒙运动:1901—1911》,河北教育出版社2001年版,第278页。此外谭彼岸《晚清的白话文运动》(湖北人民出版社1956年版)中也有类似观点。
③ [日]木山英雄:《文学复古与文学革命》,赵京华编译,北京大学出版社2004年版,第121页。

多以五四（1919年文学革命的著名宣言）为中国文学现代时期之依归；胡适、鲁迅、钱玄同等诸君子的努力，也被赋予开山宗师的地位。相对的，由晚清以迄民初的数十年文艺动荡，则被视为传统逝去的尾声，或西学东渐的先兆。过渡意义，大于一切。但在世纪末重审现代中国文学的来龙去脉，我们应重识晚清时期的重要，及其先于甚或超过五四的开创性。

实际上，早在20世纪30年代的文学史叙事中就存在将"五四"紧邻晚清的布局手法，如朱自清《中国新文学研究纲要》（1930年代）、王丰园《中国新文学运动述评》（1935）、李一鸣《中国新文学史讲话》（1943）。朱自清等人都梳理了新文学运动与晚清报章体、逻辑文、谴责小说、林译小说及晚清白话运动之间的渊源关系。可见，如果用连续统的视角重新考察晚清白话文运动与五四白话文运动，将其视为有机的整体，更有助于把握文学沿革的脉络，进而更为客观地再现白话文学史叙事的宏大图景。

二、《新青年》诸子的国语建构观

胡适的《国语文法概论》是其国语建构观的直接体现，更是其尝试建构国语语法体系的重要实践。然而胡适的国语建构观并非凭空产生，而是当时特定的历史语境下由多股思潮合力碰撞下的产物。以胡适为代表的"《新青年》诸子"对于国语建构的自觉探讨无疑成为新文化运动初期最耀眼的群星。

胡适认为文学改良的前提在于语言革命，即首先要取缔束缚精神的旧形式，将其改良为解放思想的新形式。早在1916年10月，胡适在给陈独秀的信中就提出了文学改良的"八事"。1917年胡适在《新青年》第三卷第三号发表《文学改良刍议》，由"一时代有一时代之文学"的进化论出发，正式提出"八事主张"：

（1）须言之有物
（2）不摹仿古人

(3) 须讲求文法

(4) 不作无病之呻吟

(5) 务去滥调套语

(6) 不用典

(7) 不讲对仗

(8) 不避俗字俗语

以上"八事"中"形式上的革命"就占了"五事"。其后胡适在1918年《新青年》第四卷第四号《建设的文学革命论》中又将其概括为"四条主义"：

(1) 要有话说，方才说话。

(2) 有什么话，说什么话；话怎么说，就怎么说。

(3) 要说我自己的话，别说别人的话。

(4) 是什么时代的人，说什么时代的话。

文中提出"建设新文学论"的"唯一宗旨"是"文学的国语，国语的文学"，成为文学革命的总纲领。

　　胡适"废文言而倡白话"主张，被视为新文学运动的第一声春雷。个久陈独秀在《新青年》第二卷第六号上发表《文学革命论》声援胡适："余甘冒全国学究之敌，高张'文化革命军'大旗，以为吾友之声援。"陈独秀认为：

　　　　元、明剧本，明、清小说，乃近代文学之粲然可观者。惜为妖魔所厄，未及出胎，竟而流产，以至今日中国之文学，委琐陈腐，远不能与欧洲比肩。此妖魔为何？即明之前后七子及八家文派之归、方、刘、姚是也。此十八妖魔辈，尊古蔑今，咬文嚼字，称霸文坛。

　　陈独秀强烈抨击"十八妖魔"对文坛的"毒害"，号召"吾国文学豪杰之士,有自负为中国之虞哥、左喇、桂特郝、卜特曼、狄铿士、王尔德者乎？有不顾迂儒之毁誉,明目张胆以与十八妖魔宣战者乎？予愿拖四十二生之大炮,为之前驱"。可谓振聋发聩,而陈独秀开出的药方则是其"文化革命军"大旗上"大书特书吾革命军三大主义"①。

陈独秀吹响了文学革命的"集结号",随后钱玄同、刘半农、傅斯年等人也纷纷响应,"文学革命"遂成不可遏之势。可以说,文学革命是由胡适、陈独秀等个体率先发起继而引发整个知识分子群体共振效应的成功范例。而在这一个群体中,钱玄同最早考虑到应用文的改革问题。1917年6月他于《新青年》第三卷第五号上发表《论应用之文亟宜改良》,提出应用文"改革之大纲十三事":

(1) 以国语为之。

(2) 所选之字,皆取最普通常用者,约以五千字为度。

(3) 凡一义数字者,止用其一,亦取最普通常用者。

(4) 关于文法之排列,制成一定不易之"语典"。

(5) 书札之款或称谓,务求简明确当,删去无谓之浮文。

(6) 绝对不用典。

(7) 凡两等小学教科书,及通俗书报、杂志、新闻纸,均旁注"注音字母"。仿日本文旁注"假名"之例。

(8) 无论何种文章,必施句读及符号,惟浓圈密点,则全行废除。

(9) 印刷用楷体,书写用草体。

(10) 数目字可改用"阿拉伯"码号,用算式书写,省"万""千""百""十"诸字。

(11) 凡纪年,尽改用世界通行之耶稣纪元。

(12) 改右行直下为左行横迤。

---

① 陈独秀所谓"三大主义"是指"推倒雕琢的阿谀的贵族文学,建设平易的抒情的国民文学;推倒陈腐的铺张的古典文学,建设新鲜的立诚的写实文学;推倒迂晦的艰涩的山林文学,建设明了的通俗的社会文学"。

(13)印刷之体,宜分数种,以便印刷须特别注意之名词等等。

钱玄同认为"此十三事之中,第一事自然是根本上之改革",而其所列其他之事中有三事意义尤为重要:

其一,所列第四事实际是主张制定语法规范,但想制定出"一定不易之'语典'"是不可能的,但是较为固定的语法体系在语言规范层面特别是在教学中亦有不可替代的积极意义,约四十年后的1956年教育部出台"暂拟汉语语法教学系统",终于某种程度上实现了钱玄同的设想。

其二,其所列第八事主张无论何种文章都"必施句读及符号",并主张废除旧式标点。这对于现代汉语书面语的制度化而言具有极为重要的意义。

其三,其第十二事主张将文章的书写方式"改右行直下为左行横迤",对后世影响巨大。1919年1月15日陈望道在《新青年》第六卷第一号上发表致《新青年》编辑部的信中也直言不讳地批评了《新青年》未采用横行的做法:

> 但是我对于诸子,还要说诸子缺"诚恳的精神",尚不足以讲"撤销他们的天经地义"。譬如文字当横行,这已有实验心理学明明白白的诏告我们,诸子却仍纵书中文。

1917年5月1日《新青年》第三卷第三号上刘半农发表了《我之文学改良观》一文,在文中他强调变革是确立反传统观念的前提,并发展了胡适的"不摹仿古人"之说:"胡君仅谓古人之文不当摹仿,余则谓非将古人作文之死格式推翻,新文学决不能脱离老文学之窠臼。"他以西方短篇小说与中国笔记小说相参照,意识到文体革新的重要意义:"吾辈欲建造新文学之基础,不得不首先打破此崇拜旧时文体之迷信,使文学的形式上速放一异彩也。"作为我国实验语言学的奠基人,刘半农以其特有的语言敏锐,主张从音韵学角度破除旧韵造用新韵并使用形式标点、文章分段等一系列技术手段,丰富现代汉语的表现力。

在文学革命阵营中推翻文言呈压倒性声音的同时,傅斯年以其独树一帜的"文白合一"说而格外引人注目。胡适曾在《建设的文学革命论》(1918)中指出"我并不曾说凡是用白话做的书都是有价值有生命的。我说的是:用死了的文言决不能做出有生命有价值的文学来"。傅斯年则在1917年2月15日《新青年》第四卷第二号上发表《文言合一草议》,认为"文言分离之后,文词经二千年之进化,虽深芜庞杂,已成陈死,要不可谓所容不富。白话经二千年之退化,虽行于当世,恰合人情,要不可谓所蓄非贫"。并阐述了其白话观:

> 以白话为本,而取文词所特有者,补苴罅漏,以成统一之器,乃吾所谓用白话也。正其名实,与其谓"废文词用白话",毋宁谓"文言合一",较为惬允。

傅斯年的白话文是建构在"以白话为本,而取文词所特有者"基础上的一种语言形态。傅斯年还具体提出来十项主张,如主张代名词、介词、感叹词、助词"全取白话",而"文词所独具,白话所未有,文词能分别,白话所含混者"则用文言。特别难能可贵的是,文中还提出了"八事","愿与谈文言合一与制定国语者一榷商之"。其列举的"八事"中有四事尤有见地:"第四,采用各地语言,制成标准之国语,宜取决于多数。第五,将来制定标准国语,宜避殊方所用之习语成辞。第六,制定国语之先,制定音读,尤为重要。第七,统一音读,只论今世,不可与沿革上之时音读混为一谈。"

傅斯年上述"四事"很多成为日后现代汉语制度化进程的"预言",可见其先见之明。

胡适的《文学改良刍议》《建设的文学革命论》与陈独秀《文学革命论》、钱玄同《论应用之文亟宜改良》、刘半农《我之文学改良观》、傅斯年《文言合一草议》等共同构成了新文化运动初期国语建构方面的理论实绩,为日后现代汉语制度化进程绘制了最初的蓝图。

值得注意的是,国语建构的历程并非一片坦途,在以《新青年》诸子为代表的国语运动先驱者身上就留下新旧转型时期鲜明的时代烙印。其最为显著的表现便在于,尽管胡适们均大声疾呼废文言而倡白话,但宣传这一主张的文章却又往往是用文言所写。为新文化运动鸣锣开道的胡适《文学改良刍议》(1917)便是典型代表。黎锦熙在《国语运动史纲》(1934:69)中曾如此评论道:

> 说起来,这也是同样可笑的事!这时《新青年》虽极力提倡"文学革命",但讨论这问题本身的论文和通信等等,也还没有放胆用"以身作则"的白话文。

相对而言,廖庶谦的评价或许更趋平和。他在1938—1943年间的文法革新讨论中所写的《对于中国文法革新讨论的批评》(1987:216)一文中指出:

> 我们记得胡适之的《文学改良刍议》是用文言写的,然而那篇文章却主张用白话写文章。这里,并不是笔者主张去模仿胡适之的做法,而是指出:在一切改进的过程当中,那种繁荣在后一阶段里面的新东西,它是从前一个阶段里面旧东西里面产生出来的。那种"新瓶装新酒"的时期,是出现在"旧瓶装新酒"的时期后面的。

实际上,这种"言行相悖"的背后折射出的是五四先驱者在现代白话构筑早期特有的一种矛盾踌躇的心态以及蜕变转型的痛苦:既深知白话文为革新必行之路,但一时又难脱窠臼,故而依然沿用文言。不过这也促成了五四先驱者的反思。如傅斯年意识到不仅要着眼于理论上的"破",更需要用实绩来"立"。他在1918年1月15日《新青年》第四卷第一号的《文学革命申议》说道:

> 况文体变迁,已十余年,辛壬之间,风气大变。此蕴酿已久之文学革命主义,一经有人道破,当无有间言。此本时务迫而出之,非空前之发明,非惊天之创作。始为文学革命论者,苟不能制作模范,发为新言语,仅至于持论而止,则其本身亦无何等重大价值,而吾辈之闻风斯起者,更无论焉。若于此犹存怀疑,非拘墟于情感,即缺乏于长识。

自 1918 年 1 月起,《新青年》改版后完全刊登白话文作品,五四先驱者们纷纷投身于新文学的创作实践之中,由此风气大开,故而 1918 年也被称作"新文学元年"。

三、胡适的国语建构观及其语法体系创建实践

（一）胡适的国语建构观

陈独秀曾于 1917 年 2 月发表的《文学革命论》中说道:"文学革命之气运酝酿已非一日,其首举义旗之急先锋则为吾友胡适。"胡适之所以被思想先锐的陈独秀冠之以文学革命中"首举义旗之急先锋"的名号,源于其在文学革命扮演着不可替代的先驱角色。

早在 1916 年胡适于《白话文言之优劣比较》中就高度肯定了白话的价值:

> 今日所需,乃是一种可读、可听、可讲、可记的言语。要读书不须口译,演说不须笔译;要施诸讲坛舞台而皆可,谓之村妇孺而皆懂。不如此者,非活的言语也,决不能成为吾国之国语也,决不能产生第一流的文学也。①

其后《文学改良刍议》(1917)中进一步强调白话文学的地位,提出"白话文学之为中国文学之正宗"说:"今日之文学,其足与世界'第一流'文学

---

① 见《胡适留学日记》,《藏晖室札记》卷 13,商务印书馆 1937 年版,第 943 页。

比较而无愧色者，独有白话小说一项。"胡适认为近代诸如施耐庵、曹雪芹、吴趼人等笔下的白话文学才算文学正宗。此后从1918年起，于倡导白话文的论说中就自觉地加进了"国语"的概念，主张以白话文学为基石建构"国语"。

他在《建设的文学革命论》(1918)中指出文学革命的建设性目标是创造一种新的白话民族文学，并且提出"建设新文学论"的唯一宗旨是"国语的文学，文学的国语"，这一主张被郑振铎誉为"文学革命最堂皇的宣言"①。胡适认为"我们所提倡的文学革命，只是要替中国创造一种国语的文学。有了国语的文学，方才可有文学的国语。有了文学的国语，我们的国语才算得真正国语。国语没有文学，便没有生命，便没有价值，便不能成立，便不能发达。"他在文中写道：

> 我常问我自己道："自从施耐庵以来，很有了些极风行的白话文学，何以中国至今还不曾有一种标准的国语呢？"我想来想去，只有一个答案。这一千年来，中国固然有了一些有价值的白话文学，但是没有一个人出来明目张胆的主张用白话为中国的"文学的国语"。

面对"若要用国语做文学，总须先有国语。如今没有标准的国语，如何能有国语的文学呢？"的质疑，胡适指出"国语不是单靠几位言语学的专门家就能造得成的；也不是单靠几本国语教科书和几部国语字典就能造成的"，又说"我这几年来研究欧洲各国国语的历史……没有一种国语是教育部的老爷们造成的。没有一种是言语学专门家造成的"，即认为并不存在现成的国语，由此体现出了强烈的"建构"意识。那么如何建构国语呢？胡适认为：

---

① 郑振铎编选：《中国新文学大系·文学论争集·导言》，上海良友图书印刷公司1935年版。

> 若要造国语,先须造国语的文学。有了国语的文学,自然有国语。这话初听了似乎不通,但是列位仔细想想便可明白了。天下的人谁肯从国语教科书和国语字典里面学习国语?所以国语教科书和国语字典,虽是很要紧,决不是造国语的利器……

在胡适看来,不必等到用文法和字典先把"标准国语"订好了,才来写国语文学,而是应该直接以国语写文学。等到我们有了国语的文学,我们自然就有了文学的国语了。进而言之,标准国语的建构历程与国语文学的创作过程是同步的,是相辅相成的。

应该指出的是,胡适对国语的认识虽然体现出强烈的"建构"意识,但他眼中的国语绝非无源之水、无本之木,而是已存在可供参照的蓝本,此蓝本即为明清白话小说:

> 试问我们今日居然能拿起笔来做几篇白话文章,居然能写得出好几百个白话的字,可是从什么白话教科书上学来的吗?可不是从《水浒传》《西游记》《红楼梦》《儒林外史》等书学来的吗?
>
> 总而言之,我们今日所用的"标准白话",都是这几部白话的文学定下来的。我们今日要想重新规定一种"标准国语",还须先造无数国语的《水浒传》《西游记》《儒林外史》《红楼梦》。

胡适认为"今日所用的'标准白话',都是这几部白话的文学定下来的"。明清白话小说成了胡适眼中建构国语的最坚实基础。正是基于这样的认识,他才进一步提出"尽量采用《水浒》《西游记》《儒林外史》《红楼梦》的白话"为基础的国语建构观:

> 我们提倡新文学的人,尽可不必问今日中国有无标准国语。我们尽可努力去做白话的文学。我们可尽量采用《水浒》《西游记》《儒林外史》《红楼梦》的白话;有不合今日用的,便不用它;有不够今日用

的,便用今日的白话来补助;有不得不用文言的,便用文言来补助。这样做去,决不愁语言文字不够用,也决不愁没有标准白话。中国将来的新文学用的白话,就是将来中国的标准国语。造中国将来白话文学的人,就是制定标准国语的人。

在胡适看来,诸如《水浒传》《西游记》《儒林外史》《红楼梦》等这些脍炙人口的长篇小说"早已把白话文的形式标准化了。它们已为国语订下了标准,当了国语教师,未要政府破费一文去建立学校和训练师资"。故而,在中国标准国语的构筑早期,可尽力采用这些优秀的近代白话文学为范本,择取作品中的白话用以创作新文学,若有不足再适时补助以文言或"今日白话"。换言之,胡适认为早期国语呈现为以明清白话为基础,兼采文言与"今日白话"的一种语言形态。胡适的《国语文法概论》(1921)便是其本人践行"国语建构观"的最集中体现。据我们考察,书中所取语例便皆取自明清白话小说(详见后文)。

此外值得一提的是,胡适认为在国语的建构历程中,必须先由文学家通过创作文学作品,将新的语言形式固定下来,继而由语言学家承担"检验规范"工作,如编写国语字典、国语教科书等,之后由教师凭借国语教科书等载体,向民众宣传推广,以达到对国语认知的统一。由此可见,胡适所倡导的"国语建构观"同法国皮埃尔·布迪厄于《言语意味着什么——语言交换的经济》(2005)中所阐发的"民族共同语建构观"(即认为民族共同语由文学家与语言学家"合谋"构筑而成)之间似有异曲同工之妙。

(二)《国语文法概论》:胡适语法体系的创制实践

《国语文法概论》(1921)是胡适"国语建构观"直接投射下进行语法体系创制的重要实践。关于国语的现实来源,胡适在书中提出了"一切方言都是候补的国语"的重要主张。他认为虽然理论上来说所有的方言都可能成为国语,但只有具备两种资格,才能成为正式的国语:"第一,这一种方言,在各种方言之中,通行最广。第二,这一种方言,在各种发言之中,产生的文学最多。"

在胡适看来"我们现在提倡的国语,也具有这两种资格。第一,这种语言是中国通行最广的一种方言,——从东三省到西南三省(四川、云南、贵州),从长城到长江,那一大片疆域内,虽有大同小异的区别,但大致都可算是这种方言通行的区域。东南一角虽有许多种方言,但没有一种通行这样远的。第二,这种从东三省到西南三省,从长城到长江的普通话,在这一千年之中,产生了许多有价值的文学的著作"。要言之,"我们现在提倡的国语是一种通行最广最远又曾有一千年的文学的方言。因为他有这两种资格,故大家久已公认他作中国国语的唯一候选人,故全国人此时都公认他为中国国语"。

胡适在《国语文法概论》中提出了对后世影响极为深远的三种"文法研究方法"(即归纳的研究法、比较的研究法及历史的研究法)。正是在这些方法论的指导下,胡适对作为国语语法体系建构基础的白话文学的发展脉络予以了梳理:

> 自从唐以来,没有一代没有白话的著作。禅门的语录和宋明的哲学语录自不消说了。唐诗里已有许多白话诗;到了晚唐,白话诗更多了。寒山和拾得的诗几乎全是白话诗。五代的词里也有许多白话的词。李后主的好词多是白话的。宋诗中更多白话;邵雍与张九成虽全用白话,但做的不好;陆放翁与杨诚斋的白话诗便有文学价值了。宋词变为元曲,白话的部分更多。宋代的白话小说,如《宣和遗事》之类,还在幼稚时代。自元到明,白话的小说方才完全成立。《水浒传》《西游记》《三国志》代表白话小说的"成人时期"。自此以后,白话文学遂成了中国一种绝大的势力。

胡适认为中国白话文学的历史源远流长,并充分肯定了白话文学对于建构"国语"的意义:"这种文学有两层大功用:(一)使口语成为写定的文字;不然,白话决没有代替古文的可能;(二)这种白话文学书通行东南各省,凡口语的白话及不到的地方,文学的白话都可侵入,所以这种方言的领土遂更扩大了。"由此,胡适编写《国语文学史》(1921)以及之后的《白话文学史》(1928),便是要建立起一个白话文发展谱系,为确立白话文合法化地位提供了充足的历史依据。

可见,在《国语文法概论》中,胡适延续了其在《文学改良刍议》(1917)与《建设的文学革命论》(1918)中的一贯理论主张,认为明清白话小说代表了很高的文学水平,标志着白话小说的"完全成立",开始进入"成人时期","自此以后,白话文学遂成了中国一种绝大的势力"。故而认为近代白话文学尤其是明清时期的白话文学已然具备了较为完善成熟的语言体系,使之能够成为构筑现代汉语的坚实基础。

而关于国语文法,胡适在《国语文法概论》(1921)中的阐述体现出了强烈的"连续统"观点。该书第一篇《国语与国语文法》指出:"国语是古文慢慢的演化出来的;国语的文法是古文的文法慢慢的改革修正出来的。""国语的文法不是我们造得出的,他是几千年演化的结果,他是中国'民族的常识'的表现与结晶。"可见,胡适承认国语文法脱胎于古文文法,并未否认二者间的嬗变联系。应该指出的是,尽管胡适肯定了国语文法与古文文法的继承关系,然而正如前文所指出的,胡适认为具有高度艺术成就的以明清白话小说为代表的近代白话小说才是建构现代汉语语法体系最为坚实的基础,故而《国语文法概论》(1921)所有语例皆取自明清白话文学。其语例分布情况具体如表 2-1 所示:

表 2-1 《国语文法概论》语例分布表

时代	文学体裁	作品	数量
元明	小说	《水浒传》	25
清		《石头记》	19
		《儒林外史》	19
总　　计			63

由上表,《国语文法概论》(1921)取例全部出于《水浒传》《石头记》《儒林外史》这几部经典的明清章回体白话小说,体现了胡适对明清白话小说在国

语"合法性"上的高度认同,并极力肯定了明清白话文学在国语建构中的基础地位。

我们以为,胡适这种取例于明清白话文学以建构国语语法体系的做法,为现代汉语的早期构筑提供了一种方向性的指引。日后出现的国语语法研究著作中大量取例于近代白话小说,特别是王力《中国现代语法》(1943,1944)明确主张只从《红楼梦》与《儿女英雄传》这两部纯粹用北京话写成的清代小说取例,试图建构现代汉语新语法体系。其中都包含了与胡适《国语文法概论》(1921)一样的理论预设,即认为明清白话小说的汉语语法体系已然发展得相当成熟完备,可在此基础上建构现代汉语的语法体系。

然而需要指出的是,如若仅有近代白话,或者说早期语法学家全由近代白话文学中取例,则以此为基础所构筑出来的文法在严格意义上大抵只能称为明清白话语法,势必不能揭示现代汉语语法全貌,也就不能代表真正意义上的现代汉语。现代汉语由近代发展而来,其脱胎于近代白话,同时在制度化、规范化进程中又不断吸收各类新质来完成自身建构。除了继承本民族的优质语言资源之外,语言接触所带来的外来语介入,为现代汉语的生成以及现代文学的创建产生了极为深远的影响。其中翻译是外来语介入汉语最为常见、重要的途径。

尽管胡适《国语文法概论》(1921)中并未采用译文作例证,然而他之前已然意识到了仅仅依靠本民族文学建构国语远远不够,主张援引西洋经典文学为我所用。他在《建设的文学革命论》(1918)中就强调文学革命的建设性目标是创造一种新的白话民族文学。他将翻译纳入了整个文学革命的体系中,并围绕着"国语的文学,文学的国语"这一中心命题,把翻译当作创造新文学的重要方法:"赶紧多多的翻译西洋的文学名著做我们的模范。我这个主张,有两层理由:第一,中国文学的方法实在不完备,不够做我们的模范。第二,西洋的文学方法,比我们的文学,实在完备得多,高明得多,不可不取例。"为此,胡适还对如何翻译西洋文学的路径进行了具体设计:一是"只译名家著作";二是"全用白话韵文之戏曲,也都译为白话散文"。可见,在胡适眼中,明清白话小说固然是现代汉语语法体系建构的最坚实基础,而翻译文学也是国语建构中不可或缺的元素。这也为我们揭示近代白话小说所代表的近代白话语法体系与其后的现代汉语语法体系之间的衔接、转变提供了重要的视角。

第二节　黎锦熙语法学著作中的文学史叙事框架

一、黎锦熙与《新著国语文法》

国语语法类研究中以黎锦熙最为出众,特别是他的《新著国语文法》(1924)建立了一个以"句本位"为标志的国语文法新体系,集中代表了自觉初创期汉语语法研究的成果。朱德熙在《〈汉语语法丛书〉序》中高度肯定了《新著国语文法》在语法学史上的地位,认为该书"在二十年代讲现代汉语语法的著作中,影响最大"。

黎锦熙在这一时期的成就我们也可以从其他语法学家处得到印证。1944年王力出版了《中国语法理论》一书,集中反映了他对于现代汉语语法体系的理论思考。该书参考文献为:

马建忠,《马氏文通》,商务印书馆,1898。
刘半农,《中国文法通论》,群益书社,1920。
刘半农,《中国文法讲话》,北新书局,二版,1933。
杨树达,《高等国文法》,商务印书馆,1930。
黎锦熙,《新著国语文法》,商务印书馆,三版,1925。
黎锦熙,《比较文法》,北平著者书店,1933。
林语堂,《开明英文文法》,开明书店,三版,1938。
陆志韦,《国语单音词词汇》,北平燕京大学,1938。
王力,《中国文法学初探》,商务印书馆,1940。
王力,《中国现代语法》,国立西南联合大学,1938。

可见,黎锦熙的《新著国语文法》和《比较文法》均进入了王力的参考视野,此外我们对王力《中国语法理论》一书中所引用的其他学者汉语语法学著作的情况予以了考察,如表2-2所示。

表2-2 王力《中国语法理论》征引汉语语法学著作情况

语法学家	著　　作	征引数	合计
马建忠	《马氏文通》	2	2
胡　适	《国语文法概论》	1	1
刘半农	《中国文法讲话》	1	2
	《中国文法通论》	1	
杨树达	《高等国文法》	5	5
黎锦熙	《新著国语文法》	15	22
	《比较文法》	7	
陆志韦	《国语单音词词汇》	1	1
总　　　计			33

上表中黎锦熙著作的征引数占到总数的66.7%。这从一个侧面可以看出,黎锦熙的《新著国语文法》和《比较文法》,作为集中代表了自觉初创期汉语语法学研究成果,无论是其文献数目抑或是征引次数,都得到了以王力为代表的同时代语法学家的高度关注,故而我们将黎锦熙单列一节,重点考察《新著国语文法》,以期透过早期语法学家黎锦熙的视角,揭示文学史的另一类叙事图景。至于《比较文法》本书不作考察,具体缘由上文已阐明。

二、《新著国语文法》现代文学语例探析

同样作为20世纪20年代出版的一部重要语法论著,黎氏此书与其他语法论著相较,其特殊意义在于这是第一部较为系统的白话语法论著,是汉语语法学自觉初创期的重要代表作。书中第一次系统研究了白话文语法,并由此形成了较为完整的现代汉语语法体系。书中除了征引近代白话之外,还从新文学作家作品中系统选取了现代白话语例,其中还包含了译作的语例。这是该书与胡适《国语文法概论》的显著区别所在。可以说，在对于白话语法研究尤其是探索实践方面，黎氏或许走得更远。

我们以为，早期语法学家对白话语例的选取过程，实则反映出其扮演着双重的角色：其一是作为受众，从接受的角度来认识白话文；其二，就如布迪厄在《言语意味着什么——语言交换的经济》中所指出的，他们同时又扮演着"法官群体"的角色，"对言说主体的言语行为进行检验"，即对作家作品中的白话语例加以检验、筛选，剔除那些他们认为不合乎规范的，选取那些他们认可的典范白话文，进而在此基础上，确立现代汉语的一整套语法规则与语言规范。从这个角度来说，胡适纯粹从明清小说中选取例证，体现的是他对明清小说文学成就的极大肯定，及其作为建构现代白话的有效语言资源的认可。而黎氏则拓宽了取材范围，充分吸收了新文学作家创作或翻译的作品，严格意义上来说，五四时期的白话文尚处于待规范、完善之中，且欧化的印迹较为浓重，这也就是为何王力会在著作中为《欧化的语法》另辟一章的缘由。然而从另一方面考虑，黎氏作为早期语法学家，他的取例必定是以他所认为规范白话文的标准来衡量，故而，其书中的现代白话语例当为其所认可的，且属于现代白话文的典范。

据统计，书中共出现263处现代白话语例，与近代部分相较，二者比例约为1.1∶1，这是现代白话语例数多于近代白话语例数的第一部重要的语法学著作。即使日后40年代相继问世的吕叔湘《中国文法要略》(1942，1944)、王力《中国现代语法》(1943，1944)、高名凯《汉语语法论》(1948)等经典语法学著作中均以近代白话语例数居多(详见下文)，相比之下，20年代的《新著国语文法》对于白话文语法的系统研究，尤其是对于现代汉语语法体系的积极探索显得尤其难能可贵。

关于《新著国语文法》中征引的现代白话文学语例，详见表2-3所示。

表 2-3　黎锦熙《新著国语文法》现代白话文学语例表

著译者	作品(语例数)	合计
汪仲贤	《好儿子》(218)	218
赵元任	《国语留声片课本》(17)	19
	[英]路易斯·加乐尔《阿丽思漫游奇境记》(译)(2)	
叶圣陶	《这也是一个人》(4)	12
	《阿菊》(4)	
	《隔膜·低能儿》(4)	
胡　适	《易卜生主义》(3)	8
	《〈国学季刊〉发刊宣言》(3)	
	《尝试集·乐观》(1)	
	[法]都德《最后一课》(译)(1)	
冰　心	《笑》(1)	1
郭沫若	《洪水时代》(1)	1
王统照	《一栏之隔》(1)	1
钱玄同	《儒林外史新序》(1)	1
黎锦晖	《麻雀与小孩》(1)	1
潘家洵	[挪]易卜生《群鬼》(译)(1)	1
总　计		263

　　上表中以汪仲贤的现代白话语例最多,约占总数的 82.9%,且皆出自独幕剧作品《好儿子》,该剧曾被称为"是那一时期中最有价值的创作"。① 黎锦熙对《好儿子》语例的高频引用,一方面反映出对该剧作的艺术成就的充分肯定,另一方面也揭示了作为早期语法学家的黎锦熙格外关注贴近口语的文学作品。戏剧作为舞台艺术,尤其注重对话元素,且人物语言需口语化、动作化、性格化,由此在现代汉语构筑历程中,戏剧较之其他文

---

① 洪深:《〈中国新文学大系·戏剧集〉导言》,上海良友图书印刷公司 1935 年版,第 44 页。

学体裁作品更容易受到早期语法学家的青睐。除了《好儿子》之外,黎锦晖(黎锦熙之弟)的《麻雀与小孩》以及潘家洵翻译的挪威戏剧家易卜生《群鬼》等剧目亦受到关注。

表中位列第二的是被称为"中国现代语言学之父"的赵元任。20世纪20年代起,赵元任就为商务印书馆灌制留声片,为推广"国语"作出了积极贡献。先后出版的《国语留声片课本》(1922)和《新国语留声片课本》(1935)发挥了积极的示范作用,成了新中国成立前推行国语的两大阶段性成就。此外赵元任翻译的《阿丽思漫游奇境记》作为儿童文学名篇,极受当时青少年欢迎。语言学家陈原在《我所景仰的赵元任先生》(2001)中回忆道:"赵元任,赵元任,在我青少年时代,到处都是赵元任的影子。"少年时,他着迷于赵元任翻译的《阿丽思漫游奇境记》,长大后想学"国语",用的正是赵元任的《国语留声片课本》。黎锦熙大量取例于赵元任的《国语留声片课本》,一则因为课本本身具备规范性、通俗性的特征,且该书在当时具有极强的示范性;二则也是由于赵元任兼具语法学家和教师的双重身份。

叶圣陶语例的引用频次仅次于汪仲贤、赵元任。作为五四新文学作家,叶圣陶的童话和短篇小说最为人称道。叶圣陶是我国第一位童话作家。早在1914年便出版童话集《稻草人》。此外他还是语文教育学家,其作品因可读性强,民国时期便常入选国文课本。上表所列《这也是一个人》(1919)、《阿菊》(1920)以及《隔膜·低能儿》(1923)均为他早期创作的短篇小说,带有五四新文化运动的时代印记。其中《这也是一个人》(1919)是他第一篇公开发表的白话小说。在此之前,"虽然陈衡哲、王统照、汪敬熙等已有白话短篇发表,但都未产生太大影响","产生全国性影响的作家只有鲁迅,而在叶绍钧写这篇作品的时候,鲁迅也仅有《狂人日记》一篇发表"[①]。

上表中取自胡适的语例源自《尝试集·乐观》《〈国学季刊〉发刊宣言》

[①] 阎浩岗:《〈祝福〉及其两个前文本的互文性研究》,《鲁迅研究月刊》2011年第11期。

《易卜生主义》《最后一课》。陈独秀曾称赞胡适是文学革命中"首举义旗之急先锋",胡适不仅是国语理论擘画的先锋,更是新文学创作的先锋。书中所引的《尝试集》便是我国第一部白话诗集,堪称中国文学史上的里程碑。胡适1919年提出"整理国故"的主张,他在《〈国学季刊〉发刊宣言》中说道:"近年来,古学的大师渐渐死完了,新起的学者还不曾有什么大成绩表现出来。在这个青黄不接的时期,只有三五个老辈在那里支撑门面。"回顾了"自从明末到于今,这三百年"古学研究之得失,进而标举"用历史的眼光来扩大研究的范围"、"用系统的整理来部勒国学研究的材料"与"用比较的研究来帮助国学的材料的整理与解释"的研究方法。此文反响巨大,使"整理国故"成为20世纪20年代全国性的学术运动。《易卜生主义》是国内第一篇系统介绍易卜生理论的长篇论文,该文系统介绍了易卜生的写实主义与个人主义,认为"易卜生的长处,只在他肯说老实话,只在他能把社会种种腐败龌龊的实在情形写出来叫大家仔细看"。而对于易卜生的个人主义,胡适提到"社会与个人互相损害,社会最爱专制,往往用强力催折个人的个性,压制个人自由独立的精神;等到个人的个性都消失了,等到自由独立的精神都完了,社会自身也没有生气了,也不会进步了"。胡适对易卜生主义的介绍暗合五四新文学运动特别是当时戏剧改革的潮流,而易卜生主义所蕴含的"个性解放""关注现实"等启蒙精神也使得易卜生在当时的中国戏剧界大受追捧。至于胡适翻译的《最后一课》,最早刊登在1912年11月5日上海《大共和日报》,初名《割地》,携带着鲜明的时代烙印和强烈的爱国情愫。后收录在1919年出版的胡适《短篇小说第一集》中,更改为原作之名《最后一课》。胡适在《短篇小说第二集·译者自序》(1933)中说道:"《短篇小说第一集》销行之广,转载之多,都是我当日不曾梦见的。那十一篇小说,至今还可算是近年翻译的文学书之中流传最广的。这样长久的欢迎使我格外相信翻译外国文学的第一个条件是要使它化成明白流畅的本国文字。"[①]

[①] 胡适:《胡适全集》(第42卷),安徽教育出版社2003年版,第379页。

自20世纪20年代起,都德这部作品长期入选我国国文(语文)教材,成为最深入人心的译作之一。

此外所引作家中如冰心、钱玄同、郭沫若等多为人所知,相较之下,同样作为新文学第一代重要作家的王统照,在以往文学史叙事中并未受到太多关注。实际上王统照与张资平是我国长篇小说体制的先行者。其出版于1922年10月的《一叶》,是中国第一批现代长篇小说。此外他于1918年8月发表的第一篇白话短篇小说《纪念》,与鲁迅《狂人日记》、叶圣陶《春宴琐谭》、冰心《两个家庭》等同为中国第一批现代短篇白话小说。

综上,黎锦熙《新著国语文法》(1924)对现代白话语例的选取表现出以下倾向性:

其一,注重贴近口语的文学作品,特别是戏剧文学。以汪仲贤剧作《好儿子》为代表。

其二,注重教材,以赵元任《国语留声片课本》为代表。教材往往兼具规范性与通俗性,在现代汉语构筑中扮演着特殊的角色。

其三,对译作的引用反映出黎锦熙对翻译对于现代汉语制度化进程的推动作用予以了关注。书中先后选取了英国路易斯·加乐尔《阿丽思漫游奇境记》、法国都德《最后一课》及挪威易卜生《群鬼》的译文,均属外国文学经典之作。

值得注意的是,书中还出现了两处新诗语例:胡适的《尝试集》与郭沫若《洪水时代》,说明黎锦熙除了戏剧、散文和小说之外,对早期现代白话文诗歌的成就也同样予以了关注。

第三节 杨伯峻语法学著作中的文学史叙事框架

一、融合两大语法研究潮流的《中国文法语文通解》

20世纪30年代初掀起的比较文法研究热潮下,许多语法著作应运而生,杨伯峻《中国文法语文通解》(1936)便是其中的代表。王利达《汉语研究小史》(1959:42)认为此书"给语法的历史研究做了一番开先路的工作"。龚千炎《中国语法学史》(1997:80)也将其誉为"融汇前段两大潮流的总结性著作"。

关于文法研究的治学思想,杨氏在该书"绪论"中强调不论从事古文文法还是白话文法研究,均需注意两项:一是"通音韵训诂";二是"搜求证据要完备"。关于第一项,杨氏以马建忠为例,指出:"马眉叔的文法学研讨极深,可是未尝研究音韵训诂,以致其《文通》一书,错误甚多……《水浒传》指示代词作副词用的'恁'字,六朝语作'宁'字(《晋书·王衍传》),古文或用'乃'字(《庄子》),又用'若'字(《尚书》),又用'然'字(《诗·大雅》),其实恁宁乃若然于古音都是双声。所以我们有音韵训诂的根基去研究中国文法,就如有一根绳子去贯串满地散钱一般,自然一一就序了。"而至于"证据不完备,便常陷于武断而不确切的毛病。即以适之先生而论,他是近代第一流的考据家,可是他作的《吾我篇》便也蹈此弊病"。杨氏批评胡适只看到《论语》部分例句"便断定在《论语》中'吾'字必在主位与领位,而'我'字则必在宾位",而后杨氏以《论语》中的大量例句证明"我"可以居于主位和领位,而"吾"也可用于宾位。他说:"若是适之先生草此文时,能将《论语》用'吾''我'两字的地方全部统计一次,便会自动取消这假定了。以渊博而细心的适之先生都蹈此病,则我们研究文法安能不完备的搜求证据呢?"

杨伯峻强调的语法研究中的这两大注意事项实际上是他对于语法学研究方法论的总结。正是在此方法论的指导下,杨伯峻《中国文法语文通解》(1936)在梳理古今汉语语法的历史沿革时不仅搜罗了众多上古、中古及近代的语料,而且引用了大量的现代文学作品语例。

二、《中国文法语文通解》现代白话文学语例探析

值得指出的是,该书在现代白话文学语例的丰富性方面冠绝一时,远出黎锦熙《新著国语文法》之右,且与同为30年代出版的黎锦熙《比较文法》(全书仅出现一处现代白话文学语例)相较,尤显出其可贵之处。关于书中征引的现代白话文学语例的分布情况,详见表2-4所示。

表 2-4　杨伯峻《中国文法语文通解》现代白话文学语例表

著译者	作品(语例数)	合计
鲁迅	《朝花夕拾·无常》(44)	159
	《灯下漫笔》(29)	
	《藤野先生》(24)	
	《风筝》(19)	
	《论照相之类》(16)	
	《说胡须》(14)	
	[日]厨川白村《出了象牙之塔》(3)	
	《呐喊·药》(2)	
	《呐喊·自序》(1)	
	《呐喊·风波》(1)	
	《鸭的喜剧》(1)	
	《一点比喻》(1)	
	《狂人日记》(1)	
	[俄]契里珂夫《省会》(1)	
	[芬兰]这亚勒吉阿《父亲在亚美利加》(1)	
	[俄]爱罗先珂《爱罗先珂童话集·雕的心》(1)	
周作人	《苦雨》(34)	73
	《闲话四则》(14)	
	《关于三月十八的死者》(5)	
	《碰伤》(5)	
	[日]国木田独步《巡查》(3)	
	[俄]库普林《晚间的来客》(3)	
	[波兰]戈木列支奇《燕子与蝴蝶》(3)	
	[俄]V. Dantshenko《摩诃末的家族》(2)	
	[日]江马修《小小的一个人》(2)	
	《陶庵梦忆序》(1)	
	《西山小品》(1)	

续表

著译者	作品（语例数）	合计
周作人	《泽泻集·苍蝇》(1)	6
	[日]太安万侣《陀螺·女鸟王的恋爱》(1)	
	《永日集·女革命》(1)	
	[俄]梭罗古勃《童子Lin之奇迹》(1)	
	[俄]托尔斯泰《Tolstoj对于〈可爱的人〉的批评》(1)	
	[俄]契诃夫《可爱的人》(1)	
朱自清	《儿女》(39)	71
	《背影》(22)	
	《荷塘月色》(4)	
	《匆匆》(4)	
	《执政府大屠杀记》(1)	
	《背影白种人——上帝的骄子》(1)	
孙福熙	《清华园之菊》(28)	36
	《出游》(8)	
夏丏尊	[意]亚米契斯《爱的教育》(25)	31
	[意]亚米契斯《爱的教育原序》(2)	
	[意]孟德格查《续爱的教育》(1)	
	《续爱的教育》译者序(2)	
	[日]芥川龙之介《湖南的扇子》(1)	
丰子恺	《从孩子得到的启示》(19)	20
	[英]史蒂文生《自杀俱乐部》(1)	
茅 盾	《卖豆腐的哨子》(8)	15
	《雾》(5)	
	[保加利亚]潘林《老牛》(2)	
唐小圃	《京语童话·石狮》(11)	11

续表

著译者	作品(语例数)	合计
冰 心	《烦闷》(4)	8
	《超人》(3)	
	《到青龙桥去》(1)	
吴稚晖	《上下古今谈》(7)	8
	《一个新信仰的宇宙观及人生观》(1)	
林语堂	《祝土匪》(6)	8
	《读书的习惯》(1)	
	[美]马登《怎样补救缺陷的品行》(1)	
李青崖	[法]莫泊桑《散步》(3)	7
	[法]莫泊桑《保护人》(2)	
	[法]莫泊桑《旅行》(1)	
	[法]莫泊桑《疯婆子》(1)	
吴组缃	《西柳集·两只小麻雀》(3)	7
	《西柳集·菉竹山房》(2)	
	《西柳集·金小姐与雪姑娘》(1)	
	《西柳集·官官的补品》(1)	
汪仲贤	《好儿子》(6)	6
梁启超	《最苦与最乐》(4)	6
	《欧游心影录》(2)	
许地山	《空山灵雨·春底林野》(4)	4
叶绍钧	《伊和他》(1)	4
	《苦菜》(1)	
	《倪焕之》(1)	
	《一包东西》(1)	
文洁若	[日]芥川龙之介《橘子》(4)	4
陟岩	《弯龙河走冰》(4)	4

续表

著译者	作品（语例数）	合计
巴　金	《白鸟之歌》(1)	3
	《奴隶底心》(1)	
	《一封未寄的信》(1)	
田　汉	《咖啡店之一夜》(3)	3
徐炳昶	《你往何处去》译序(3)	3
张定璜	《鲁迅先生》(3)	3
郁达夫	《感伤的行旅》(2)	2
赵元任	《国语留声片课本》(2)	2
沈玄庐	《十五娘》(2)	2
张恨水	《银汉双星》(2)	2
熊佛西	《屠户》(2)	2
王春翠	《于海滨》(2)	2
沈从文	《湘行散记》(2)	2
刘大白	《雨里过钱塘江》(1)	1
胡　适	［俄］契诃夫《一件美术品》(1)	1
郭沫若	［俄］列夫·托尔斯泰《战争与和平》(1)	1
何其芳	《树荫下的默想》(1)	1
成仿吾	《一个流浪人的新年》(1)	1
刘半农	［法］左拉《失业》(1)	1
陈衡哲	《小雨点》(1)	1
邓演存	［俄］列夫·托尔斯泰《祈祷》(1)	1
康　濯	《正月新春》(1)	1
郑太朴	《谈死》(1)	1
孙　用	［匈牙利］斐多菲《勇敢的约翰》(1)	1
总　　计		525

在整个汉语语法学自觉初创期的语法学著作中,甚至包括其后的汉语语法学革新探索期的语法学著作中,杨氏此书现代白话文学语例取材面之广、语例数之多,实属罕见。

由上表,不难发现,该书对现代白话文学语例的选取表现出以下特点:

其一,对周氏兄弟(鲁迅、周作人)艺术成就的高度肯定。二人语例数高居第一名、第二名,占总语例数的 45.33%,几近半数。特别是周作人在文学史书写中,长期处于"缺位"或弱化地位,但其作品却在杨书中被征引 79 例,体现出杨伯峻对周作人文学造诣的充分肯定。值得注意的是,民国时期语法学家对于周作人的文学成就持普遍肯定的态度(详见后文有关统计),迥异于周作人日后在文学史书写中受到的"冷遇"。

其二,杨氏在采集语料时不仅注意到茅盾、冰心、林语堂、叶绍钧、田汉、吴组缃等文学史书写中的"常客",还特别注意到了现代文学史上的一些以往关注度相对较低的,乃至"被边缘化"的"另类"作家。如孙福熙、丰子恺、吴稚晖、沈玄庐、张定璜、王春翠、张恨水等。其中孙福熙、丰子恺二人的语例数尤多。孙福熙是民国"副刊大王"孙伏园的弟弟,二人皆是《鲁迅日记》中的常客。鲁迅曾请孙福熙为其散文集《野草》及译文集《小约翰》设计封面。据《鲁迅日记》记载孙福熙写给鲁迅的信有三十封,鲁迅写给孙福熙的信则有十六封之多。杨伯峻所引的孙福熙《清华园之菊》是民国写景散文名篇,被认为与朱自清《荷塘月色》并称为"清华写景二绝"。丰子恺则不仅以漫画闻名于世,还是民国时期著名的散文家,且丰子恺在民国散文家中独树一帜之处在于其对儿童题材的强烈关注,先后出版过童话集《小钞票历险记》《博士见鬼》,儿童散文集《给我的孩子们》《华瞻的日记》《中学生小品》,儿童故事集《少年音乐故事》《少年美术故事》。杨伯峻多次引用的《从孩子得到的启示》正是丰子恺一贯关注的儿童题材的散文名作。杨伯峻注意到的吴稚晖不仅是辛亥革命元老,更被胡适称为中国近三百年来四大反理学思想家之一。宣统三年(1911)出版的章回体小说《上下古今谈》,可能是我国最早的科普小说。书中吴稚晖将"科学"通俗化,以小说的形式宣传给大众。而在科学与玄学大论战之中,吴稚晖发表了《一个新信仰的宇宙观及人生观》(后被收录于《科学与人生观》文集中),令胡适大为称赞。而与吴稚晖同为民国时期政要的沈定一(号玄庐),是大名鼎鼎的中共早期党员和中国农民运动的"最先发轫者"。而且他力倡早期民歌诗体,其新诗主张直接影响到 40 年代的民歌诗体派诗人如李季、袁水拍等人。其组诗《十五娘》,初载于 1920 年 12 月 21 日上海《民国日报·觉悟》,被朱自清《诗话》认为是"新文学中第一首叙事诗"。虽为叙事诗,然亦极富抒情成分,能够做到叙事与抒情相结合,诗意盎然。只可惜现今沈定一这一毁誉参半的名字已渐渐为人所淡忘。

杨伯峻关注到的张定璜(张凤举)虽长期在文学史书写中"缺位",但实际上在文学史上应有一席之地。作为创造社的重要成员,他不仅是"身边小说"①的代表作家,更在鲁迅研究和"乡土小说"概念的创立方面作出了突出贡献。他曾与鲁迅轮流主编《国民新报副刊》。1925 年 1 月发表于《现代评论》的《鲁迅先生》是 20 世纪早期全面评论鲁迅的长文。在张定璜看来,鲁迅的作品最大的魅力在于其冷峻的特质。他认为鲁迅的作品"第一个,冷静,第二个,还是冷静,第三个,还是冷静"。该文通过将鲁迅的白话小说与《双枰记》等文言小说加以比较,认为"读《狂人日记》时,我们就譬如从薄暗的古庙的灯明底下骤然间走到夏日炎光里来,我们由中世纪跨进了现代",并得出"两种的语言,两样的感觉,两个不同的世界"的结论。对此鲁迅研究专家张梦阳在《鲁迅研究的世纪玄览》(2001)对《鲁迅先生》一文给予了极高的评价:"这篇论文无疑是中国鲁迅学史上第一篇有分量的鲁迅论,是鲁迅映象初步形成的标志。其最重要也最有意义、最深刻之处,是首次非常形象、准确地描述了鲁迅出世前后中国精神文化界所发生的质变……认识到鲁迅是中国精神文化从中世纪跨进现代的转型期的文学家,张定璜是第一人。这在中国鲁迅学史上具有首创的划时

---

① 所谓的"身边小说"是郑伯奇在评论郭沫若、郁达夫、张资平、张定璜等创造社诸人所作小说时率先提出的概念。"身边小说"以叙事的平民化、人物的世俗化与取材的自我化为主要特点。20 世纪 30 年代的新感觉派乃至 20 世纪后期出现的"新写实小说"均与身边小说存在渊源关系。

期的意义。"此外值得一提的是,"乡土文学"这一重要概念也最早出现于张定璜的《鲁迅先生》之中,认为鲁迅"满熏着中国的土气,他可以说是眼前我们唯一的乡土艺术家","乡土小说"由此成了一个现代文学史上的重要术语。

现代女作家王春翠同样属于为历史所湮没的一位。作为著名作家曹聚仁的原配夫人,她协助曹聚仁创办了《涛声》《芒种》,又在《申报》《妇女杂志》等刊物发表过诸多女性话题文章,后于1936年4月由上海天马书店汇成一集,由鲁迅定名为《竹叶集》,曹聚仁作序。在女性作家寥若晨星的30年代文坛中,王春翠以其辛辣不羁的文风而著称,而表中所列的《于海滨》则是其笔下难得一见的雅致恬淡的美文。该文长期入选民国课本,文中以极其柔美的笔触刻画出故乡的春色:

> 嫩绿的谷苗起伏在轻拂着的微风之下,荡漾得像湖波一般;山鸡缓缓地跳跃在谷陇中,有时为樵牧童的歌声所惊扰,格格地叫着飞开了。油菜花正开得旺盛,太阳照耀着,愈显露他们的鲜艳和矜贵。苜蓿也放开它的花朵了,平铺的绿叶上点缀着淡红色的小花,使我们看了心醉。

尤其值得一提的是,在本书着重考察的五部早期语法学家著作中唯有杨伯峻在书中引用了张恨水小说的语例。

作为鸳鸯蝴蝶派后期代表人物,章回小说大家张恨水长期遭到新文学主流阵营的批判。实际上"五四"新文学的猛烈冲击使得鸳鸯蝴蝶派内部发生分化,个别作家进入新文学阵营(刘半农最初便属于鸳鸯蝴蝶派)。在新的社会语境下,张恨水的创作开始走上改良之路。30年代的《满城风雨》和《啼笑因缘》较之《金粉世家》(1926)已明显可以看到现实主义及妇女解放思潮对他的影响。而抗战长篇小说《八十一梦》(1939)更与传统鸳鸯蝴蝶派作品迥异。尽管如此,在新文学主流看来,张恨水始终难以彻底摆脱鸳鸯蝴蝶派的身份,他在中国现代文学史上长期处于落寞的地位。

张友鸾对于文学史叙事中长期忽视张恨水表示不平,他在《章回小说大家张恨水》(1982)中说道:"张恨水是我们同时代的一位章回小说大家。……现代文学史家对于这样一位有影响的作家,全都避而不谈,使人联想到'汉代也许没有扬子云'这个历史故事。"然而与他长期在文学史中招致的冷遇形成鲜明对比的是他在民国时期备受读者追捧的盛况。1924年4月至1929年1月,连续五年,张恨水在《世界晚报·夜光》副刊上连载章回小说《春明外史》,轰动一时。1927年2月至1932年5月又在《世界日报》连载百万言的《金粉世家》。30年代他创作的《啼笑因缘》至今已有20多个版本,该书续书之多也是民国小说中之最。且鲜为人知的是,新中国成立前无论是老舍还是茅盾,甚至毛泽东和周恩来都对他有过很高的评价。老舍《一点点认识》(1944)中说张恨水"是国内唯一的妇孺皆知的老作家",并说他"是个真正的文人","他敢直言无隐","是最重气节,最富正义感,最爱惜羽毛的人"。茅盾《关于吕梁英雄传》(1946)更是赞誉道:"三十年来,运用'章回体',而能善为扬弃,使'章回体'延续了新生命的,应当首推张恨水先生。"更有甚者,毛泽东与周恩来在新中国成立前也曾经赞扬过张恨水的作品。毛泽东1940年接见中外记者代表团访问延安时的谈话中说:"《水浒新传》这本小说写得好,梁山泊英雄抗金,我们八路军抗日。"周恩来1942年与重庆《新民报》进步人士的谈话中则说:"我觉得用小说体裁揭露黑暗势力,就是一个好办法,也不会弄到'开天窗',恨水先生写的《八十一梦》不是就起了一定作用吗?"可见,尽管当时及日后文学史书写中存在有意忽视,然而不可否认的是,张恨水在中国现代文学史的发展中确实发挥了巨大的推动作用,其作品集中体现了现代通俗小说与新文学小说的嬗变轨迹,从而在文学史上具有标志性的转型意义。

通过对这些"边缘化"作家作品的语例引用,呈现出了杨氏个性化的文学史叙事,这对于挖掘"边缘性"作家作品的文学地位,特别是对于揭示这些以往在文学史书写中处于"边缘"地位的作家作品在现代汉语制度化进程中的贡献而言具有重要意义。

其三,关于译作的大量引用及其对于欧化白话文的思考。

杨伯峻在《中国文法语文通解·绪论》中交代著书目的时说道：

马眉叔开辟中国文法的蹊径，都用西文法比合说明，于是有削足适履的讥评。……就从近年来文法学发达史论，中国文法的研究者渐能脱离西文法的藩篱而独立，除掉八种品词仍袭用外，其余定理，多从中国言语文字历史变化的研究而得之。我们试打开《高等国文法》与《比较文法》两书和《马氏文通》比较，其进步之点，盖不胜数。就凭此两书已足使中国文法学成为一种特立的科学了。……至于现在文法学的缺点，却在乎没有沟通国语文法与文言文法的著作……近来的文法学者，或偏于古或偏于今，而一般学生，既鄙国语文法不必研究而不屑治，又畏古文法之艰难深奥而不敢治，是以文法的观念始终未能普及于学子。于是作白话文的，大都趋于解改与自由或者过度地采用欧化句子或者沿用一隅的方言，常常破坏文法的规则。行之既久，安之若素，以为白话文易为，而敢于恣笔所挥。试打开今日的白话文著作，尤其是翻译的文章，那种涩滞诘鞠的句子，真比读天书还难了解。

杨伯峻的这段话集中代表了其国语建构观：

第一，杨伯峻认为《马氏文通》的问世虽然标志着中国语法学的创立，然其"用西文法比合说明，于是有削足适履的讥评"。不过之后的语法学著作（以《高等国文法》与《比较文法》为例）虽受其影响，但"渐能脱离西文法的藩篱而独立"。

第二，中国文法研究的弊病在于"或偏于古或偏于今"，认为白话文法简易，无须研究，而文言文法艰深又令学子望而生畏，敬而远之。"于是作白话文的，大都趋于解改与自由或者过度地采用欧化句子或者沿用一隅的方言，常常破坏文法的规则。""试打开今日的白话文著作，尤其是翻译的文章，那种涩滞诘鞠的句子，真比读天书还难了解。"由此可见，杨氏对于"涩滞诘鞠"的欧化白话文十分反感，认为欧化白话的泛滥破坏了汉语文法的规则。

然而,值得注意的是,据我们考察,杨氏在书中总共引用了 72 处译作语例。这并非反映杨氏的言行相悖,反而从一个侧面揭示出杨氏在对欧化持有极为谨慎的态度的情况下,其书中所选取的译作语例,从某种程度上而言,可以代表他心目当中现代白话文的真实面貌。

例如高居榜首的周氏兄弟就有 34 例选自译作。而上表中排名第五的夏丏尊 31 例中,几乎都出自译作,其中尤以意大利亚米契斯《爱的教育》(共 25 例)为甚。书中所引的李青崖①作品 7 例也全部源自其翻译的法国莫泊桑的小说,此外表中对胡适、郭沫若、刘半农等新文学运动风云人物的关注均源于其翻译作品。值得一提的是,杨伯峻书中有 11 例取自唐小圃《京语童话·石狮》,翻译家唐小圃在编译儿童文学尤其是俄国童话、寓言方面着力颇多,其语例数亦高于冰心、林语堂、汪仲贤、叶绍钧、巴金、田汉、郁达夫、沈从文等"著名作家"。这不仅体现出杨伯峻对翻译文学的重视,更为重要的是体现出对童话寓言这一文学体裁在现代汉语建构中作用的重视。

---

① 李青崖于 1921 年参加文学研究会,致力于法国文学的翻译和介绍,并作出了突出贡献。主要译著除《莫泊桑短篇小说全集》外,还有左拉《饕餮的巴黎》、大仲马《三个火枪手》、福楼拜《包法利夫人》等。

第三章　汉语语法学革新探索期的文学史叙事框架

1936年,以王力发表《中国文法学初探》一文标志着中国语法学史开始进入汉语语法学革新探索期。这期间,王力、吕叔湘与高名凯三者建立的汉语语法体系各具特色,呈现出三足鼎立之势。尤其是王力与吕叔湘,朱德熙在《〈汉语语法丛书〉序》(1980)中认为"吕、王二氏的书反映了前半个世纪汉语语法研究所达到的水平"。

虽然我们选取1936年王力发表《中国文法学初探》作为汉语语法学革新探索期的标志,然而需要指出的是,在《马氏文通》之后,语法学界对于文法革新的努力一直没有停止过。

朱自清在王力《〈中国现代语法〉序》(1943)中已经敏锐意识到《马氏文通》之后虽然仿效之作蜂出,然而对《马氏文通》的反思与革新也暗流涌动:

> 有些学者也渐渐有出马氏的路子有些地方走不通了:如陈承泽先生在《国文法草创》里指出他"不能脱模仿之窠臼",金兆梓先生在《国文法之研究》里指出他"不明中西文字习惯上的区别"(白序),杨遇夫先生(树达)在《马氏文通刊误》里指出他"强以外国文法律中文"(自序),都是的。至于杨先生论"名词代名词下'之''的'之词性",以为"助词说尤为近真"(《词诠》附录一),及以"所"字为被动助动词(所字之研究,见《马氏文通刊误》卷二),黎劭西先生(锦熙)论"词类要把句法做分业的根据"(《新著国语文法》订正本),及以直接用作述语的

静词属于同动词等,更已开了独立研究的风气。

在朱自清提到的试图革新《马氏文通》语法体系的众多语法学家之中,陈承泽是其中最为杰出的代表。陈承泽在《国文法草创》中提出研究语法三项原则:"其一,说明的非创造的;其二,独立的非模仿的;其三,实用的非装饰的。"吕叔湘《重印〈国文法草创〉序》(1957)中对此三原则予以了阐发:

> 第一,语法规律应该从语法现象归纳,不能凭语法学家的主观来制定;
> 第二,一种语言有一种语言的语法,研究汉语的语法不可以西方的语法来硬套;
> 第三,理论必须联系实际——在这方面,陈氏特别指出:(一)不用语源的说明来代替语法的说明;(二)不把修辞上的特殊当作语法上的通例;(三)不作无用的分类;(四)不以例外否定规律。

陈承泽提出的语法研究三原则即使放在今天来看也是非常有指导意义的。可以说陈承泽的《国文法草创》为日后的汉语语法革新探索期的到来进行了思想准备。

除了朱自清提到的陈承泽、金兆梓、杨树达、黎锦熙等人试图对《马氏文通》的语法体系予以革新之外,在文法革新的倡导者中,尤其值得一提的便是刘半农《中国文法通论》(1920)。

刘半农是现代汉语制度化进程中较为重要的历史人物,其一人身兼双重角色:既是文学家,也是语言学家。在五四白话文运动中刘半农与钱玄同合唱双簧之举已成为文坛佳话。①

---

① 刘复与胡适、陈独秀、钱玄同时人目为《新青年》"四大台柱子"。1918年为推动新文化运动发展,刘复与钱玄同自导自演了一出"双簧戏"。3月钱玄同(化名王敬轩)在《新青年》上发表《文学革命之反响》一文,假扮顽固派疯狂攻击新文化运动,刘复则撰写万余言《复王敬轩书》,予以一一驳斥,轰动一时。后刘复去世,赵元任撰写挽联曰:"十载唱双簧,无词今后难成曲;数人弱一个,教我如何不想他。"

而在汉语语法研究方面，刘半农不满于自《马氏文通》以来机械模仿西洋语法的研究方法，20年代出版的《中国文法通论》便是他主张革新的代表性著作。他在该书《叙目》中所阐发的观点对于当时试图创建新的汉语语法体系的探索派而言很有代表性：

> 综计我们中国人研究本国文法的历史，说话十分简单：就是马建忠按照拉丁文做了一部《文通》，继起的人，十分之九是因袭马氏的成说，十分之一是参酌了英文，或日本人所做的《支那文典》一流书，略略有些改革。我的意思，以为我们对于文法的研究，虽然从比较和模仿的路上走去近，而对于用以比较，用作模型的东西，还得从根本上研究一番。要不然因为他们"有"，我们也就说"有"；他们"无"，也就说"无"；这样的"削足适履"，在无论那一种学问上，都有阻碍。

为此，刘半农在《中国文法通论》(1920)一书中试图参照英语语法体系即模仿 H.斯维特(H.Sweet)在《新英语语法》(*New English Grammar*)中的研究方法，以期"建立起一个研究中国文法的骨格来"。虽然该书如他自己所言，"不能把旧说完全打破，却于因袭之中，带些革新的意味"。从这个角度而言，《中国文法通论》为当时扭转机械模仿之风是起着积极作用的，可以说是后来30年代文法革新的先导。

故曰风起于青萍之末，文法革新并非30年代一夜之间猝然兴起。虽然王力1936年《中国文法学初探》系统阐述了文法革新的理论主张，而早在20年代刘半农、陈承泽、金兆梓、杨树达、黎锦熙等人著作中已酝酿了革新之风。且王力《中国文法学初探》发表之后，语法学界亦未随即大变，而待1938年陈望道等人在全国范围内掀起文法革新大讨论之后，40年代才涌现出以王力、吕叔湘、高名凯为代表的汉语语法理论新体系。可见语法学的发展有其自身规律，其嬗变历程呈现出连续统的鲜明特征。

本章将以王力《中国现代语法》(1943，1944)、《中国语法理论》(1944，

1945),吕叔湘《中国文法要略》(1942,1944),高名凯《汉语语法论》(1948)为重点考察对象,试图以著作中所引现代白话例证为线索,勾勒出早期语法学家笔下所呈现的个性化的文学史叙事图景,同时考察不同文学家在现代汉语发展史上的贡献及其地位。

第一节　王力语法学著作中的文学史叙事框架

一、王力 30 年代的语法学探索

1936 年王力于《清华学报》发表了《中国文法学初探》①一文,被视为汉语语法学革新探索期的理论宣言,是 1938 年文法革新大讨论开始的前奏,它为遏制、扭转当时语法学界的机械模仿之风起到了十分积极的作用。

王力在文中强调汉语自身的语法特性,对《马氏文通》以来一味模仿西方语法理论体系,生搬硬套在汉语语法研究之上的研究现状予以强烈批评。王力注意到"中国人学西洋语文的时候,同时注意到它的文法,研究中国文法的人往往学过西洋语文,于是自然地倾向于以西洋文法来支配中国文法"。他特别批判了"极端模仿西洋文法派"和"努力在中国文法里寻求西洋文法派"。书中以陈浚介《白话文文法纲要》(1920)和章士钊《中等国文典》(1907)为例批判了这种倾向:

> 更可指摘的,就是把英文译成不合中国文法的中文,算是中国文法里的例子。陈浚介先生的《白话文文法纲要》里就有这样的两个例子:
> 　　捉得的贼,已经受嘱咐去受严厉的刑罚了。(页 59)
> 　　除非他讲话太快是一个优秀的教师了。(页 62)

---

① 1940 年 2 月商务印书馆出版了王力的《中国文法初探》的单行本,该书一并收录了王力 1936 年发表的《中国文法学初探》和 1937 年发表的《中国文法中的系词》。

这是极端模仿西洋文法的一派。此外就要说到努力在中国文法里寻求西洋文法的一派了。章士钊《中等国文典》页57以为"园有桃"者犹"于园有桃"也。这是以英文法勉强比附的。

值得注意的是，陈浚介《白话文文法纲要》是白话文语法研究的代表性著作，而章士钊《中等国文典》是文言语法研究的代表性著作，二者都深受《马氏文通》影响。王力对当时学界颇具代表性的白话文语法著作和文言语法著作的批判，显示出王力对于在《马氏文通》影响下产生的语法学研究著作的研究路径与理论取向予以强烈质疑，由此对此流弊的革新与探索也就呼之欲出了。

1937年王力又在《清华学报》发表《中国文法中的系词》一文，运用历史比较的研究方法，系统地考察了汉语系词的发展过程，指出系词在古代汉语中并非不可或缺，揭示出汉语不同于印欧语言的一个突出特点。这是中国语言学家首次真正摆脱西洋语法的束缚、依据汉语自身特点而取得的重大成果。

朱自清高度肯定了王力《中国文法学初探》与《中国文法中的系词》在语言学史上的地位。他在《〈中国现代语法〉序》(1943)中回顾近十年来汉语语法学研究的历程时指出：

> 十年来我国的语法的研究却有了长足的进步。我们第一，该提出的是本书著者王了一先生(力)。他在《清华学报》上发表了《中国文法学初探》和《中国文法中的系词》两篇论文(并已由商务印书馆合印成书)，根据他看到的中国语的特征提供了许多新的意念，奠定新的语法学的基础。

需要指出的是，虽然王力1936年发表的《中国文法学初探》和1937年发表的《中国文法中的系词》在汉语语法革新探索期具有理论先声的重要地位，然而二文语例均为文言文而无白话语例，故不在本节考察范围之内。此外,二文语例均取自文言文也显示出这一时期的王力对于如何构建现代汉语语法体系,在什么基础上构建汉语语法理论新体系尚处于思考之中。而到了《中国现代语法》(1943,1944)、《中国语法理论》(1944,1945)等著作中,王力对于应在什么基础上建构汉语语法理论新体系便有了明确的回答。

二、王力与《中国现代语法》

作为中国现代语言学奠基者之一,王力的《中国现代语法》(1943,1944)所建立的语法体系"给人耳目一新之感,它不仅使人们获得了关于现代汉语'一个比较精确的新鲜的知识'(朱自清序),而且对进一步如何研究汉语语法有深刻的启示作用"(邵敬敏,2006:114)。

书中,王力舍弃了汉语语法初创期套用印欧语语法体系来研究汉语语法的做法,转而借鉴叶斯柏森(丹麦)的"三品说"①与布龙菲尔德(美国)的"向心结构""背心结构"等普通语言学理论,以此"揭示汉语语法的特点,总结汉语的结构规则,从而建立了汉语语法新体系",而这是"《中国现代语法》的最大成就"(龚千炎,1997:135)。

(一)王力的白话语例选取原则

相对于黎锦熙、吕叔湘等语法学家而言,王力在白话语例选取方面,最大的不同之处在于他接受了索绪尔"共时语言学"的观点,认为"语法只该就一时一地的语言作个别的观察,一切的对译都是不能帮助词性或用途的确定的",故而力求只从一本书中选取语例。他在"例言"中这样说道:

> (本书)以专找一部书的例子为原则;因为恐怕语言夹杂,南腔北调,成为一部四不象的语法。我们尽先在《红楼梦》里搜寻,因为《红

---

① "三品说"是丹麦语言学家奥托·叶斯柏森(Otto Jesperson,1860—1943)在《语法哲学》中提出的根据词在短语或句子中的地位对词进行的分类的一种理论,曾对中国20世纪三四十年代的语法研究产生重大影响,王力的《中国语法理论》和《中国现代语法》,吕叔湘的《中国文法要略》等都采纳了"三品说"。

楼梦》是著名的文学作品,又是用北京话写的,合于国语的条件。但是,《红楼梦》叙述事情的部分也和口语相差颇远,……所以我们又尽先在家常的谈话里找。有时候,《红楼梦》找不着适当的例子,没办法,只好暂时自造,或在《儿女英雄传》找些来充数。

由此可见,王力限定取材范围,仅由《红楼梦》《儿女英雄传》中选取语例,原因之一是避免语例取自不同著作而造成"语言夹杂,南腔北调,成为一部四不象的语法"的情况;原因之二是这两部著作均"用北京话写的,合于国语的条件",且在近代汉语向现代汉语演进阶段中具有特殊的标志性的意义。朱自清在《〈中国现代语法〉序》中就该书取材选例的特殊性作了进一步阐释:

> 这两部小说(《红楼梦》和《儿女英雄传》)都用的纯粹北京话。虽然前者离现在已经二百多年,后者也有六七十年,可是现代北京语法还跟这两部书差不多,只是词汇变换得利害罢了。这两部书是写的语言,同时也是说的语言。从这种语言下手,可以看得确切些。第一,时代确定,就没有种种历史的葛藤。……第二,地域确定,就不必顾到方言上的差异。北京话一向是官话,影响最广大,现在又是我国法定的标准语,用来代表中国现代语,原是极恰当的。第三,材料确定,就不必顾到口头的变化。

朱自清对王力选例原则的认同,实际上代表了当时学界的普遍看法[1],即认为在近代汉语的基础上可以构筑现代汉语语法体系。胡适早在《文学改良刍议》(1917)就提出:"今日之文学,其足与世界'第一流'文学比较而无愧色者,独有白话小说一项。"而胡适践行其国语建构观的最重

---

[1] 实际上后世汉语史学者也认为《儿女英雄传》和《红楼梦》的语言"是近代汉语的典范,是汉语文学语言已经达到成熟地步的标志",见潘允中:《汉语语法史概要》,中州书画社1982年版,第6页。

要的语法著作《国语文法概论》也全部取例于近代白话小说。①

　　此外,值得一提的是,虽然王力在《中国现代语法》的"例言"中说"有时候,《红楼梦》找不着适当的例子,没办法,只好暂时自造,或在《儿女英雄传》找些来充数",但在王力眼中,《儿女英雄传》并非仅仅是《红楼梦》语料上的"备胎",实际上在现代汉语嬗变历程中具有独立地位。王力《中国现代语法》(1956:300)曾指出:"《红楼梦》和《儿女英雄传》的语法和现代书报上的语法有什么不同之处,这是很有趣的问题,是值得咱们仔细研究的。"实际上《儿女英雄传》中确实存在不少有别于《红楼梦》的语法现象,如"把"字句的特殊用法、语气词的连用、关联词语的大量运用、"来着"的产生等。龚千炎则在《〈儿女英雄传〉是〈红楼梦〉通向现代北京话的中途站》(1994)一文中通过对《儿女英雄传》语言事例的分析,证明在从近代汉语向现代汉语的演进过程中,《儿女英雄传》具有"中途站"这一重要的语言学史意义:

　　　　《儿女英雄传》反映的基本是19世纪中叶的北京话,《红楼梦》反映的基本是18世纪中叶的北京话,从北京话的近期历史看,《儿女英雄传》是《红楼梦》通向现代北京话的中途站。……我们研究《儿女英雄传》的语言,可以上窥《红楼梦》的语言,下探当代的北京话,从中看出近代汉语(北京话)发展的脉络,现代北京话的源头,以及现代汉语文学语言的形成。

　　(二)王力的欧化语法观

　　虽然王力在《〈中国现代语法〉例言》中已明确将《红楼梦》《儿女英雄传》中的白话视为中国现代语的代表,但书中仍旧选取了现代白话语例,且全部聚集于《欧化的语法》这一章中,尽管这部分语例在数量上同近代

---

① 胡适《文学改良刍议》语例全部出自明清白话小说,具体如下:《水浒传》(25例)、《红楼梦》(19例)与《儒林外史》(19例)。

相比较为悬殊(据统计,近代部分与现代部分的语例数之比约为37∶1)。

王力在《欧化的语法》这一章中写道:"最近二三十年来,中国受西洋文化的影响太深了,于是语法也发生了不少的变化。这种受西洋语法影响而产生的新语法,我们叫它做欧化的语法。……"朱自清在为《中国现代语法》撰写的序言中也说道:"现在所谓'语法'或'文法',都是西文'葛朗玛'的译语;这是个外来的意念。我国从前只讲'词''词例',又有所谓'实字'和'虚字'……系统的'语法'的意念是外来的。"齐耕(1993:272)认为现代汉语"流行的语法理论大体上都是在印欧系语言的研究基础上总结出来的"。

欧化这股浪潮借助翻译媒介对白话文的发展加以强力渗透,语言接触必然潜移默化地对语言的演变起着重要的"催化剂"作用,这种巨大的辐射力到五四新文化语境下更加显著。王力在《汉语浅谈》(1985:680)谈到翻译的作用时说道:"近百年来,从蒸汽机、电灯、无线电、火车、轮船到原子能、同位素等等,数以千计的新词语进入了汉语的词汇。还有哲学、社会科学、自然科学各方面的名词术语,也是数以千计地丰富了汉语的词汇。总之,近百年来,特别是近五十年来,汉语词汇的发展速度,超过了以前几千年的发展速度。"曹而云《翻译实践与现代白话文运动》(2004)也指出:"五四以白话文体为媒介的翻译活动为新文化输入现代观念及现代思想,白话文体为翻译新思想、新观念提供了一个实用的载体,翻译也为白话文体身份的确立提供了现实的依据。"

随着新语汇的涌入,新句法结构也不断渗透到汉语之中,如长定语、长状语与欧化关联词的出现,导致汉语长句蔚然成风,而可能式、被动式、插入语、补足语的频繁使用,更是强烈冲击着汉语的秩序,重塑着汉语的语言规范。故而,五四白话文在某种程度上可称其为欧化白话文,其面貌较之于近代已然发生了极大改变。王力在《中国语法学理论》的"新版自序"(1955:348)中指出:"现在中年以上的人做起文章总不免或多或少地采用些欧化的词和语法。"

五四以后,对西洋语法的模仿热一直持续不退,国人多崇尚使用欧化词,欧化语法以一种较隐蔽的方式渗透进了汉语固有的语法体系中,既是重构白话文的一股重要的力量,同时又是现代汉语的一个有机组成部分。许多欧化形式的使用早已融入汉语中,成了汉语的规范结构,而难以从中加以辨识。

对于欧化热潮的汹涌来袭及其对于汉语的强劲改造力,有人提出:"汉语语法应该尽可能和外国语(俄、英)相一致。"[①]王力却不以为然。他在《中国现代语法·欧化的语法》中客观指出:"咱们对于欧化的语法,用不着赞成,也用不着反对。欧化是大势所趋,不是人力所能阻隔的;但是,西洋语法和中国语法离得太远的地方,也不是中国所能勉强迁就的。欧化到了现在的地步,已完成了十分之九的路程;将来即使有人要使中国语法完全欧化,也一定做不到的。"甘阳《语言与神话·代序》(1988)中也指出:"有趣的是,近百年来我们一直把中国传统文化无逻辑、无语法这些基本特点当作我们的最大弱点和不足力图加以克服的,而与此同时,欧陆人文哲学却反向而行,把西方文化重逻辑、重语法的特点看作是他们的最大束缚和弊端而力图加以克服。"

在王力看来,外来语的输入及其对汉语的巨大影响是语言发展过程中所不可避免的。然而对于外来语的吸收或扬弃程度则由汉语系统自身的特点与演变规律所决定,故而"要使中国语法完全欧化,也一定做不到"。汉语以其自己特有的方式不断创造和吸收新的词汇、句法来反映层出不穷的新事物、新概念,对于不适应汉语系统的或加以改造使之适应或加以淘汰,从而完善了语言作为交际工具的职能。故而王力在《中国现代语法》与《中国语法理论》中均为"欧化的语法"各辟一章,以使国人充分意识到汉语固有的语法特点与注重形态结构的印欧语法之间的差异及区分,这对于百年来汉语欧化的盲目性、机械性的反思有特殊意义。此外由这种篇章布局,可以从一个侧面反映出了现代汉语的语法是由传统文学中非正统部分(如以《红楼梦》为代表的明清章回体白话小说)和世界文学

[①] 见王力《中国语法学理论·新版自序》,中华书局1955年版。

二者共同建构而成。前者代表了发展形态趋于稳定成熟的本土话语,后者则代表了由译介西方文学这一翻译实践所引入的欧化国语或曰外来话语。

关于汉语语法中的欧化现象,王力在《中国现代语法·欧化的语法》这一章将其概括为以下子目:

(1) 复音词的制造;
(2) 主语和系词的增加;
(3) 句子的延长;
(4) 可能式、被动式,记号的欧化;
(5) 连接成分的欧化;
(6) 新代替法和新称数法;
(7) 新省略法,新倒装法,新语法及其他。

王力对欧化现象的特征做了较为完整的梳理,然而学界也发出了不同的声音。例如关于第三项"句子的延长",王力指出"试把《红楼梦》一类的书和现代欧化的文章相比较,则见前者的长句子很少,后者的长句子很多","句子长的原因是有长的修饰品,而长的修饰品就是西文的一种特色"①。对此龚千炎《〈儿女英雄传〉是〈红楼梦〉通向现代北京话的中途站》(1994)提出异议:"据我们分析,句子的延长主要是由于其修饰语内部结构复杂化所致。说《红楼梦》中复杂修饰语很少是对的,但说《儿女英雄传》中复杂修饰语很少就未必对了。""其实,《儿女英雄传》中的复杂修饰语虽然少于现代汉语,但却明显多于《红楼梦》,而且其结构也明显较《红楼梦》更为复杂。"为此他列举了《儿女英雄传》中大量的语料,最后得出结论:"长句子的增多亦即修饰语的复杂化精密化并非只是欧化所致,主要还是汉语自身发展规律起作用的结果。可以说,《红楼梦》语言——《儿女

---

① 王力:《中国现代语法》(下册),中华书局1956年版,第325、336页。

英雄传》语言——现代文学语言,它们的发展基本上还是一脉相承的。"

此外,刘重德《"欧化"辨析——兼评"归化"现象》(1998)也指出:"还有一种已被现代作家接受并运用的欧化句式,王力还未曾提到,那就是某些状语从句的后置,特别是原因状语从句、条件状语从句和让步状语从句的后置。这种新句式不仅在现代翻译文学中,而且在现代文人所写的散文和小说中,均属常见。这类状语从句,在从前汉语的传统表达法中,多为从句在前,主句在后。但自 20 世纪初中国新文学运动以来,在翻译的影响之下,这类欧化现象已被许多文人接受,因为它们像别的有用的欧化现象,在不知不觉中丰富了现代汉语,因为它们都是出自语境的需要。"文中列举了若干语料作为例证,如:"再往前走就是春天了,如果进到天山这里还像秋天的话。""鱼化石毕竟还是没有真正生命的东西,它虽然栩栩如生。"①他对这两个例句的分析是:前者是条件状语从句后置,后者是让步状语从句后置。"编者(指宋振华等人——引者注)说这种倒装是为了强调,但笔者认为主要是出于作者或说者的心理作用,在写(说)了主句后,突然觉得有补说条件或表示让步的必要,以便使语气委婉,免得武断。"而这"两种后置状语从句的这种所谓欧化的表达法,已不陌生,一般知识分子都能脱口说出这类倒装句式"。

(三)《中国现代语法》现代白话文学语例探析

据我们考察,《中国现代语法》中现代白话文学语例的具体分布如表3-1 所示。

表 3-1　王力《中国现代语法》中现代白话文学语例表

著　者	作品(语例数)	合计
朱光潜	《无言之美》(11)	18
	《文艺与道德》(7)	
徐志摩	《我所知道的康桥》(16)	16

---

① 刘重德指出此二例均借自宋振华等主编《现代汉语修辞学》。见宋振华等主编:《现代汉语修辞学》,吉林人民出版社 1984 年版,第 184 页。

续表

著　者	作品（语例数）	合计
周作人	《文艺批评杂话》(9)	13
	《散文钞》(3)	
	《新希腊与中国》(1)	
冯友兰	《贞元六书·新世训》(7)	12
	《贞元六书·新事论》(5)	
鲁迅	《示众》(4)	8
	《药》(3)	
	《狂人日记》(1)	
陈西滢	《西滢闲话》(7)	7
林徽因	《窗子以外》(4)	4
丁西林	《压迫》(2)	2
朱自清	《文病类例》(2)	2
冰　心	《往事》(1)	1
叶绍钧、朱自清	《精读指导举隅》(1)	1
余冠英	《比较的读文法示例》(1)	1
总　　计		85

由上表可知，王力《中国现代语法》在现代白话文学语例选取上，除了跟其他语法学家一样都较为重视鲁迅的作品之外，还表现出一些个性化的叙事：

其一，重视作品的哲理性与审美性。王力此书选例的一个最大特点在于重视哲理性。表中美学大师朱光潜的语例居于首位。《无言之美》(11例)为其美学研究方面的白话处女作，而《文艺与道德》(7例)亦为说理性散文的代表性作品。朱光潜幼入孔城高小，后考入桐城中学，国学功底深厚。1925年起游学西欧，并获法国博士学位。1943年朱光潜在《诗论》中专门探讨了文言与白话的关系，并提出"言思一致性"的理论，主张"语言文字本身不能以古今论上下，也不能以中西论优劣，关键要看与思想的关系，要看其自身有无生命力"，令人耳目一新。此外，著名哲学家、教育家冯友兰所著《贞元六书》标志着冯友兰新理学体系形成,此书在表中亦有较高频次的引用(12例)。五四时期,冯友兰积极响应新文化运动的号召,与同仁创办的《心声》成了河南宣传新文化运动的重要刊物。五四时期,西方各类思潮如潮水般涌入,中西文化冲突甚为激烈。冯友兰一生的哲学研究正是围绕着中西文化而展开的。早期他确立了新实在主义的哲学信仰,并将新实在主义同程朱理学相结合,此后于20世纪五六十年代转而接受马克思主义。冯友兰的《中国哲学简史》享誉全国,而诸如《人生的境界》等文亦被收录于中学语文课本中。

该书选例的另一特点为重视审美性,表现为对徐志摩散文成就的高度认可与对女性散文家林徽因、冰心作品的关注。上表中徐志摩的语例高居第二,且位于周氏兄弟之前。作为20世纪20年代中国文坛上的一位当之无愧的"诗文双绝"大家,沈从文《论徐志摩的诗》(1932)曾指出徐志摩"在散文与诗方面,所成就的华丽局面,在国内还没有相似的另一人"。散文《我所知道的康桥》与诗作《再别康桥》便是他采用不同的体裁抒写同一题材的成功范例。《我所知道的康桥》为1925年徐志摩重访康桥后所作。文中记述了作者当年于英国剑桥大学的留学生活,并描绘了康桥的自然风光。而作于1928年的《再别康桥》在写景之余抒唱了"康桥理想"幻灭的苦痛。二文均彰显了徐志摩笔下诗文的韵律之美,反映了其突出的文学艺术创作成就。

《窗子以外》则是林徽因的散文代表作,被收录于《你是那人间的四月天》。文中以窗子以外的"旁观者"视角记叙了1934年与丈夫梁思成山西之行的沿途见闻。作者原想"窗子以内"走到"窗子之外",结果"没想到不管你走到哪里,你永远免不了坐在窗子以内的"。该文笔触细腻,代表了林徽因早期的文风。抗战之后林徽因的创作风格则从早期那种"空灵、婉约、飘逸转变为悲怆、沉郁以至苦涩;诗歌创作内容也不再局限于个人不可捉摸的心绪和情感,而代之以一种尖锐的内心冲突和社会性主题"①。

---

① 见邵燕祥《林徽因的诗》,《女作家》1985年第4期。

徐志摩的《我所知道的康桥》与林徽因的《窗子以外》均为中国现代散文史上脍炙人口的美文，在民国时期就多次入选语文课本中。而关于冰心散文，茅盾曾在《冰心论》中指出："在所有'五四'时期的作家中，只有冰心女士最属于她自己。她的作品中，不反映社会，却反映了她自己，她把自己反映得再清楚也没有。在这一点上，我觉得她的散文的价值比小说高。"

其二，对日后文学史中长期边缘化人物的关注——主要体现为对周作人、陈西滢的关注。与以往多关注周作人散文成就不同，王力所选取的周作人作品语例，绝大多数源自《文艺批评杂话》，该书为周作人文艺评论方面的代表性著作，集中代表了周作人在文艺评论领域的成绩。王力对周作人，特别是对其文艺评论作品的关注迥异于日后的文学史书写。此外王力特别注意到陈西滢的散文成就。被视为"反动文人"的陈西滢是中国现代文学史上长期被边缘化的人物，对其评价向来以负面居多，这与他跟鲁迅之间论战不无关系。实际上他的《西滢闲话》(1928)在中国现代散文史上有重要的价值。梁实秋在《西滢闲话》序言中将陈西滢与胡适、周氏兄弟、徐志摩并称为五四以来五大散文家之一，并指出其"笔下如行云流水，有意态从容的趣味"①。苏雪林在《陈源教授逸事》(2004：130)中亦赞其文笔"修饰得晶莹透剔，更无半点尘滓绕其笔端"。与陈西滢在文学史中长期处于边缘地位形成对比的是，1927年陈西滢发表《新文学运动以来的十部著作》向读者推荐了新文学十部杰作②，反而表现出对新文学各家成就较为客观的认识。

其三，对教辅类著作中的白话文学语例予以了相当关注。上表中叶圣陶与朱自清合著的《精读指导举隅》、朱自清《文病类例》和余冠英《比较的读文法示例》均属于教辅性质，具有通俗性与示范性特点。

其四，与黎锦熙《新著国语文法》、吕叔湘《中国文法要略》相比，王力

---

① 梁实秋：《〈西滢闲话〉台湾版序》，见陈子善编《雅舍谈书》，山东画报出版社2005年版，第162页。
② 陈西滢推荐的"新文学十部杰作"为：胡适的《胡适文存》、吴稚晖的《一个新信仰的宇宙观与人生观》、顾颉刚的《古史辨》、郁达夫的《沉沦》、鲁迅的《呐喊》、郭沫若的《女神》、徐志摩的《志摩的诗》、丁西林的《一只马蜂》、杨振声的《玉君》及冰心的《超人》。

《中国现代语法》(1943,1944)并未对戏剧予以过多关注,仅有丁西林《压迫》两例。

三、王力与《中国语法理论》

(一)《中国语法理论》同《中国现代语法》的关系

《中国语法理论》(1944,1945)同《中国现代语法》(1943,1944)是姊妹篇。它们原是王力1938年在昆明西南联合大学的讲义,当时即称为《中国现代语法》。后1939年王力接受闻一多的建议,将讲义分为两部分:一是专门讨论规律,即之后的《中国现代语法》;一则专门探究理论,即之后的《中国语法理论》①。

(二)《中国语法理论》现代白话文学语例探析

《中国语法理论》的白话取材大致与《中国现代语法》类似,仍以近代白话为主,兼及一部分现代白话文学语例,且同样集中于《欧化的语法》一章中出现。

据统计,书中所出现的现代白话语例共有33处(详见表3-2)。

表 3-2 《中国语法理论》现代白话文学语例表

著 者	作品(语例数)	合计
徐志摩	《巴黎的鳞爪》(5)	9
	《我所知道的康桥》(4)	
鲁 迅	《狂人日记》(2)	6
	《示众》(1)	
	《药》(3)	
林徽因	《窗子以外》(6)	6
梁宗岱	《屈原》(3)	3
陈西滢	《西滢闲话》(2)	2
冯友兰	《贞元六书·新事论》(1)	2
	《贞元六书·新世训》(1)	

---

① 该书由商务印书馆出版,上册出版于1944年9月,下册出版于1945年10月。

续表

著　者	作品（语例数）	合计
周作人	《散文钞》(1)	2
	《文艺批评杂话》(1)	
朱光潜	《无言之美》(1)	1
冰　心	《往事》(1)	1
丁燮林①	《压迫》(1)	1
总　　计		33

由上表可知，同《中国现代语法》相比，《中国语法理论》现代白话文学语例的选取上表现出以下特点：

其一，延续了《中国现代语法》中注重作品哲理性与审美性的趋势。值得一提的是，徐志摩的语例数不仅依旧居于周氏兄弟之前，甚至由《中国现代语法》的第二位上升到《中国语法理论》的首位，从中再次反映出王力对徐志摩成就的高度认可。此外在《中国语法理论》中王力除引用徐志摩《我所知道的康桥》外，还注意到其另一散文名篇《巴黎的鳞爪》。

其二，对女性作家的进一步关注，不仅继续选取了林徽因、冰心的作品，而且林徽因的《窗子之外》是该书中语例数最多的单部作品。

其三，对日后文学史书写中的边缘人物予以了进一步的关注，不仅选取了陈西滢的《西滢闲话》，还注意到了梁宗岱的《屈原》。作为成长于五四时期的"新青年"，作为中国现代诗人、翻译家以及人文主义者，梁宗岱《屈原》一文为我们提供了关于屈原及其作品的创造性的阐释，由此成为屈原接受史上的重要文献。

此外，值得注意的是，注重通俗性、示范性特点的教辅类著作在《中国语法理论》中并未出现引例。

需要说明的是，因第四章涉及相关数据的统计，为公允起见，特将王

---

① 丁燮林为剧作家丁西林的原名。

力的《中国现代语法》与《中国语法理论》两部著作的统计结果合成一部,只作单部论(即将相关作家作品语例叠加一起,得出新的作家位次及相应的作品语例数),以此呈现出王力语法学著作中现代白话文学语例分布总貌。具体如表3-3所示。

表3-3 《中国现代语法》《中国语法理论》中现代白话文学语例整合表

位次	著者	作品(语例数)	合计
1	徐志摩	《我所知道的康桥》(20)	25
		《巴黎的鳞爪》(5)	
2	朱光潜	《无言之美》(12)	19
		《文艺与道德》(7)	
3	周作人	《文艺批评杂话》(10)	15
		《散文钞·自己的园地》(4)	
		《新希腊与中国》(1)	
4—5	冯友兰	《贞元六书·新世训》(8)	14
		《贞元六书·新事论》(6)	
	鲁迅	《示众》(5)	14
		《药》(6)	
		《狂人日记》(3)	
6	林徽因	《窗子以外》(10)	10
7	陈西滢	《西滢闲话》(9)	9
8—9	丁西林	《压迫》(3)	3
	梁宗岱	《屈原》(3)	3
10—11	朱自清	《文病类例》(2)	2
	冰心	《往事》(2)	2
12—13	叶绍钧、朱自清	《精读指导举隅》(1)	1
	余冠英	《比较的读文法示例》(1)	1
总计			118

第二节　吕叔湘语法学著作中的文学史叙事框架

一、吕叔湘与《中国文法要略》

吕叔湘是中国现代语言学一代宗师，也是近代汉语学的奠基者。其主要语法著作有《中国文法要略》(1942，1944)、《汉语语法论文集》(1955)、《语法修辞讲话》(与朱德熙合著，1952)、《汉语语法分析问题》(1979)等。

《中国文法要略》是汉语语法革新探索期的重要成果。初版分上中下三卷。上卷为从形式到意义的"词句论"，旨在建立语法体系。中下卷为从意义到形式的"表达论"，主要受法国语言学家勃吕诺（Ferdinand Brunot）思想的影响，认为学习语言，当兼能理解与表达，然一般语法只重视理解而忽视表达，故而语法研究存在局限。而吕氏书中增设的"表达论"可谓是国内首创。对此胡明扬《吕叔湘先生在语法理论上的重大贡献》(1994)曾高度评价道："在《中国文法要略》中，吕叔湘先生提出了一个在内部蕴涵有机联系的表达论体系，这也是迄今为止汉语研究中最完整的一个表达论体系。"此外，他还指出该书中"提出来的'动词中心观'和有关动词'向'的理论是对语法理论的重大贡献，比西方语言学界提出的'动词中心论'和动词'价'的理论整整早了十七年。"邵敬敏《汉语语法学史稿》(2006:128)也高度评价该书"不重理论的说明，而重规律的揭示；不重体系的构拟，而重事实的描述；开创了描写语法的一代学风，也是迄今为止对汉语句法全面进行语义分析的唯一著作"。

二、《中国文法要略》现代白话文学语例探析

《中国文法要略》非常重视语言的比较，强调通过一定的比较法，从中探究语言的内部规律。吕叔湘在上卷初版《例言》中就阐明其重要性："要明白一种语文的文法，只有应用比较的方法。……只有比较才能看出各种语文表现法的共同之点和特殊之点。假如能时时应用这个比较方法，不看文法书也不妨；假如不应用比较的方法，看了文法书也是徒然。"相比于文言之间、白话之间或中外语言之间等的比较，吕氏尤为注重文言与白

话之间的比较研究,且这方面的探索也取得了一定的成就。①

据统计,《中国文法要略》(1942,1944)中现代白话文学语例共 299 处,具体分布如表 3-4 所示:

表 3-4 《中国文法要略》现代白话文学语例表

著 者	作品(语例数)	合计
冰 心	《冬儿姑娘》(42)	72
	《姑姑》(12)	
	《寄小读者》(7)	
	《分》(5)	
	《烦闷》(3)	
	《离家的一年》(1)	
	《第一次宴会》(1)	
	《我的奶娘》(1)	
丁西林	《一只马蜂》(26)	48
	《亲爱的丈夫》(8)	
	《压迫》(8)	
	《北京的空气》(6)	
徐志摩	《我所知道的康桥》(37)	46
	《自剖》(3)	
	《再剖》(3)	
	《迎上前去》(2)	
	《常州天宁寺闻礼忏声》(1)	
老 舍	《上任》(12)	28
	《柳家大院》(8)	
	《黑白李》(8)	

---

① 然而此处需要补充一点的是,吕氏在语料选取方面,以文言居多。据统计,书中近代白话有 904 例,现代白话有 299 例。二者比例约为 3∶1。由此容易给人喧宾夺主之感,从而不利于把握现代汉语语法的规律及特点。

续表

著者	作品（语例数）	合计
老舍	《有声电影》(6)	12
	《牺牲》(3)	
	《月牙儿》(1)	
	《大悲寺外》(1)	
	《阳光》(1)	
朱自清	《背影》(15)	25
	《儿女》(2)	
	《瑞士》(2)	
	《绿》(2)	
	《荷塘月色》(2)	
	《匆匆》(1)	
	《秋》(1)	
胡适	《读书》(13)	19
	《不朽》(5)	
	［法］都德《最后一课》(译)(1)	
鲁迅	《鸭的喜剧》(8)	11
	《说胡须》(2)	
	《藤野先生》(1)	
赵元任	［英］《最后五分钟》(改译)(9)	10
	［希］《北风跟太阳》(译)(1)	
朱光潜	《给青年的十二封信·谈动》(5)	8
	《给青年的十二封信·谈作文》(3)	
叶圣陶	《母》(4)	6
	《鲤鱼的遇险》(1)	
	《篮球比赛》(1)	
周作人	《苦雨》(2)	4
	《乌篷船》(2)	

续表

著 者	作品（语例数）	合计
茅盾	《大泽乡》(2)	2
苏雪林	《扁豆》(1)	2
	《秃的梧桐》(1)	
李石岑	《缺陷论》(2)	2
夏丏尊	[意]亚米契斯《爱的教育·少年侦探》(译)(1)	1
宗白华	《学者的态度与精神》(1)	1
徐蔚南	《快阁底紫藤花》(1)	1
吴稚晖	《机器促进大同说》(1)	1
总　　计		299

由上表可知，吕叔湘与黎锦熙一样都对戏剧、小说的成就予以了高度关注。

作为中国现代戏剧史上擅长喜剧创作的剧作家，丁西林的剧作在上表中位列第二。表中所列《一只马蜂》(1923)是其处女作，此外《亲爱的丈夫》(1924)、《压迫》(1926)、《北京的空气》(1930)等均为丁西林较重要的剧作，集中体现了他的艺术成就。剧作语例的高频引用，再次印证了戏剧文学对于现代汉语制度化的作用，较之其他文学体裁作品更为明显。

此外，值得一提的是，赵元任的改译剧作《最后五分钟》在吕叔湘的笔下出现较高频次的引用。1929年，赵元任将英国作家AA Milne的剧本 *The Camberley Triangle* 编译为北京口语，又用国语罗马字将其转写成戏谱，改名为《最后五分钟(国语罗马字对话戏戏谱)》，由上海中华书局出版。朱自清在《论白话——读〈南北极〉的感想》一文中称赞道："赵元任先生改译的《最后五分钟》剧本，用的是道地北平语，语助字满都仔仔细细改了，一字一句都能上口说。这才真是白话。"该书是赵元任实践国语罗马拼音方案的重要著作，国语罗马字全称为"国语罗马字拼音法式"，是我国第一套法定的拉丁字母拼音方案。1925—1926年由国语统一筹备会罗马字母拼音研究委员会研究制定，1928年南京国民政府将其作为"国音字母

第二式"公布,与注音字母同时推行。朱自清在《论诵读》中充分肯定了赵元任创制的这种"戏谱"在现代汉语制度化进程中的意义:

> 诵读口语体的白话文(这种也可以称为白话),还有诵读小说里的一些对话和话剧,应该就像说话一样,虽然也还未必等于说话。说是未必等于说话,因为说话有声调,又多少总带着一些面部表情和肢体动作,写出来的说话虽然包含着这些,却不分明。诵读这种写出来的说话,得从意义里去揣摩,得从字里行间去揣摩。而写的人虽然想着包含那些,却也未必能包罗一切;揣摩的人也未必真能尽致。这就未必相等了。所以认真的演出话剧,得有戏谱,详细注明声调等等。李长之先生提到的赵元任先生的《最后五分钟》就是这种戏谱。

可见赵元任的《最后五分钟(国语罗马字对话戏戏谱)》对当时的戏剧界及国语运动界来说都是充满了革新意味的开创性著作,影响深远,乃至1972年汪曾祺在致朱德熙的信里还不无惊喜地说道:

> 所读妙书是赵元任的《国语罗马字对话戏戏谱最后五分钟一出独折戏附北平语调的研究》。这书是我今天上午在中国书店的乱书堆中找到,为剧团资料室购得的。你看过没有?这真是一本妙书!比他译的《爱丽丝漫游奇境记》还要好玩儿。他这个戏谱和语调研究,应该作为戏剧学校台词课的读本。这本书应当翻印一下,发到每个剧团。

此外,吕叔湘对现代白话小说也予以了关注,其中以老舍小说最为突出。其作品中浓厚的京味儿主要源自他对北京市民浅易白话的深刻把握。老舍在《怎样写通俗文艺》中主张"白话万能"[①]论,他在《关于文学的

[①] 老舍:《怎样写通俗文艺》,《老舍全集》第17卷,人民文学出版社1999年版,第279页。

语言问题》中又认为"创作还是应该以老百姓的话为主"①。力图"把顶平凡的话调动得生动有力",烧出白话的"原味儿"来。老舍的文学成就也恰好反映了他实践白话语言观的成功。此外上表中鲁迅《鸭的喜剧》、茅盾《大泽乡》亦为小说名篇。

与黎锦熙《新著国语文法》相较,吕叔湘《中国文法要略》在现代白话文学语例选取上也表现出两大不同的倾向性。

其一,注重文学作品的教育性。

上表中冰心的现代白话文学语例占据压倒性优势。茅盾《冰心论》:"一片冰心安在,千秋童稚永存。"作为中国儿童文学之奠基人的冰心,擅长对口语加以提炼,并以流畅明晰、典雅清丽的语言风格形成了"冰心体"。表中所列《冬儿姑娘》(1935)、《姑姑》(1932)、《寄小读者》(1926)等儿童文学作品,堪称"冰心体"代表。其中《寄小读者》更是中国儿童文学的奠基之作。《寄小读者》是冰心在 1923—1926 年间写给小读者的通讯散文。其与之后相继推出的《再寄小读者》《三寄小读者》一并成了冰心最负盛名的儿童文学系列作品。儿童文学较之一般的文学作品,更具通俗活泼、贴近口语等特点且兼具教育性,故而成为早期语法学家的重要取材对象之一。

此外,表中朱光潜的《给青年的十二封信》出现 8 例。该书是作者旅欧期间从海外寄到某杂志社的有关青年修养的十二篇文章。胡适的《读书》及宗白华的《学者的态度与精神》也均带有较强的教育性。而胡适的《最后一课》与夏丏尊的《爱的教育·少年侦探》则更是爱国主义教育的经典译本。

其二,注重文学作品的审美性。

吕叔湘在书中对徐志摩、朱自清、周作人等人的散文成就予以了关注。徐志摩的散文在上表中位列第三,反映出吕叔湘对徐志摩散文成就

---

① 老舍:《关于文学的语言问题》,《老舍全集》第 16 卷,人民文学出版社 1999 年版,第 361 页。

的认同。作为新月诗派领袖的徐志摩在散文方面也取得了突出成就,梁实秋甚至认为"他的散文在他的诗以上"①。陈从周在《徐志摩年谱·编者自序》(1981:8)中也指出:"在五四运动后,他对白话文、白话诗的提倡,尤其是方言入诗、入文开现在诗文中运用新语汇的先锋,这些都向着传统的旧文学挑战。虽然形式上过于唯美,但他的行为方面仍然是前进的。"

朱自清的《匆匆》《绿》《背影》《荷塘月色》等散文因其意境优美、情景交融常被视为经典美文,长期入选国文(语文)教材。

此外,《苦雨》与《乌篷船》为周作人散文名篇,在一定程度上代表了周作人在我国现代散文创作领域取得的突出成就。1922 年胡适在《五十年来中国之文学》②中总结和评价文学革命的胜利时特别指出:

> 这几年来,散文方面最可注意的发展乃是周作人等提倡的"小品散文"。这一类的小品,用平淡的谈话,包藏着深刻的意味;有时很像笨拙,其实却是滑稽。这一类的作品的成功,就可彻底打破那"美文不能用白话"的迷信了。

胡适高度肯定了周作人"小品散文"在文学革命中的突出贡献,认为是"散文方面最可注意的发展",且具有"打破那'美文不能用白话'的迷信"的重要意义。

第三节 高名凯语法学著作中的文学史叙事框架

一、高名凯与《汉语语法论》

高名凯是中国著名的理论语言学家,他在探索汉语语法理论、普通语言学理论等方面作出过重大贡献。1948 年出版的《汉语语法论》与王力的

---

① 梁实秋:《徐志摩的诗与文》,见《雅舍杂文》,文化艺术出版社 1998 年版,第 81 页。
② 胡适:《五十年来中国之文学》,见欧阳哲生编《胡适文集》第 3 卷,北京大学出版社 1998 年版,第 263 页。

《中国现代语法》《中国语法理论》和吕叔湘的《中国文法要略》都是20世纪30年代文法革新的最重要的研究成果,均是反对模仿通俗拉丁语、英语语法,要求用普通语言学理论作指导进行汉语语法研究。其中高名凯的《汉语语法论》理论上主要受法国语言学家房德里耶斯的影响,在语法学史上"创建了一个与王力、吕叔湘三足鼎立、别具一格的新的汉语语法体系"(邵敬敏,2006:129)。

具体而言,"王力的《语法》和《理论》,既有规律的描述,又有理论的阐述,从而建立了一个比较完整的汉语语法新体系,着重于意义的分析和句式的特点,在国内外影响最大。吕叔湘的《要略》包括了从形式到内容和从内容到形式两个方面的描写,着重于语法意义的表达和精细的语法规则的描写,对科学语法的建立贡献最大。高名凯的《语法论》基本上是部关于汉语语法理论的著作,观点别具一格,自成一家之言,偏重于思维范畴的表达和句子内部结构关系的分析,哲学气息浓厚,逻辑性强,虽影响不及前两者,但也很能发人深省"(邵敬敏,2006:136)。

二、《汉语语法论》现代白话文学语例探析

高名凯在从事语言研究之余,十分关心语文工作,写了大量有关推行汉字改革、推广普通话以及现代汉语规范化等问题的文章。作为早期语法学的重要代表性著作,他的《汉语语法论》便从现代文学作品中引用了丰富的语例。我们对此作了详细统计,具体如表3-5所示。

表3-5 高名凯《汉语语法论》现代白话文学语例表

著译者	作品(语例数)	合计
洪 深	《第二梦》①(译)(59)	114
	《少奶奶的扇子》②(译)(55)	
欧阳予倩	《回家以后》(68)	86
	《泼妇》(18)	

---

① 《第二梦》为洪深据英国巴蕾《亲爱的波鲁特斯》改编而成。
② 《少奶奶的扇子》为洪深据英国王尔德的《温德米尔夫人的扇子》改编而成。

续表

著译者	作品(语例数)	合计
徐半梅	《月下》(49)	49
汪仲贤	《好儿子》(44)	44
巴　金	《长生塔》(7)	12
	《家》(5)	
徐志摩、陆小曼	《卞昆冈》(9)	9
李广田	《画廊集·记问渠君》(2)	9
	《画廊集·秋雨》(2)	
	《画廊集·黄昏》(2)	
	《画廊集·投荒者》(1)	
	《画廊集·雉》(1)	
	《画廊集·野店》(1)	
废　名	《竹林的故事》(2)	8
	《去乡》(2)	
	《火神庙的和尚》(1)	
	《病人》(1)	
	《少年阮仁的失踪》(1)	
	《我的邻舍》(1)	
鲁　彦	《雀鼠集·车中》(3)	8
	《雀鼠集·惠泽公公》(3)	
	《雀鼠集·亚猛》(1)	
	《雀鼠集·桥上》(1)	
俞平伯	《广亡征》(2)	6
	《驳〈跋销释真空宝卷〉》(2)	
	《赋得早春》(1)	
	《身后名》(1)	
董乐山	[英]詹姆斯·格雷厄姆·巴拉德《旱》(译)(6)	6

续表

著译者	作品（语例数）	合计
何其芳	《独语》(2)	5
	《墓》(1)	
	《楼》(1)	
	《岩》(1)	
袁牧之	《两个角色演的戏·寒暑表》(4)	4
老 舍	《二马》(1)	2
	《骆驼祥子》(1)	
周作人	《周作人散文钞·象牙与羊脚骨》(1)	2
	《自己的园地》(1)	
朱自清	《看花》(1)	1
舒新城	《蜀游心影·人间世》(1)	1
总　　计		366

由上表可知，高名凯《汉语语法论》在现代白话文学语例选取方面主要呈现出以下特点。

其一，剧作语例的绝对优势和对翻译文学的重视。据统计，书中剧作语例共 306 处，约占全书现代白话文学语例总频次的 83.6%。主要取自洪深、欧阳予倩、徐半梅、汪仲贤、袁牧之等人的剧作。其中又以洪深的语例最多。其《第二梦》和《少奶奶的扇子》均为改译的名作。20 世纪 20 年代是多幕剧创作的起步阶段，戏剧界兴起译介外国剧本的潮流，将西洋名剧改译为适合中国演员表现和中国观众观看的新剧。洪深的这两部剧作便是当时最成功的例子。由此一方面再次反映出了戏剧文学对现代汉语制度化的突出贡献，另一方面也折射出了欧化对汉语改造的重要影响。此外值得一提的是，表中所列《卞昆冈》是徐志摩、陆小曼唯一合写的作品，也是徐志摩唯一创作的剧本。作品充满了"爱·美·死"的唯美主义诗意。虽然在文学史上鲜为人知，但高名凯的多次引用反映出他对该剧成就的认可。

其二,散文、小说的语例占据相当比重。所选相关语例语言风格多以自然清新、文笔细腻为特点。散文方面,表中包括了有"乡土作家"之称的李广田的五篇散文,且均出自其《画廊集》(1936)。《画廊集》多以故乡为题材,文笔清新自然,质朴晓畅。与李广田同属"汉园三诗人"的何其芳,以现代诗著称,被视为是继五四以后于30年代掀起的第二期散文诗创作高潮的主力作家之一。与此同时,他在散文领域的成就亦十分突出。表中所列何其芳散文均出自其成名作《画梦录》,集中体现了何其芳对散文抒情美和形式美的自觉追求与创造。而早年便以新诗人、散文家享誉文坛的俞平伯,其散文属周作人"美文"一派,以独抒性灵见长。用笔细腻,意境朦胧,被周作人《〈燕知草〉跋》誉为"近来的第三派新散文的代表"。

值得一提的是,高名凯还引用了教育家、出版家舒新城的散文集《蜀游心影》。作为一代辞书编纂大家,舒新城曾主持编纂《辞海》,在汉语规范化方面作出了重要贡献。

小说方面,废名的小说以散文化的结构和诗化的语言闻名。废名早年同鲁迅一起开创了中国现代乡土小说的先河,《竹林的故事》(1929)便是其第一部小说集。同样为乡土文学代表作家的鲁彦,他的作品多以江南小镇为题材,描摹乡土风情,展现出了朴实细密的写实风格,茅盾《王鲁彦论》(1980:151)便认为:"在描写手腕方面,自然和朴素是作者的卓特的面目。"

其三,对于儿童文学的关注。儿童文学不仅是新文学的一个重要组成部分,而且与中国的现代转型紧密相关。吴翔宇《五四儿童文学建构中国形象的现代生成》(2014)指出:"儿童本体的书写折射了中国现代作家对现代中国历史及民族'新生'的思考","彰显了中国新文学对现代中国的自我想象、设计的精神诉求"。故而,高名凯在著作中注意到对属于儿童文学的童话作品进行征引。若论单部作品,除去剧作之外,当属巴金童话集《长生塔》的语例最多。巴金的"激流三部曲""爱情三部曲"等成人文学佳作为人熟知,而其出色的儿童文学成就则长期被文学史所忽略。高名凯《汉语语法论》出版于1948年,此时巴金的"激流三部曲"和"爱情三部曲"已然出版,但高名凯并未从中取例,而是从巴金的《长生塔》中取例,说明了对巴金儿童文学成就的肯定。

关于儿童文学的语例,在黎锦熙、杨伯峻、吕叔湘等人的语法学著作中同样有不同程度的引用。如黎锦熙引用了语言学家赵元任的译作《阿丽思漫游奇境记》,杨伯峻引用了唐小圃《京语童话·石狮》,吕叔湘则大量引用了中国儿童文学奠基人冰心创作的儿童文学作品。

在五四这个高扬个体价值的时代,儿童逐渐被拉进现代人关注的视野之中,通过"儿童本位观"的建构,使其疏离中国古典儿童教育的文学观念,从而具有现代品格。五四先觉者借助西方儿童本位的观念来书写民族国家建构的社会诉求。这一时期翻译的儿童文学作品多涉及爱国主题,用以鼓舞民众爱国热情,激发救亡图存的意志。由此,五四儿童文学的发生突破了单纯的文学层面,突出了教化功能,并且已经实际地参与塑造未来国民品格的行动中。从这个角度而言,儿童文学对于现代中国文学乃至社会均具有十分重要的建构意义。

第四章　早期语法学家视域下的中国新文学史景观

在第二章、第三章中,我们着重考察了汉语语法学自觉初创期与革新探索期中代表性著作的现代白话文学语例,并从中揭示了不同语法学家笔下个性化的文学史叙事图景。在此基础上,我们拟从早期语法学家笔下的作家群、作品群及文体的贡献度这三大角度予以考察,以期全景式展现早期语法学家这一群体所建构出的迥异于文学史家的 20 世纪中国新文学史景观。

第一节　早期语法学家笔下的作家群考察

我们拟通过对早期语法学家笔下的作家群予以研究,揭示早期语法学家在"语言形式的合法性"原则的观照下,主要倾向于选择与哪些文学家"合谋"构筑现代汉语,以此呈现出不同作家在现代汉语制度化进程中贡献程度的差异。具体通过作家关注度(广度)和影响度(深度)两个方面加以考察。

一、早期语法学家笔下的作家关注度

为了全面地了解不同作家在构筑现代汉语方面的贡献的差异性,我们对早期五部经典性语法著作[①]中关注的作家群加以考察。表 4-1 为各

[①] 王力的《中国现代语法》《中国语法理论》是姊妹篇。为研究方便,本文将此二书征引的现代白话文学语例作汇总统计,即视为出自一部著作。与此相应地,在行文叙述中我们称调查对象具体为早期五位语法学家的五部经典性语法著作。

著作中所有作家的排序表[1]。

表 4-1　早期语法学家笔下作家排序表

序号	著作(语例数)	所有作家排序
1	黎锦熙《新著国语文法》(263)	汪仲贤 218、赵元任 19、叶圣陶 12、胡适 8、冰心 1、郭沫若 1、王统照 1、钱玄同 1、黎锦晖 1、潘家洵 1
2	杨伯峻《中国文法语文通解》(525)	鲁迅 159、周作人 79、朱自清 71、孙福熙 36、夏丏尊 31、丰子恺 20、茅盾 15、唐小圃 11、冰心 8、吴稚晖 8、林语堂 8、李青崖 7、吴组缃 7、汪仲贤 6、梁启超 6、许地山 4、叶绍钧 4、文洁若 4、陕岩 4、巴金 3、田汉 3、徐炳昶 3、张定璜 3、郁达夫 2、赵元任 2、沈玄庐 2、张恨水 2、熊佛西 2、王春翠 2、沈从文 2、刘大白 1、胡适 1、郭沫若 1、何其芳 1、成仿吾 1、刘半农 1、陈衡哲 1、邓演存 1、陆岩 1、康濯 1、孙用 1、郑太朴 1
3	王力《中国现代语法》《中国语法理论》(118)	徐志摩 25、朱光潜 19、周作人 15、鲁迅 14、冯友兰 14、林徽因 10、陈西滢 9、丁西林 3、梁宗岱 3、朱自清 2、冰心 2、叶绍钧和朱自清 1、余冠英 1
4	吕叔湘《中国文法要略》(299)	冰心 72、丁西林 48、徐志摩 46、老舍 40、朱自清 25、胡适 19、鲁迅 11、赵元任 10、朱光潜 8、叶圣陶 6、周作人 4、茅盾 2、苏雪林 2、李石岑 2、夏丏尊 1、宗白华 1、徐蔚南 1、吴稚晖 1
5	高名凯《汉语语法论》(366)	洪深 114、欧阳予倩 86、徐半梅 49、汪仲贤 44、巴金 12、徐志摩和陆小曼 9、李广田 9、废名 8、鲁彦 8、俞平伯 6、董乐山 6、何其芳 5、袁牧之 4、老舍 2、周作人 2、朱自清 1、舒新城 1

我们对以上各著作中不同作家在各早期语法学家笔下的征引频次(即分布值)予以统计,以此揭示不同作家在早期语法学家笔下的关注度(分布值越高,则关注度越居前)[2]。据此,具体作家的关注度情况如表 4-2 所示:

---

[1] 作家后为语例数;各作家根据语例数多寡排序。

[2] 若作家仅出现于一部著作中,即分布值为 1,则不对其加以罗列。下文同,不再另作说明。

表 4-2　早期语法学家笔下的作家关注度

排序	作　　家	分布值
1	朱自清、周作人、冰心、叶圣陶	4
2	汪仲贤、赵元任、胡适、鲁迅、徐志摩	3
3	郭沫若、茅盾、夏丏尊、吴稚晖、巴金、何其芳、朱光潜、丁西林、老舍	2

由上表可知,在早期语法学家笔下关注度最高的作家并非鲁迅,而是朱自清、周作人、冰心、叶圣陶。以往"鲁郭茅巴老曹"大师排序中的鲁迅分布值为3,郭沫若、茅盾、巴金分布值为2。如按分布值排序,郭沫若、茅盾、巴金等人并列第 10 位。且值得注意的是,以往大师排序中代表戏剧成就的曹禺未能入选上表,其作品甚至未出现在上表语法学著作之中,而汪仲贤、丁西林等剧作家的成就则得到了早期语法学家的普遍关注。

二、早期语法学家笔下的作家影响度

在对早期语法学家笔下作家关注度即"广度"这一视角进行考察之后,我们再对作家的影响度即"深度"予以考察。

我们按照作家语例的频次高低,将五部语法著作中排在前十的作家依次罗列如下。①(见表 4-3)

表 4-3　早期语法学家笔下的十大作家

早期语法学著作	十大作家排序
黎锦熙《新著国语文法》	1 汪仲贤、2 赵元任、3 叶圣陶、4 胡适、5—10(冰心、郭沫若、王统照、钱玄同、黎锦晖、潘家洵)
杨伯峻《中国文法语文通解》	1 鲁迅、2 周作人、3 朱自清、4 孙福熙、5 夏丏尊、6 丰子恺、7 茅盾、8 唐弢、9—10(冰心、吴稚晖、林语堂)
王力《中国现代语法》《中国语法理论》	1 徐志摩、2 朱光潜、3 周作人、4—5(鲁迅、冯友兰)、6 林徽因、7 陈西滢、8—9(丁西林、梁宗岱)、10(朱自清、冰心)

---

① 表中并列排序的作家居于同一个括号内;徐志摩、陆小曼二人为合著关系,故排序时只占一个名次。

续表

早期语法学著作	十大作家排序
吕叔湘《中国文法要略》	1冰心、2丁西林、3徐志摩、4老舍、5朱自清、6胡适、7鲁迅、8赵元任、9朱光潜、10叶圣陶
高名凯《汉语语法论》	1洪深、2欧阳予倩、3徐半梅、4汪仲贤、5巴金、6—7(徐志摩和陆小曼、李广田)、8—9(废名、鲁彦)、10(俞平伯、董乐山)

在此基础上,采取赋值法加以考察,排名第一的作家赋值10分,以此类推,排名第十的作家赋值1分,具体见表4-4所示:

表4-4 早期语法学家笔下的十大作家(赋值表)

名次(赋值)	黎锦熙	杨伯峻	王力	吕叔湘	高名凯
1(10分)	汪仲贤	鲁迅	徐志摩	冰心	洪深
2(9分)	赵元任	周作人	朱光潜	丁西林	欧阳予倩
3(8分)	叶圣陶	朱自清	周作人	徐志摩	徐半梅
4(7分)	胡适	孙福熙	鲁迅、冯友兰	老舍	汪仲贤
5(6分)	冰心、郭沫若、王统照、钱玄同、黎锦晖、潘家洵	夏丏尊		朱自清	巴金
6(5分)		丰子恺	林徽因	胡适	徐志摩和陆小曼①、李广田
7(4分)		茅盾	陈西滢	鲁迅	
8(3分)		唐小圃	丁西林、梁宗岱	赵元任	废名、鲁彦
9(2分)		冰心、吴稚晖、林语堂		朱光潜	
10(1分)			朱自清、冰心	叶圣陶	俞平伯、董乐山

① 因该作品为合著,故徐志摩此处赋值按一半计算,即2.5分。

我们将每位作家在各早期语法学家笔下相应的赋值累计叠加后,得出作家的总赋值,借此考察其影响度大小(总赋值越高,则影响度越是居前),具体如表4-5所示:

表4-5 早期语法学家笔下的作家影响度

排　序	作　　　家	总赋值
1	鲁　迅	21
2	徐志摩	20.5
3	冰　心	19
4—5	周作人、汪仲贤	17
6	朱自清	15
7—9	胡　适、丁西林、赵元任	12
10	朱光潜	11
11	洪　深	10
12—13	欧阳予倩、叶圣陶	9
14	徐半梅	8
15—17	冯友兰、老　舍、孙福熙	7
18—24	郭沫若、巴　金、王统照、夏丏尊、钱玄同、黎锦晖、潘家洵	6
25—27	丰子恺、林徽因、李广田	5
28—29	茅　盾、陈西滢	4
30—33	唐小圃、梁宗岱、废　名、鲁　彦	3
34—35	吴稚晖、林语堂	2
36—37	俞平伯、董乐山	1

三、早期语法学家笔下的作家贡献度

以上我们分别从作家关注度(广度)和影响度(深度)对早期语法学家笔下的个性化叙事予以了考察,在此基础上拟综合考察早期语法学家笔下作家贡献度(关注度×影响度)的差异。

在前二表的基础上,我们将作家的总赋值(影响度)乘以分布值(关注度)①,得出早期语法学家笔下作家的贡献度,具体如表4-6所示:

---

① 此处分布值是指在早期语法学家笔下十大作家中的分布值。

表 4-6　早期语法学家笔下的作家贡献度

排　序	作　　家	总赋值×分布值	贡献度
1	冰　心	19×4	76
2	鲁　迅	21×3	63
3	徐志摩	20.5×3	61.5
4	朱自清	15×3	45
5—6	周作人、汪仲贤	17×2	34
7—9	胡　适、丁西林、赵元任	12×2	24
10	朱光潜	11×2	22
11	叶圣陶	9×2	18
12	洪　深	10×1	10
13	欧阳予倩	9×1	9
14	徐半梅	8×1	8
15—17	冯友兰、老　舍、孙福熙	7×1	7
18—24	郭沫若、巴　金、王统照、夏丏尊、钱玄同、黎锦晖、潘家洵	6×1	6
25—27	丰子恺、林徽因、李广田	5×1	5
28—29	茅　盾、陈西滢	4×1	4
30—33	唐小圃、梁宗岱、废　名、鲁　彦	3×1	3
34—35	吴稚晖、林语堂	2×1	2
36—37	俞平伯、董乐山	1×1	1

由上可得，早期语法学家笔下的作家贡献度主要呈现出以下几个特点：

第一，从贡献度来看，冰心高居榜首。同时朱自清（排第 4 名）的散文成就也得到早期语法学家的高度认可。朱光潜（排第 10 名）、冯友兰（排第 15 名）等代表哲理散文成就的作家受到了相当关注，体现出早期语法学家注重"哲理性"的审美趋向。

第二，若以 20 世纪官方认定的文学大师排序来看，除了鲁迅列第 2 名之外，"郭茅巴老曹"均未进入前十（其中老舍排第 15 名，郭沫若、巴金并列第 18 名，茅盾排第 28 名），曹禺甚至未进入该表。与"郭茅巴老曹"

遭受冷遇的境况形成对比的是,早期语法学家对于戏剧家的成就予以了充分关注。一批在以往长期的文学史书写中相对边缘化的剧作家则进入了早期语法学家的关注视野。这些剧作家贡献度均居于"郭茅巴老曹"之前,如汪仲贤(排第5名)、丁西林(排第7名)、洪深(排第12名)、欧阳予倩(排第13名)、徐半梅(排第14名)。

第三,徐志摩(排第3名)、周作人(排第5名)、胡适(排第7名)、陈西滢(排第28名)、林语堂(排第34名)等以往曾被贴上"汉奸文人""反动文人"标签而长期为日后文学史所有意忽视的作家,在早期语法学家笔下得到充分的认同。

综上,相对于"鲁郭茅巴老曹"而言,一大批在相当时期内的文学史书写中较为沉寂,甚至遭受排斥的非主流作家,实则却在现代汉语制度化进程中作出了更为突出和重要的贡献。由此可见,早期语法学家从语言学的视角切入对文学家的文学成就及地位的认识与文学史家大相径庭。

第二节　早期语法学家笔下的作品群考察

语法学家对文学语例的选取,通常不仅仅反映出其对该文学作品"合法性"的认可,更关系到其所认为的汉语语法体系建构于何者基础之上的问题。故而我们拟通过对早期语法学家笔下的作品予以考察,揭示出早期语法学家普遍关注和倾向于选择哪些文学作品来构筑现代汉语,以此呈现出不同文学作品在现代汉语制度化进程中贡献程度的差异。下文同样通过作品关注度(广度)和影响度(深度)两个方面加以考察。

一、早期语法学家笔下的作品关注度

由对作品分布值的考察,可以在一定程度上揭示出早期语法学家在选取现代白话文学语例时对于单篇作品的关注程度。即早期语法学家认为哪些现代文学作品的语言形式更具合法性、规范性,从而直接标记了现代汉语制度化进程。

我们在第二章、第三章中已采用表格形式依次考察了黎锦熙、杨伯峻、王力、吕叔湘、高名凯五位语法学家著作中现代文学作品的征引情况。在此基础上,我们统计出单篇作品的分布值以及相应的累计分布值(累计分布值越高,则其关注度越居前)。具体如表4-7所示。

表4-7 早期语法学家笔下的现代文学作品关注度

排序	作家	作品名	单篇分布值	累计分布值
1	鲁迅	《藤野先生》《呐喊·药》《鸭的喜剧》《狂人日记》《说胡须》	2	10
2	朱自清	《背影》	3	9
		《儿女》《荷塘月色》《匆匆》	2	
3	周作人	《散文钞·自己的园地》《散文钞·苦雨》	2	4
4	汪仲贤	《好儿子》	3	3
5	赵元任	《国语留声片课本》	2	2
6	胡适(译)	[法]都德《最后一课》	2	2
7	冰心	《烦闷》	2	2
8	徐志摩	《我所知道的康桥》	2	2
9	夏丏尊(译)	[意]亚米契斯《爱的教育》	2	2
10	丁西林	《压迫》	2	2

上表中所列均为不同早期语法学家在选例时存在交集的单篇作品。就单篇作品而论,关注度最高的并非鲁迅的作品,而是朱自清《背影》与汪仲贤《好儿子》(单篇分布值均为3),折射出早期语法学家对朱自清散文与汪仲贤戏剧"合法性"的高度认可。此外,此表按作家作品的总分布值从高到低依次排序,可清晰观察到各现代作家在早期语法学家心目中的关注度序列:鲁迅居首,朱自清其次,周作人再次,紧随其后的是汪仲贤。以往文学史叙事中的"鲁郭茅巴老曹"中只有鲁迅入选,而被贴上"汉奸文人"标签的周作人则位列第三。且值得注意的是,代表戏剧成就的汪仲贤与丁西林亦位列其中,可揭示戏剧作品在现代汉语制度化进程中的重要性。

二、早期语法学家笔下的作品影响度

在对早期语法学家笔下作品关注度,即"广度"予以考察之后,我们再对相应作品的影响度,即"深度"这一视角再作考察。

我们拟采用赋值法对早期语法学著作中征引的文学作品的影响度加以研究,以期揭示出不同作品在现代汉语制度化进程中所呈现出的影响度差异。

首先按早期代表性语法著作中所征引的单篇作品语例数的多寡,统计出各早期语法学家笔下的排名前十的现代文学作品[①],具体如表 4-8 所示。

表 4-8 早期语法学家笔下十大现代文学作品排序表

语法学家	排序	作品(语例数)
黎锦熙	1	汪仲贤《好儿子》(218)
	2	赵元任《国语留声片课本》(17)
	3—5	叶圣陶《这也是一个人》(4)、《阿菊》(4)、《隔膜·低能儿》(4)
	6—7	胡适《易卜生主义》(3)、胡适《〈国学季刊〉发刊宣言》(3)
	8	赵元任译《阿丽思漫游奇境记》(2)
	9—10	胡适《尝试集·乐观》(1)、胡适译《最后一课》(1)、冰心《笑》(1)、郭沫若《洪水时代》(1)、王统照《一栏之隔》(1)、钱玄同《儒林外史新序》(1)、黎锦晖《麻雀与小孩》(1)、潘家洵译《群鬼》(1)
杨伯峻	1	鲁迅《朝花夕拾·无常》(44)
	2	朱自清《儿女》(39)
	3	周作人《散文钞·苦雨》(34)
	4	鲁迅《灯下漫笔》(29)
	5	孙福熙《清华园之菊》(28)
	6	夏丏尊译《爱的教育》(27)
	7	鲁迅《藤野先生》(24)
	8	朱自清《背影》(22)
	9—10	丰子恺《从孩子得到的启示》(19)、鲁迅《风筝》(19)

---

① 不少作品语例征引数同,故而排序时出现并列情况。

续表

语法学家	排序	作品（语例数）
王力	1	徐志摩《我所知道的康桥》(20)
	2	冯友兰《贞元六书》(14)
	3	朱光潜《无言之美》(12)
	4—5	周作人《文艺批评杂话》(10)、林徽因《窗子以外》(10)
	6	陈西滢《西滢闲话》(9)
	7	朱光潜《文艺与道德》(7)
	8	鲁迅《药》(6)
	9—10	徐志摩《巴黎的鳞爪》(5)、鲁迅《示众》(5)
吕叔湘	1	冰心《冬儿姑娘》(42)
	2	徐志摩《我所知道的康桥》(37)
	3	丁西林《一只马蜂》(26)
	4	朱自清《背影》(15)
	5	胡适《读书》(13)
	6—7	老舍《上任》(12)、冰心《姑姑》(12)
	8	赵元任《最后五分钟》(9)
	9—10	丁西林《亲爱的丈夫》(8)、丁西林《压迫》(8)、老舍《柳家大院》(8)、老舍《黑白李》(8)、鲁迅《鸭的喜剧》(8)
高名凯	1	欧阳予倩《回家以后》(68)
	2	洪深译《第二梦》(59)
	3	洪深译《少奶奶的扇子》(55)
	4	徐半梅《月下》(49)
	5	汪仲贤《好儿子》(44)
	6	欧阳予倩《泼妇》(18)
	7	徐志摩和陆小曼《卞昆冈》(9)
	8	巴金《长生塔》(7)
	9	董乐山译《旱》(6)
	10	巴金《家》(5)

在上表基础上,制定出相应的赋值表。排第1名的作品赋值10分,排第2名的作品赋值9分,以此类推。频次相同者,赋值亦同,然并列时占据多个名次。如吕叔湘《中国文法要略》中老舍《上任》与冰心《姑姑》的引用频次均为5,并列排第6名,赋值5分。而紧随其后的赵元任《最后五分钟》则记为排第8名,赋值3分。详见表4-9。

表4-9 早期语法学家笔下十大现代文学作品赋值表

排名(赋值)	黎锦熙	杨伯峻	王 力	吕叔湘	高名凯
1(10分)	汪仲贤《好儿子》	鲁迅《无常》	徐志摩《我所知道的康桥》	冰心《冬儿姑娘》	欧阳予倩《回家以后》
2(9分)	赵元任《国语留声片课本》	朱自清《儿女》	冯友兰《贞元六书》	徐志摩《我所知道的康桥》	洪深译《第二梦》
3(8分)	叶圣陶《这也是一个人》、叶圣陶《阿菊》、叶圣陶《隔膜·低能儿》	周作人《散文钞·苦雨》	朱光潜《无言之美》	丁西林《一只马蜂》	洪深译《少奶奶的扇子》
4(7分)		鲁迅《灯下漫笔》	周作人《文艺批评杂话》、林徽因《窗子以外》	朱自清《背影》	徐半梅《月下》
5(6分)		孙福熙《清华园之菊》		胡适《读书》	汪仲贤《好儿子》
6(5分)	胡适《易卜生主义》、胡适《〈国学季刊〉发刊宣言》	夏丏尊译《爱的教育》	陈西滢《西滢闲话》	老舍《上任》、冰心《姑姑》	欧阳予倩《泼妇》
7(4分)		鲁迅《藤野先生》	朱光潜《文艺与道德》		徐志摩和陆小曼《卞昆冈》
8(3分)	赵元任译《阿丽思漫游奇境记》	朱自清《背影》	鲁迅《药》	赵元任《最后五分钟》	巴金《长生塔》

续表

排名（赋值）	黎锦熙	杨伯峻	王力	吕叔湘	高名凯
9（2分）	胡适《尝试集·乐观》、胡适译《最后一课》、冰心《笑》、郭沫若《洪水时代》、王统照《一栏之隔》、钱玄同《儒林外史新序》、黎锦晖《麻雀与小孩》、潘家洵译《群鬼》	丰子恺《从孩子得到的启示》、鲁迅《风筝》	徐志摩《巴黎的鳞爪》、鲁迅《示众》	丁西林《亲爱的丈夫》、丁西林《压迫》、老舍《柳家大院》、老舍《黑白李》、鲁迅《鸭的喜剧》	董乐山译《旱》
10（1分）					巴金《家》

我们对上表予以整理，将单篇作品的赋值相加，得出总赋值，借此考察其影响度（总赋值越高，则影响度越居前），具体情况详见表4-10。

表4-10 单篇现代文学作品影响度

排　序	作家作品名	总赋值
1	徐志摩《我所知道的康桥》	19
2	汪仲贤《好儿子》	16
3—6	鲁迅《无常》、冰心《冬儿姑娘》、欧阳予倩《回家以后》、朱自清《背影》	10
7—10	赵元任《国语留声片课本》、朱自清《儿女》、冯友兰《贞元六书》、洪深译《第二梦》	9
11—17	叶圣陶《这也是一个人》、叶圣陶《阿菊》、叶圣陶《隔膜·低能儿》、周作人《散文钞·苦雨》、朱光潜《无言之美》、丁西林《一只马蜂》、洪深译《少奶奶的扇子》	8
18—21	鲁迅《灯下漫笔》、周作人《文艺批评杂话》、林徽因《窗子以外》、徐半梅《月下》	7
22—23	孙福熙《清华园之菊》、胡适《读书》	6

续表

排　序	作家作品名	总赋值
24—30	胡适《易卜生主义》、胡适《〈国学季刊〉发刊宣言》、夏丏尊译《爱的教育》、陈西滢《西滢闲话》、老舍《上任》、冰心《姑姑》、欧阳予倩《泼妇》	5
31—33	鲁迅《藤野先生》、朱光潜《文艺与道德》、徐志摩和陆小曼《卞昆冈》	4
34—37	赵元任译《阿丽思漫游奇境记》、鲁迅《药》、赵元任《最后五分钟》、巴金《长生塔》	3
38—55	胡适《尝试集·乐观》、胡适译《最后一课》、冰心《笑》、董乐山译《旱》、郭沫若《洪水时代》、王统照《一栏之隔》、钱玄同《儒林外史新序》、黎锦晖《麻雀与小孩》、潘家洵译《群鬼》、丰子恺《从孩子得到的启示》、鲁迅《风筝》、徐志摩《巴黎的鳞爪》、鲁迅《示众》、丁西林《亲爱的丈夫》、丁西林《压迫》、老舍《柳家大院》、老舍《黑白李》、鲁迅《鸭的喜剧》	2
56	巴金《家》	1

三、早期语法学家笔下的作品贡献度

以上我们分别从作品关注度（广度）和影响度（深度）对早期语法学家笔下的个性化叙事予以了考察，在此基础上我们拟征对作品贡献度（关注度×影响度）差异再作进一步的综合考察。

在前面两个表格的基础上，由作品的总赋值（影响度）乘以分布值（关注度）①，得出早期语法学家笔下作品的贡献度，具体如表 4-11 所示：

表 4-11　早期语法学家笔下的作品贡献度

排序	作家作品名	总赋值×分布值	贡献度
1	徐志摩《我所知道的康桥》	19×2	38
2	汪仲贤《好儿子》	16×2	32
3	朱自清《背影》	10×2	20
4—6	鲁迅《无常》、冰心《冬儿姑娘》、欧阳予倩《回家以后》	10×1	10

---

① 此处分布值是指在前面语法学家笔下十大作品中的分布值，在十大作品中分布值为2的有徐志摩《我所知道的康桥》、汪仲贤《好儿子》、朱自清《背影》，其余作品分布值均为1。

续表

排序	作家作品名	总赋值×分布值	贡献度
7—10	赵元任《国语留声片课本》、朱自清《儿女》、冯友兰《贞元六书》、洪深译《第二梦》	9×1	9
11—17	叶圣陶《这也是一个人》、叶圣陶《阿菊》、叶圣陶《隔膜·低能儿》、周作人《散文钞·苦雨》、朱光潜《无言之美》、丁西林《一只马蜂》、洪深译《少奶奶的扇子》	8×1	8
18—21	鲁迅《灯下漫笔》、周作人《文艺批评杂话》、林徽因《窗子以外》、徐半梅《月下》	7×1	7
22—23	孙福熙《清华园之菊》、胡适《读书》	6×1	6
24—30	胡适《易卜生主义》、胡适《〈国学季刊〉发刊宣言》、夏丏尊译《爱的教育》、陈西滢《西滢闲话》、老舍《上任》、冰心《姑姑》、欧阳予倩《泼妇》	5×1	5
31—33	鲁迅《藤野先生》、朱光潜《文艺与道德》、徐志摩和陆小曼《卞昆冈》	4×1	4
34—37	赵元任译《阿丽思漫游奇境记》、鲁迅《药》、赵元任《最后五分钟》、巴金《长生塔》	3×1	3
38—55	胡适《尝试集·乐观》、胡适译《最后一课》、冰心《笑》、董乐山译《旱》、郭沫若《洪水时代》、王统照《一栏之隔》、钱玄同《儒林外史新序》、黎锦晖《麻雀与小孩》、潘家洵译《群鬼》、丰子恺《从孩子得到的启示》、鲁迅《风筝》、徐志摩《巴黎的鳞爪》、鲁迅《示众》、丁西林《亲爱的丈夫》、丁西林《压迫》、老舍《柳家大院》、老舍《黑白李》、鲁迅《鸭的喜剧》	2×1	2
56	巴金《家》	1×1	1

由上表，早期语法学家视角下所揭示的单篇现代文学作品贡献度，显示出了与以往文学史书写迥异的叙事图景，具体表现为以下几个方面：

第一，对散文作品成就的突出关注。

徐志摩散文《我所知道的康桥》高居榜首（而徐志摩在相当时期的文学史书写中曾被视作"反动文人"）。此外朱自清《背影》（排第 3 名）、冯友兰《贞元六书》（排第 7 名）、朱光潜《无言之美》（排第 11 名）等散文作品均名列前茅，体现出了早期语法学家对于徐志摩等作家的作品成就的高度认可。

第二,对戏剧作品成就的高度认可。

一大批戏剧作品的影响度均高于"郭茅巴老曹"的作品。如汪仲贤《好儿子》(排第 2 名)、欧阳予倩《回家以后》(排第 4 名)、洪深译《第二梦》(排第 7 名)、丁西林《一只马蜂》(排第 11 名)、徐半梅《月下》(排第 18 名),由此体现出了戏剧作品在现代汉语制度化进程中发挥了不可替代的作用。

第三,肯定了儿童文学作品对于现代汉语的建构作用。

冰心《冬儿姑娘》(排第 4 名),叶圣陶《阿菊》(排第 11 名)等一批儿童文学作品排名较前。尤为值得一提的是,巴金童话集《长生塔》(排第 34 名)贡献度也远超巴金《家》(排第 56 名),体现出语法学家笔下个性化的文学史叙事。

第四,反衬出了左翼作家遇冷现象。

在以往"鲁郭茅巴老曹"的大师序列中,"鲁郭巴老"四人之作品均在上表中有所反映。具体为鲁迅《无常》(排第 4 名)、郭沫若《洪水时代》(排第 38 名)、巴金《长生塔》(排第 34 名)、老舍《上任》(排第 24 名)。而茅盾、曹禺则未进入该表。相对地,非左翼作家中,以往长期被视为"反动文人"的作家作品则在影响度上反而居前。例如:周作人《散文钞·苦雨》(排第 11 名)、胡适《读书》(排第 22 名)、陈西滢《西滢闲话》(排第 24 名)等。

我们在上述早期语法学家笔下的作品贡献度表的基础上,将属于同一作者的作品归于一处,得出基于作品视域的作家贡献度表(见表 4-12)。

表 4-12 基于作品视域的作家贡献度

排序	作 家	作品(贡献度)	作家总贡献度
1	徐志摩	《我所知道的康桥》38+《卞昆冈》①2+《巴黎的鳞爪》2	42
2	江仲贤	《好儿了》32	32
3	鲁 迅	《无常》10+《灯下漫笔》7+《藤野先生》4+《风筝》2+《示众》2+《鸭的喜剧》2+《药》3	30

---

① 徐志摩和陆小曼《卞昆冈》贡献值原为 4,因属于合著,故只按 2 分计。

续表

排序	作　家	作品（贡献度）	作家总贡献度
4	朱自清	《背影》20＋《儿女》9	29
5	叶圣陶	《这也是一个人》8＋《阿菊》8＋《隔膜·低能儿》8	24
6	胡　适	《读书》6＋《易卜生主义》5＋《〈国学季刊〉发刊宣言》5＋《尝试集·乐观》2＋《最后一课》(译作)2	20
7—8	冰　心	《冬儿姑娘》10＋《姑姑》5＋《笑》2	17
7—8	洪　深	《第二梦》9(译作)＋《少奶奶的扇子》(译作)8	17
9—11	周作人	《散文钞·苦雨》8＋《文艺批评杂话》7	15
9—11	赵元任	《国语留声片课本》9＋《阿丽思漫游奇境记》(译作)3＋《最后五分钟》3	15
9—11	欧阳予倩	《回家以后》10＋《泼妇》5	15
12—13	朱光潜	《无言之美》8＋《文艺与道德》4	12
12—13	丁西林	《一只马蜂》8＋《压迫》2＋《亲爱的丈夫》2	12
14—15	老　舍	《上任》5＋《柳家大院》2＋《黑白李》2	9
14—15	冯友兰	《贞元六书》9	9
16—17	林徽因	《窗子以外》7	7
16—17	徐半梅	《月下》7	7
18	孙福熙	《清华园之菊》6	6
19—20	夏丏尊	《爱的教育》(译作)5	5
19—20	陈西滢	《西滢闲话》5	5
22	巴　金	《长生塔》3＋巴金《家》1	4
23—29	董乐山	《旱》(译作)2	2
23—29	郭沫若	《洪水时代》2	2
23—29	王统照	《一栏之隔》2	2
23—29	钱玄同	《儒林外史新序》2	2
23—29	黎锦晖	《麻雀与小孩》2	2
23—29	潘家洵	《群鬼》(译作)2	2
23—29	丰子恺	《从孩子得到的启示》2	2

上表基于早期语法学家笔下十大现代文学作品为视域，考察具体作家影响度，具体呈现出两个特点，一是剧作家整体排名靠前。汪仲贤高居榜首，洪深居第 7 位，丁西林居第 11 位，欧阳予倩居第 19 位，体现出剧作家在现代汉语制度化进程中的巨大影响。二是左翼作家的落寞。以往文学史书写中的"鲁郭茅巴老曹"大师序列中，除鲁迅居第 3 位之外，"郭茅巴老曹"则均遇冷，未进入前 10 名。其中老舍居第 14 位，巴金居第 22 位，郭沫若居第 23 位，茅盾与曹禺甚至未能进入上表。与此相对地，非左翼作家群体中，徐志摩居第 1 位，胡适居第 6 位，周作人居第 9 位，陈西滢居第 19 位。可见在早期语法学家视野下，这些现代作家对于现代汉语制度化的贡献似远比"郭茅巴老曹"突出与重要。

第三节　早期语法学家笔下的文体贡献度考察

一、文白转型下的新文学文体建构

五四的兴起，促使了国人现代思维方式的觉醒，同时也引发了关于新文学合法性问题的热议，建立现代白话文的文体类型规范亦为题中应有之义。五四之文白转型不仅仅停留于语言表述方式上的变革，更是强化了新文学的文体意识，推动了文体的新陈代谢。与此同时，现代白话文文体规范的确立也在一定程度上促成了现代汉语制度化的确立，从而呈现出二者互文共生的叙事图景。

五四先导者由新的文化语境与语言立场出发，发觉中国传统文学的文体形态均存在着诸多缺陷："散文只有短篇，没有布置周密，论理精严，首尾不懈的长篇，韵文只有抒情诗，绝少纪事诗，长篇诗更不曾有过；剧本更在幼稚时期，但略能纪事掉文，全不懂结构，小说好的，不过三四部，这三四部之中，还有许多疵病；至于最精彩的'短篇小说''独幕戏'就更没有了。"[①]于是，希冀向西方求取新质，援引概念，以期建立现代白话文文体

---

① 胡适：《建设的文学革命论》，《新青年》第四卷第四号，1918 年。

规范。

　　新文学建设初期,胡适的现代文体理论具有开风气之先的特殊意义。1918年胡适发表《建设的文学革命论》,以西方文艺复兴时期的语言变化规律及西方近代文学名著名家为参照体系,建构了中国现代文学的文体理论,为中国的现代文学输入了与西方同步的现代化理论观念。他认为散文文体参照系列包括"柏拉图(plato)的'主客体',赫胥黎(hasley)的科学文字,包士威尔(Boswell)和莫烈(Morley)等的长篇传记,弥儿(Mill)、弗林克令(Franklin)、吉朋(Gibbon)等的'自传',太恩(Taine)和白克儿(Buckle)等的史论"。关于戏剧文体则应参照"古代的希腊戏曲,近代莎士比亚,奥尼尔,易卜生和雨果的著作"。并特别注重欧洲"专门研究社会的种种重要问题的问题剧"。小说文体的参照系列则为以都德、莫泊桑为代表的欧洲短篇小说。至于诗歌文体则参照但丁、乔叟、雨果、密茨凯维支、华兹华斯等诗人的作品。

　　西方四大文体(散文、戏剧、小说、诗歌)的引入不仅成为现代文学的文类范畴,并且重新划分了古典文学的文类,由此为新文学质疑、反抗古典文学旧秩序,乃至白话文学正统观的形成都创造了条件。在胡适现代文体理论的观照下,新文学作家们普遍重视对文体的探索研究,从而迎来了现代文学史上独一无二的"文体自觉的黄金时期"。在此过程中,"四分法"继承了传统文类优点与吸纳西方文类长处而最终被确定了下来,只是具体排列次序在不同历史时期存在着差异。早在20世纪30年代,朱自清《中国新文学研究纲要》创立了按文体分类研究文学作品的体例,按照"诗歌、小说、戏剧、散文"加以编排。而1935年洪深选编的《中国新文学大系·戏剧集》,则按照小说、新诗、戏剧、散文依次编排,此序列基本上反映了当时新文学主流阵营就四大文体地位高低的一种普遍价值衡量。50年代王瑶《中国新文学史稿》即照乃师朱自清的文体排序加以编排,后至钱理群、吴福辉、温儒敏、王超冰所著《中国现代文学三十年》(1987)中则大致演变为"小说、新诗、散文、戏剧",此序列至1998年修订本中则更为鲜明。后世文学史著作在文体编排上亦大致按此次序。

二、晚清至五四现代文体的嬗变

（一）晚清至五四小说观的嬗变

在文言正宗的传统格局下，以白话为语言表现形态的明清章回体小说长期被划归为非主流一类。然而晚清社会思潮的多样化促使小说的地位逐步开始发生质的改变。1902年梁启超发起的"小说界革命"为小说文体向现代化过渡做好了重要准备。梁启超在《论小说与群治之关系》中极力证明"小说为文学最上乘"这一论断，试图通过强调小说的政教功能以提高其文体地位。

与梁启超从小说教化功能角度提高小说的社会地位不同，胡适采用"历史进化"的文学观对中国古典小说加以考证，将白话小说视为中国文学的正宗。他在《白话文学史》中指出："白话文学史就是中国文学史的中心部分。中国文学史若去掉了白话文学的进化史，就不成中国文学史了。……我们要知道，这几百年来，中国社会里销行最广、势力最大的书籍，并不是四书五经，也不是程朱语录，也不是韩柳文章，乃是那些言之不文、行之最远的白话小说！这就是国语文学的历史背景。"

此外，晚清兴起的"翻译热"促使了外国译介文学尤其是西洋小说的繁盛。据阿英《晚清戏曲小说目》的不完全统计，从1875至1911年，翻译小说多达600多种，为当时小说总数的三分之二。曹聚仁《新文学运动》（1997:131）指出："林纾、曾孟朴、周桂笙、马君武所译介的西洋文学名著，唤起了一般人对于西洋文学的认识，尤其接受了西方小说的风格、旨趣，提高了一般人心目中的小说地位，所以胡适要把小说称为文学正宗，一般人也可以逐渐首肯了。"

（二）晚清至五四诗歌观的嬗变

"五四"新诗改革肇始于晚清。1899年梁启超在《夏威夷游记》中率先提出"诗界革命"的口号，主张"竭力输入欧洲之精神思想，以供来者诗料"。而在这场革命中做出最大实绩的则为黄遵宪，其开创的"新派诗"在中国文学近代化的嬗变历程中具有里程碑意义，被梁启超誉为"独辟境界，卓然自立于二十世纪诗界中"（《饮冰室诗话》三二）。而这一时期大量出现的"歌体诗",语言通俗,句式自由,已可看作是向"五四"新诗过渡的一种形式,为五四新诗的建设奠定了基础。

关于如何改造诗歌这一文体,晚清知识分子开出了取法异域的药方。康有为在《与菽园论诗兼任公、孺博、曼宣》(1988:23)中主张:"新诗瑰奇异境生,更搜欧亚造新声。"梁启超《新民说·论进步》(1992:213)也认为要改革诗体,"第一要新意境,第二要新语句",而要达其目的,"不可不求之于欧洲。欧洲之意境语句,甚繁复而玮异,得之可以陵轹千古,涵盖一切"。外来文学的摄入为新诗的变革孕育了新质,并在五四得到了进一步强化。鲁迅诗论《摩罗诗力说》(1907)号召以19世纪西方浪漫主义诗歌为参照系改造中国传统诗歌的主张。朱自清《中国语的特征在哪里》(1988:272)在谈到中国诗歌的发展时也说道"新诗不取法于歌谣,最主要的原因还是外国的影响"。

在四大文体中,五四关于新诗、新剧的争鸣最为激烈。胡适在《中国新文学大系·建设理论集·导言》(1935:31)中曾指出:"因为新诗和新剧的形式和内容需要一种根本的革命,诗的完全用白话,甚至于不用韵,戏剧的废唱等等,其革新的成分都比小说和散文大的多,所以他们引起的讨论也特别多。"与此相应的,从新诗的创作实践看,其创作流派也是四大文类中最多的。写实诗派、浪漫诗派、湖畔诗派、小诗派、格律诗派、象征派不断地对新诗进行着重建。新诗流派的纷呈构成了新诗创作的繁荣景象。

(三)晚清至五四散文观的嬗变

晚清散文变革主要包括游记型散文与政论型散文两条不同的嬗变路径。

游记型散文的作者往往是晚清外交人员,如薛福成的《出使日记》、《观巴黎油画记》,黎庶昌的《西洋杂志》和《巴黎赛会纪略》等。这类散文已部分冲破了桐城义法的束缚,具有解冻意味。

政论型散文的改革则以梁启超"新文体"为标志。梁启超在《清代学术概论》二十五中自言"夙不喜桐城派古文",遂"自解放,务为平易畅达,时杂以俚语、韵语及外国语法,纵笔所至不检束。学者竞效之,号'新文体'。老辈则痛恨,诋为野狐。然其文条理明晰,笔锋常带情感,对于读者,别有一种魔力焉"。梁启超开创的"新文体"震撼了当时的文坛。胡思敬《戊戌履霜录·党人列传》中说:"当《时务报》盛行,启超名重一时","自通都大邑,下至僻壤穷陬,无不知有新会梁氏者"。此外,晚清以章士钊为代表的"欧化古文"式政论文也得到了胡适的肯定。胡适《五十年来中国之文学》认为其特点是"文法谨严,论理完足";"有章炳麟的谨严与修饰,而没有他的古僻;条理可比梁启超,而没有他的堆砌";加之"有点倾向'欧化'",故而被胡适称作"倾向欧化的古文"。但这欧化"只在把古文变精密了,变繁复了"。以梁启超为代表的"新文体"及以章士钊为代表的"欧化古文",对于打破桐城义法,实现"文言合一",对于实现五四议论性散文向现代转变而言都具有重要意义。

在晚清散文变革的基础之上,胡适《文学改良刍议》(1917)针对传统散文文体"言文背离"和"文胜于质"倾向提出了著名的"八不主义"。在《建设的文学革命论》(1918)中,他又从新文体建设角度,概括出"四条主义"。可以说,五四时期的散文创作有着强烈的理论自觉意识,故而这一时期的散文成就最为突出。鲁迅在《小品文的危机》中总结道:五四时期"散文小品的成功,几乎在小说戏曲和诗歌之上"。

(四) 晚清至五四戏剧观的嬗变

出于欲借戏剧之力以"开启民智"的目的,晚清知识分子们激烈抨击轻视戏剧文学的传统观念,主张"欲先善国政,莫如先善风俗。欲善风俗,莫如先善曲本。曲本者,匹夫匹妇耳目所感触易入之地,而心之所由生,即国之兴衰之源也"[①]。将"曲本"上升到"国之兴衰之源"的地位。然而,戏剧改良者"在一个相当长的时间里总是打算从旧的戏剧传统里蜕变出新的东西来,结果发现这种努力是很不成功的"[②],于是便开始探索取法西

---

① 无涯生:《观戏记》,见阿英编:《晚清文学丛钞·小说戏曲研究卷》,中华书局1960年版,第72页。

② 张庚:《中国话剧运动史初稿》,《戏剧报》1954年第4期。

洋戏剧以改良中国戏剧的道路。试图选择"西国近今可惊、可愕、可歌、可泣"的重大历史事件,"一一详其历史,摹其神情,务使须眉活现,千载如生"①。戊戌政变前后,汪笑侬、夏月润、潘月樵等早期戏剧家们,着重从舞台实践的角度对传统戏剧予以改革。1907 年由中国留日学生成立的"春柳社"演出了法国名剧《茶花女》第三幕,随后又演出了曾孝谷根据美国斯陀夫人小说《汤姆叔叔的小屋》改编的《黑奴吁天录》,标志着我国现代话剧史的开端。随后"春阳社"和"新剧同志会"等新话剧社团涌现,有力推动了戏剧的现代化嬗变。

作为现代文学史上评价易卜生思想戏剧的第一人,胡适曾以文学进化观念将中国戏剧文体进化历史与西方戏剧文体发展作比较研究,认为中国戏剧未能如西方戏剧那样"自由发展的进化",而是"只有局部自由"的演进,是因为未能"扫除干净"旧戏曲的"遗形物"(如脸谱、嗓子、台步、武把子等)。为此,他主张"以西方的悲剧的观念和写实主义为对比物,以改造国民性为前提,以发人猛省为文学的界定标准",注重更具现实性的西洋话剧来取代象征表述的传统戏曲。1920 年 3 月,宗白华在《学灯》上发表《戏曲在文艺上的地位》一文,认为要实现"中国戏曲改良"应从两方面着手:"一方面固然要去积极设法改革旧式戏曲中种种不合理的地方,一方面还是去创造纯粹的独立的有高度艺术价值的新戏剧"②。

实际上,戏剧在五四时期普遍被视为最高的文体形式。1915 年 11 月,陈独秀在《新青年》第一卷第三号上发表《现代欧洲文艺史谭》,认为"现在欧洲文坛第一推重者,厥唯剧本。诗与小说,退居第二流。以其实现于剧场,感触人生愈切也。至若散文,素不居文学重要地位"。宗白华《戏曲在文艺上的地位》(1920)则认为"戏曲的艺术是融合抒情文学和叙事文学而加之新组织的,它是文艺中最高的制作,也是最难的制作"③。路易在《对于戏剧家的希望》(1922)中也提出:"在文学里,戏剧比较小说、诗

---

① 朱德发:《中国五四文学史》,山东文艺出版社 1986 年版,第 113 页。
②③ 宗白华:《戏曲在文艺上的地位》,《时事新报·学灯》1920 年 3 月 30 日。

歌的位置高些。"①

然而从日后五四文体建设的实际情况来看,却是"素不居文学重要地位"的散文成就最高,而最受推重的戏剧却不尽如人意。胡适在《中国新文学大系·建设理论集·导言》(1935:31)中曾指出:"(新诗和新剧)革新的成分都比小说和散文大的多。"戏剧的地位在以往文学史书写中也长期居于小说、散文之下。然而由早期语法学家视角所揭示的文学史叙事图景中,戏剧扮演了极为重要的角色,迥异于以往文学史家笔下的书写。

三、早期语法学著作中的现代文体考察

我们试图通过考察早期语法学著作中所征引现代语例之文体分布面貌,揭示出四大文体在现代汉语制度化构筑中所发挥的不同作用,以此展现出区别于以往文学史书写的叙事框架。②

(一)黎锦熙《新著国语文法》文体考察

黎氏书中的四大文体分布情况,如表 4-13 所示。

表 4-13 黎锦熙《新著国语文法》现代白话语例文体分布表

文体	数量(比例)	主要作家(数量)	主要作品(语例数)
戏剧	220(83.7%)	汪仲贤(218)	《好儿子》(218)
散文	25(9.5%)	赵元任(17)	《国语留声片课本》(17)
		胡适(6)	《易卜生主义》(3) 《〈国学季刊〉发刊宣言》(3)
小说	16(6.1%)	叶圣陶(12)	《这也是一个人》(4) 《阿菊》(4)
诗歌	2(0.7%)	郭沫若(1)	《洪水时代》(1)
		胡适(1)	《尝试集·乐观》(1)
总计	263(100%)		

---

① 见《时事新报·学灯》1922 年 2 月 27 日。

② 关于体例须说明的是:相应的作家作品的出现频次以数字形式标注其后;主要作家作品中,一般罗列排名前二的作家和作品,以此凸显早期语法学家选例时的价值取向。

由上表,四大文体的排序分别为:戏剧(83.7%)—散文(9.5%)—小说(6.1%)—诗歌(0.7%)。进而言之,在黎锦熙建构的语法体系中戏剧的贡献最大,散文次之,小说再次,诗歌最末。值得注意的是,戏剧在其中占据了压倒性优势,而诗歌所占比重极低。

(二)杨伯峻《中国文法语文通解》文体考察

杨氏书中的四大文体分布情况,如表 4-14 所示。

表 4-14 杨伯峻《中国文法语文通解》现代白话文学语例文体分布表

文体	数量(比例)	主要作家(数量)	主要作品(语例数)
散文	388(74%)	鲁迅(132)	《朝花夕拾·无常》(44) 《灯下漫笔》(29)
		朱自清(71)	《儿女》(39) 《背影》(22)
		周作人(69)	《散文钞·苦雨》(34) 《闲话四则》(14)
小说	103(19.6%)	夏丏尊(27)	[意]亚米契斯《爱的教育》(25)
		周作人(10)	[俄]库普林《晚间的来客》(3) [日]国木田独步《巡查》(3)
		鲁迅(8)	《呐喊·药》(2)
诗歌	23(4.4%)	鲁迅(19)	《风筝》(19)
		沈玄庐(2)	《十五娘》(2)
戏剧	11(2%)	汪仲贤(6)	《好儿子》(6)
		田汉(3)	《咖啡店之一夜》(3)
		熊佛西(2)	《屠户》(2)
总计	525(100%)		

由上表,四大文体的排序分别为:散文(74%)—小说(19.6%)—诗歌(4.4%)—戏剧(2%)。故而在杨伯峻建构的语法体系中散文的贡献最大,小说次之,诗歌再次,戏剧最末。值得注意的是,在该书中散文占据压倒性优势,而戏剧比重极低,迥异于黎锦熙《新著国语文法》。

（三）王力《中国现代语法》《中国语法理论》文体考察

王氏书中的四大文体分布情况，如表 4-15 所示。

表 4-15　王力语法学著作现代白话文学语例文体分布表

文体	数量（比例）	主要作家（数量）	主要作品（语例数）
散文	101(85.6%)	徐志摩(25)	《我所知道的康桥》(20)《巴黎的鳞爪》(5)
		朱光潜(18)	《无言之美》(11)《文艺与道德》(7)
小说	14(11.9%)	鲁迅(14)	《药》(6)《示众》(4)
戏剧	3(2.5%)	丁西林(3)	《压迫》(3)
诗歌	0(0)	0	0
总计	118(100%)		

由上表，四大文体的排序分别为：散文(85.6%)—小说(11.9%)—戏剧(2.5%)—诗歌(0)。故而在王力建构的语法体系中散文的贡献最大，小说次之，戏剧再次，诗歌最末。与黎锦熙《新著国语文法》不同的是，王力著作所收现代文学语例中，散文占据压倒性优势，而戏剧比重极低。此外诗歌比重为 0，区别于上述两部语法学著作。

（四）吕叔湘《中国文法要略》文体考察

吕氏书中的四大文体分布情况，如表 4-16 所示。

表 4-16　吕叔湘《中国文法要略》现代白话文学语例文体分布表

文体	数量（比例）	主要作家（数量）	主要作品（语例数）
小说	167(55.8%)	冰心(65)	《冬儿姑娘》(42)《姑姑》(12)
		老舍(40)	《上任》(12)《柳家大院》(8)《黑白李》(8)

续表

文体	数量(比例)	主要作家(数量)	主要作品(语例数)
散文	73(24.4%)	徐志摩(45)	《我所知道的康桥》(37) 《自剖》(3) 《再剖》(3)
		朱自清(25)	《背影》(15) 《儿女》(2) 《绿》(2)
		胡适(18)	《读书》(13) 《不朽》(5)
戏剧	57(19.1%)	丁西林(48)	《一只马蜂》(26) 《压迫》(8) 《亲爱的丈夫》(8)
		赵元任(9)	《最后五分钟》(改译)(9)
诗歌	2(0.7%)	徐志摩(1)	《常州天宁寺闻礼忏声》(1)
总计	299(100%)		

由上表,四大文体的排序分别为:小说(55.8%)—散文(24.4%)—戏剧(19.1%)—诗歌(0.7%)。可见在吕叔湘建构的语法体系中小说的贡献最大,散文次之,戏剧再次,诗歌最末。且散文与小说比重较为接近,差距并不大,由此区别于与前述黎锦熙、杨伯峻、王力等人语法学著作的情况。

(五)高名凯《汉语语法论》

高氏书中的四大文体分布情况,如表 4-17 所示。

表 4-17 高名凯《汉语语法论》现代白话文学语例文本分布表

文体	数量(比例)	主要作家(数量)	主要作品(语例数)
戏剧	306(83.6%)	洪深(114)	《第二梦》(改译)(59) 《少奶奶的扇子》(改译)(55)
		欧阳予倩(86)	《泼妇》(18) 《回家以后》(68)
小说	36(9.8%)	巴金(12)	《长生塔》(7) 《家》(5)
		废名(8)	《竹林的故事》(2) 《去乡》(2)
		鲁彦(8)	《惠泽公公》(3) 《车中》(3)

续表

文体	数量(比例)	主要作家(数量)	主要作品(语例数)
散文	24(6.6%)	李广田(9)	《画廊集·记问渠君》(2) 《画廊集·秋雨》(2)
		俞平伯(6)	《驳〈跋销释真空宝卷〉》(2) 《广亡征》(2)
		何其芳(5)	《独语》(2)
诗歌	0(0)		
总计	366(100%)		

由上表,四大文体的排序分别为:戏剧(83.6%)—小说(9.8%)—散文(6.6%)—诗歌(0)。由此可知,在高名凯建构的语法体系中戏剧的贡献最大,小说次之,散文再次,诗歌最末。值得注意的是,高氏书中不仅戏剧占压倒性优势,且诗歌比重为0。

综上,我们将上述五位早期语法学著作中现代白话文学语例的文体分布情况加以汇总,以期呈现其整体概貌(见表4-18)。

表4-18　早期语法学著作中现代白话文学语例文体分布表

代表性语法学著作	语例总数	文学体裁分布情况(比例)			
		小说	散文	诗歌	戏剧
黎锦熙 《新著国语文法》	263	16 (6.1%)	25 (9.5%)	2 (0.7%)	220 (83.7%)
杨伯峻 《中国文法语文通解》	525	103 (19.6%)	388 (71%)	23 (1.1%)	11 (2%)
王力 《中国现代语法》 《中国语法理论》	118	14 (11.9%)	101 (85.6%)	0 (0)	3 (2.5%)
吕叔湘 《中国文法要略》	299	167 (55.8%)	73 (24.4%)	2 (0.7%)	57 (19.1%)
高名凯 《汉语语法论》	366	36 (9.8%)	24 (6.6%)	0 (0)	306 (83.6%)

考虑到此表中王力的统计数据出自两部著作，为公允起见，此处采取赋值法加以考察，以期较为客观地揭示出早期现代汉语制度化进程中，四大文体的贡献差异。与上文不同的是，此处的赋值后面分别乘上各自在著作中的比重，以此使得各体裁的贡献度差异得到凸显（具体见表 4-19）。

表 4-19　早期语法学著作中现代白话文学语例文体贡献表

赋值	黎锦熙	杨伯峻	王力	吕叔湘	高名凯
4 分	戏剧 4×83.7%= 3.348	散文 4×74%= 2.96	散文 4×85.6%= 3.424	小说 4×55.8%= 2.232	戏剧 4×83.6%= 3.344
3 分	散文 3×9.5%= 0.285	小说 3×19.6%= 0.588	小说 3×11.9%= 0.357	散文 3×24.4%= 0.732	小说 3×9.8%= 0.294
2 分	小说 2×6.1%= 0.122	诗歌 2×4.4%= 0.088	戏剧 2×2.5%= 0.05	戏剧 2×19.1%= 0.382	散文 2×6.6%= 0.132
1 分	诗歌 1×0.7%= 0.007	戏剧 1×2%= 0.02	诗歌 1×0= 0	诗歌 1×0.7%= 0.007	诗歌 1×0= 0

我们将表中各体裁的赋值相加汇总，得出早期语法学家笔下四大文体的总贡献值，具体如表 4-20 所示。

表 4-20　四大文体贡献度情况

文体类型	总赋值（贡献度）[①]
散文	7.5
戏剧	7.1
小说	3.6
诗歌	0.1

由上不难看出，基于现代汉语制度化视角的考察，四大文体在中国现

---

① 统计后数值保留小数点后一位。

代文学史上的传统序列排位发生了较大逆转，呈现出迥异于以往文学史书写的认知体貌。

在通行的现代文学史著作中，往往小说地位居首，诗歌、散文随后，而戏剧最末。这一位序由 20 世纪官方认定的文学大师排序"鲁郭茅巴老曹"亦能有所反映。然而若由语言学的视角切入，尤其是从早期语法著作中所选现代文学作品体裁的分布来看，这一排序则出现了较大逆转。

其一，戏剧的位序由现代文学史中的末位升至第二位。且与同居于首位的散文相较，在分值上只有很小的差距。

早期语法学家们普遍倾向于从现代戏剧作品中选取白话语例，且所占比重优势明显。较为典型的如黎锦熙《新著国语文法》(1924)一书中，汪仲贤独幕剧作品《好儿子》语例占全书现代白话总频次的 82.9%。作为我国第一部较为系统的白话语法著作，这一数据的意义就显得尤为重要。它反映了黎锦熙作为早期语法学家已经意识到戏剧语言贴近口语，故而较之其他文学体裁更有助于实现现代汉语的制度化。而这一认识同样可以从其余四位语法学家的代表性语法著作引例中得到反映。如吕叔湘《中国文法要略》中集中选取了丁西林的剧作语例，数量仅次于居首位的冰心。杨伯峻《中国文法语文通解》虽戏剧语例少，但亦有 11 处，除去汪仲贤《好儿子》中的 6 例外，还择取了田汉《咖啡店之一夜》与熊佛西《屠户》等知名剧作中的语例。而王力《中国现代语法》《中国语法理论》二书取材的特殊性使其现代白话语例的数量最少，尽管如此，书中仍旧引用了 3 处丁西林的剧作语例。到高名凯《汉语语法论》(1948)，剧作语例再度上升至一个高峰值，约占 83.4%。

可见，戏剧的成就得到了早期语法学家的普遍认同，故而成为早期语法学家建构现代汉语语法体系的极为重要的取材对象。换言之，从对现代汉语制度化进程的贡献而言，戏剧居于小说、诗歌之上。

其二，散文由居于第三的传统位序升至首位。一大批以往被贴上"反动文人"标签的作家，如徐志摩、周作人、陈西滢的散文均得到了早期语法学家的普遍认可。而散文中的教材教辅类作品，也往往成为早期语法学家的重要取材对象。如赵元任《国语留声片课本》《北风跟太阳》[①]，叶绍钧与朱自清合著的《精读指导举隅》等。在现代文学史的传统叙事图景中，这一类著作向来是不受重视的，然而在现代汉语制度化进程中的贡献却大为早期语法学家所肯定。此外，冰心等创作的儿童文学在早期语法学家著作中得以广泛征引，可见儿童文学在现代汉语构筑中发挥着不可忽视的重要作用，这同样与其在现代文学史上长期处于边缘化地位之间形成了较大的反差。

其三，小说的位序由文学史中的首位滑落至第三。说明在早期语法学家眼中，小说在现代汉语制度化建构过程中所起的作用小于散文与戏剧。

其四，诗歌的位序由文学史中的第二跌至末位。在本书调查的这几部早期语法著作中，新诗用例的选取和分布面貌可谓"惨淡"。除杨伯峻征引23例之外，如王力、高名凯并未引用，而黎锦熙书中出现2例，吕叔湘书中则出现1例。其中杨氏书中这23例绝大部分又出自鲁迅的散文诗《野草·风筝》。说明在早期语法学家诗歌语言的"合法"程度最低，在现代汉语制度化嬗变历程中的贡献也最小。

综上，通过对早期语法学著作中所征引现代文学作品的体裁进行考察，我们发现，若以现代汉语制度化构筑方面所发挥作用大小而论，散文居首，戏剧其次，小说再次，最后是新诗。由此颠覆了通行的现代文学史著作中的排序，呈现出了语言学视野下迥异于以往文学史书写的新文学史框架。

---

① 此文为赵元任据伊索寓言《北风跟太阳》而编写的一篇短文。后《现代汉语方言音库》中的40种方言皆此文作为与普通话对译的范本。

第二编

早期修辞学家视野下的中国现代文学史

第五章　早期修辞学史分期及代表性修辞著作的选取

第一节　汉语修辞学史的分期与嬗变历程(1905—1949)

一、汉语修辞学史的分期(1905—1949)

我们择取了七部代表性汉语修辞学史专著,以此为依据,确定学界较为公认的修辞学史分期,并在此基础上确定最具代表性的早期现代汉语修辞学著作为本文的重点考察对象。这七部汉语修辞学史专著分别为:

(1) 郑子瑜:《中国修辞学史稿》[①](上海教育出版社1984年版)

(2) 易蒲、李金苓:《汉语修辞学史纲》(吉林教育出版社1989年版)

(3) 袁晖、宗廷虎主编:《汉语修辞学史》(安徽教育出版社1990年初版,山西人民出版社1995修订本)

(4) 周振甫:《中国修辞学史》(商务印书馆1991年版)

(5) 袁晖:《二十世纪的汉语修辞学》(书海出版社2000年版)

(6) 宗廷虎:《中国现代修辞学史》(浙江教育出版社1990年初版,浙江教育出版社1997年修订再版)

(7) 宗廷虎、李金苓:《中国修辞学通史(近现代卷)》(吉林教育出

---

① 郑子瑜在早稻田大学演讲后,曾于1965年出版小册子《中国修辞学的变迁》。1984年郑子瑜在上海教育出版社出版的《中国修辞学史稿》,是中国大陆出版的第一部研究中国修辞学史的专著。其后郑子瑜又于1990年在台湾文史哲出版社出版了《中国修辞学史》。

版社 1998 年版)

以上七部汉语修辞学史专著,基本囊括了中国修辞学史领域的主要著作。这七部著作对于 1949 年以前中国修辞学史的分期情况,如表 5-1 所示。

表 5-1　汉语修辞学史分期表

汉语修辞学史著作	汉语修辞学史分期(1949 年前)	
郑子瑜《中国修辞学史稿》(1984)	中国修辞思想的萌芽期	先秦时期
	成熟期	两汉时期
	发展期	魏晋南北朝
	延续期	隋唐时代
	再延续期	宋金元代
	复古期	明清时期
	革新期	现代
易蒲、李金苓《汉语修辞学史纲》(1989)	修辞学萌芽时期	先秦至两汉
	修辞学的奠定基础时期	魏晋至五代
	修辞学初步建立时期	宋金元
	修辞学的发展时期	明清
	现代修辞学的建立与初步繁荣时期	20 世纪初至新中国建立①
周振甫《中国修辞学史》(1991)②	中国修辞学的开创期	先秦两汉
	中国修辞学的成熟和发展期	魏晋南北朝到北宋
	中国修辞学成立和再发展期	南宋到元明清
	中国修辞学中西结合期	现代

---

① 该章未对 20 世纪初到新中国成立之间的这一时期予以分期,而是着重梳理这一时期的流派(分为模仿日本修辞学、模仿欧美修辞学、传统修辞学三派),并在该章中为陈望道《修辞学发凡》单设一节,称之为现代修辞学的里程碑。

② 周振甫认为中国修辞学开创期(先秦两汉)的特点是"提出修辞学的概念,特出的成就是孔子的《春秋》笔法"。成熟和发展期(从魏晋南北朝隋唐到北宋)中刘勰的《文心雕龙》"是中国修辞学成熟的标志"。而中国修辞学成立和再发展期(南宋到元明清)中陈骙的《文则》"是中国修辞学成立的标志"。

第五章　早期修辞学史分期及代表性修辞著作的选取 | 145

续表

汉语修辞学史著作	汉语修辞学史分期(1949年前)	
袁晖、宗廷虎主编《汉语修辞学史》(1990,1995)	汉语古代修辞学的萌芽期	先秦时期
	汉语古代修辞学的成长期	两汉时期
	汉语古代修辞学的初步建立期	魏晋南北朝时期
	汉语古代修辞学的发展期	隋唐五代时期
	汉语古代修辞学的成熟期	宋金元时期
	汉语古代修辞学的纷争期	明代
	汉语古代修辞学的丰收期	清代
	现代汉语修辞学的建立和发展	20世纪前50年
宗廷虎《中国现代修辞学史》(1990,1997)	现代修辞学的萌芽时期	1905—1918
	现代修辞学的逐渐建立时期	1919—1932
	现代修辞学的发展时期①	1933—1948
宗廷虎、李金苓《中国修辞学通史(近现代卷)》(1998)	近代修辞学	1905—1918
	现代修辞学(上编)②	1919—1937
	现代修辞学(下编)③	1938—1949
袁晖《二十世纪的汉语修辞学》(2000)	世纪初的曙光	1905年④至五四前
	五四时期:修辞学正在形成一门独立的科学	五四时期
	现代修辞学的奠基之作《修辞学发凡》	1932
	30年代:生机勃勃的中国现代修辞学	30年代

---

①　该书认为"1932年《修辞学发凡》的问世标志着我国现代修辞学的正式建立。与此同时,修辞学即进入初步繁荣和全面发展的阶段"。

②　该编下辖:第一章"新派修辞学论著(上)";第二章"旧派修辞学著作(上)";第三章"现代修辞学的第一座里程碑——陈望道《修辞学发凡》";第四章"新派修辞学论著(下)";第五章"旧派修辞学著作(下)";第六章"专项研究成果"。

③　该编下辖两章:第七章"修辞学通论论著";第八章"蒋伯潜、蒋祖怡《文体论纂要》、《体裁与风格》"。

④　书中认为1905年龙伯纯《文字发凡》及汤振常《修词学教科书》"是最早吸取外国先进修辞理论的两本书",故而称之为"外国修辞理论滋养出的两片新芽"。

由上表可知,学界关于现代汉语修辞学史的历史分期,表现出以下特点:

其一,不少修辞学史著作未对现代汉语修辞学史予以明确分期。如郑子瑜《中国修辞学史稿》(1984)及周振甫《中国修辞学史》(1991)。

其二,在对现代汉语修辞学史予以分期的著作中,多数将起点定为1905年。如宗廷虎《中国现代修辞学史》(1990,1997)、宗廷虎和李金苓《中国修辞学通史(近现代卷)》(1998)、袁晖《二十世纪的汉语修辞学》(2000)。因为1905年出现了吸取外国修辞学理论的两部修辞学著作:汤振常的《修词学教科书》和龙伯纯的《文字发凡·修辞学》,被袁晖《二十世纪的汉语修辞学》(2000:26)赞为"外国修辞理论滋养出的两片新芽"。故而1905年可视为标志着现代汉语修辞学开端的"元年"。

其三,在1905—1949年这个时段,有两个事件普遍被选为分期界点:其一是1919年的五四运动,陈望道《修辞学发凡》(1979:280)指出:"五四运动成为修辞学独立的自然的界限。"其二是1932年陈望道《修辞学发凡》的出版。《修辞学发凡》被修辞学史著作普遍认为是"中国现代修辞学的奠基之作"(袁晖,2000:93),"现代修辞学的第一座丰碑"(宗廷虎,李金苓,1998:402)。故而我们选取这两个事件节点,将早期现代修辞学史(1905—1949)的发展划分为以下三个时期:

Ⅰ 现代修辞学先声期(1905—1919)
Ⅱ 现代修辞学创建期(1919—1932)
Ⅲ 现代修辞学深化期(1932—1949)

二、汉语修辞学的嬗变历程(1905—1949)

现代汉语修辞学早在清末时期便已开始萌芽。在西学东渐浪潮的推动下,日本和西方的修辞学说得以大量引介,对中国修辞学发展产生了重要影响。最早引入外国修辞学说的两部著作是汤振常《修词学教科书》和龙伯纯《文字发凡·修辞学》,均于1905年先后问世,标志着具有现代意义的中国修辞学的开端。故而我们将1905年视为现代汉语修辞学先声期的开端。此外,来裕恂《汉文典》(1906)、刘金第《文法会通(甲编)》(1908)、王梦曾《中华中学文法要略·修辞编》(1913)、吴曾祺《涵芬楼文谈》(1917)、程善之《修辞初步》(1918)等也是现代汉语修辞学先声期的重要著作。不过应该指出的是,这一时期的修辞学著作存在着照搬照抄外国修辞学理论、著作的不良倾向,特别是照搬日本修辞学家岛村泷太郎《新美辞学》使用的术语及创建的理论体系,体现出处于转型时期的中国知识分子急于变革求新的时代印记。

1919年五四新文化运动后,中国修辞学开始走上了独立发展的现代化道路,陈望道《五四运动与五四文化》(1959)指出"五四运动成为修辞学独立的自然的界限",并"形成极为鲜明的新旧的分野"①。故而我们将1919年视为现代汉语修辞学创建期的"元年"。1919年五四新文化运动后形成的新旧派之争在中国修辞学史上具有重要意义,正是在新派与旧派的激荡之中,现代汉语修辞学得以最终建立。

新派可大致分为引介派与模仿派。引介派偏重于引介日本或西方修辞学说,以龚自知《文章学初编》(1926)为代表。而模仿派则主张模仿东西方修辞学说,如唐钺《修辞格》(1923)②主要是模仿英国讷斯菲的《高级英文作文法》,而王易《修辞学》(1926)③、《修辞学通诠》(1930)和陈介白《修辞学》(1931)等则以模仿日本修辞学理论为主。在"新派"中成就最为显著的当属唐钺《修辞格》(1923)。作为现代汉语修辞学创建期具有标志性意义的著作,被陈望道誉为是我国"科学的修辞论的先声"④。

与"新派"对立的"旧派"即偏重于继承、延续传统修辞学研究的修辞学者。应该指出的是,作为根植于传统修辞学深厚土壤的派别,它并非现

---

① 陈望道:《五四运动与五四文化》,《文艺月报》1959年5月5日,又收录于《陈望道语文论集》,上海教育出版社1997年版。
② 周振甫在《中国修辞学史》中说:"最早提出'修辞格'的当是唐钺,他在1923年在商务印书馆出版《修辞格》。"
③ 周振甫在《中国修辞学史》中说:"最早提出'修辞学'的当是王易,他在1926年在商务印书馆出版《修辞学》。"
④ 陈望道:《修辞学发凡·结语·中外修辞学竞争时期》,大江书铺1932年版。

代汉语修辞学创建期(1919—1932)特有的产物,而实则贯穿了整个 20 世纪上半叶。如王梦曾《中华中学文法要略·修辞编》(1911)及《修辞学驾说》(1912)、程善之《修辞初步》(1918)、郑奠《中国修辞学研究法》(1920 年代)、胡怀琛《修辞学要略》(1923)、杨树达《中国修辞学》(1933)、马叙伦《修辞九论》(1933)、张文治《古书修辞例》(1937)等。

虽然"旧派"并非始于 1919 年五四新文化运动之后,然而"五四"以来,新派与旧派的对立骤然明显,新旧两派争论的焦点集中体现在文白之争。旧派修辞学家认为只有文言才能修辞,故而以文言作为撰写修辞学著作的文体形式,所收录语例均出自古代汉语;新派学者则认为白话文同样具备美学功用和修辞价值。可以说文白之争,是贯穿整个现代汉语修辞学创建期的一条主线。

五四之后,1920 年吕云彪等的《白话文做法》围绕"白话文的修辞"开辟了多个章节加以探讨,为白话文修辞之先声。据我们统计,书中征引了 6 例现代白话文学语例,此外还有大量的自造白话例句。不久董鲁安《修辞学讲义》(上册,1925)①为践行白话修辞观,也采用白话例句,经统计书中共征引了 8 处现代白话语例,这在 20 年代的汉语修辞学界尤为难能可贵。②随后诸如陈望道《修辞学发凡》(1932)、金兆梓《实用国文修辞学》(1932)、陈介白《修辞学》(1931)及《新著修辞学》(1936)、汪震《国语修辞学》(1935)等著作相继问世,均在不同程度上征引了现代白话语例,白话修辞学渐成主流。

1932 年出版的陈望道《修辞学发凡》第一次系统地采用了现代白话语例,以此回应五四时期"白话文不能修辞"的偏见,为推进现代汉语制度化作出了突出贡献。《修辞学发凡》在中国修辞学史上具有划时代的意义,堪称中国现代修辞学史上的奠基之作。该书系统回答了修辞学的对象、

---

① 该书再版时更名为《修辞学》。
② 宗廷虎、李金苓《中国修辞学通史(近现代卷)》认为该书问世之前,"我国修辞学界论述的几乎全是古汉语修辞,除唐钺《修辞格》外,其余的修辞学著作行文和例句全是文言文"。据我们统计,1920 年吕云彪等的《白话文做法》就已征引了 6 处现代白话文学语例。

任务、性质等具有全局性意义的根本理论问题,建立了消极修辞与积极修辞两大分野组成的理论体系,提出了"修辞以适应题旨情境为第一义"说(被后人普遍视为"修辞学总规律"),其影响之深远,持续至今。

《修辞学发凡》的问世不仅标志着中国现代修辞学的正式建立与成熟,而且促进了三四十年代中国现代修辞学界的第一次大繁荣。故而我们将《修辞学发凡》之后至新中国成立前的阶段称为早期现代汉语修辞学的深化期(1932—1949)。

这一时期的特点在于新旧派之间的对立格局逐渐消失,汉语修辞学走向全面发展。除了涌现出章衣萍《修辞学讲话》(1934)、胡怀琛《修辞学发微》(1935)、陈介白《新著修辞学》(1936)及田仲济《作文修辞讲话》(1947)等通论性现代修辞学著作之外,传统修辞学、辞格研究、语言风格研究、文体论研究、修辞社会学、国语修辞学、实用修辞学等分支研究也竞相绽放。

传统修辞学领域以杨树达《中国修辞学》(1933)、马叙伦《修辞九论》(1933)、张文治《古书修辞例》(1937)为代表。辞格研究方面,则以赵景深《修辞讲话》(1934)及黎锦熙《修辞学比兴篇》(1936)为代表。赵景深《修辞讲话》重在辞格探源,对历代辞格论述做了细致的搜集整理工作。而黎锦熙《修辞学比兴篇》则是中国修辞学史上第一部专论"显比"的专著。值得注意的是黎锦熙在《修辞学比兴篇》的"序"中还勾勒出一个颇为宏大的汉语修辞学研究体系。[①]在语言风格研究方面,涌现出中国现代修辞学史上第一部风格学专著宫廷璋《修辞学举例·风格篇》(1933)。该书广泛吸纳了外国及中国古代的风格学理论。据统计,"全书 377 页中,引用外国修辞学理论近 150 处,数量之大相当惊人。引用的涉及古希腊、罗马,直至近代英、美、德、日等国的近 30 位修辞学家"(袁晖,2000:198)。尤为难

---

① 据"序"所言他预备写"树鹄""明法""遣词""组句""谋篇""辨体"等六大篇。而据黎锦熙的设计,"比兴篇"仅仅是"明法"篇的二十五分之一(黎锦熙据英国 Nesfield《高级英文作文学》的理论,将修辞法分为六类二十五法),可见其规制之宏大。可惜除"比兴篇"之外的其余部分,种种原因黎锦熙未能完成,留下一大遗憾。

能可贵的是,书中还注意到大批近现代学者如方东树、曾国藩、刘熙载、薛福成、吴汝纶、俞樾、刘师培、王国维、梁启超、章士钊以及来裕恂、胡适、黎锦熙、王易、薛祥绥、金兆梓、杨树达、李登辉等人在风格学方面的贡献,被称赞为"在中国现代修辞学史上,没有任何一本修辞学著作能够做到这一点"(袁晖,2000:198)。文体论研究方面,这一时期出现了现代最早的文体论专著施畸《中国文体论》,该书一大特点在于从心理学角度提出新的文体分类。此外,蒋伯潜、蒋祖怡《文体论纂要》(1942)也是文体论研究的代表性著作。值得注意的是,这一时期还出现以从社会学角度研究修辞学的新路径,诞生了以祝秀侠《修辞社会学》(1940)为代表的修辞社会学类著作。实际上,从30年代起祝秀侠便注重从社会学角度研究修辞学,先后发表《修辞学之社会学之试探》(1937)、《各个社会中的修辞现象》(1937)、《社会演进与修辞的变化》(1940)等系列论文。修辞社会学的诞生是现代汉语修辞学进入深化期,并迎来第一次大繁荣的生动写照。

应该指出的是,从现代汉语制度化而言,这一时期国语修辞学与实用修辞学的实绩对于现代汉语制度化而言意义尤著。国语修辞学以宋文翰《国语文修辞法》(1935)、汪震《国语修辞学》(1935)为代表,此二书均以国语为主要研究对象,区别于普通修辞学和古文修辞学。书中论述文字全用白话,所举例证也大多是现代白话文著作。虽然"以前已有不少书把白话文著作作为引例,如董鲁安、陈望道、陈介白、章衣萍等的著作,但是明确地提出以国语作为主要研究对象则是宋文翰和汪震的这两本书"(袁晖,2000:171)。尤值得一提的是宋文翰《国语文修辞法》。作为20世纪30年代白话修辞学的代表作,该书建立了中国国语修辞学的理论体系。早在1931年,宋文瀚就在《一种改良中学国文教科书的意见》中提出:"以国文科而论,应有的特殊目标是什么?依国文科的性质和所独备的责任来说,我认为最重要的只有两事:(1)阅读;(2)发表。"首先确立教材中语体和文言的分量,提出了实施国文教学的重要意见,这在当时有重要影响。宋文翰所编写的《新编初中国文》(1935)和《新编高中国文》(1937)等国文教材正是践行国语修辞学理论的产物。

实用修辞学领域以金兆梓《实用国文修辞学》(1932)、石苇《作文与修辞》(1933)、夏丏尊与叶圣陶合著《文章讲话》(1938)等为代表,这类著作通常体系简洁明易,例句多取自白话文,对于白话修辞学的发展及修辞知识的推广普及发挥了重要作用。

值得注意的是,在现代汉语修辞学创建与发展过程中,众多早期现代汉语修辞学著作均以教科书的形式呈现于世。如张弓的《中国修辞学》(1926)注明为"南开中学讲稿",董鲁安《修辞学讲义》(1926)、王易《修辞学》(1926)亦注明系"高级中学参考用书";陈望道《修辞学发凡》(1932)更是民国时期大学普遍采用的修辞学教程。陈望道曾说:"思想文化的另外一个斗争场所便是学校:学校的学生组织、行政组织和中国语文课。中国语文课尤其是当时学校新旧思想文化斗争的重要部门。斗争的范围涉及文章的古今中外的内容,也经常涉及文章所用的语言——文言和白话之争是当时的主要争端。"[①]早期修辞学著作普遍具备的教材性质,使得早期修辞学著作承载了双重属性,从而成为教师与修辞学家合谋的最佳载体。故而若选取早期现代汉语修辞学代表性著作,对其中的现代白话文学语例加以分析,则成为考察教师、修辞学家、文学家三者"合谋"构筑现代汉语审美典范的极佳切入点。

第二节 早期现代汉语修辞学著作的选取

关于早期现代汉语修辞学著作的选取,我们主要参照以下三大标准进行逐层、依次筛选。

一、经典性原则

我们拟对前述十部汉语修辞学史专著中所列代表性著作予以整理,以期确定 1905—1949 年间经典性的早期现代修辞学著作。具体根据专章或专节设置为标记加以选取罗列,详见表 5-2 所示。

---

① 陈望道:《五四运动和文化运动》,《文艺月报》1959 年 5 月 5 日。

表 5-2　修辞学史著作中介绍的代表性修辞学著作

汉语修辞学史著作	修辞学史分期（1905—1949）	修辞学重要著作（1905—1949）
郑子瑜《中国修辞学史稿》(1984)	中国修辞学革新期	陈望道《修辞学发凡》、陈介白《修辞学讲话》、傅庚生《文学欣赏举隅》
易蒲、李金苓《汉语修辞学史纲》(1989)	现代修辞学的建立与初步繁荣时期	陈望道《修辞学发凡》
周振甫：《中国修辞学史》(1991)	中西修辞学结合期	唐钺《修辞格》、王易《修辞学通诠》、陈望道《修辞学发凡》、钱钟书《谈艺录》
宗廷虎《中国现代修辞学史》(1990，1997)	1905—1918(萌芽期)	龙伯纯《文字发凡·修辞学》、汤振常《修词学教科书》、吴曾祺《涵芬楼文谈》、姚永朴《文学研究法》、林纾《春觉斋论文》、周钟游《文学津梁》、程善之《修辞初步》、来裕恂《汉文典》、刘金第《文法会通》(甲编)、王梦曾《中华中学文法要略·修辞编》
	1919—1932（逐渐建立期）	唐钺《修辞格》、王易《修辞学》、王易《修辞学通诠》、张弓《中国修辞学》、郑奠《中国修辞学研究法》、胡怀琛《修辞的方法》、董鲁安《修辞学讲义》(上册)、董鲁安《修辞学》、薛祥绥《修辞学》、陈望道《修辞学发凡》
	1933—1948(发展期)	陈介白《修辞学》、陈介白《新著修辞学》、徐梗生《修辞学教程》、章衣萍《修辞学讲话》、郑业建《修辞学提要》、郑业建《修辞学》、赵景深《修辞讲话》、宫廷璋《修辞学举例·风格篇》、黎锦熙《修辞学比兴篇》、施畸《中国文体论》、蒋伯潜&蒋祖怡《文体论纂要》、宋文翰《国语文修辞法》、汪震《国语修辞学》、金兆梓《实用国文修辞学》、曹冕《修辞学》、郭步陶《实用修辞学》、石苇《作文与修辞》、夏丏尊和叶圣陶《文心》、田仲济《作文修辞讲话》、杨树达《中国修辞学》、张文治《古书修辞例》、马叙伦《修辞九论》

第五章　早期修辞学史分期及代表性修辞著作的选取 | 153

续表

汉语修辞学史著作	修辞学史分期（1905—1949）	修辞学重要著作（1905—1949）
袁晖、宗廷虎主编《汉语修辞学史》（1990，1995）	现代汉语修辞学的建立和发展时期	新派：龙伯纯《文字发凡·修辞学》、王易《修辞学》、王易《修辞学通诠》、陈介白《修辞学》、陈介白《新著修辞学》、唐钺《修辞格》
		旧派：郑奠《中国修辞学研究法》、杨树达《中国修辞学》
		修辞学史上的丰碑：陈望道《修辞学发凡》
		白话修辞学和实用修辞学：董鲁安《修辞学讲义》、董鲁安《修辞学》、金兆梓《实用国文修辞学》、石苇《作文与修辞》、汪震《国语修辞学》、宋文翰《国语文修辞法》
宗廷虎、李金苓《中国修辞学通史（近现代卷）》（1998）	1905—1918（近代）	汤振常《修词学教科书》、龙伯纯《文字发凡·修辞学》、王梦曾《中华中学文法要略·修辞编》、程善之《修辞初步》、来裕恂《汉文典》、刘金第《文法会通》（甲编）、吕云彪等《白话文做法》、吴曾祺《涵芬楼文谈》、姚永朴《文学研究法》、林纾《春觉斋论文》、陈衍《石遗室诗话》、况周颐《蕙风词话》、王国维《人间词话》、吴梅《顾曲麈谈》
	1919—1937（现代·上）	新派：唐钺《修辞格》、王易《修辞学》、王易《修辞学通诠》、陈介白《修辞学》、陈介白《新著修辞学》、董鲁安《修辞学讲义》、董鲁安《修辞学》、张弓《中国修辞学》、龚自知《文章学初编》、陈望道《修辞学发凡》、徐梗生《修辞学教程》、章衣萍《修辞学讲话》、曹冕《修辞学》、赵景深《修辞讲话》、宫廷璋《修辞学举例·风格篇》、黎锦熙《修辞学比兴篇》、施畸《中国文体论》、宋文翰《国语文修辞法》、汪震《国语修辞学》、金兆梓《实用国文修辞学》、郭步陶《实用修辞学》、石苇《作文与修辞》、夏丏尊和叶圣陶《文心》及《文章讲话》

续表

汉语修辞学史著作	修辞学史分期（1905—1949）	修辞学重要著作（1905—1949）
宗廷虎、李金苓《中国修辞学通史（近现代卷）》(1998)	1919—1937（现代·上）	旧派：唐钺《国故新探》、郑奠《中国修辞学研究法》、胡怀琛《修辞学要略》、薛祥绥《修辞学》、杨树达《中国修辞学》、张文治《古书修辞例》、马叙伦《修辞九论》
	1938—1949（现代·下）	郑业建《修辞学提要》、郑业建《修辞学》、夏宇众《修辞学大纲》、田仲济《作文修辞讲话》、郭绍虞《修辞学通论》、蒋伯潜和蒋祖怡《文体论纂要》及《体裁与风格》
袁晖《二十世纪的汉语修辞学》(2000)	世纪初的曙光	龙伯纯《文字发凡·修辞学》、汤振常《修词学教科书》、来裕恂《汉文典》、刘金第《文法会通》（甲编）、吴曾祺《涵芬楼文谈》
	五四时期	唐钺《修辞格》、郑奠《中国修辞学研究法》、王易《修辞学》、王易《修辞学通诠》、张弓《中国修辞学》、董鲁安《修辞学讲义》、董鲁安《修辞学》、胡怀琛《修辞的方法》、胡怀琛《修辞学发微》、薛祥绥《修辞学》
	中国现代修辞学奠基之作	陈望道《修辞学发凡》
	30—40年代	陈介白《修辞学》、陈介白《新著修辞学》、金兆梓《实用国文修辞学》、曹冕《修辞学》、郭步陶《实用修辞学》、石苇《作文与修辞》、杨树达《中国修辞学》、张文治《古书修辞例》、马叙伦《修辞九论》、郑业建《修辞学提要》、郑业建《修辞学》、徐梗生《修辞学教程》、章衣萍《修辞学讲话》、赵景深《修辞讲话》、宋文翰《国语文修辞法》、汪震《国语修辞学》、郭绍虞《修辞学通论》、宫廷璋《修辞学举例·风格篇》、黎锦熙《修辞学比兴篇》、赵景深《修辞讲话》、祝秀侠《修辞社会学》

考虑到上表中这些修辞学著作在不同汉语修辞学史著中的"共现"程度及其在修辞学学史上的地位，依据"经典性"原则，我们认为早期现代汉语修辞学(1905—1949)的代表性著作如表 5-3 所示。

表 5-3　早期现代汉语修辞学代表性著作(1905—1949)

修辞学史分期	修辞学家	修辞学重要著作
现代汉语 修辞学先声期 (1905—1919)	龙伯纯	《文字发凡·修辞学》(1905)
	汤振常	《修词学教科书》(1905)
	来裕恂	《汉文典》(1906)
	刘金第	《文法会通(甲编)》(1908)
	王梦曾	《中华中学文法要略·修辞编》(1913)
	吴曾祺	《涵芬楼文谈》(1917)
	程善之	《修辞初步》(1918)
现代汉语 修辞学创建期 (1919—1932)	郑　奠	《中国修辞学研究法》(1920 年代)
	吕云彪等	《白话文作法》(1920)
	唐　钺	《修辞格》(1923)
	董鲁安	《修辞学讲义》(1925)、《修辞学》(1926)
	张　弓	《中国修辞学》(1926)
	王　易	《修辞学》(1926)、《修辞学通诠》(1930)
	陈介白	《修辞学》(1931)
	胡怀琛	《修辞的方法》(1931)
	陈望道	《修辞学发凡》(1932)
现代汉语 修辞学深化期 (1932—1949)	金兆梓	《实用国文修辞学》(1932)
	石　苇	《作文与修辞》(1933)
	杨树达	《中国修辞学》(1933)
	马叙伦	《修辞九论》(1933)
	章衣萍	《修辞学讲话》(1934)
	郭步陶	《实用修辞学》(1934)
	胡怀琛	《修辞学发微》(1935)

续表

修辞学史分期	修辞学家	修辞学重要著作
现代汉语修辞学深化期（1932—1949）	宋文翰	《国语文修辞法》(1935)
	汪 震	《国语修辞学》(1935)
	陈介白	《新著修辞学》(1936)
	张文治	《古书修辞例》(1937)
	夏丏尊、叶圣陶	《文章讲话》(1938)
	田仲济	《作文修辞讲话》(1947)

二、白话性原则

此处的"白话"专指现代白话。在上文筛选结果的基础之上，我们再依据"白话性"原则将其中仅征引文言或近代白话语例的著作予以排除。故而现代汉语修辞学先声期的代表性著作及杨树达《中国修辞学》(1933)、郑奠《中国修辞学研究法》(1920年代)、马叙伦《修辞九论》(1933)、张文治《古书修辞例》(1937)等传统修辞学著作均不在本书考察范围之内。

此外，据考察，王易《修辞学》(1926)、《修辞学通诠》(1930)，胡怀琛《修辞的方法》(1931)、《修辞学发微》(1935)、郭步陶《实用修辞学》(1934)等著作中只收录文言语例或近代白话语例，而无现代白话文学语例，故亦予以排除。

早期修辞学著作中对现代白话语例的征引最早大概可追溯至吕文彪等《白话文作法》(1920)。在该书问世之前，国内几乎全是关乎古汉语修辞。此外，尽管唐钺《修辞格》(1923)、张弓《中国修辞学》(1926)与董鲁安《修辞学讲义》(1925)三部早期修辞学著作已开始用白话文写作，然前二书与董氏书的区别在于，前二者虽行文基本采用白话（唐氏书中运用夹杂着文言的白话，而张氏书则全用白话），然选例仅限于文言（唐氏认为此时的白话文尚不规范）。而据我们考察，董鲁安《修辞学讲义》(1925)不仅用白话文写作，还征引了8处现代白话文学语例，故较之唐钺《修辞格》(1923)、张弓《中国修辞学》(1926)更进一步。

由此，根据"白话性"原则，上文所列经典性修辞著作中予以排除者如表 5-4 所示。

表 5-4 据"白话性"原则排除的汉语修辞学经典著作

龙伯纯	《文字发凡·修辞学》(1905)
汤振常	《修词学教科书》(1905)
来裕恂	《汉文典》(1906)
刘金第	《文法会通(甲编)》(1908)
王梦曾	《中华中学文法要略·修辞编》(1913)
吴曾祺	《涵芬楼文谈》(1917)
程善之	《修辞初步》(1918)
郑 奠	《中国修辞学研究法》(1920 年代)
唐 钺	《修辞格》(1923)
张 弓	《中国修辞学》(1926)
王 易	《修辞学》(1926)、《修辞学通诠》(1930)
杨树达	《中国修辞学》(1933)
马叙伦	《修辞九论》(1933)
郭步陶	《实用修辞学》(1934)
张文治	《古书修辞例》(1937)
胡怀琛	《修辞的方法》(1931)、《修辞学发微》(1935)

三、足量性原则[①]

在依据"白话性"原则筛选后，为确保结论的可靠性，我们再依据"足量性"原则对余下的汉语修辞学经典著作予以筛选。如吕云彪等《白话文作法》(1920)虽为最早征引现代白话文学语例的修辞学著作，但全书仅有 6 例。董鲁安《修辞学讲义》(1925)及《修辞学》(1926)虽在白话修辞学发

[①] 需特别说明的是，我们在第一编"早期语法学代表性著作的选取"中，曾运用"文学性"原则对汉语语法学著作予以筛选，如刘半农《中国文法通论》(1920)、王力《中国文法学初探》(1936)、何容《中国文法论》(1942)、赵元任《国语入门》(1948)等均为语法学史上的重要著作，然因书中白话文语例均系自造而非选自文学作品，故予以排除。然而类似的情况在早期修辞著作中基本不存在(唯有吕文彪等的《白话文作法》除征引白话语例外，也存在自造现象，然此书按足量性原则即可排除)，故我们未运用"文学性"原则对修辞学著作予以筛选。

展中亦具有"先声"意义,但据我们统计,二书现代白话语例分别只有8例和9例。再如陈介白《修辞学》(1931)及《新著修辞学》(1936)二书均只有1处现代白话文学作品语例,且皆引自周作人《自己的园地》。

此外,金兆梓《实用国文修辞学》(1932)虽与石苇《作文与修辞》(1933)同为实用修辞学代表作,但书中仅收录了2处白话语例①。从足量性角度而言,上述著作均无法充分反映修辞学家的文学价值取向,故而不作为考察重点。故据"足量性"原则对其加以排除(见表5-5)。

表5-5 据"足量性"原则排除的汉语修辞学经典著作

吕云彪等	《白话文作法》(1920)
董鲁安	《修辞学讲义》(1925)、《修辞学》(1926)
金兆梓	《实用国文修辞学》(1932)
陈介白	《修辞学》(1931)、《新著修辞学》(1936)

需要特别说明的是,上述依据"足量性"原则排除的修辞学经典著作,虽然不作为本书考察的重点,但因为书中多少引用了现代白话语例,依然具有研究价值,故而在后文相应章节依然会有所涉及,以期更为全面地展现不同时期汉语现代修辞学著作中展现出的文学史叙事图景。

综上所述,在依据"经典性"原则而筛选出早期修辞学经典著作的基础之上,我们再依据"白话性""足量性"原则最终选取了以下具有代表性的早期汉语现代修辞学著作为重点考察对象(见表5-6)。

表5-6 重点考察的代表性修辞学著作

现代修辞学史分期	修辞学家	代表性修辞学著作
创建期	陈望道	《修辞学发凡》(1932)
深化期	章衣萍	《修辞学讲话》(1934)
	田仲济	《作文修辞讲话》(1947)

---

① 这2处白话语例分别引自周作人《少年的悲哀》和[德]倭铿著、余家菊译《人生的意义与价值》。

续表

现代修辞学史分期	修辞学家	代表性修辞学著作
深化期	宋文翰	《国语文修辞法》(1935)
	汪　震	《国语修辞学》(1935)
	石　苇	《作文与修辞》(1933)
	夏丏尊、叶圣陶	《文章讲话》(1938)

综上,在上述早期现代汉语修辞学著作中,陈望道《修辞学发凡》(1932)不仅是现代修辞学史上具有划时代意义的著作,也在现代修辞学史上第一次系统地采用了现代白话语例,为奠定白话修辞学的主导地位,发挥了决定性作用。而后以宋文翰《国语文修辞法》(1935)和汪震《国语修辞学》(1935)为代表的国语修辞学更是将白话作为主要研究对象,进一步确立了现代白话修辞学的地位。此外,实用修辞学代表作石苇《作文与修辞》(1933)、夏丏尊与叶圣陶《文章讲话》(1938)以及修辞学通论著作章衣萍《修辞学讲话》(1934)、田仲济《作文修辞讲话》(1947)等均各自选取了丰富的现代白话语例,为普及推广修辞学知识以及促进现代汉语制度化进程发挥了重要作用。通过对这些著作的深入考察,可以较为清晰地探知现代白话修辞学从先声到最终确立并向纵深演进的历史脉络,并由此揭示文学家同修辞学家合谋构筑现代汉语审美规范的发展历程。

第六章 汉语现代修辞学创建期的文学史叙事框架

第一节 吕云彪、董鲁安修辞学著作中的文学史叙事框架

五四之后,现代修辞学的发展开始进入创建期。这一阶段的白话修辞学也开始有了较为显著的发展。这一时期最为重要的著作无疑是陈望道的《修辞学发凡》(1932),该书不仅标志着汉语现代修辞学的最终确立,而且在中国修辞学史上第一次系统地采用了现代白话语例,对于现代汉语制度化进程而言具有划时代的意义。然而应该指出的是,在此之前,吕云彪等《白话文作法》(1920)、董鲁安《修辞学讲义》(上册,1925)等修辞学著作均已开始征引现代白话文学语例[①]。虽然与陈望道《修辞学发凡》相比,这两部著作征引的现代白话文学语例数较少,缺乏系统性,但在白话修辞论发展过程中依然具有不可替代的价值,其作为白话修辞论先声的地位值得肯定。故我们拟对吕云彪、董鲁安等人修辞学著作中征引的现代白话语例也加以分析,以期更为全面的揭示汉语现代修辞学创建期的修辞学著作中的文学史叙事图景。

一、吕云彪等《白话文作法》

(一)《白话文作法》历史贡献与地位

1920年,吕云彪、戴渭清、陆友白合著的《白话文作法》在五四白话文

---

① 除吕云彪、董鲁安等人之外,陈介白《修辞学》(1931)、《新著修辞学》(1936)以及胡怀琛《修辞的方法》(1931)、《修辞学发微》(1935)等著作均在不同程度上征引了白话语例。然而陈介白前后两部著作中均征引了同一处现代白话语例(均出自周作人《自己的园地》),而胡怀琛的两部著作中则仅仅出现了若干处近代白话语例,并未征引现代白话语例。

第六章　汉语现代修辞学创建期的文学史叙事框架 | 161

运动的特殊历史语境下应运而生。作为中国最早较为全面地研究白话文修辞的专书,《白话文作法》中指出白话文大体上必须具备"合于语法""合于修词法""合于言语学的原理"等重要标准。关于如何才算"合于修词法",书中提出了两大标准:其一是提倡变化:"修辞学最要紧的地方,一定要多变化";其二是避忌"典故"、"字面"(指华丽辞藻——引者按)、"套话"、"骈句"等。该书在当时亟须了解普及白话修辞知识的历史背景下,将日本岛村抱月及汤振常《修辞学教科书》等人的观点加以引鉴并采用白话文形式加以阐释,为推动早期白话修辞学发展发挥了不可替代的作用。尤为值得一提的是,《白话文作法》的问世早于董鲁安《修辞学讲义》(上册,1925),也就是说,早期现代修辞学著作中率先使用现代白话语例的当属1920年出版的《白话文作法》,而并非通常所以为的董氏《修辞学讲义》[①]。从这个角度而言,《白话文作法》在推动现代汉语制度化进程中更具先锋意义。

(二)《白话文作法》现代白话文学语例探析

据我们考察,《白话文作法》中已征引了6处现代白话语例。详见表6-1所示。

表6-1　《白话文作法》现代白话文学语例表

著译者	作品名	合计
蔡元培	《劳工神圣》(1)	2
	《〈中国哲学史大纲〉序》(1)	
胡　适	《〈尝试集〉自序》(1)	2
	《十二月一日到家》(1)	
吴拯寰	《悼李超女士》(1)	1
康白情	《雪后》(1)	1
总　　计		6

---

① 宗廷虎,李金苓(1998:352)指出:"在董鲁安的《修辞学讲义》问世之前,我国修辞学界论述的几乎全是古汉语修辞,除唐钺《修辞格》之外,其余的修辞学著作行文和例句全是文言文。"

由上表,此书中征引了蔡元培、胡适、吴拯寰以及康白情四位文学家的作品语例。其中蔡元培与胡适是五四新文化运动的重要推动者。康白情则是五四时期著名的白话诗人。1918年,他与傅斯年、罗家伦等人一同组织"新潮社",并创办《新潮》月刊。之后与"新潮社"成员积极投身于五四新文化运动,成为了学生领袖之一。吴拯寰的诗歌造诣同样颇深,其所作《悼李超女士》是对五四时期轰动一时的"李超事件"的响应。李超作为中国式"娜拉",她的不幸遭遇引发了知识界对于女性问题的高度关注。胡适为此就曾撰写了《李超传》,宣扬《易卜生主义》中个性解放的意旨。

从《白话文作法》现代白话文学语例的选取来看,有两点值得特别注意:一是关注到相对处于边缘地位的吴拯寰、康白情的作品。二是对早期现代白话诗予以了特别关注。上表6处语例中诗歌作品有3例(分别为胡适《十二月一日到家》、吴拯寰《悼李超女士》和康白情《雪后》),而如果考虑到胡适的《〈尝试集〉自序》是为《尝试集》这一中国现代文学史上第一部白话诗集所作的"序",那上述6例中跟现代白话诗相关的即有4例,由此充分说明了吕云彪、戴渭清、陆友白这一早期修辞学家群体对于新诗成就的肯定(这一点亦可从董鲁安《修辞学》的引例中得以印证)。这也是体现出早期修辞学家迥异于早期语法学家的个性化文学史叙事图景。

二、董鲁安《修辞学讲义》《修辞学》

(一)《修辞学讲义》《修辞学》历史贡献与地位

1925年,董鲁安《修辞学讲义》(上册)由北平文化学社出版。后再版时更名为《修辞学》。宗廷虎、李金苓《中国修辞学通史(近现代卷)》(1998:345—353)将该书的特点概况为以下几点:"一、建立了用字、造句、编段、谋篇的体系";"二、最早全面论及修辞与题旨的关系";"三、白话修辞论的先声";"四、糅合中外修辞学思想的产物"。其中尤为值得推崇的是该书在白话修辞学方面所作的贡献。为使"教学交便",书中诠释"概用语体,不取奇辞奥义"。除了选取古代汉语例句外,还征引了部分现代白话语例。此外无论行文还是例句,一律采用新式标点。作为 20 世纪 20 年代的重要修辞学著作,《修辞学讲义》为白话修辞学的建立起到了相当重要的推动作用。

(二)《修辞学讲义》、《修辞学》现代白话文学语例探析

据我们考察,《修辞学讲义》(1925)中征引的现代白话例句详见表 6-2。

表 6-2 《修辞学讲义》现代白话文学语例表

著译者	作品名	合计
周作人	[波兰]显克微支《酋长》(1)	2
	[俄]安特列夫《齿痛》(1)	
钱玄同	《〈尝试集〉序》(1)	1
蔡孑民	《〈中国哲学史大纲〉序》(1)	1
胡愈之	[俄]爱罗先珂《我的学校生活的一断片——自叙传》(1)	1
胡 适	《新思潮的意义》(1)	1
	《国语的进化》(1)	1
叶圣陶	《云翳》(1)	1
总 计		8

上表的语料分布表现出以下两大倾向性特征:

一是由征引的 2 处周作人语例均属译作,反映出董氏比较重视周作人的译作成就。此外,胡愈之的译义亦在征引范围之列,可见董氏对于欧化白话文的修辞美感有较强的认同。

二是所征引的作家除了周作人外,如胡适、钱玄同、蔡孑民、叶圣陶诸人皆为五四新文化运动的中坚力量。由此反映出董氏对于这一场文学与语言互文共生的变革运动的支持与响应。

我们对董鲁安《修辞学》(1931)同样作了考察。经统计,书中共出现 9 处现代白话语例。在初版基础上,语例面貌有些许变动(见表 6-3)。

表 6-3　董鲁安《修辞学》现代白话文学语例表

著译者	作品名	合计
周作人	［波兰］显克微支《酋长》(1)	3
	［俄］安特列夫《齿痛》(1)	
	［英］洛绥谛《风》(1)	
胡　适	《新思潮的意义》(1)	2
	《国语的进化》(1)	
胡愈之	［俄］爱罗先珂《我的学校生活的一断片——自叙传》(1)	1
叶圣陶	《云翳》(1)	1
沈尹默	《三弦》(1)	1
鲁　迅	《好的故事》	1
总　　计		9

此表中增加了周作人、鲁迅、沈尹默的作品，相应地去除了钱玄同、蔡子民的语例。新增的周作人译作语例——英国作家洛绥谛的诗歌《风》进一步强化了对其笔下欧化白话文审美性特质的认同。须补充一点的是，再版中还征引了波兰显克微支《乐人杨珂》与波斯尼亚穆拉淑微支《摩诃末翁》两篇译文，虽均为文言，然从一个侧面亦可反映董氏十分看重周作人的翻译。

此外，再版中所添加的现代白话语例多出自诗歌作品。除周作人所译的诗歌《风》之外，还征引了沈尹默的诗歌佳作《三弦》以及鲁迅的散文诗《好的故事》。这一方面反映出了董氏对于早期新诗成就的认同，同时也揭示出董氏对于现代白话文具备审美特质的体认以及新诗对于完善现代白话文审美功能的肯定。

第二节　陈望道《修辞学发凡》中的文学史叙事框架

一、《修辞学发凡》对于现代汉语制度化的意义

陈望道的《修辞学发凡》是现代修辞学史上公认的奠基性著作，它的

诞生标志着汉语现代修辞学的最终确立。郑子瑜(1965)称此书为"千古不朽的巨著",认为陈望道是"中国有史以来最伟大的修辞学家"。胡裕树(1982)高度肯定道该书最大的功绩在于"建立了我国修辞学史上第一个比较科学的体系"。

不过,应该看到的是,陈望道不仅仅是一位纯粹的修辞学家。纵观陈望道的一生,他不但第一个完整地翻译了《共产党宣言》,参与发起成立中国共产党,为马克思主义在中国的传播作出了突出的贡献;同时,他更是中国现代汉语制度化过程的最重要的推动者之一。他在《修辞学发凡》第九版付印题记(1945)中这样说道:"中国语文问题常与中国的国运连同升降,每逢国运艰难,就有无数远见的人士关心语文问题,誓愿扫除文盲文聋,而要真正解决语文问题扫除文盲文聋乃至建立科学的语文教学法也有赖于科学的文法学的建立。"①对此李熙宗(1992)曾评价道:"先生一生的学术和教育活动的中心和基点则是语文研究和语文教育;而倡导、推行语文教育改革则是贯穿于先生语文教育思想和实践的一根红线,是他从事语文教育工作的重心之一。"

可以说,从五四时期白话文运动到20世纪30年代的"大众语"运动,陈望道为白话在与文言的论争中得以胜出并最终奠定胜局作出了不可磨灭的贡献。刘大白在《修辞学发凡》1932年初版本序言中高度肯定这是"中国第一部有系统的兼顾古话文今话文的修辞学书"②。而《修辞学发凡》之所以在中国修辞学史上第一次系统采用白话语例,目的并不仅仅是为了构建科学的修辞学体系,而是为了回应当时"文言文可以修辞,白话文不能修辞",即白话文只可用来普及教育,并不能用来表达美和情感等保守复古的思想偏见,从而捍卫五四白话文运动的成果。③

那么,《修辞学发凡》是如何捍卫白话文运动的成果的? 其中哪些白

---

① 陈望道:《修辞学发凡》,中国文化服务社1945年版。
② 刘大白:《修辞学发凡·序》,见陈望道《修辞学发凡》上册,大江书铺1932年版。
③ 陈望道:《修辞学发凡·重印前言》,上海文艺出版社1962年版。

话文著作的语言美学价值足以跟文言文相抗衡,哪些新文学作家的语言成就值得认可,哪些现代白话文作品的语言风格和技巧特别值得关注——这一系列问题的认识是如何展开的?

鉴于《修辞学发凡》在中国修辞学史上的特殊地位,及其在现代汉语制度化进程中所发挥的突出作用,本节拟通过对书中现代白话语例的考察,从一个新的视角考察中国现代文学史;而由《修辞学发凡》不同版本的语例选取与变迁,还可以探知作为白话文倡导者的陈望道的文学价值取向以及社会语境因素对文学评判标准的影响。

二、《修辞学发凡》版本的沿革及选取

版本的沿革通常会涉及语例的变迁。考虑到《修辞学发凡》版本繁富,若要对书中所征引的现代白话语例加以考察,则首先面临一个版本选取的问题。我们拟对其版本沿革予以研究说明,在此基础上确定研究采用的版本。

陈望道《修辞学发凡》1932年由大江书铺[①]以上下册正式出版。[②]之后共计出了8版,直至民国三十四年(1945)四月重庆中国文化服务社发行了第九版[③],又称"渝初版"。这是自初版后最为重要的版本之一。作为修订本,它与1932年初版本相较,不仅修正了书中的一些讹误、对篇目名称予以了修改,更为重要的是整体删除了初版中第二篇的第9节"中国语文固有的特性"和第10节"中国语文变迁的大势"。新中国成立后的首个版本是1950年4月由开明书店所出。其与"渝初版"相比最大的变动在于重新恢复了"渝初版"中被删去的第二篇的第9节和第10节。[④]新中国成

[①] 大江书铺是上海20世纪20年代末至30年代初的一家民间出版机构,由陈望道与多人合作成立。书铺主要出版各类进步书刊,宣传马克思主义著作,翻译介绍先进的文艺理论,以推动当时的左翼文艺运动。后于1933年停业并盘给上海开明书店。

[②] 在正式出版之前已有多种油印稿本行世,可惜现今已难觅踪影。

[③] 真正的第九版实则为民国二十九年(1940)所出。霍四通(2012:22)指出:"这个时候陈望道在重庆后方并不知道开明书店又重印了《修辞学发凡》的第九版,所以把'渝初版'也称作'第九版'。但(题记中)'本书曾在抗战前出过八版'的表述并无误。"

[④] "渝初版"中将其删去的原因可参照李熙宗《学界泰斗 治学楷模——从〈修辞学发凡〉不同版本的修改,看陈望道先生的治学精神》(2003)。此不赘述。

第六章　汉语现代修辞学创建期的文学史叙事框架 | 167

立后亦陆续发行了众多版本①。

虽《修辞学发凡》版本众多，但主要可以分为两大类。第一类是陈望道生前亲自参与修订的版本，即自1932年4月起，至1976年7月为界。第二类则是陈望道去世后，后人参照之前的版本修订出版的。后者最典型的特点是"杂糅中和"，即通常同时参照多个版本修订而成，最常被采用的便是1962年本和1975年本（或称1976年本）②。例如1980年5月上海人民出版社第1版、2005年9月复旦大学出版社《陈望道学术著作五种》。

为了贴近作者初衷，我们采用《修辞学发凡》版本中的第一类为调查对象，主要选取陈望道生前五个最重要的版本（1932年初版、1945年渝初版、1954年版、1962年版、1976年版），对其所涉及的现代白话语例加以考察。其中1932年初版本的地位自不必说，后四个版本亦为《修辞学发凡》重要的修订本，如1945年渝初版中的有《〈修辞学发凡〉第九版付印题记》。1954年版有《重印后记》，1962年版和1976年版均有《重印前言》，故较之其余版本意义更为特殊。

须说明的是，本书主要基于考察1932年初版本的现代白话语例面貌，以此探析修辞学家陈望道的文学价值取向。此外，通过研究版本演变所带来的语例面貌的更迭，以揭示特定社会语境因素作用下文学价值取向所发生的偏移。

三、从《修辞学发凡》现代白话文学语例看陈望道文学价值取向

为了直观地了解《修辞学发凡》中现代白话文学语例的分布面貌，我们将1932年初版本、1945年渝初本、1954年本、1962年本、1976年本中的现代白话语例逐一作了数据统计，并按照1932初版本中的频次高低进

---

① 主要有1954年8月新文艺出版社第1版、1959年3月上海文艺出版社新1版、1962年11月上海文艺出版社新2版、1964年9月作家出版社第1版、1976年7月上海人民出版社第1版、1979年9月上海教育出版社新1版、1980年5月上海人民出版社第1版、1997年12月上海教育出版社第2版、2001年7月世纪出版集团上海教育出版社新3版、2005年9月复旦大学出版社《陈望道学术著作五种》、2011年5月浙江大学出版社《陈望道全集》十卷本等。

② 1976年本与1975年本实则为同一概念。1975年底《修辞学发凡》修订完成，12月陈望道于复旦大学撰写了《重印前言》，该书于1976年7月正式出版发行。

行降序排列。其中译文出现的频次亦包含在内,为方便查看,我们将其列于各人的总频次之后,用圆括号标明(见表6-4)。

表6-4 《修辞学发凡》五大版本之现代白话文学语例频次统计总表

著译者	\multicolumn{5}{c}{《修辞学发凡》五大版本}
	1932	1945	1954	1962	1976
鲁　迅	23(10)	23(10)	22(10)	23(10)	56(10)
周作人	9(9)	9(9)	7(7)	8(8)	0
吴稚晖	5	5	3	0	0
曹靖华	3(3)	3(3)	3(3)	3(3)	0
叶绍钧	2	2	1	1	4
茅　盾	2	2	2	2	1
冰　心	2	2	2	2	2
夏丏尊	2(2)	1(1)	1(1)	2(2)	0
朱自清	1	1	1	1	3
徐志摩	1	1	1	1	0
俞平伯	1	1	1	1	1
郑振铎	1(1)	1(1)	1(1)	1(1)	1
文洁若	1(1)	1(1)	1(1)	1(1)	0
林洪亮	1(1)	1(1)	1(1)	1(1)	0
刘大白	0	0	0	2	0
郭沫若	0	0	0	0	1(1)
闻一多	0	0	0	0	2
王鲁彦①	0	0	0	0	1
方志敏	0	0	0	0	1
殷　夫	0	0	0	0	2
总　计	54	53	47	47	75

---

① 王鲁彦:20世纪20年代著名的乡土小说家。原名王衡。20年代初曾在北京大学旁听鲁迅的《中国小说史》课程,大受裨益,开始创作时遂用笔名"鲁彦"以表达对鲁迅的仰慕之情。王鲁彦的小说主要是短篇,代表作有短篇小说集《柚子》《黄金》等。

由上表,我们不难发现,新文学作家中,陈望道尤为看重周氏兄弟(鲁迅和周作人)的文学成就与地位,二者的现代作品语例频次相较于其他人而言,占据了明显的优势。从1932年初版本至1962年本中,二人各自的频次演变轨迹变化不大,基本趋于平稳状态,唯独在1976年本中二者的频次都出现了较大的波动,其中鲁迅的语例数奇多,而周作人的语例数竟至归零。这一奇怪现象引起了我们的注意。现代白话语例的变迁一方面可以反映出陈望道选例时的文学价值取向,另一方面,也反映出了特定社会语境因素的制约作用。

考虑到1932年初版本相对于其他版本而言,在很大程度上能反映陈望道最真实的文学评判标准,故这部分的研究主要采用1932年初版本,适时地借助其他版本加以比对参照。陈望道《修辞学发凡》(1932)的现代白话文学语例分布情况如表6-5所示。

表6-5 《修辞学发凡》(1932)现代白话文学语例分布情况

著译者	作品名	分频×篇数	总频
鲁 迅	[俄]爱罗先珂《爱罗先珂童话集·春夜的梦》	3×1	23
	[俄]爱罗先珂《爱罗先珂童话集·鱼的悲哀》、《药》、《阿Q正传》、《头发的故事》	2×4	
	《我们现在怎样做父亲》、《我的失恋》、《生命的路》、《狂人日记》、《鸭的喜剧》、《秋夜》、《译了〈工人绥惠略夫〉之后》、《现代日本小说集·游戏》、《现代日本小说集·沈默之塔》、《现代小说译丛(第一集)·省会》、[日]秋田雨雀《读了童话剧〈桃色的云〉》、[俄]爱罗先珂《爱罗先珂童话集·雕的心》	1×12	
周作人	《现代日本小说集·雉鸡的烧烤》、《现代小说译丛·影》	2×2	9
	《点滴·沙漠间的三个梦》、《点滴·酋长》、《现代日本小说集·少年的悲哀》、《现代日本小说集·深夜的喇叭》、《日本俗歌四十首之二》	1×5	
吴稚晖	《一个新信仰的宇宙观及人生观》	4×1	5
	《乱谈几句》	1×1	
曹靖华	[俄]班珂《白茶》	3×1	3

续表

著译者	作品名	分频×篇数	总频
叶绍钧	《隔膜·寒晓的琴歌》、《诗的泉源》	1×2	2
茅盾	《蚀·动摇》	2×1	2
冰心	《超人》、《笑》	1×2	2
夏丏尊	［日］芥川龙之介《湖南的扇子》、［日］高山樗牛《月夜的美感》	1×2	2
郑振铎	［俄］路卜洵《灰色马》	1×1	1
朱自清	《荷塘月色》	1×1	1
徐志摩	《曼殊斐儿》	1×1	1
俞平伯	《冬夜·风底话》	1×1	1
林洪亮①	［波兰］显克微支《你往何处去》	1×1	1
文洁若	［日］芥川龙之介《橘子》	1×1	1
总　　计			54

为了更进一步了解《修辞学发凡》初版中现代白话文学语例分布，我们将表中反映的54处白话语例再细分为六部分，将出现频次相同的作家组成一个类，从而使分布格局呈现得更为清晰（见图6-1）。

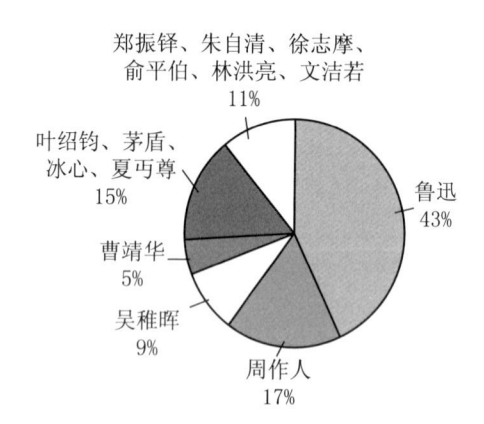

图6-1　《修辞学发凡》1932年初版之现代白话文学语例分布图

① 《修辞学发凡》书中此处语例源自林洪亮为《你往何处去》所写的译序。

由上表的现代白话文学语例分布面貌,可揭示陈望道的选例主要呈现出以下特征:

其一,周氏兄弟的绝对优势。

不仅在上表中周氏兄弟的语例占了总语例数的近60%,且据我们考察,周氏兄弟语例在各版本均占有绝对优势。周氏兄弟语例在各版本所占比例如表6-6所示。

表6-6 《修辞学发凡》不同版本中周氏兄弟语例变迁表

	1932年版①	1945年版	1954年版	1962年版	1976年版
鲁迅现代语例频次	23(10)	23(10)	22(10)	23(10)	56(10)
周作人现代语例频次	9(9)	9(9)	7(7)	8(8)	0
周氏兄弟频次总和	32(19)	32(19)	29(17)	31(18)	56(10)
版本总频次	54	53	47	47	75
周氏兄弟频次所占比例	59.3%	60.4%	62.0%	66.0%	74.7%

由上,周氏兄弟的白话语例在以上各版本的《修辞学发凡》中几乎都占到60%以上,由此反映出周氏兄弟在陈望道的文学价值取向中有着极其重要的地位。

(1) 鲁迅现代白话语例分析

经统计,全书中现代白话语例共54处。其中鲁迅作品语例便占了23处(包含译文10处),较之他者,有着压倒性优势。与居第二位的周作人相较,亦拉开了明显的差距。

这种优势不仅体现在数量上,更体现在篇幅上。《修辞学发凡》对鲁迅的语例往往是大段引用,甚至是全篇引用。如1932年初版本的《修辞学发凡》第十一篇《语文的体类》中探讨第二大类"刚健柔婉"体类时便是全篇引用了鲁迅的《秋夜》以为佐证。由此,陈望道对鲁迅作品的看重可见一斑。

我们将这23处语例的相关信息依次列出,并按出现的频次由低到高进行排列。具体如表6-7所示:

---

① 此处所指为1932年初版本。因1932年出了初版和再版,为避免歧义,故特加说明。

表 6-7　《修辞学发凡》初版中鲁迅语例分布表

序号	作品名称	语例类型	《修辞学发凡》篇次	页码	频次
1	《我们现在怎样做父亲》	原作	第五篇·五	174	1
2	《野草·我的失恋》	原作	第五篇·九	210—213	1
3	《生命的路》	原作	第六篇·九	258—259	1
4	《呐喊·狂人日记》	原作	第八篇·八	385	1
5	《呐喊·鸭的喜剧》	原作	第七篇·三	296—297	1
6	《读了童话剧〈桃色的云〉》	译作	第八篇·一	354	1
7	《秋夜》	原作	第十一篇·三	451—454	1
8	《爱罗先珂童话集·雕的心》	译作	第五篇·三	149	1
9	《现代日本小说集·游戏》	译作	第五篇·十	214	1
10	《现代日本小说集·沈默之塔》	译作	第五篇·四	153	1
11	《现代小说译丛第一集·省会》	译作	第五篇·四	162	1
12	《译了〈工人绥惠略夫〉之后》	译序	第五篇·四	156	1
13	《呐喊·头发的故事》	原作	第五篇·四	159	2
14	《呐喊·头发的故事》	原作	第六篇·九	260	
15	《呐喊·阿Q正传》	原作	第五篇·三	145	2
16	《呐喊·阿Q正传》	原作	第七篇·二	291	
17	《呐喊·药》	原作	第五篇·三	143	2
18	《呐喊·药》	原作	第七篇·九	337	
19	《爱罗先珂童话集·鱼的悲哀》	译作	第八篇·五	367	2
20	《爱罗先珂童话集·鱼的悲哀》	译作	第六篇·一	220	
21	《爱罗先珂童话集·春夜的梦》	译作	第八篇·五	370	3
22	《爱罗先珂童话集·春夜的梦》	译作	第八篇·五	366	
23	《爱罗先珂童话集·春夜的梦》	译作	第四篇·二	111	

由鲁迅语例的征引频次面貌反映出以下几点特征：

首先，对鲁迅译介贡献的高度关注。

从陈望道所选取的具体作品来看，鲁迅 23 处语例中有 10 处为译文，还有 1 处是译序。值得注意的是，这 10 处译文中即有 7 处或直接译自俄国作家 B.R. 爱罗先珂(B.R. Epomehk)的童话或与之间接相关，如所译《读了童话剧〈桃色的云〉》为日本作家秋田雨雀所作，该文是关于爱罗先珂童话剧《桃色的云》之读后感。由此足见陈望道对鲁迅翻译成就的肯定。

鲁迅是在 20 世纪中国翻译文学史上作出过重大贡献的翻译家。尤其难能可贵的是，他一生译介了大量的外国优秀儿童文学作品，对中国 20 世纪 30 年代儿童文学发展产生了重要影响。鲁迅在《〈表〉译者的话》中提出："为了新的孩子们，是一定要给他新作品，使他向着变化不停的新世界，不断的发荣滋长的。"①在五四新文化语境下，鲁迅极为注重儿童的现代品格的培养，期冀激活儿童作为"新民"的人格属性，故而鲁迅对儿儿童文学予以了特别的关注。

在鲁迅译介的儿童文学作品中，俄国诗人、童话作家爱罗先珂的作品就有两部：童话集《爱罗先珂童话集》和童话剧《桃色的云》。《爱罗先珂童话集》共有 12 篇，鲁迅翻译了其中的 9 篇，除《古怪的猫》未见发表外，其余各篇在收录单行本前均曾先后刊于《新青年》《妇女杂志》《东方杂志》《小说月报》及《晨报副刊》。1932 年初版本《修辞学发凡》中引用了《爱罗先珂童话集》中的《雕的心》《春夜的梦》和《鱼的悲哀》（共计 6 次）。

值得注意的是，爱罗先珂在俄国文学史的地位并不算突出，然而他与鲁迅之间建立的深厚情谊却被传为中国现代文学史上的一段佳话。小说《鸭的喜剧》便记述了爱罗先珂在他家养蝌蚪和小鸭的故事，表达了作家内心对爱罗先珂的深切怀念。这位在俄国文学史上并非称得十一流的文人，其作品经由鲁迅的大量译介而在中国流行一时。他作品中的诗意、童趣、纯粹、真实等对鲁迅亦产生了较大影响，散文诗集《野草》中便显露出这一点。鲁迅很欣赏爱罗先珂的童心，他曾于《〈爱罗先珂童话集〉序》（1922）中写道："我所展开他来的是童心的，美的，然而有真实性的梦。这梦，或者是作者的悲哀的面纱罢？那么，我也过于梦梦了，但是我愿意作

---

① 鲁迅：《〈表〉译者的话》，《鲁迅全集》第 10 卷，人民文学出版社 2005 年版，第 436 页。

者不要出离了这童心的美的梦,而且还要招呼人们进向这梦中,看定了真实的虹,我们不至于是梦游者(Somnambulist)。"① 而爱罗先珂的批判意识同样为鲁迅所欣赏。二人在对奴性的批判以及寻路的孤独寂寞上达成了深度的精神契合。

除《爱罗先珂童话集》外,所征引的《现代日本小说集》《现代小说译丛》均属周氏兄弟合译的得力之作。此外《译了〈工人绥惠略夫〉之后》(1921)为鲁迅所作之译序。《工人绥惠略夫》是俄国作家 M.阿尔志跋绥夫(M.Artsybashev)的中篇小说。鲁迅在译序中将作品与社会思潮相联系的评述方法,之后成为了中国文学批评的主流手法。

其次,对鲁迅创作成就的高度认可。

鲁迅的 23 处语例中有 13 处为其个人创作的文学作品。其中短篇小说集《呐喊》共被引用 8 次,主要集中于《狂人日记》《阿 Q 正传》《头发的故事》和《药》等作品。《狂人日记》是中国现代文学史上第一部白话文小说。首发于 1918 年 5 月 15 日《新青年》月刊第四卷第五号。此文内容和形式上的现代化特征在中国现代小说史上具有开创贡献。之后《呐喊》和《彷徨》的出现则标志着中国现代小说的进一步成熟。对于鲁迅小说的叙述艺术,李欧梵(1991:98)曾高度肯定道:"鲁迅是中国文学史上有意识地发展小说叙述者复杂艺术的第一人。"吴晓东(1989)也指出:"鲁迅小说的第一人称叙述者的复杂化,是现代小说复杂化的一个标志,从而在形式层面上标志着文学范式的创造性转化。"

鲁迅小说中常设立两类叙述者,借用美国理论家 W.C.布斯《小说修辞学》(1987:80)中提出的一对重要概念,即为可信的叙述者与不可信的叙述者。区分的标准就在于叙述者的思想情感、价值取向是否与"隐含作者"保持一致。关于可信的叙述者,《狂人日记》中的"狂人"便是典型代表。李致(2006)指出:"在割断人物与传统社会成规之间的精神联系上,《狂人日记》中的'狂人'比孩子更彻底。"通过可信的叙述者视角,读者可

---

① 爱罗先珂:《爱罗先珂童话集》,鲁迅译,商务印书馆 1922 年版。

以直接感知隐含作者的态度、情感和立场。鲁迅小说还有另一类已被社会同化了的不可信的叙述者。例如《狂人日记》文言小序中的"余"便是构成反讽的第一人称叙述者。他代表的是五四文白之争中与革新派相对立的守旧派。他指出狂人日记的目的是为了给研究者提供迫害狂患者的标本，这显然与作者真实意图背道而驰。"余"的存在与"狂人"的叙述视角构成了鲜明的反差，加强了作品的批判效果，从而对传统社会的既定成规进行一种"系统的潜在的损毁和非神圣化，一种还圣为俗的'解码'（工作）"（华莱士·马丁，1990）。

此外，值得注意的是，《修辞学发凡》还征引了鲁迅《我的失恋》。新文学创立初期，鲁迅在散文诗领域的探索同样取得了令人瞩目的成就，散文诗集《野草》便是其主要代表作。《我的失恋》是其中唯一以诗的形式出现的一篇诗章，旨在讽刺当时无聊的失恋诗的盛行。《修辞学发凡》对该诗的选取，说明了对鲁迅散文诗创作成就的认可以及对于白话新诗艺术审美性的肯定。

(2) 周作人现代语例分析

周作人所占的引例比重仅次于鲁迅，出现的 9 处现代白话语例均出自他的译著，其中《现代小说译丛》2 例，《现代日本小说集》4 例，此二书均由周氏兄弟合作而成。实则早在 1909 年，鲁迅与周作人便在东京出版了他们的第一部文言译著《域外小说集》。"如果说'约略绍介了各国名家的著作'的《域外小说集》只是周氏兄弟宏伟翻译计划的开端，那么，《现代小说译丛》与《现代日本小说集》便是规模更大的小说翻译计划。"（韩洪举，2011）其中《现代小说译丛·第一集》（1922）由周氏三兄弟合译，《现代日本小说集》（1923）则为鲁迅和周作人合译，书中收录了 15 位作家的 30 篇小说（鲁迅翻译了 6 位作家的 11 篇小说），对作家及篇目的遴选则体现出周氏兄弟对于这一时期日本文学史的独特把握。此外，还有 2 例选自周作人独立译著《点滴》。陈望道就曾专门在《民国日报》副刊《觉悟》上撰文力推此书。（详见后文）

值得注意的是，《修辞学发凡》还征引了周作人所译《日本俗歌四十首之二》。1921年5月,周作人在《小说月报》上发表《日本的诗歌》,率先向国内介绍日本的小诗形式"俳句"。后又相继发表《日本俗歌四十首》《谈小诗》《石川啄木的短诗》等,系统介绍了俳句的由来以及艺术特点,对20年代风行一时的小诗起到了重大的推动作用。郁达夫曾称赞俳句的艺术魅力:"只有清清淡淡、疏疏落落的几句,就把乾坤千古的一切情感都包括得纤屑不遗了。"《修辞学发凡》的征引,从一个侧面体现出陈望道对于周作人引介日本的诗歌理论以丰富完善中国新诗的创作的肯定。

综上,陈望道对周氏兄弟文学成就尤其是译介成就的高度肯定,体现出早期修辞学家与文学家试图借助欧日化因素改造白话文,推动现代汉语制度化进程的历史图景。

其二,对其余新文学主流作家的关注。

除周氏兄弟以外,诸如叶圣陶、茅盾、冰心、郑振铎、朱自清、徐志摩、俞平伯等五四新文化运动主流作家的作品语例亦在不同程度得以征引。

小说方面,五四新文学创立初期,新小说的发展态势最为迅猛,《修辞学发凡》对新小说语例的选取颇具眼光。如《隔膜》是叶圣陶的第一本小说选集;而《蚀》是茅盾的第一部长篇小说(《修辞学发凡》所引的《动摇》,与《幻灭》《追求》一起构成《蚀》三部曲)。尤为值得一提的是,从《修辞学发凡》的选例还可看出对"问题小说"的关注。受五四启蒙主义思潮的影响,文学开始转向密切关注社会现实问题,"问题小说"呈现出繁盛景象。周作人在《中国小说里的男女问题》中指出:"问题小说,是近代平民文学的出产物。这种著作,照名目所表示,就是论及人生诸问题的小说。"陈望道、沈雁冰等《问题小说》也指出:问题小说就是"以劳工问题、子女问题以及伦理、宗教等等问题中或一问题为中心的小说"。于是,诸如胡适《一个问题》,叶绍钧《这也是一个人?》,冰心《两个家庭》《斯人独憔悴》《去国》,罗家伦《是爱情还是苦痛?》等一批早期问题小说相继发表。其中《修辞学发凡》所选取的冰心《超人》,实际上标志着冰心对种种社会问题开出了她的"药方",即"爱"的哲学。《超人》《烦闷》《悟》构成了以"母爱"核心的"三部曲"。阿英在《中国新文学大系·史料·索引》中的"作家小传"

里曾对新文学第一个十年在文坛和社会上产生过一定影响的 8 位女作家及创作作了简要介绍。而被《大系》收录作品的只有 2 位,其中之一便是冰心。此外所引郑振铎的译作——俄国路卜洵的小说《灰色马》实际上也带有"问题小说"的印记①。

新诗方面,俞平伯诗集《冬夜》于 1922 年 3 月由上海亚东图书馆出版。它是俞平伯的第一部新诗集,更是继胡适《尝试集》、郭沫若《女神》之后,五四新诗坛涌现出的第三部新诗集。俞平伯在"自序"中说:"我所以要印行这部诗集,一则因为诗坛空气太岑寂了,想借《冬夜》在实际上,做'秋蝉的辨解'(这是我答周作人先生的一篇小文,去年在北京《晨报》上登载)。二则愿意把我三年里在诗田里的收获,公开于民众之前。至于收获的是稻和麦,或者只是些野草,我却不便问了,只敬盼着读者的严正评判罢。"朱自清则在"序"中高度肯定了俞平伯新诗的艺术成就:"我心目中平伯的诗,有这三种特色,一是精炼的词句和音律;二是多方面的风格;三是迫切的人的情感。"

散文方面,朱自清《荷塘月色》与徐志摩《曼殊斐儿》②都是脍炙人口的美文,尤其是朱自清《荷塘月色》更是长期入选国文课本。

其三,对边缘群体的挖掘。

除了主流作家群之外,陈望道还关注到一批在以往文学史书写中处于边缘地位的作家群体。此中尤需一提的是吴稚晖。

在《修辞学发凡》初版引例排序表中吴氏仅次于周氏兄弟,位居第三,高于上述新文学主流阵营中的诸位作家。关于吴稚晖,世人对其在政治、思想、文化等领域的贡献关注较多,而对于其笔下的"另类文学"则极少涉及。

晚清民初的吴稚晖在政治上信仰无政府主义,在知识上信仰科学主义。他的《上下古今谈》以白话介绍西方近代科技文明,这无疑同五四新文学的精神是相合的。而《一个新信仰的宇宙观及人生观》(1923)作于五

---

① 该小说主人公乔治是一个找不到人生出路,最后投向无政府主义,以毁灭为人生要义的青年人。
② 徐志摩《曼殊斐儿》最早刊于 1923 年 5 月《小说月报》第十四卷第五号。

四"科玄论战"①时期。吴稚晖自称此文为"拿着乡下老头儿靠在'柴积'上晒'日黄'、说闲话的态度"所写,文中阐述了古今中外对世界本源的认识。而关于与新文学革命紧密相关的文白转型,他在1920年11月21日的《国音问题》演讲中如此说道:

> 现在一般人反对语体文,但是很不对,因为:(一)语体文犹如从前《尚书》的文和《左传》的文,《尚书》的文、《左传》的文,有文的条件,独语体不可为文吗? 也应该要有文体的条件。胡适主张白话文,人家批评他,只晓得《水浒》《红楼梦》,不晓得他也是把一担一担的古书挑进去的。(二)所以居语体文的缘故:无非要使人人都看得懂,而一般摇头的人,却仍旧深信着古文……我们只要先把白话文教儿童,到十三四岁,自然也很通了,那时再教四书五经,也未使来不及。

可见,吴稚晖与《新青年》诸子一样,也提倡白话。然区别在于他更注重白话的启蒙功用,而非主张白话文学。与此同时,他并不主张废弃文言,而是主张文白雅俗共存。由此他的作文风格在五四时期可谓独树一帜。1930年代中期,周作人在《中国新文学大系·散文一集》中总结第一个十年的成绩时,除去亡故者,吴稚晖便居于首位。他将吴稚晖的《乱谈几句》和《苦矣》选入《中国新文学大系·散文一集》,并评论道:"吴稚晖实在是文学革命以前的人物,他在《新世纪》上发表的妙文凡读过的人是谁也不会忘记的。他的这种特别的说话法与作文法可惜至今竟无传人,真令人有广陵散之感。"然而黄子平、陈平原、钱理群认为根源于民族危机感的"焦灼"成为笼罩20世纪中国文学的总体美感特征。而吴稚晖特立独行、

---

① "科玄论战"又称"人生观论战",是20世纪20年代在中国思想文化领域爆发的一场历时近两年的论战,对20世纪中国唯物史观派文化哲学的发展产生了深刻的影响。1923年2月14日,张君劢在清华大学作了题为"人生观"的演讲,对科学主义"科学万能"的思想倾向提出批评,同年4月12日丁文江发表《玄学与科学——评张君劢的"人生观"》,对其观点斥为"玄学",从而拉开了论战的序幕。

插科打诨的文学风格(吴稚晖于1930年代一度宣扬"文学是胡说八道,哲学是调和现实,科学才是真情实话",甚至认为"文学不死,大盗不止"),迥异于五四新文学的主流美感特质,故而始终难以为五四新文学主流所接受、认可,也常常被之后的文学史叙事所忽略、漠视。

除吴稚晖外,曹靖华、林洪亮、文洁若等译者语例的选取一方面再次印证了陈望道对欧日化白话文成就的肯定,强调欧日化参数对于构筑现代汉语的重要性;另一方面也呈现出了修辞学家陈望道笔下个性化的文学史叙事。

四、陈望道文学社会网络探析

《修辞学发凡》中所引现代白话语例中其突出特点在于周氏兄弟作品占了压倒性优势,这是由于陈望道对二者文学成就的高度认可。周氏兄弟不少作品曾刊于陈望道主持的《新青年》①。例如,周作人翻译的日本的国木田独步短篇小说《少年的悲哀》曾刊于1921年1月1日《新青年》第八卷第五号,鲁迅的短篇小说《故乡》②亦刊于1921年5月1日《新青年》第九卷第一号。此外也是因为陈望道与周氏兄弟交情深厚,常并肩作战,彼此声援。值得注意的是,周作人在30年代,尤其是1934年的大众语运动期间与鲁迅、陈望道政治立场、文学主张等意见相左而关系出现裂缝。但在1932年《修辞学发凡》初版本之后,除1976年版中处于"文革"这一特殊政治环境下致使周作人语例归零之外,1945年渝初版、1954年版和1962年版中仍存在周作人的现代白话语例,由此或许可以反映出陈望道更看重的是文学作品本身的成就。

(一)陈望道与鲁迅的交往

据陈望道《关于鲁迅先生的片断回忆》(1979:544),他与鲁迅二人的相识开始于20世纪20年代。1920年4月,陈望道翻译的第一个《共产党宣言》中译本出版,他将书寄赠给鲁迅,实际上"当时与周作人通信甚多,

---

① 1920年底陈独秀应粤军司令陈炯明之邀赴广州任广东省教育委员会委员长,陈望道遂接替主持《新青年》,自1921年1月《新青年》第八卷第五号至1922年7月第九卷第六号,共主编八号。

② 1976年版《修辞学发凡》中即有一例取自《呐喊·故乡》。

书是寄请周作人转交的"①。鲁迅则回赠了一册自己与周作人合编的《域外小说集》。后陈望道应陈独秀的邀请，自1920年春担任《新青年》杂志编辑。同年，围绕《新青年》杂志的办刊方针，编辑部意见发生了严重分歧。胡适主张《新青年》应"多研究些问题，少谈些主义"，鲁迅则明确支持陈独秀的主张把《新青年》从北京迁到上海出版，试图把《新青年》变为马克思主义机关刊物。陈望道曾在1921年2月13日与周作人的通信中写道："我是一个不信实验主义的人，对于招牌，无意留恋。不过适之先生底态度，我却敢断定说，不能信任。"②

陈望道与鲁迅的首次会面是在1926年8月30日。当时鲁迅受排挤离京至厦门大学任教，途经上海，陈望道、郑振铎、刘大白、夏丏尊、朱自清、叶圣陶、茅盾、胡愈之等文学研究会同仁设宴为之践行。陈望道在席间见到鲁迅，很是高兴。宴会后，陈望道等人将鲁迅送至旅舍并彻夜长谈。1927年10月8日，鲁迅于上海定居。而陈望道则是一边在复旦任教，一边筹建大江书铺。因书铺与鲁迅的居所较近，故二人交往日渐密切。其间鲁迅曾两次接受陈望道的邀请到复旦及附属实验中学演讲。夏征农《忆望道老师》(1979:9)写道："一九二七年秋冬之交，鲁迅被迫离开广州到上海后，望道同志第一个请鲁迅到复旦大学中文系演讲。这可说是对国民党反动派的一次抗议。"第二次演讲据《鲁迅日记·一九二八》记载是在1928年5月15日，演讲题目为《老而不死论》。对此陈望道在《纪念鲁迅先生》(1979:541)曾回忆道："在教育方面，鲁迅先生曾经在许多高等学校、中等学校教过书，留有种种的成绩，也曾有过种种极可纪念的正义行动。如在复旦大学，日前就曾有几位毕业生先后谈起鲁迅先生1928年在复旦大学现在的六百号大厦中的演讲。那时教育界的黑暗势力极为猖狂，不但对于'五四'以后输入的马列主义思想进行'围剿'，就是对于'五四'以后盛行的白话文也极为仇视，企图加以消灭。鲁迅先生的演讲

---

① 郑智、马会芹主编：《鲁迅的红色相识》，文物出版社2006年版，第11页。
② 陈望道：《关于〈新青年〉杂志的通信》，见《陈望道文集》(第一卷)，上海人民出版社1979年版，第557—558页。

是为声援在当时复旦大学和实验中学作战的孤军而举行的。"之后于1976年9月陈望道《关于鲁迅先生的片断回忆》(1979:545)再次谈道:"当时复旦大学和江湾实验中学的进步师生为了在同黑暗势力的斗争中得到指导和支持,就由我去邀请鲁迅先生作演讲。……我记得,当时鲁迅先生的演讲极有声势,他幽默而泼辣地指斥当时的黑暗势力。每当讲到得意处,他就仰天大笑,听讲的人也都跟着大笑,那满屋的大笑声直震荡了黑暗势力的神经,给复旦和实验中学的广大师生以有力的声援和激励。"

1928年陈望道创办大江书铺,并发行《大江》月刊。陈望道亲自出任经理一职。书铺主要出版包括陈望道、鲁迅、茅盾、丁玲等众多作家作品在内的各类文艺书刊,是当时上海左翼文艺运动的一个主要据点。它的成立跟鲁迅等友人的大力支持密不可分。《鲁迅日记》1928年5月至1930年5月间,所记同陈望道往来的内容多达20余则,大多涉及筹办大江书铺、发行《大江》月刊等事宜。且当时鲁迅主编《语丝》《奔流》两个杂志,工作繁忙,但面对《大江》月刊的约稿,却仍是尽力地满足。"这个刊物仅出了三期,而鲁迅却发表了《捕狮》《北欧文学的原理》《关于粗人》等译作。"① 而另一方面,陈望道对鲁迅亦积极支持。夏征农《忆望道老师》(1979:9)说道:"望道同志与鲁迅先生有着深厚的友谊,对鲁迅先生十分推崇。……一九三二年我作为一个新兵登上上海文坛时,望道同志为了介绍我同鲁迅认识,特意请鲁迅同我一道吃了一次便饭。他们两人那种亲密无间、谈笑自若的交谈,以及对我的恳切教诲,我至今记忆犹新,未能忘怀。一九三二年国民党对进步文化的围剿正日益加紧,鲁迅著作已被禁止出售,望道同志恰于此时与施存统合办'大江书店'出版了鲁迅翻译的卢那察尔斯基的《艺术论》。"

可以说20年代,陈望道与鲁迅二人主要围绕着《新青年》杂志和之后成立的大江书铺的出版发行等事宜相互支持,彼此声援。30年代,"左联"

---

① 转引自包子衍:《陈望道与鲁迅先生的革命友谊》,见上海鲁迅纪念馆编:《陈望道先生纪念集》,复旦大学出版社2006年版,第430页。

成立后,陈望道"始终不动声色地站在鲁迅同一条战壕里"(夏征农,1979:9—10)。30年代,为了反击"文言复兴""尊孔读经",陈望道邀请胡愈之、夏丏尊、叶绍钧等人共同发起了一场"大众语"运动。而在此期间,林语堂、周作人等则提倡幽默、闲适的小品文。为此在鲁迅等人的支持下,陈望道于1934年9月创办了实践大众语的《太白》半月刊,"想用战斗的小品文去揭露、讽刺和批判当时黑暗的现实,并反对林语堂之流配合国民党反动派文化'围剿'而主办的《论语》和《人间世》鼓吹所谓'幽默'的小品文"(陈望道,1979:546—547)。陈望道曾在"太白""掂斤簸两"①栏目下发表《过火的幽默》一文,对林语堂所谓的"幽默"小品文加以批判讥讽。鲁迅也于一九三五年二月十四日致吴渤信中指出:"至于《人间世》之类,则本是麻醉品,其流行亦意中事,与中国人之好吸雅片相同也。"②

陈望道和鲁迅自相识以来,相互扶持,结下了深厚的情谊,对此胡愈之为《陈望道文集》作序时曾高度评价道:"鲁迅是这个文化新军的最伟大最英勇的旗手,而陈望道同志则是鲁迅的亲密战友和合作者。"③如此便不难理解为何陈望道《修辞学发凡》中鲁迅现代白话语例占大多数的现象了。

(二) 陈望道与周作人的交往

陈望道与周作人颇有渊源,且陈望道在认识鲁迅之前就已经认识了周作人。前文已提及陈望道翻译的第一个《共产党宣言》中译本就是通过周作人转交给鲁迅的。1920年9月27日陈望道在《民国日报》副刊《觉悟》上发表《近代名家短篇小说集〈点滴〉》(1979:417)一文,力推周作人的译作《点滴》:"周作人先生最近两年中———一九一八年至一九一九年——用口语体翻译的外国短篇小说,已经在《新青年》和某日报上发表过一次的,现在编成一卷,称作《点滴》,由新潮社出版了。"陈望道高度评价道:

---

① "掂斤簸两"栏目专门刊登匕首式的短文,主要针对"论语派"的言论进行批驳。
② 鲁迅:《致吴渤》,见《鲁迅全集》(第13卷),人民文学出版社1981年版,第59页。
③ 胡愈之:《〈陈望道文集〉序言》,见《陈望道文集》(第一卷),上海人民出版社1979年版,第3页。

"周作人先生是中国用口语直译外国名家小说的倡始人和名手。""(他)曾经译有《域外小说集》,在一九〇九年出版;那是全用古文译的。但他近来觉悟到用古文翻译很不适宜,这两年里便全用口语翻译,结果就得到这纯粹的成功。所以我们对于周先生的译作,不但愿列入名译队里,并愿当作口语文学试验成功愿意陈列的成绩。"(陈望道,1979:417)

此外,陈望道在 1921 年 2 月 13 日与周作人关于《新青年》杂志的一封通信中,高度肯定了"周氏兄弟"的贡献:"所谓'周氏兄弟'是我们上海广东同人与一般读者所共同感谢的。多如先生们病中也替《新青年》做文章,《新青年》也许看起来,像是'非个人主义''历史主义',却不是纯粹赤色主义或'汉译本'的'Soviet Russia'了!"①

(三)陈望道与其余诸子的交往

此外《修辞学发凡》所引的叶绍钧、夏丏尊、朱自清、茅盾、郑振铎等文学家也都与陈望道有着不同程度的交往。如 1919 年,夏丏尊与陈望道、刘大白、李次九等人积极支持五四新文化运动,提倡言文一致的白话文,推行革新语文教育。故《修辞学发凡》中的现代白话语例有部分源自他们的文学作品。

还有一点值得注意,从现代白话语例的选取角度来看,陈望道在文学价值取向上多倾向于海派文人(当然受五四新文学主流阵营批判排挤的鸳鸯蝴蝶派作家除外)。此外,例如老舍、曹禺、巴金、郭沫若等 20 世纪教科书中公认的大师级作家,他们的作品在《修辞学发凡》中基本没有被引用②。

五、社会语境因素对文学评判的影响

(一)周氏兄弟语例变化探析

《修辞学发凡》的出版刊印在不同的时空背景下,其文字内容会随之

---

① 《陈望道文集》(第一卷),上海人民出版社 1979 年版,第 558 页。"Soviet Russia"指纽约《苏维埃的俄罗斯》周刊,是当时的一种左翼刊物。胡适在 1921 年 1 月 22 日致李大钊、鲁迅等人的信中说:"今《新青年》差不多成'Soviet Russia'的汉译本。"

② 郭沫若的语例仅在 1976 年版中出现过一例,引自其翻译的俄国托尔斯泰长篇历史小说《战争与和平》。

产生不同程度上的变更。据上文《〈修辞学发凡〉五大版本之现代白话语例频次统计总表》，周氏兄弟在前四个版本中，其出现的频次明显高于相较于其他人，且基本保持恒定状态。然而，1976年版中却出现分水岭。鲁迅的语例频次达到了高峰值，由之前的22、23例突升至56例，翻了一倍有余。而周作人则出现空白。致使这一变化产生的缘由跟当时的时代背景有着直接的关联。为了方便直观感知，我们将这五大版本中鲁迅、周作人语例频次的演变情况单列，继而合成一个曲线图以作比照（见图6-2）。

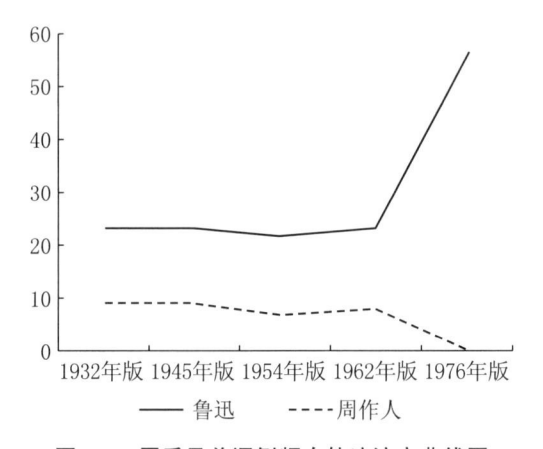

图6-2 周氏兄弟语例频次轨迹演变曲线图

（二）社会语境因素的制约

据陈光磊先生回忆说，1976年本的修订并非陈望道的初衷"即使在阶级斗争的年代，望老治学也不喜欢带入政治思维。当年他在读书笔记里批判了索绪尔的'符号论'，认为那是资本主义的思维方式。陈望道看了以后对他说：'学术上的东西不是简单的否定：不能贴标签，需要好好地探索。'"①然而，"当时对《修辞学发凡》的修订正处于评法反儒斗争时期，由于书里面的例子儒家居多，上面要求把儒家的例子换成法家，陈望道不同意，还悄悄对他说了一句：'法家杀气太重唉。'"他知道望老心里不喜欢法家的东西，所以在帮忙修订时就多找一些鲁迅的例子，因为鲁迅的例子陈

---

① 参见陈小莹：《陈望道：复旦崛起的奠基人》，《第一财经日报》2005年9月23日。

望道较能接受。(陈光磊,2013)如此也就能理解为何 1976 年本中的鲁迅语例奇多这一特殊现象了。

而至于 1976 年版中周作人的语例归零的现象,也有深刻的原因。30 年代,周作人与鲁迅、陈望道等的立场、主张背道而驰。"如果把鲁迅视为太白派的精神导师,而把林语堂、周作人当作论语派的精神首领,那么就会发现一个有趣的文学现象——现在剑拔弩张的论战双方,当年曾是同一战壕里的亲密战友。"(施建伟,1999)论语派是从美学、艺术的角度切入文学,而鲁迅等左翼作家则是从现实性、战斗性的角度切入文学。1933 年鲁迅在《现代》上发表《小品文的危机》认为:"生存的小品文必须是匕首,是投枪,能和读者一同杀出一条生存的血路的东西;但自然,它也能给人愉快和休息,然而这并不是'小摆设',更不是抚慰和麻痹,它给人的愉快和休息是休养,是劳作和战斗之前的准备。"他对论语派脱离时代背景,提倡"为笑笑而笑笑"的艺术,故意粉饰太平,提出了尖锐的批评。

虽然陈望道与周作人意见相左,但似乎并没有直接影响到陈望道在修订《修辞学发凡》时对周作人现代白话语例的保留(除 1976 年版)。从这个角度而言,陈望道是以较为单纯的文学眼光来看待作家的文学成就。

另一方面,1976 年版《修辞学发凡》出版前的修订工作正处于"文革"背景下,政治氛围异常紧张,人们的思想也异常敏感,此时政治环境因素对文学评判标准的制约作用格外突显。故而在 1976 年版中被视为"汉奸"的周作人语例全部消失这一特殊现象也就不足为奇了。而当社会语境的禁锢作用不再过分强烈,周作人的文学地位及成就便相应地重新获得认可。据我们考察,现今较通行的两个版本(2001 年 7 月世纪出版集团上海教育出版社新 3 版、2005 年 9 月复旦大学出版社《陈望道学术著作五种》),都不同程度地恢复了周作人现代白话语例(据统计,2001 年版中有 3 例,而 2005 年版中则升至 7 例)。

可见,语例的增减变化一方面反映出陈望道选取时多半出于对作家本身的文学成就的考量,但另一方面也揭示出了社会语境因素的禁锢作用不容忽视。

除了周氏兄弟之外,吴稚晖、方志敏、殷夫、郭沫若、闻一多等人的语例频次变化也同样与政治因素相关。

例如,据上文总频次表显示,吴稚晖的语例在1932至1954年版中出现的频次分别为5、5、3,而到了1962、1976年版中则皆为0。此频次变迁实际上也是社会语境因素制约文学的一个缩影。据我们考察,在前三个版本中引用了吴稚晖的两篇重要作品:一是《一个新信仰的宇宙观及人生观》,一是《乱谈几句》(1954年本中无)。然因吴稚晖是国民党元老,故新中国成立后的1954年本虽还保留,但到了1962、1976年本中还是被删除了。

除吴稚晖外,方志敏、郭沫若、殷夫、闻一多四人的语例在之前的版本中并未出现,1976年本中才开始被引用。分别为方志敏《可爱的中国》,殷夫《五一歌》《血字》,郭沫若译《战争与和平》,闻一多《荒村》《红烛》。

作为革命家、军事家的方志敏并非职业作家。《修辞学发凡》引用其《可爱的中国》,一方面是因为作品本身语言浅近,感情真挚,富有感召力,另一方面也是受到了20世纪70年代文学外围的社会政治力量所推动。

除方志敏外,后三者均为成绩卓著的文学家。其中郭沫若是中国现代文学史上的杰出诗人。他的早期文学贡献主要体现于他在五四时期创作的第一部诗集《女神》。《女神》开创了"一代诗风",是中国现代新诗的奠基之作。新中国成立后他在文化领域地位提高,被推为继鲁迅之后革命文化界的领袖。在20世纪教科书中公认的大师级作家"鲁、郭、茅、巴、老、曹"中郭沫若就排名第二,仅次于鲁迅。陈望道对于郭沫若文学成就的认定究竟如何还有待考证,不过值得注意的是,本书考察的《修辞学发凡》中前四大版本(1932至1962年版)中并无郭沫若的语例,而直到1976年版中出现一例,且陈望道选取的这仅有的一例还是郭沫若翻译的俄国托尔斯泰长篇历史小说《战争与和平》。此外,殷夫被认为是"无产阶级革命诗人",闻一多则更是被毛泽东誉为"拍案而起,横眉怒对国民党的手枪"(毛泽东《别了,司徒雷登》)的"有骨气"的中国人,1976年本中添入他们的作品,一方面是肯定他们的文学成就,另一方面也反映了当时政治形势的需要。

1976年版相较于其他版本而言，所受政治因素的制约最大。除了导致现代作家语例发生一定程度的增减变化之外，还有一种现象是政治直接作用下的产物，即1976年版中首次加入了民歌，经统计共有9例。这些民歌多半是歌颂"大跃进""总路线"，携带着浓重的社会政治色彩。当然，这一版本由于其时陈望道已经年迈，修订工作主要是助手帮助完成的，语例的选择未必全部反映了陈望道自己的意愿。

综上，通过研究陈望道《修辞学发凡》中现代白话语例的选取与变迁，借此考察一个重要的修辞学者基于语言美学价值而展开的现代作家作品的图景，由此揭示《修辞学发凡》对于认识现代中国文学史的特殊价值。

一方面，围绕初版本的语例研究，揭示出陈望道的文学价值取向多半倾向于海派文人（鸳鸯蝴蝶派作家除外）。其中尤以周氏兄弟（鲁迅和周作人）的文学地位和成就最受推崇。而如老舍、曹禺、巴金、郭沫若等20世纪官方公认的大师级作家的作品则基本没有被引用。此外，吴稚晖、林洪亮、文洁若等人的被引用，不但显示出当时的文学叙事和今天的文学叙事的差异，同时也显示了在文学史学者的文学叙事之外，修辞学者的文学叙事的个性。另一方面，由不同版本间语例的选取和变迁，折射出了社会语境因素作用下文学价值取向所发生的偏移现象。

第七章　汉语现代修辞学深化期的文学史叙事框架

　　本章将依次从通论类修辞、国语修辞学和实用修辞学三个层面切入就汉语修辞学深化期的文学史叙事展开全面细致的研究，其中每个层面又将选取两部代表性著作加以考察。通过穷尽性研究书中的现代白话语例分布面貌，揭示20世纪处于汉语现代修辞学深化期的修辞学家心目中，哪些作家作品更具有"语言艺术的显著性"，从而成为社会大众的"修辞样板"，并探究语例选取背后的修辞意图，以此呈现修辞学家视野下个性化的文学史叙事。

第一节　修辞学通论中的文学史叙事框架

一、章衣萍《修辞学讲话》

（一）《修辞学讲话》历史贡献及地位

　　章衣萍《修辞学讲话》(1934)是中国修辞学史上一部个性特征较为鲜明的著作。书中"引用了大量的外国名家的论述，并做了评析，这在当时乃至以后的修辞学界都是不多的"(袁晖，2000：170)。值得一提的是，在现代修辞学发展早期，多数修辞类著作（尤为面向中学生的教材）的行文与引例或全为文言，或文白交杂，不够通俗晓畅，而章书在董鲁安《修辞学讲义》之基础上更进了一步，"即使在阐述修辞学理论时，也完全用朗朗上口的口语撰写，并且常常举'古乐府'及民间歌谣为例"，"论析深入浅出，深奥的理论在章氏的笔下浅显化了"(宗廷虎，1998：434)。可见，章氏此书对于中国修辞学的发展，尤其是在推动白话修辞学发展方面起到了相当积极的作用。尤其值得注意的是,章衣萍此书"是从文学和文章学的角度来研究修辞学的。他的这本著作文学气息相当浓厚"(袁晖,2000:167)。这可使得该书作为修辞学家与文学家"合谋"的重要载体,更具研究意义与价值。

(二)《修辞学讲话》现代白话文学语例探析

我们将章书中的现代白话文学语例予以穷尽性考察,共得 33 例(见表 7-1)。

表 7-1 《修辞学讲话》现代白话文学语例表

著译者	作品(语例数)	合计
鲁　迅	《三闲集·通信(并 Y 的来信)》(1)	7
	《创作的经验》(1)	
	《中国小说史略》(1)	
	《观斗》(1)	
	《伪自由书·逃的辩护》(1)	
	《呐喊·故乡》(1)	
	[日]鹤见佑辅《说幽默》(1)	
胡　适	《读沈尹默的旧诗词》(1)	5
	《胡说》(1)	
	《尝试集·自序》(1)	
	《中国往哪里走》(1)	
林语堂	《为什么读书》(1)	5
	《可憎的白话文》(1)	
	《论语录体之用》(2)	
	《旧文法之推翻与新文法之建造》(1)	
	《论文》(1)	
周作人	《北京的茶食》(1)	3
	《修辞学·序》(1)	
	《吃烈士》(1)	

续表

著译者	作品(语例数)	合计
郑振铎	[德]莱辛《狮与驴》(1)	2
	[德]莱辛《荆棘》(1)	
梁启超	《作文入门》(1)	2
	《罗兰夫人传》(1)	
夏丏尊	《文艺论 ABC》(1)	1
徐志摩	《想飞》(1)	1
吴稚晖	《上下古今谈》(1)	1
朱自清	《荷塘月色》(1)	1
沈尹默	《三弦》(1)	1
钱玄同	《寄陈独秀》(1)	1
陈独秀	《文学革命论》(1)	1
冰心	《赴敌》(1)	1
杨骚	[日]谷崎润一郎《痴人之爱》(1)	1
总　　计		33

由上表,章氏作为修辞学家和文学家,在选取现代白话语例时尤为注重文学作品的审美特质。他的取材主要呈现为以下几大特点:

其一,注重对现代经典美文的征引。

除朱自清《荷塘月色》之外,还征引了徐志摩《想飞》、周作人《北京的茶食》等现代经典美文。其中徐志摩《想飞》是一篇诗化色彩极为浓厚的散文佳作,作者凭借丰富的想象,集中描绘了"飞"之情境,表达了"飞"之理想,将浓烈的情感流泻于笔端,可谓徐志摩式冥思型诗化散文的代表。周作人《北京的茶食》作于1924年2月。作者在文中认为"对于二十世纪的中国货色,有点不大喜欢,粗恶的模仿品,美其名曰国货",主张"于日用必需的东西以外,必须还有一点无用的游戏与享乐,生活才觉得有意思。……虽然是无用的装点,而且是愈精炼愈好"。此文要旨并非为写茶食,而是由"住在古老的京城里吃不到包含历史的精炼的或颓废的点心",

引出对人文历史、艺术审美等方面的思考,旨在引导人们追求精致的生活趣味,"把生活当作一种艺术,微妙地美地生活"(《生活之艺术》)。

其二,注重对以讽刺、诙谐为笔调的散文作品的征引。

作为论语派代表人物,林语堂提倡幽默闲适的"性灵小品",旨在提倡"西洋自然活泼的人生观"①。这种文学主张曾遭到了当时主流阵营的猛烈抨击,且负面评价长期以来伴随着对论语派的解读。如今虽然文学史重新对其加以定位,然对于林语堂的白话语言观与文学观,关注者甚少。

20世纪20年代林语堂于留美期间撰文支持白话文学。他既反对国粹派的仿古,也反对激进派的欧化,认为30年代白话过于欧化,主张充分吸取老百姓鲜活的语言以及古文经典语汇。尤为可贵的是,林语堂对白话文的认知不仅仅停留于工具性层面,而是注重白话文学的审美功用,认为白话文应是更具艺术与美感的语言。由此小品文的创作应运而生。要言之,林语堂在语言、文学方面主要秉持着如下观点:"建立雅健的白话文;先建立白话的文体,再书写白话文学;白话的丰富资源是俗语及文言;编辑白话词汇工具书;运用西方理论及方法讲授并研究中国文学史;引入文学批评。"②上表中《可憎的白话文》《论语录体之用》《旧文法之推翻与新文法之建造》等文均承载了林语堂关于建设白话文的观点。

此外,同为小品文大家的周作人《吃烈士》作于1925年7月,后收于《泽泻集》。文中针对中国传统的"吃人"礼教与专制而作,采用诙谐反讽的笔调以达针砭时弊之效。周作人在《〈泽泻集〉序》中曾说:"戈尔特保批评蔼理斯说,在他里面有一个叛徒与隐士,这句话说得最妙:并不是我想援蔼理斯以自重,我希望在我的趣味之文里也还有叛徒活着。我毫不踌躇地将这册小集同样地荐于中国现代的叛徒与隐士之前。"所谓"叛徒"即

---

① 林语堂:《方巾气研究》,见《林语堂随笔幽默小品集》,浙江文艺出版社1992年版,第262页。
② 陈欣欣:《论林语堂的白话文语言观与文学观》,《中国现代文学研究丛刊》2012年第5期。

为旧秩序、旧传统的叛逆者,隐士则为超然现实、闲适淡雅之人,实际上周作人就自视为叛徒与隐士之集合体。

其三,关注诗歌体裁作品。

上表中共征引了 3 处诗歌作品:胡适打油诗《胡说》、沈尹默散文诗《三弦》以及冰心小诗《赴敌》。约占总语例比重的 10%。其中冰心小诗《赴敌》凸显了女性思维,笔触细腻,描写的英雄人性取代了神性,集中反映了五四个性解放思潮下人性的复苏与张扬。

其四,对于唯美派小说及寓言的关注。

杨骚翻译的《痴人之爱》是日本唯美派文学大师谷崎润一郎的名作。唯美派文学是从明治末年到大正初年取代自然主义的主流文学。其源自西方唯美主义,即是指以美的享受和美的形成作为最高价值的人生观或世界观。此外,表中郑振铎所翻译的两则寓言均出自德国文学家莱辛笔下。莱辛(1729—1781)是西方思想启蒙后期德国民族文学走向辉煌时代的奠基人。他在 1759 年完成的《寓言三卷集》和《关于寓言的论文》中极为推崇伊索寓言。上表所引的《狮与驴》便是莱辛讽刺市侩心态的力作。此外值得一提的是,莱辛毕生从事戏剧活动,主张以莎士比亚为师,视戏剧为争取德国统一的有力武器,甚至认为戏剧是文学体裁中的最高形式。

二、田仲济《作文修辞讲话》

(一)《作文修辞讲话》历史地位及贡献

田仲济《作文修辞讲话》(1947)是为"作文修辞"课程所编的讲义。书中遍采各家观点,兼下己论。全书分作文、修辞两编。袁晖在《二十世纪的汉语修辞学》中指出该书"在讲解修辞理论时,简明扼要,通俗浅显,有利于修辞知识的普及",且"在修辞与作文结合得自然紧密,表述上的准确、明晰和浅显是这本书的主要特点"。此外,作为讲求实用的修辞学著作,书中"修辞所占的比例较大,没有多少旁枝逸出,系统取自《修辞学发凡》,选例古今兼备,语体文占的数量较多,选例也很典型,所以比石苇等人的著作要好得多"。

(二)《作文修辞讲话》现代白话文学语例探析

田氏书中的现代白话文学语例覆盖面较广。据我们统计，总计 105 例，详见表 7-2。

表 7-2 《作文修辞讲话》现代白话文学语例表

著译者	作品名	分频	总频
鲁 迅	《故乡》	3×1	24
	《长明灯》、《好的故事》、《野草·风筝》、《药》	2×4	
	《寡妇主义》、《论"费厄泼赖"应该缓行》、《社戏》、《祝福》、《孤独者》、《过客》、《华盖集·导师》、《维新与守旧》、《示众》、《译了〈工人绥惠略夫〉之后》、《头发的故事》、《逃的辩护》、《现代日本小说集·沉默之塔》	1×13	
冰 心	《寄小读者》	3×1	9
	《梦》	2×1	
	《笑》、《山中杂记》、《一个军官的笔记》、《繁星》	1×4	
徐志摩	《我所知道的康桥》、《济慈的夜莺歌》、《想飞》	2×3	8
	《曼殊斐儿》、《北戴河海滨的幻想》	1×2	
胡 适	《新思潮的意义》、《问题与主义》、《请大家来照照镜子》、《文学改良刍议》、《新生活》、《为什么读书》、[法]都德《最后一课》	1×7	7
朱自清	《背影》、《匆匆》	2×2	5
	《荷塘月色》	1×1	
郭沫若	《天狗》、《芭蕉花》、《鹓雏》、《路畔的蔷薇》、《〈塔〉序》	1×5	5
周作人	《北京的茶食》、《日本的新村》、《〈雨天的书〉序》、[波兰]显克微支《酋长》	1×4	4
叶绍钧	《藕与莼菜》	2×1	4
	《蚕儿和蚂蚁》、《诗的源泉》	1×2	
梁启超	《欧游心影录》	4×1	4
茅 盾	《子夜》	2×1	3
	《卖豆腐的哨子》	1×1	
戴望舒	《雨巷》	2×1	2

续表

著译者	作品名	分频	总频
许地山	《命命鸟》、《生》	1×2	2
吴稚晖	《一个新信仰的宇宙观及人生观》、《上下古今谈》	1×2	2
郁达夫	《还乡记》、《沉沦》	1×2	2
刘大白	《自然的微笑》、《旧梦·泪痕》	1×2	2
夏丏尊	［日］芥川龙之介《湖南的扇子》	1×1	1
沈尹默	《生机》	1×1	1
蔡元培	《我的新生活观》	1×1	1
徐祖正	《哀悼和忆念》	1×1	1
刘半农	《饿》	1×1	1
苏雪林	《鸽儿的通讯》	1×1	1
丰子恺	《渐》	1×1	1
朱光潜	《我们对于一棵古松的三种态度》	1×1	1
丁玲	《梦珂》	1×1	1
黎锦晖	《毛毛雨》	1×1	1
潘菽	《对于消极思想派的总批评》	1×1	1
曹靖华	［俄］班珂《白茶》	1×1	1
徐玉诺	《十一个囚犯》	1×1	1
孙福熙	《大家都放起风筝来呵》	1×1	1
傅东华	《山胡桃》	1×1	1
钟敬文	《谈雨》	1×1	1
陈衡哲	《运河与扬子江》	1×1	1
罗黑芷	《乡愁》	1×1	1
陈炜谟	《寨堡》	1×1	1
杨振声	《济南城上》	1×1	1
韵声	［法］都德《一局台球》	1×1	1
常惠	［法］莫泊桑《项链》	1×1	1
总　　计			105

由上表，田氏书中的现代白话文学语例选取大抵表现为以下几大特点：

其一，注重对诗作的征引。

除鲁迅散文诗之外，还有征引了沈尹默、刘半农、刘大白、戴望舒、郭沫若、冰心、徐玉诺诸人的诗作。

首先值得关注的是诗人沈尹默。1918年《新青年》第四卷第一号上首次刊发9首新诗，胡适、沈尹默、刘半农各三首，此三人后被戏称为《新青年》的"三驾马车"。其中沈尹默的三题为《月夜》《鸽子》《人力车夫》。而仅仅四行的《月夜》在1922年《新诗年选》中被评为"在中国新诗史上算是第一首散文诗。其妙处可以意会而不可言传"①。随后1919年《新青年》第六卷第四号刊发了沈尹默的另一著名诗篇《生机》，表达了对光明灿烂的理想世界的热烈赞美和向往。可以说，在中国现代新诗的启蒙阶段，相较于胡适、鲁迅等人，沈尹默的新诗创作更趋成熟，作为中国散文诗开拓者之一，他的成就获得了当时文学界的高度评价。

以冰心为代表的哲理诗同样为中国新诗发展作出了重要贡献。1922年，冰心的第一部小诗集《繁星》在《晨报》副刊《晨报副镌》与《学灯》副刊连续刊出，从而引发了一场跨越了文学社团和文学流派的小诗运动。周作人1922年于《晨报副镌》刊发的《论小诗》中认为小诗是"在忙碌的生活之中浮到心头又复随即消失的刹那的感觉之心"的最好的表现工具。冰心《繁星》是中国小诗的奠基之作。构思新颖，语言清丽纤柔，韵律浑然天成，富含生活哲思。这种文学艺术风格被茅盾誉为"繁星格"。虽然小诗只是20年代诗坛上的匆匆过客，却丰富了自由诗的表现形式。《中国新文学大系·诗集》中就选收了组诗《繁星》《春水》以及《诗的女神》等8首冰心诗作，反映对其小诗成就的认可。

此外，值得一提的是，在中国现代文学的初创期曾诞生了一个独特的作家群。据洪深选编《中国新文学大系》(1935)，仅就入选的作家数量而言，伏牛山新文学作家就占了入选河南作家的半数，主要有徐玉诺、曹靖

---

① 朱自清则认为《月夜》"吟味不出"，未将其收录《中国新文学大系·诗集》。

华、冯沅君、姚雪垠等,他们为推动中国新文学的发生发展发挥了重要作用。其中徐玉诺在新诗、小说创作、翻译文学和新诗批评等诸多领域均作出了突出贡献,曾被誉为"替社会鸣不平,为平民叫苦的人"。鲁迅、茅盾、瞿秋白、郑振铎等均对其诗作表示赞赏。叶圣陶曾写了长篇评论《玉诺的诗》,称其有"奇妙的表现力、微妙的思想、绘画般的技术和吸引人的格调"。然而在通行的文学史书写中徐玉诺常常不在场。

其二,关注女性作家与性别创作。

新文学主流阵营常以男性作家占主导,为此女性作家的创作尤其值得关注。

主要代表除了冰心之外,还有苏雪林、陈衡哲、丁玲等。

苏雪林,五四时期与冰心、丁玲、凌叔华等齐名。20 世纪 20 年代以自传体小说《棘心》(1929)、散文集《绿天》(1928)这两部处女作享誉文坛。20 世纪 30 年代初,阿英在《绿漪论》中指出"苏绿漪和中国的新文学运动,是有着很久的关系"。然而"由于历史的原因,台岛与大陆阻隔了近半年世纪,台湾成功大学苏雪林教授这位集创作与学术于一身的人物,不仅在现代文学史中被淡化,大陆的一代新人甚至她曾执教 18 年的武汉大学对她也非常生疏了"①。而作为中国第一位新文学女作家陈衡哲,1917 年创作了她的第一篇白话短篇小说《一日》,与之后创作的《运河与扬子江》等作品共收于短篇小说集《小雨点》中。黄英说:"她的取材也不像一般女性作家的狭小,她是跳出了自己的周圈在从事创作。"②

表中所列《梦珂》一文为丁玲的处女作,其刊载于《小说月报》1927 年 12 月号头条位置。《梦珂》虽为丁玲处女作,却展现出罕见的成熟,随后《莎菲女士的日记》《暑假中》《阿毛姑娘》等相继刊登于《小说月报》头条位置,为文坛吹进了一股新风,被认为"好似在这死寂的文坛上,抛下一颗炸弹一样,大家都不免为她的天才所震惊了"。

---

① 王庆元:《苏雪林与武汉大学及其屈赋研究述略》,《武汉大学学报》2000 年第 2 期。
② 黄英:《现代中国女作家》,上海北新书局 1930 年版。

其三，个性化文学史叙事的凸显。

傅东华、钟敬文、罗黑芷、陈炜谟、杨振声等作家并没有进入主流的文学史叙事图景中，实则却在当时历史语境下为现代文学史以及现代汉语制度化发挥了各自的作用。

作为浅草社和沉钟社的主要代表，陈炜谟以其创作实绩取得了中国现代文学史上的地位。他是《中国新文学大系·小说二集》中入选作品最多的三位作家[①]之一，鲁迅选了他的四篇短篇小说(《狼筅将军》《破眼》《夜》和《寨堡》)。鲁迅在序言中称陈炜谟是"未尝自馁"的作者，说他"唱着饱经忧患的不欲明言的断肠之曲"，并从他的作品里看到了"蜀中的受难之早"。然而"正因为平凡，所以他不大为世人所重视，去世后他的作品没有被搜集、整理、出版。正因为忠厚，不好名不好利，往往被名利之徒利用所损害。正因为诚实坚韧，他的作品尽管损失大半，但留下的作品和在文学上所取得的成就，并不比浅草社、沉钟社其他作家少和低"[②]。

作为文学研究会成员的傅东华，一生主要从事文学翻译工作，同时兼有散文创作及文学评论。《山核桃集》为其散文代表作。罗黑芷以小说创作为主，内容多为反映贫穷灰暗的人生境遇。郁达夫称其性格幽忧，散文有点玄妙，笔调柔顺，有契诃夫风格。其散文《乡愁》被郁达夫编入《中国新文学大系·散文二集》内。杨振声是五四"新潮"社的骨干之一，被鲁迅称为是一位"极要描写民间疾苦的作家"。其作品被视为现代文学史上第一个文学流派"新潮派"小说代表作而选入《中国新义学大系·小说一集》。此外，现代散文家、民间文学大师钟敬文，是我国提倡用人类学、民俗学、民族学的观点来研究民间文学的首批学者之一。他毕生致力于教育事业和民间文学、民俗学的研究和创作工作，贡献卓著。只可惜民间文学在现代文学史上历来不受重视。

---

① 另外两位，一是鲁迅本人，一是台静农。
② 刘传辉编选：《陈炜谟文集》，成都出版社1993年版，第19页。

第二节　国语修辞学著作中的文学史叙事框架

一、宋文翰《国语文修辞法》

（一）《国语文修辞法》历史地位及贡献

宋文翰的《国语文修辞法》（1935）是国语修辞学的代表性著作。宋文翰认为："所谓国语文，就是作者用一种现代本国人大多数能读能解的语言文字写下来的文章。"在该书问世之前，诸如董鲁安、陈介白、章衣萍、陈望道等早期修辞学家的著作中已开始征引不少白话文语例，然而国语修辞学则是明确提出以国语为主要研究对象，这不仅是跟前人研究的最大区别所在，更是该书最具价值之处。

袁晖《二十世纪的汉语修辞学》评价宋氏书具有以下两大特点：一是从语言角度来研究篇章修辞，且宋文翰"明确强调篇章修辞与作文法的区别"，"正如倪祥和所指出的'他既没有把主题、题材等文章学的内容拉入修辞学，也没有把篇章结构笼统地囊括到修辞学领域，而对文章学和修辞学交界的边缘地带——篇章结构，能有分析地从语言的角度加以论述'"[①]。二是该书"以语言单位为经，以两大分野为纬构建现代汉语修辞学的新体系"。袁晖指出虽然陈望道的《修辞学发凡》在修辞的两大分野上谈得很充分，"但对词句的修辞，特别是篇章修辞，论述得相当薄弱。金兆梓的《实用国文修辞学》、董鲁安的《修辞学》论述到词、句、段、篇的问题，但多与作文法的内容（如主题、题材篇）混在一起，也没有以语言为本位，从消极修辞和积极修辞两大分野来加以阐发"。而宋文翰"以篇、句、词为经线，以两大分野为纬线，把辞格（词藻）糅合到'篇的构成''句的修饰''词的选用'中去论述，应该说这是一个比较好的科学系统"[②]。

[①] 袁晖：《二十世纪的汉语修辞学》，书海出版社2000年版，第171页。
[②] 袁晖：《二十世纪的汉语修辞学》，书海出版社2000年版，第174页。

(二)《国语文修辞法》现代白话文学语例分布探析

关于此书中现代白话文学引例之分布面貌,见表 7-3。

表 7-3 《国语文修辞法》现代白话文学语例表

作 者	作品名	分频×篇数	总频
鲁 迅	[日]有岛武郎《与幼小者》	6×1	30
	《头发的故事》、《故乡》、[俄]爱罗先珂《爱罗先珂童话集·鱼的悲哀》	3×3	
	《野草·风筝》、《风波》、《随感录三十六·大恐惧》	2×3	
	《孔乙己》、《好的故事》、《娜拉走后怎样》、《希望》、《老调子已经唱完》、[俄]爱罗先珂《爱罗先珂童话集·春夜的梦》、《现代日本小说集·沈默之塔》、《现代小说译丛(第一集)·省会》、《译了〈工人绥惠略夫〉之后》	1×9	
周作人	《平民文学》、[日]佐藤春夫《雉鸡的烧烤》、[丹麦]安徒生《卖火柴的女儿》	2×3	15
	《泽泻集·钢枪趣味》、《山中杂信》、《自己的园地》、《祖先崇拜》、[俄]安特列夫《齿痛》、[日]国木田独步《巡查》、[日]国木田独步《少年的悲哀》、[法]须华勃《木燕》、《现代小说译丛·影》	1×9	
胡 适	《文学改良刍议》	3×1	14
	《新生活》、《不朽——我的宗教》、《建设的革命文学论》	2×3	
	《李超传》、《威权》、《梦谒四烈士墓》、[俄]泰来夏甫《决斗》、[法]莫泊桑《杀父母的儿子》	1×5	
叶绍钧	《地动》、《诗的泉源》	3×2	8
	《母》、《诗人》	1×2	
梁启超	《人生目的何在》、《什么是文化》、《评非宗教同盟》、《最苦与最乐》、《无聊消遣》、《科学精神与东西文化》、《为学与做人》	1×7	7
刘大白	《春问》	2×1	6
	《十年前的今日》、《两个老鼠抬了一个梦》、《在湖滨公园看人放轻气泡儿》、《包车的杭州城》	1×4	

续表

作者	作品名	分频×篇数	总频
蔡元培	《我的新生活观》、《〈中国古代哲学史大纲〉序》	2×2	5
	《大战与哲学》	1×1	
徐志摩	《我所知道的康桥》	3×1	4
	《北戴河海滨的幻想》	1×1	
郑振铎	《离别》、[俄]路卜洵《灰色马》、[俄]梭罗古勃《独立的树叶》、[俄]梭罗古勃《平等》	1×4	4
郭沫若	《行路难》、《电火光中·怀古》、《女神·三个泛神论者》	1×3	3
陈独秀	《再致周作人书》、《人生真义》	1×2	2
冰 心	《笑》、《梦》	1×2	2
李石岑	《缺陷论》	2×1	2
苏雪林	《鸽儿的通信》、《溪水》	1×2	2
潘力山	《为什么要爱国》	2×1	2
夏丏尊	《文章作法》(与刘薰宇合编)、[意]亚米契斯《爱的教育·学校》	1×2	2
郁达夫	《沉沦》	1×1	1
梁实秋	《论散文》	1×1	1
朱自清	《桨声灯影里的秦淮河》	1×1	1
钱玄同	《〈三国演义〉序》	1×1	1
吴稚晖	《一个新信仰的宇宙观及人生观》	1×1	1
李大钊	《今》	1×1	1
陈光燊	《评工读主义》(署名"筑山醉翁")	1×1	1
任鸿隽	《说合理的意思》	1×1	1
孙毓修	《林肯的少年时代》	1×1	1
田 汉	[英]莎士比亚《罗密欧与朱丽叶》	1×1	1
刘半农	[法]左拉《猫的天堂》	1×1	1
蒋百里	[挪威]般生《鹫巢》	1×1	1

续表

作　者	作品名	分频×篇数	总频
章　益	［法］莫泊桑《战俘》	1×1	1
常　惠	［法］莫泊桑《项链》	1×1	1
韦素园	［俄］戈理奇（高尔基）《雕的歌》	1×1	1
采　真	［英］William Mathews《一本书》	1×1	1
总　　计			124

与《修辞学发凡》(1932)相较,《国语文修辞法》在现代白话语例的选取上,数量增加了近一倍,作家取材面更广。总的来说,大致可归纳为以下几大特征:

其一,对以周作人、胡适翻译文学成就的高度肯定。该书对周氏兄弟、胡适等为代表的五四先驱者的现代白话文学作品予以了高度关注。三者的语例数高居前三。特别值得注意的是,除了对鲁迅的小说和周作人的散文予以充分肯定外,还特别关注到周作人与胡适的译作。在征引的周作人12部作品中,其译作便占7部,占绝对优势。而胡适被征引的9部著作中,译作也占了2部。体现出对周作人、胡适二人翻译文学成就的充分认可。

其二,对梁启超白话文学作品的重视。梁启超在上表中名列第五,居于徐志摩、冰心、朱自清等一大批著名文学家之前。白话文运动并非始于五四胡适等人,而可追溯到清末戊戌变法。鲁迅曾说:"将文学交给大众的事实,从清朝末年就已经有了。"郭沫若《文学革命之回顾》指出:"文学革命的滥觞应该追溯到满清末年资产阶级意识觉醒的时候。这个滥觞期的代表,我们当推梁任公。"自清末以来,就已出现了不少白话报刊。以梁启超、黄遵宪、裘廷梁、谭嗣同等为代表的维新派人士着眼于普及教育、推广"有用之学"而积极提倡白话,大力主张言文合一和国语统一。其中梁启超在"欧西文思"的启发下倡导"文界革命"。他对科举八股文和占据正统地位的桐城派古文加以批判,并创立了平易畅达、自由多变的"新文体"

（又称"报章体"），这种散文新体借助于报纸杂志（尤其是他本人创办的《清议报》《新民丛报》等）这一媒介而形成了强大的舆论造势，获得了巨大的成功。作为一种"适合于启蒙功用、具有开放精神和文体弹性的浅近、变异的文言书写方式"①，"报章体"虽文白交杂，但在文体形态以及思想内容方面均已与明清白话相异，不仅白话更白，而且以之为载体传达了新思想、新理念。不仅对近代以来的汉语书面体系转换发挥了重要作用，同时也成为五四以前最受欢迎、模仿者最多的文体，对后来五四文学亦产生了重要影响。郑振铎说新文体文章"不再受已僵死的散文套式与格调的拘束"，是五四时期文体改革的先导。书中对梁启超白话文学成就的肯定，折射出梁启超作为五四白话文运动之前清道夫的历史贡献。

其三，白话诗作引用率的提升。表中诗作引例占到一定的数量。与之前的陈书（共引用 4 例，分别出自鲁迅、周作人、俞平伯）相较，宋书中数量升至 14 例，其中以刘大白（5 例）居首，鲁迅（4 次）其次，胡适、郭沫若各占 2 例。而所引鲁迅诗作均出自鲁迅唯一的一部散文诗集《野草》。散文诗是兼有诗歌与散文特点的一种文学体裁。就内容而言，它具有诗歌的表现性，饱含诗人强烈的感情与丰富的想象力，但同时又以散文的形式出现。散文诗在本质上仍属于诗歌。与早期语法学家的取材相较，早期修辞学家更为注重"语言艺术的显著性"，故而在取材上，诗歌所包含之独特艺术韵味使之成为较为重要的文学体裁之一。

其四，注重新思潮的传播，凸显了个性化文学叙事。宋书中有一部分语例采自李石岑、潘力山、吴稚晖、陈光焘、任鸿隽等人的作品，这些作者大多同时局联系紧密，或是有着一定的社会影响力。如李石岑是中国现代哲学家；陈光焘即陈筑山，是继李大钊之后民国著名报纸《晨钟报》的总编辑；潘力山作为民初知识分子对近代中国的出路有过积极探索，并起到了一定影响。由此反映出宋文翰对新文化、新思想传播者的

---

① 邓伟：《论梁启超"文界革命"与汉语书面体系变革》，《青海社会科学》2009 年第 2 期。

重视。

　　值得一提的是，任鸿隽是中国近代科学的奠基人之一，是开创科学传播新时代的旗手。①任鸿隽在五四新文化运动中实则亦扮演了重要的角色，为新思想、新文化的传播作出了一定贡献。且当年任鸿隽与胡适在美争论白话诗，认为白话诗无韵无体不成诗，胡适则不以为然，故而才有了中国现代文学史上的第一部白话诗集《尝试集》。

　　此外，谈及儿童文学，人们首先想到的多半是叶圣陶、冰心、茅盾、张天翼等作家。叶圣陶发表于20年代初的童话《稻草人》和稍晚问世的冰心的书信体儿童散文《寄小读者》同为中国现代儿童文学的奠基作。而作为中国儿童文学拓荒者的孙毓修却是几近无人问津。1909年他主编了《童话》丛书，此前中国尚无"童话"一说，同年三月，他用白话文译写了中国第一本童话作品《无猫国》，被茅盾称为"这是中国历史上第一次有儿童文学"。郑振铎也肯定道："中国最早介绍安徒生的是孙毓修。"赵景深则回忆道："我幼年的第一种书就是孙毓修编的《童话》第一集，第一本书就是《无猫国》，由祖母念给我听，后来我自己看。"可见孙毓修在儿童文学领域上的凿空拓荒地位不容抹杀。此外，1930年，由蔡元培等校订出版的初级中学国文教本第一册也收录了孙毓修撰写的《林肯的少年时代》《富兰克林入学》《勇敢的纳尔逊》等文。儿童文学至五四发展成为一种独立的文体。孙毓修在这一领域作出了突出贡献，只可惜在文学史书写上并没给予应有的关注。

　　其五，注重欧化的影响。译作引例也在全书中亦占有一定比重。除了周氏兄弟的译作外，还选取了胡适、郑振铎、夏丏尊、田汉、刘半农等作家的翻译作品。尤为注意的是，表中还出现了蒋百里、章益、常惠、韦素园、张采真②等诸位译家。译家之名恐不为世人留意，然所译之作却是名

---

　　①　我国最早的综合性科学杂志《科学》便由任鸿隽于1915年创办，该刊"以传播世界最新科学知识为帜志"，为科学传播作出了重要贡献。任鸿隽在留学期间迫切感到中国最缺"科学"，由此发起"科学救国"运动。回国后，提倡科学家以发现新知识为己任，长期致力于科普工作。

　　②　张采真：革命作家、翻译家。曾著有《怎样认识西方文学及其他》和译有《如愿》《饥饿》及《真理之城》。

声在外。例如常惠所译之法国"短篇小说之王"莫泊桑《项链》便是经典之作。

二、汪震《国语修辞学》

(一)《国语修辞学》历史地位及贡献

汪震的《国语修辞学》(1935)是国语修辞学的又一代表性力作。关于国语修辞学的研究对象及意义,汪震指出:"国语修辞学所以区别于普通修辞学以及古文修辞学的地方,就在国语修辞学限于中国标准的语言。既不是某处的方言,也不是专为读阅而不能用来讲话的文言。"国语修辞学的意义就在于"我们现在为活人,活说话,把活人要说出的话用一种技术写出而没有讹谬,有效而没有误会"。此外,汪震以白话作修辞是对当时 30 年代复古存文逆流的一次有力反击。对于当时流行的四种文章——"文选派的文章(国学大师做的)""桐城古文(正统文章)""浅近文言(梁任公领导的)""国语文学(胡适之先生等领导的)",他在《序》中明确指出只对白话文"负责任"。且汪震十分重视修辞的实用性,他在《后序》中指出,当时社会上流行的新文体应以"明白详尽"为原则,以"流动的读者为对象",以"适合读者的心情,浅显易于了解为'当'"。

汪震《国语修辞学》"建立了以词、语(词组)、句、段、篇为纲的体系,这个体系中各个部分的排列由小到大,继承了来裕恂《汉文典》和曹冕《修辞学》的传统,与同年出版的宋文翰《国语文修辞法》中各部分的排列由大到小明显不同"①。

总体而言,汪震的《国语修辞学》同宋文翰的《国语文修辞法》二书作为国语修辞学研究的重要代表性著作,对于现代汉语的修辞研究以及现代汉语制度化进程中发挥了无可替代的重要作用。

(二)汪震《国语修辞学》现代白话文学语例探析

关于此书中现代白话文学语例之分布面貌,见表 7-4。

---

① 参见宗廷虎、李金苓《中国修辞学通史(近现代卷)》,吉林教育出版社 1998 年版,第 516 页。

表 7-4 《国语修辞学》现代白话文学语例表

著译者	作品名	分频×篇数	总频
鲁迅	《狂人日记》	27×1	94
	《祝福》	8×1	
	《示众》	7×1	
	《热风·随感录四十六》、《故乡》、《在酒楼上》	4×3	
	《死后》、《药》、《孤独者》	3×3	
	《阿Q正传》、《一件小事》、《秋夜》、《热风·随感录四十八》、《热风·随感录四十九》、《热风·随感录四十三》、《〈热风〉序》、《热风·随感录五十六"来了"》	2×7	
	《风波》、《孔乙己》、《鸭的喜剧》、《明天》、《不周山》、《幸福的家庭》、《伤逝》、《肥皂》、《墓碣文》、《热风·随感录四十七》、《热风·随感录三十三》、《热风·随感录六十四"有无相通"》、《热风·智识即罪恶》、《热风·儿歌的"反动"》、《热风·随感录五十四》	1×15	
胡适	《不朽——我的宗教》	6×1	62
	《国语的进化》	5×1	
	《新生活》、《读书》	4×2	
	《科学与人生观序》、[俄]契诃夫《一件美术品》、《胡适文选自序　介绍我自己的思想》、《〈国学季刊〉发刊宣言》	3×4	
	《演化论与存疑主义》、《问题与主义》、[美]杜威《杜威五大讲演·伦理讲演纪略》、[瑞典]史特林堡《爱情与面包》、《请大家来照照镜子》、《建设的文学革命论》、《我们对于西洋近代文明的态度》	2×7	
	《新思潮的意义》、[英]莫理孙《楼梯上》、[俄]泰来夏甫《决斗》、[法]莫泊桑《二渔夫》、[法]莫泊桑《杀父母的儿子》、《红楼梦考证》、《文学进化的观念》、《古史讨论的读后感》、《杜威论思想》、《易卜生主义》、《为人写扇子的话》、《四十自述》、《孙行者与张君劢》、《漫游的感想》、《中国哲学史大纲》、《文学改良刍议》、《谈新诗》	1×17	

续表

著译者	作品名	分频×篇数	总频
周作人	《雨天的书·死之默想》、《点滴·铁圈》	3×2	19
	[丹麦]安徒生《卖火柴的女儿》、《知堂文集·吃茶》	2×2	
	《点滴·童子林的奇迹》、《点滴·帝王的公园》、《点滴·可爱的人》、《点滴·黄昏》、《雨天的书·北京的茶食》、《雨天的书·体操》、《中国新文学的源流》、《知堂文集·鸟声》、《两个扫雪的人》	1×9	
梁启超	《梁任公近著第一辑·欧游心影录》、《梁任公学术演讲集·什么是文化》	3×2	10
	《梁任公学术演讲集·敬业与乐业》、《梁任公学术演讲集·美术与生活》、《为学与做人》、《论辩文作法》	1×4	
徐志摩	《珊瑚》、《丁当——清新》、《再休怪我的脸沉》、《她怕他说出口》、《我来扬子江边买把一莲蓬》、《呻吟语》、《三月十二深夜大沽口外》、《梅雪争春》、《猛虎集·俘虏颂》	1×9	9
陈大齐	《论批评》	5×1	5
陈北鸥	《旅途》、《明天》、《你那芳影笑颜》、《宴归》	1×4	4
汪 震	《伐木集·忧思》、《伐木集·昼寝》、《伐木集·哀五虎将》	1×3	3
胡怀琛	《中国文学评价》	3×1	3
刘伯明	[美]杜威《杜威三大演讲·品格之养成为教育无上之目的》(刘伯明口译,沈振声笔记)、[美]杜威《杜威罗素演讲录合刊·现代教育之趋势》(刘伯明口译,沈振声笔记)	1×2	2
钱玄同	《废话——原经》	2×1	2
任鸿隽	《说合理的意思》	2×1	2
黄凌霜	[英]罗素《哲学问题》	2×1	2
瞿秋白	《新俄国游记》	1×1	1
俞平伯	《冬夜之公园》	1×1	1
老 舍	《赵子曰》	1×1	1
陈独秀	《实行民治基础》	1×1	1
吴稚晖	《箴洋八股化之理学》	1×1	1

续表

著译者	作品名	分频×篇数	总频
李大钊	《今》	1×1	1
蔡元培	《中国哲学史大纲序》	1×1	1
陆志韦	《悲观与合理的信仰》	1×1	1
蔡翘	《生理学》	1×1	1
丁在君	《玄学与科学》	1×1	1
于熙俭	[英]罗素《快乐的心理》	1×1	1
郑太仆	[英]麦开柏《进化（从星云到人类）》	1×1	1
奎章	[法]嚣俄《沙葬》	1×1	1
董众	[美]巴格莱《巴格莱氏教育学》（与杨荫庆、兆文钧合译）	1×1	1
臧玉洤	[美]华生《行为主义的心理学》	1×1	1
王星拱	[英]罗素《哲学中之科学方法》	1×1	1
总　　计			233

由上表，汪书的现代白话选例主要呈现为以下几大倾向：

其一，周氏兄弟、胡适、梁启超等白话文先驱者的作品引例仍占多数。此外，钱玄同与陈独秀、胡适同为《新青年》三杰，是中国现代文学史上著名的"双簧戏"的主角之一，在五四新文化运动中扮演着相当重要的角色。他的文章明白畅达，鲁迅一九二五年四月十四日写给许广平的信中曾加以赞扬："其实畅达也自有畅达的好处，正不必故意减缩（但繁冗则自应删削），例如玄同之文，即颇汪洋，而少含蓄，使读者览之了然，无所疑惑，故于表自意见，反为相宜，效力亦复很大。"

其二，白话诗作引用率进一步攀升。汪书中陆续引用了徐志摩、鲁迅、陈北鸥的诗作及其本人的《伐木集》(1933)。徐志摩作为五四时期格律诗派的主要代表人物，在新诗创作上不满白话新诗过于散漫自由不讲究形式韵律的缺陷，致力于新格律诗的试验与创新。《偶然》《雪花的快乐》《沙扬娜拉》《再别康桥》《哀曼殊斐尔》等均为流传甚广、备受赞誉的佳作。左翼作家陈北鸥的诗集《心曲》(1933)诗风浪漫忧郁,反映出20世纪30年代青年精神上的苦闷以及对新生活的追求与渴望。表中所列均出自该诗集。而修辞学家汪震的《伐木集》为新旧体诗、散文合集。其中以新诗为主,共收84首。虽然艺术成就一般,但亦属中国新诗第二个十年的主要新诗集之一。

此外,该书还征引了胡适关于新诗文体的建设的重要文章《谈新诗》,该文刊于1919年5月的《星期评论》,文中讨论新诗形式上的变革,强调"试体的解放",提出了著名的"自然音节论"。胡适的"自然音节论"同郭沫若的情绪节奏论和新格律诗派的音节调和论并称为20世纪20年代中国现代诗歌音节诗学的三种形态。①汪书对胡适《谈新诗》的征引,显现出独特的文学眼光。

其三,注重科普类著作的引介。与陈、宋不同的是,汪书中所出现的译作虽也有文艺类作品,如[俄]契诃夫《一件美术品》、[英]莫理孙《楼梯上》、[俄]泰来夏甫《决斗》、[法]莫泊桑《二渔夫》(前面诸文均由胡适译)、[丹麦]安徒生《卖火柴的女儿》(周作人译)、[法]嚣俄《沙葬》(奎章译),但显然科普类著作同样占了不少的比重。如对英国哲学家罗素的思想的译介:《哲学问题》(黄凌霜译)、《快乐的心理》(于熙俭译)、《哲学中之科学方法》(王星拱译);对美国杜威思想的译介:《伦理讲演纪略》(胡适译)、《品格之养成为教育无上之目的》(刘伯明译)、《现代教育之趋势》(刘伯明译);此外如[美]巴格莱《巴格莱氏教育学》、[美]华生《行为主义的心理学》、[英]麦开柏《进化(从星云到人类)》等著作均是介绍、传播西方心理学、教育学等科学知识的重要著作。此外,除了译作外,汪书中所引用的陈大齐、陆志韦、蔡翘、丁在君、任鸿隽等人的论著同样侧重于阐述心理学、哲学、生理学等方面的知识。如陈大齐是中国现代心理学的先驱。他的《论批评》出现频次较高(引用频次为5);蔡翘是中国生理科学奠基人

---

① 参见王泽龙《20年代中国现代诗歌音节诗学初探》,《学习与探索》2004年第4期。

之一,编著了中国第一本大学生理学教科书,为中国的航天航空航海生理科学研究奠定了基础;丁在君(即丁文江)是中国近代地质学的奠基者之一。丁在君与胡适之、陶孟和等于1922年创办"努力社"及《努力周报》,积极参与科学对"玄学"的论战,他在《努力周报》先后发表《玄学与科学》《玄学与科学——答张君劢》《玄学与科学的讨论的余兴》等文,在论战中发挥了重要作用。傅孟真《我所认识的丁文江先生》中称其为"一位理学大儒",认为他"确是新时代最良善最有用的中国人之代表;他是欧化中国过程中产生的最高的奢华;他是用科学知识燃料的大马力机器;他是抹杀主观,为学术为社会为国家服务者,为公众之进步及幸福而服务者"。对此胡适《丁在君这个人》中认为"这都是最确切的评论"。在胡适看来,丁在君"是一个欧化最深的中国人,是一个科学化最深的中国人"。

第三节 实用修辞学著作中的文学史叙事框架

一、石苇《作文与修辞》

(一)《作文与修辞》历史地位及贡献

石苇《作文与修辞》(1933)是一本为中学生所写的修辞普及读物。他在序言中指出该书是他"两三年前当一个中学国文兼英文教师生活的时期内编定的",此书"不是一本定义和原理的书",而是注重实用性,即重点在于指导青年"运用文字来表现他们的思想和情感"。书中行文运用了浅近白话,例句也大多采自白话文。阐释通俗易懂,深入浅出。此外该书在30年代就连印四版,这一方面反映了它受欢迎的程度,另一方面也揭示了其为白话修辞知识的普及以及白话修辞学的发展作出了一定的贡献。

(二)《作文与修辞》现代白话文学语例探析

据我们统计,石苇《作文与修辞》中共征引现代白话文学语例163例,具体分布情况如表7-5所示。

表 7-5 《作文与修辞》现代白话文学语例表

著译者	作　品　名	分频×篇数	总频
周作人	《自己的园地·国粹与欧化》	7×1	33
	［波兰］戈木列支奇《燕子与蝴蝶》	4×1	
	《闲话》	3×1	
	［希腊］蔼夫达利阿谛思《神父所孚罗纽斯》、［丹麦］安徒生《卖火柴的女儿》、《故乡的野菜》、《平民文学》	2×4	
	《〈雨天的书〉序》、《雨天的书·泥水匠》、《死法》、《钢枪趣味》、《日本的新村》、《新文学的要求》、［日］有岛武郎《潮雾》、［日］与谢野晶子《日本短歌》、［日］国木田独步《少年的悲哀》、［俄］科罗连珂《玛加尔的梦》、［俄］库普林《晚间的来客》	1×11	
郭沫若	［德］奥多尔·沃尔特森·施托姆《茵梦湖》	5×1	27
	《漂流三部曲》	3×1	
	《水平线下·到宜兴去》、《〈水平线下〉序》、《山中杂记·铁盔》	2×3	
	《山中杂记·水墨画》、《芭蕉花》、《菩提树下》、《鹓雏》、《路畔的蔷薇》、《〈塔〉序》、《女神·雨后》、《月蚀》、《矛盾的调和》、《新生活日记》、《白发》、《三叶集·致宗白华》、［德］歌德《少年维特之烦恼》	1×13	
鲁迅	《孤独者》、《野草·风筝》	3×2	26
	《伤逝》、《祝福》、《长明灯》、《秋夜》	2×4	
	《社戏》、《过客》、《野草·淡淡的血痕中》、《好的故事》、《热风·随感录四十九》、《示众》、《幸福的家庭》、《药》、《狗的驳诘》、《立论》、《娜拉走后怎样》、《华盖集·导师》	1×12	
胡适	《新生活》、《新思潮的意义》	3×2	12
	《国语的进化》	2×1	
	《问题与主义》、《请大家来照照镜子》、《建设的文学革命论》、［法］都德《最后一课》	1×4	
冰心	《寄小读者》	4×1	11
	《梦》、《笑》	2×2	
	《山中杂记》、《爱之实现》、《往事》	1×3	

续表

著译者	作 品 名	分频×篇数	总频
徐志摩	《北戴河海滨的幻想》	5×1	10
	《吊刘叔和》	3×1	
	《济慈的夜莺歌》、《我所知道的康桥》	1×2	
郁达夫	《一个人在途上》	3×1	8
	《还乡记》	2×1	
	《过去集·海上通信》、《银灰色的死》、《路畔的蔷薇》	1×3	
朱自清	《背影》	3×1	6
	《阿河》、《踪迹·歌声》、《匆匆》	1×3	
陈西滢	《行路难》、《管闲事》、《开铺子主义》、《贫民与节育问题》	1×4	4
夏丏尊	《小品文》（与刘熏宇合著）、[日]国木田独步《独步集》、[意]亚米契斯《爱的教育·少年侦探》	1×3	3
叶绍钧	《一个中学生的父亲的自杀》、《藕与莼菜》	1×2	2
许地山	《命命鸟》（署名"落华生"）、《生》（署名"落华生"）	1×2	2
常惠	[法]莫泊桑《项链》	2×1	2
丰子恺	《缘缘堂随笔·楼板》、[俄]屠格涅夫《初恋》	1×2	2
梁启超	《科学精神与东西文化》	1×1	1
郑振铎	《山中杂记》	1×1	1
刘半农	《饿》	1×1	1
俞平伯	《冬夜·仅有的伴侣》	1×1	1
徐祖正	《哀悼和忆念》	1×1	1
袭冰庐	《血笑》	1×1	1
潘菽	《对于消极思想派的总批评》	1×1	1
陈衡哲	《运河与扬子江》	1×1	1
陈启天	《我们不该反对耶教与其运动吗?》	1×1	1
毕树棠	[法]左拉《一夜之爱》	1×1	1
陈望道	[苏]波格达诺夫《社会意识学大纲》	1×1	1

续表

著译者	作品名	分频×篇数	总频
鲁彦	［犹太］宾斯基《犹太小说集·搬运夫》	1×1	1
耿济之	［俄］屠格涅夫《猎人日记》	1×1	1
韵声	［法］都德《一局台球》	1×1	1
李宗吾	［日］武者小路实笃《人的生活·人的义务及其他》（与毛咏堂合译）	1×1	1
总　　计			163

由上表，石苇关于现代白话语例之选取大抵表现为以下几大特点：

其一，周作人、鲁迅、胡适三人的排序依旧名列前茅。且三人的诸多作品于前文陈、宋、汪等著作中均有引用，例如：周作人的译作——丹麦安徒生童话《卖火柴的女儿》和日本国木田独步小说《少年的悲哀》，鲁迅小说《祝福》《药》，胡适散文《新生活》《文学改良刍议》等均在多部著作中出现引用。由此在一定程度上揭示了早期修辞学家在选取现代白话语例时所表现出的普遍的审美取向与价值评判。具体下文另行阐释，此处暂且按下不提。

其二，石书中郭沫若位居第二。虽然郭沫若的作品在本书所考察的几位早期修辞学家如宋、田的著作中也出现用例，但数量如此之多，却是头一次。可见，石苇对郭沫若文学艺术成就极为看重。再看其作品体裁，又以散文、小说居多，诗歌亦有若干例。郭沫若一生创作无数，其文学创作尤以诗歌出名，且被世人冠之以"中国新诗的奠基人之一"。作为浪漫诗派最有代表性的诗人，郭沫若创作的《女神》抒写了高亢鲜明的时代精神，开创了"一代诗风"，成为其诗歌艺术的最高成就，也是中国现代新诗的奠基之作。郁达夫在《女神之生日》中曾评价说："完全脱离旧诗的羁绊自《女神》始。"①作为格律诗派代表之一的闻一多也赞誉道："若讲新诗，郭沫若君的诗才配称新呢！不独艺术上他的作品与旧诗词相去最远，最要紧的是他的精

---

① 《时事新报·学灯》1922年8月2日。

神完全是时代的精神——二十世纪底时代的精神。"①然而,石苇似更看重郭沫若散文、小说的艺术审美价值,书中对其诗歌引用仅出现3处。

其三,冰心、徐志摩、郁达夫、朱自清等文学家的散文作品所出现的频次较高。冰心是现代文学建设初期少有的女作家代表。从文学接受的角度说,性别身份的吸引力无疑也对作家的影响力起到一定作用。作为文学研究会的成员,不论在创作的数量、体裁种类和读者影响面等方面,冰心较之同期的其他女作家都更占优势。在《中国新文学大系》中分别选收了冰心的5篇小说,22篇散文,以及8首诗作。可见其文学成就与地位并不一般。然而冰心倡导的"爱的哲学"在小说领域的投射似乎并不成功,茅盾就曾指出"爱的哲学"虽然美而值得赞颂,但"用以解释社会人生却一无是处"。《中国新文学大系·散文二集》的编选者郁达夫对冰心散文却有着截然不同的评价:"记得雪莱的咏云雀的诗里,仿佛曾说过云雀是初生的欢乐的化身,是光天化日之下的星辰,是同月光一样来把歌声散溢于宇宙之中的使者,是虹霓的彩滴要自愧不如的妙音的雨师……一字不易地用在冰心女士的散文批评上,我想是最适当也没有的事情。"

此外值得一提的是"闲话"作家陈西滢。其杂文多次被引用反映了石苇对其文学成就的认同与重视。陈西滢是中国现代文学史上毁誉蜂起,评说纷纭的人物。1924年陈西滢与胡适等创办《现代评论》周刊,负责文艺稿件与"闲话"专栏,成为了"现代评论"派的主要杂文作家。陈西滢是自由主义知识分子的代表人物,一方面对军阀混战、政治腐败深恶痛绝,但对普通民众也保持"绅士"般的距离。1926年"三一八惨案"后,陈西滢曾于《现代评论》发表《闲话》一文,实际上该文主要也是谴责段祺瑞执政府的倒行逆施,但因为其中的一段话,引起公愤,②由此成为鲁迅笔下的

---

① 闻一多:《〈女神〉之时代精神》,《创造周报》第4号,1923年6月3日。
② 陈西滢于1926年3月27日在《现代评论》上发表《闲话》一文,该文最后一段如下,"在我所已经听见的,要算杨女士最可怜了。(这句话我听见两三个人都这样说,要是错了,我们自然很愿意更正。)杨女士湖南人,家中不甚好。她在师范学校毕业后,教了六七年书,节衣缩食,省下了一千多块钱。去年就到北京来升学。平常很勤奋,开会运动种种,总不大参与。三月十八日她的学校出了一张布告,停课一日,叫学生都去与会。杨女士还是不大愿意去,半路又回转。一个教职员勉强她去,她不得已去了。卫队一放枪,杨女士也跟了大众就跑,忽见友人某女士受伤,不能行动,她回身去救护她,也中弹死。"

"反动"文人。不过值得一提的是,陈西滢在《新文学运动以来的十部著作》(1927)一文推荐了新文学十部杰作,包括胡适的《胡适文存》、吴稚晖①的《一个新信仰的宇宙观与人生观》、郁达夫小说《沉沦》、鲁迅小说集《呐喊》、郭沫若诗集《女神》、徐志摩的《志摩的诗》、丁西林戏剧《一只马蜂》、杨振声小说《玉君》、冰心小说集《超人》等作家作品。尤其是陈西滢能够对鲁迅的成就予以充分肯定,反映出其较为客观公允的学术态度。实际上,陈西滢的文学成就在民国时期得到了充分认可。陈志潜曾给陈西滢写信道:"先生近来在《现代评论》发表文章,总用'闲话'来标题,人最爱听闲话,所以《现代评论》的读者,总不能把'闲话'这一栏轻易放过。"(见《西滢闲话·西医问题讨论》)梁实秋在《〈西滢闲话〉序》中更是将陈西滢与胡适、周氏兄弟、徐志摩并称为五四以来五大散文家之一,并赞其"文字晶莹剔透,清可鉴底,而笔下如行云流水,有意态从容的趣味",指出"《西滢闲话》大概是在民国二十四年左右在《现代评论》的,当时成为这个刊物中最受人欢迎的一栏,我当时觉得有如阿迪孙与史提尔的《旁观报》的风格"②。"晶莹剔透,清可鉴底"或有揄扬过当之嫌,但对于陈西滢在中国现代散文史上的文学成就,还是应当给予一定认可的。

其四,个性化文学史叙事的凸显。表中许地山、丰子恺、徐祖正、袭冰庐、潘菽、陈衡哲、陈启天、毕树棠、鲁彦、陈望道、李宗吾、韵声、耿济之等诸人,不论是其原作抑或是译作,都或多或少在石书中得以引用,由此呈现出石苇个性化的文学史叙事。

二、夏丏尊、叶圣陶《文章讲话》

(一)《文章讲话》历史贡献及地位

《文章讲话》(1938)为夏丏尊与叶圣陶合著。这两位作者均兼任多重角色——既是文学家,又是现代语文学家和教育家。《文章讲话》虽不是专门研究修辞的著作,但书中有关修辞的内容相当丰富,且同中学教材结合紧密,对于传授和普及现代汉语修辞学知识发挥了重要作用。

---

① 吴稚晖乃陈西滢之舅父。
② 梁实秋:《〈西滢闲话〉台湾版序》,见陈子善编:《雅舍谈书》,山东画报出版社2005年版,第162页。

(二)《文章讲话》现代白话文学语例探析

据我们考察,《文章讲话》共征引了现代白话语例 27 处(见表 7-6)。虽然与石苇《作文与修辞》相较,数量上的差距较为明显,但由这 27 处语例的选取,同样可以在一定程度上折射出作者对于早期现代白话文作品的审美价值的衡量。且夏丏尊与叶圣陶二人身份特殊,故而相较于早期修辞学其余著作而言,对《文章讲话》的语例考察能更为直接地揭示现代汉语制度化进程中文学家与语言学家二者的"合谋"。

表 7-6 《文章讲话》现代白话文学语例表

著译者	作品(语例数)	合计
胡 适	《不朽》(2)	5
	《差不多先生传》(3)	
朱自清	《背影》(4)	4
叶圣陶	《风潮》(1)	3
	《邻家》(1)	
	《五月卅一日急雨中》(1)	
朱光潜	《谈动》(2)	2
鲁 迅	《秋夜》(1)	2
	《鸭的喜剧》(1)	
周作人	《致俞平伯书》(2)	2
冰 心	《寄小读者》(1)	1
巴 金	《朋友》(1)	1
梁启超	《欧游心影录》(1)	1
罗黑芷	《雨前》(1)	1
赵元任	《科学名词跟科学观念》(1)	1
丰子恺	《从孩子得到的启示》(1)	1
蔡元培	《我的新生活观》(1)	1
楼适夷	《战地的一日》(1)	1
潘家洵	[挪]易卜生《娜拉》(1)	1
总 计		27

由上表,《文章讲话》的现代白话语例选取主要呈现为以下特点:

其一,注重现代白话作品的审美特质。诸如胡适《不朽》、朱自清《背影》、朱光潜《谈动》、丰子恺《从孩子得到的启示》、冰心《寄小读者》、罗黑芷《雨前》等现代经典散文均得到不同程度的引用。此外,鲁迅的《秋夜》在体裁归类上属于散文诗,兼具散文的描写性与诗歌的表现性。较之一般的散文,诗意韵味更为显著。

其二,内容上重在针砭时弊,突显社会效应。例如:胡适《差不多先生传》、叶圣陶《五月卅一日急雨中》、楼适夷《战地的一日》等作品均侧重于反映社会现实。其中,《差不多先生传》为胡适现代杂文的代表作之一,旨在讽刺国人敷衍苟且的态度,弘扬科学求实的精神,虽然内容尖锐,但文字表达上仍不失优美。胡适实际上在杂文方面颇有贡献,民国七年(1918年),胡适在《新青年》设立"什么话"专栏,专门辑录当时报刊上荒谬可笑的材料,而后置以数句精干评语,画龙点睛。有时也不予置评,而直斥之曰"什么话"。轰动一时,众刊物纷纷群起效仿。《五月卅一日急雨中》则是叶圣陶散文代表作之一,入选于九年义务教育八年级第二学期语文课本。该文写于五卅惨案发生的次日,怒斥帝国主义罪行,歌颂了爱国群众的斗争意志,运用了多种表现手法,具有很强的艺术感染力。同样,楼适夷创作的报告文学《战地的一日》表现了上海战事中的英雄事迹,歌颂了人民大众的抗日精神。关于报告文学,茅盾《关于"报告文学"》一文中曾将其特征概括为"浓厚的新闻性"和"充分的形象化",是二者相结合的产物。从这一角度而言,《战地的一日》"在文学艺术上是成熟的"。它并非"流于平铺直叙的记述,而是精选几个片段,从各个侧面反映占地的生活,其中表现手法是多种多样的,有描写、叙述、议论、抒情"[1]。

此外,挪威戏剧家易卜生《娜拉》、蔡元培《我的新生活观》以及赵元任《科学名词跟科学观念》等文均反映了当时特定历史语境下中国知识分子对于西方先进科学知识、民主精神的积极引介与响应。

---

[1] 庄钟庆:《读楼适夷两篇报告文学》,出自梅志等:《楼适夷同志纪念集》,人民文学出版社2005年版,第280页。

第八章　早期修辞学家视域下的中国新文学史景观

在第六章、第七章中我们着重围绕七部早期修辞学著作中的现代白话语例展开考察,由此揭示出了早期修辞学家笔下的个性化文学叙事图景。我们拟由早期修辞学家笔下的作家群、作品群以及文体贡献度这三大角度予以多元考察,以期全景式展现早期修辞学家群体所建构出的迥异于文学史家的20世纪中国新文学史景观。

第一节　早期修辞学家笔下的作家群考察

本节将通过对早期修辞学家笔下的作家群予以研究,揭示早期修辞学家在"语言艺术的显著性"原则的观照下,倾向选择与哪些文学家"合谋"构筑现代汉语,以此呈现出不同作家在现代汉语制度化进程中贡献度的差异。具体通过作家关注度(广度)和影响度(深度)两个方面加以考察。

一、早期修辞学家笔下的作家关注度

为全面了解不同作家在早期修辞学家笔下的受关注程度,我们对早期七部经典性修辞学著作中关注的作家群依次加以考察。表8-1是各著作中所涉及的所有作家序列表,次序上按照作家语例的频次高低依次进行排列:

表 8-1　早期修辞学家笔下的作家排序表

排序	著作(语例数)	所有作家排序
1	陈望道《修辞学发凡》(54)	鲁迅23、周作人9、吴稚晖5、曹靖华3、叶绍钧2、茅盾2、冰心2、夏丏尊2、郑振铎1、朱自清1、徐志摩1、俞平伯1、林洪亮1、文洁若1
2	章衣萍《修辞学讲话》(33)	鲁迅7、胡适5、林语堂5、周作人3、郑振铎2、梁启超2、夏丏尊1、徐志摩1、吴稚晖1、朱自清1、沈尹默1、钱玄同1、陈独秀1、冰心1、杨骚1
3	田仲济《作文修辞讲话》(105)	鲁迅24、冰心9、徐志摩8、胡适7、朱自清5、郭沫若5、周作人4、叶绍钧4、梁启超4、茅盾3、戴望舒2、许地山2、吴稚晖2、郁达夫2、刘大白2、夏丏尊1、沈尹默1、蔡元培1、徐祖正1、刘半农1、苏雪林1、丰子恺1、朱光潜1、丁玲1、黎锦晖1、潘菽1、曹靖华1、徐玉诺1、孙福熙1、傅东华1、钟敬文1、陈衡哲1、罗黑芷1、陈炜谟1、杨振声1、韵声1、常惠1
4	宋文翰《国语文修辞法》(124)	鲁迅30、周作人15、胡适14、叶绍钧8、梁启超7、刘大白6、蔡元培5、徐志摩4、郑振铎4、郭沫若3、陈独秀2、冰心2、李石岑2、苏雪林2、潘力山2、夏丏尊2、郁达夫1、梁实秋1、朱自清1、钱玄同1、吴稚晖1、李大钊1、陈光烝1、任鸿隽1、孙毓修1、田汉1、刘半农1、蒋百里1、章益1、常惠1、韦素园1、采真1
5	汪震《国语修辞学》(233)	鲁迅94、胡适62、周作人19、梁启超10、徐志摩9、陈大齐5、陈北鸥4、汪震3、胡怀琛3、刘伯明2、钱玄同2、任鸿隽2、黄凌霜2、瞿秋白1、俞平伯1、老舍1、陈独秀1、吴稚晖1、李大钊1、蔡元培1、陆志韦1、蔡翘1、丁在君1、于熙俭1、郑太仆1、奎章1、董众1、臧玉淦1、王星拱1
6	石苇《作文与修辞》(163)	周作人33、郭沫若27、鲁迅26、胡适12、冰心11、徐志摩10、郁达夫8、朱自清6、陈西滢4、夏丏尊3、叶绍钧2、许地山2、常惠2、丰子恺2、梁启超1、郑振铎1、刘半农1、俞平伯1、徐祖正1、袭冰庐1、潘菽1、陈衡哲1、陈启天1、毕树棠1、陈望道1、鲁彦1、耿济之1、韵声1、李宗吾1
7	夏丏尊、叶圣陶《文章讲话》(27)	胡适5、朱自清4、叶圣陶3、朱光潜2、鲁迅2、周作人1、冰心1、巴金1、梁启超1、罗黑芷1、赵元任1、丰子恺1、蔡培1、楼适夷1、潘家洵1

在此基础上,我们对以上各著作中作家在不同修辞学家笔下的征引频次(即分布值)予以统计,以此揭示不同作家的关注度(分布值越高,则关注度越高)①。具体请见表 8-2 所示。

表 8-2　早期修辞学家笔下的作家关注度

排序	作　　　家	分布值
1	鲁迅、周作人、胡适	7
2	冰心、朱自清、徐志摩、梁启超	6
3	吴稚晖、夏丏尊、叶绍钧(叶圣陶)	5
4	郑振铎、蔡元培	4
5	俞平伯、钱玄同、陈独秀、郭沫若、郁达夫、刘半农、丰子恺、常惠	3
6	曹靖华、茅盾、沈尹默、许地山、刘大白、徐祖正、苏雪林、朱光潜、潘菽、陈衡哲、罗黑芷、韵声、李大钊、任鸿隽	2

由上表可知,受早期修辞学家关注程度最高的为:鲁迅、周作人、胡适。作为以往官方认定大师排序中的第一位,鲁迅在 1949 年后的文学史书写中长期拥有不可撼动的地位,而由上表可知,即使在 1949 年之前,在早期修辞学家眼中,鲁迅依旧具有最高的关注度。此外值得注意的是,长期被视为"反动文人"的周作人、胡适也跟鲁迅并列第一,体现出早期修辞学家这一群体迥异于以往文学史书写的个性化文学取向。在上表中分布值并列第二是:冰心、朱自清、徐志摩、梁启超诸人。这些受关注度较高的新文学作家,通常在现代文学史上成就和地位较为突出。与此同时,其在五四文白转型的语言变革中所发挥的重要作用也是备受早期修辞学家认可和推崇的。然而,须注意的是,表中也有一部分作家是新面孔。最为典型的当属吴稚晖。他的关注度与夏丏尊、叶绍钧是并列的,甚至高于郑振铎、蔡元培、郭沫若、郁达夫、茅盾等更为我们所熟识的作家。说明在早期修辞学家眼中,普遍认为吴稚晖的白话作品具备较高的审美价值。此外还有以常惠、曹靖华、韵声等为代表的翻译家也位列其中,反映了对欧日化白话文价

---

① 若作家仅出现于一部著作中,即分布值为 1,则不对其加以罗列。下文同,不复赘言。

值的肯定。相比之下，以往"鲁郭茅巴老曹"大师排序中，"巴老曹"尚未出现，除"鲁"外，"郭茅"的关注度都不高，二者的分布值分别为3、2。可见，早期修辞学家由语言的视角切入，对新文学作家笔下的白话文审美性加以审查，由此勾勒出一幅迥异于现代文学史惯常体认的叙事图景。

二、早期修辞学家笔下的作家影响度

在对早期修辞学家笔下作家关注度，即"广度"视角予以考察后，我们再对作家的影响度，即"深度"再加以考察。我们按照作家语例的频次高低，将七部早期修辞学著作中排在前十的作家依次罗列如下（见表8-3，括号内为并列排序）。

表8-3 早期修辞学家笔下的十大作家

排序	修辞学著作	十大作家排序
1	陈望道《修辞学发凡》	1鲁迅、2周作人、3吴稚晖、4曹靖华、5—8（叶绍钧、茅盾、冰心、夏丏尊）、9—10（郑振铎、朱自清、徐志摩、俞平伯、林洪亮、文洁若）
2	章衣萍《修辞学讲话》	1鲁迅、2—3（胡适、林语堂）、4周作人、5—6（郑振铎、梁启超）、7—10（夏丏尊、徐志摩、吴稚晖、朱自清、沈尹默、钱玄同、陈独秀、冰心、杨骚）
3	田仲济《作文修辞讲话》	1鲁迅、2冰心、3徐志摩、4胡适、5—6（朱自清、郭沫若）、7—9（周作人、叶绍钧、梁启超）、10（茅盾）
4	宋文翰《国语文修辞法》	1鲁迅、2周作人、3胡适、4叶绍钧、5梁启超、6刘大白、7蔡元培、8—9（徐志摩、郑振铎）、10郭沫若
5	汪震《国语修辞学》	1鲁迅、2胡适、3周作人、4梁启超、5徐志摩、6陈大齐、7陈北鸥、8—9（汪震、胡怀琛）、10（刘伯明、钱玄同、任鸿隽、黄凌霜）
6	石苇《作文与修辞》	1周作人、2郭沫若、3鲁迅、4胡适、5冰心、6徐志摩、7郁达夫、8朱自清、9陈西滢、10夏丏尊
7	夏丏尊、叶圣陶《文章讲话》	1胡适、2朱自清、3叶圣陶、4—6（朱光潜、鲁迅、周作人）、7—10（冰心、巴金、梁启超、罗黑芷、赵元任、丰子恺、蔡元培、楼适夷、潘家洵）

在此基础上，采取赋值法加以考察，排名第一的作家赋值10分，以此类推，排名第十的作家赋值1分，具体见表8-4所示。

表 8-4　早期各修辞学家笔下的十大作家（赋值表）

名次（赋值）	陈望道	章衣萍	田仲济	宋文翰	汪震	石苇	夏丏尊、叶圣陶
1（10分）	鲁迅	鲁迅	鲁迅	鲁迅	鲁迅	周作人	胡适
2（9分）	周作人	胡适、林语堂	冰心	周作人	胡适	郭沫若	朱自清
3（8分）	吴稚晖		徐志摩	胡适	周作人	鲁迅	叶圣陶
4（7分）	曹靖华	周作人	胡适	叶绍钧	梁启超	胡适	朱光潜、鲁迅、周作人
5（6分）	叶绍钧、茅盾、冰心、夏丏尊	郑振铎、梁启超	朱自清、郭沫若	梁启超	徐志摩	冰心	
6（5分）				刘大白	陈大齐	徐志摩	
7（4分）		夏丏尊、徐志摩、吴稚晖、朱自清、沈尹默、钱玄同、陈独秀、冰心、杨骚	周作人、叶绍钧、梁启超	蔡元培	陈北鸥	郁达夫	冰心、巴金、梁启超、罗黑芷、赵元任、丰子恺、蔡元培、楼适夷、潘家洵
8（3分）				徐志摩、郑振铎	汪震、胡怀琛	朱自清	
9（2分）	郑振铎、朱自清、徐志摩、俞平伯、林洪亮、文洁若					陈西滢	
10（1分）			茅盾	郭沫若	刘伯明、钱玄同、任鸿隽、黄凌霜	夏丏尊	

经过赋值运算后,得出早期修辞学家笔下作家的总赋值,以考察其影响度(总赋值越高,则影响度越居前),具体见表 8-5。

表 8-5　早期修辞学家笔下的作家影响度

排序	作　　家	总赋值
1	鲁　迅	65
2	周作人	56
3	胡　适	50
4	冰　心	29
5	徐志摩	28
6	梁启超	27
7	叶绍钧(叶圣陶)	25
8	朱自清	24
9	郭沫若	16
10	吴稚晖	12
11—12	夏丏尊、郑振铎	11
13	林语堂	9
14	蔡元培	8
15—16	茅盾、朱光潜	7
17—19	钱玄同、刘大白、陈大齐	5
20—30	沈尹默、陈独秀、郁达夫、巴金、罗黑芷、赵元任、丰子恺、楼适夷、潘家洵、陈北鸥、杨骚	4
31—32	汪震、胡怀琛	3
33—36	俞平伯、陈西滢、林洪亮、文洁若	2
37—39	刘伯明、任鸿隽、黄凌霜	1

三、早期修辞学家笔下的作家贡献度

上文分别从作家关注度(广度)和影响度(深度)对早期修辞学家笔下的个性化叙事予以了考察,在此基础上我们拟综合考察早期修辞学家笔

下作家贡献度(关注度×影响度)的差异。

我们将作家的总赋值(影响度)乘以分布值(关注度)①,得出早期修辞学家笔下作家的贡献度,具体见表8-6。

表 8-6 早期修辞学家笔下的作家贡献度

排序	作　家	总赋值×分布值	贡献度
1	鲁迅	65×7	455
2	周作人	56×7	392
3	胡适	50×6	300
4	徐志摩	28×6	168
5	冰心	29×5	145
6	梁启超	27×5	135
7	朱自清	24×5	120
8	叶绍钧(叶圣陶)	25×4	100
9	郭沫若	16×3	48
10	夏丏尊	11×4	44
11	郑振铎	11×3	33
12	吴稚晖	12×2	24
13	蔡元培	8×2	16
14	茅盾	7×2	14
15	钱玄同	5×2	10
16	林语堂	9×1	9
17	朱光潜	7×1	7
18—19	刘人白、陈人齐	5×1	5

---

① 此处分布值是指在前面修辞学家笔下十大作家中的分布值,其中分布值为7的有鲁迅、周作人,分布值为6的有徐志摩、胡适,分布值为5的有冰心、朱自清、梁启超,分布值为4的有夏丏尊、叶绍钧,分布值为3的有郭沫若、郑振铎,分布值为2的有钱玄同、蔡元培、吴稚晖、茅盾。

续表

排序	作　　家	总赋值×分布值	贡献度
20—30	沈尹默、陈独秀、郁达夫、巴金、罗黑芷、赵元任、丰子恺、楼适夷、潘家洵、陈北鸥、杨骚	4×1	4
31—32	汪震、胡怀琛	3×1	3
33—36	俞平伯、陈西滢、林洪亮、文洁若	2×1	2
37—39	刘伯明、任鸿隽、黄凌霜	1×1	1

由此表所呈现的各作家贡献度的序列，可在一定程度上揭示早期修辞学家在与文学家"合谋"构筑现代汉语时所表现出的倾向性程度，其主要呈现出以下几个特点：

第一，周氏兄弟高居前二，体现其在早期修辞学眼中不可撼动的文学地位。胡适居于第三，说明胡适不仅在关乎现代汉语制度化进程的一系列重大事件中扮演了思想领袖的角色，其作品的审美属性也得到了早期修辞学家这一群体的高度认可。此外，徐志摩（居第 4 位）、冰心（居第 5 位）、朱自清（居第 7 位）等作家作品的艺术审美性也得到了早期修辞学家的充分肯定。与此同时，值得关注的是，林语堂、朱光潜、丰子恺等作家虽具有较高的文学成就，但在上表贡献度位序中却是相对靠后。

第二，在"鲁郭茅巴老曹"的大师序列中。除鲁迅的地位稳居首位以外，郭沫若、茅盾的贡献度位序分别为第 9 位、第 14 位，巴金则更为靠后，列第 20 位，而老舍与曹禺甚至未出现。与此相对的，一大批以往被视为"反动文人"的非左翼作家，如周作人（居第 2 位）、胡适（居第 3 位）、徐志摩（居第 4 位）、林语堂（居第 16 位）、陈西滢（居第 33 位）等则不仅进入早期修辞学家的视野，且贡献度位次多居于左翼作家之前，这些都构成了早期修辞学家笔下另一文学叙事的重要的个性化元素。

第三，值得注意的是，上表中一批以往文学史书写中常居于次要乃至边缘地位的作家却作出了较大的贡献。例如梁启超在上表中高居第 6 位。尤其值得注意的是，在汉语现代修辞学深化期的国语修辞学研究中，梁启超也扮演了重要角色。在宋文翰《国语文修辞法》中梁启超现代白话语例列第 5 位,而在汪震《国语修辞学》中甚至居第 4 位。再如吴稚晖(上表列第 12 位),不论是其关注度还是影响度都比较高,综合考量下得出的贡献度亦占有不小的数值,位次居于蔡元培、茅盾、林语堂等为我们所熟识的文学大家之前。此外如心理学家陈大齐,语言学家赵元任,翻译家潘家洵、文洁若等诸人亦进入了早期修辞学家的视野之中。他们不仅是现代汉语走向制度化进程中的重要推动力量,同时也成就了修辞学家笔下个性化的中国文学史框架。

第二节　早期修辞学家笔下的作品群考察

我们拟通过对早期修辞学家著作中所征引的现代文学作品予以考察,揭示出早期修辞学家普遍关注和倾向于选择哪些文学作品来构筑现代汉语的审美规范,以此呈现出不同文学作品在现代汉语制度化进程中贡献程度的差异。下文同样通过作品关注度(广度)和影响度(深度)两个方面加以考察。

一、早期修辞学家笔下的作品关注度

我们在第二章、第三章中已采用表格形式依次重点考察了陈望道、章衣萍、田仲济、宋文翰、汪震、石苇、夏丏尊和叶圣陶等早期修辞学家著作中现代文学作品的征引情况。在此基础上,我们统计出单篇作品的分布值以及相应的累计分布值(累计分布值越高,则其关注度越居前),具体见表 8-7。

下表大致呈现出早期七部代表性修辞学著作中现代文学作品的分布全貌。由对七部早期修辞学著作中现代白话作品分布值的考察,可以从一个侧面探知早期修辞学家在选例时的价值取向,其体现出以下特点:

第一,就单部作品而论,分布值最高(关注度最高)的有 6 部作品:鲁迅《药》《呐喊·故乡》《秋夜》、胡适《新生活》、冰心《笑》、梁启超《欧游心影录》(分布值均为 4),几篇作品所表现出的审美艺术特性使之成为早期修辞学家心目中较为典型的现代白话文"修辞样板"。尤其值得注意的是,

表 8-7　早期修辞学家笔下现代文学作品关注度

排序	作家	作品名	单篇分布值	累计分布值
1	鲁迅	《药》、《呐喊·故乡》、《秋夜》	4	68
		《头发的故事》、《野草·风筝》、《好的故事》、《孤独者》、《祝福》、《译了〈工人绥惠略夫〉之后》、《现代日本小说集·沉默之塔》、《鸭的喜剧》	3	
		《阿Q正传》、《狂人日记》、《风波》、《孔乙己》、《示众》、《娜拉走后怎样》、《幸福的家庭》、《伤逝》、《长明灯》、《社戏》、《过客》、《华盖集·导师》、《热风·随感录四十九》、[俄]《爱罗先珂童话集·春夜的梦》、[俄]《爱罗先珂童话集·鱼的悲哀》、《现代小说译丛（第一集）·省会》	2	
2	胡适	《新生活》	4	29
		《文学改良刍议》、《问题与主义》、《请大家来照照镜子》、《新思潮的意义》、《不朽——我的宗教》	3	
		《建设的文学革命论》、《国语的进化》、[法]都德《最后一课》、[俄]泰来夏甫《决斗》、[法]莫泊桑《杀父母的儿子》	2	
3	周作人	[日]国木田独步《少年的悲哀》、[丹麦]安徒生《卖火柴的女儿》、《雨天的书·北京的茶食》	3	23
		《钢枪趣味》、《〈雨天的书〉序》、《日本的新村》、[日]佐藤春夫《雉鸡的烧烤》、《现代小说译丛·影》、《点滴·酉长》、《点滴·铁圈》	2	
4	徐志摩	《我所知道的康桥》、《北戴河海滨的幻想》	3	12
		《济慈的夜莺歌》、《曼殊斐儿》、《想飞》	2	
5	冰心	《笑》	4	11
		《寄小读者》	3	
		《梦》、《山中杂记》	2	
6	梁启超	《欧游心影录》	4	10
		《什么是文化》、《为学与做人》、《科学精神与东西文化》	2	

续表

排序	作家	作品名	单篇分布值	累计分布值
7	郭沫若	《路畔的蔷薇》	3	9
		《芭蕉花》、《鹇雏》、《〈塔〉序》	2	
8	朱自清	《荷塘月色》、《背影》	3	8
		《匆匆》	2	
9	吴稚晖	《一个新信仰的宇宙观及人生观》	3	5
		《上下古今谈》	2	
10	夏丏尊	［意］亚米契斯《爱的教育》、［日］芥川龙之介《湖南的扇子》	2	4
11	郁达夫	《沉沦》、《还乡记》	2	4
12	叶绍钧	《藕与莼菜》、《诗的泉源》	2	4
13	许地山	《命命鸟》、《生》	2	4
14	常惠	［法］莫泊桑《项链》	3	3
15	蔡元培	《我的新生活观》	3	3
16	郑振铎	［俄］路卜洵《灰色马》	2	2
17	徐祖正	《哀悼和忆念》	2	2
18	刘半农	《饿》	2	2
19	李大钊	《今》	2	2
20	任鸿隽	《说合理的意思》	2	2
21	潘菽	《对于消极思想派的总批评》	2	2
22	陈衡哲	《运河与扬子江》	2	2
23	韵声	［法］都德《一局台球》	2	2
24	曹靖华	［俄］班珂《白茶》	2	2

梁启超的《欧游心影录》引起了早期修辞学家的关注。

第二，除了上述 6 部作品之外，单篇作品分布值为 3 次的作品有 25 部，其中常惠《项链》（译作）、吴稚晖《一个新信仰的宇宙观及人生观》及蔡元培《我的新生活观》等以往文学史书写中未引起重视的作品，却与鲁迅的《祝福》、胡适的《问题与主义》、周作人的《雨天的书》、徐志摩的《我所知道的康桥》、冰心的《寄小读者》、朱自清的《荷塘月色》等现代文学史上脍炙人口的名篇得到了早期修辞学家同样的关注。此外郭沫若入选上表的作品《路畔的蔷薇》，较之于《女神》等，其知名度相对逊色，而周作人的三部作品中有两部都是译作（日本的木田独步《少年的悲哀》与丹麦的安徒生《卖火柴的女儿》），均体现出早期修辞学家独特的文学价值取向。

第三，在分布值为 2 的作品中，涵盖了徐祖正《哀悼和忆念》、任鸿隽《说合理的意思》、潘菽《对于消极思想派的总批评》、陈衡哲《运河与扬子江》等一批在以往文学史书写中居于边缘地位的作家作品，体现出早期修辞学家作为一个群体对这些作品的普遍关注，此外刘半农《饿》、李大钊《今》、郁达夫《还乡记》、叶绍钧《诗的泉源》等代表性作家的非代表性作品入选其中，也折射出早期修辞学家个性化的文学史叙事图景。

二、早期修辞学家笔下的作品影响度

我们拟采用赋值法对早期修辞学著作中所征引的现代文学作品影响度加以研究，以期揭示出不同作品在现代汉语制度化进程中所呈现出的影响度差异。考虑到章衣萍《修辞学讲话》与夏丏尊、叶圣陶《文章讲话》的语例分布面貌特殊：章书中单篇作品的引用频次属林语堂《论语录体之用》最高（2 次），其余作品均为 1 次；夏书中情况类似，频次最高为朱自清《背影》（4 次），其次是胡适《差不多先生传》（3 次），再次是胡适《不朽》、周作人《致俞平伯书》、朱光潜《谈动》，均为 2 次。余者皆为 1 次。故而若对其进行十大现代文学作品排序则并不具备一定的代表性，不足以用来揭示早期修辞学家笔下的作品影响度，故下表中对此二书不作考察。在早期代表性修辞著作以所征引的单篇作品语例数而论，排名前十的现代文学作品如表 8-8 所示。

表 8-8　早期修辞学家笔下的十大现代文学作品排序表

修辞学家	排序	作品（语例数）
陈望道	1	吴稚晖《一个新信仰的宇宙观及人生观》(4)
	2—3	鲁迅《爱罗先珂童话集·春夜的梦》(3)、曹靖华译《白茶》(3)
	4—10	鲁迅译《爱罗先珂童话集·鱼的悲哀》(2)、鲁迅《药》(2)、鲁迅《阿Q正传》(2)、鲁迅《头发的故事》(2)、周作人《现代日本小说集·雄鸡的烧烤》(2)、周作人《现代小说译丛·影》(2)、茅盾《蚀·动摇》(2)
田仲济	1	梁启超《欧游心影录》(4)
	2—3	鲁迅《故乡》(3)、冰心《寄小读者》(3)
	4—10	鲁迅《长明灯》(2)、鲁迅《好的故事》(2)、鲁迅《野草·风筝》(2)、鲁迅《药》(2)、冰心《梦》(2)、戴望舒《雨巷》(2)、朱自清《背影》(2)、朱自清《匆匆》(2)、叶绍钧《藕与莼菜》(2)、茅盾《子夜》(2)、徐志摩《我所知道的康桥》(2)、徐志摩《济慈的夜莺歌》(2)、徐志摩《想飞》(2)
宋文翰	1	鲁迅译《与幼小者》(6)
	2—7	鲁迅《头发的故事》(3)、鲁迅《故乡》(3)、鲁迅《爱罗先珂童话集·鱼的悲哀》(3)、胡适《文学改良刍议》(3)、叶绍钧《地动》(3)、叶绍钧《诗的泉源》(3)、徐志摩《我所知道的康桥》(3)
	8—10	鲁迅《野草·风筝》(2)、鲁迅《风波》(2)、鲁迅《随感录三十六·大恐惧》(2)、周作人《平民文学》(2)、周作人译《雄鸡的烧烤》(2)、周作人译《卖火柴的女儿》(2)、胡适《新生活》(2)、胡适《不朽——我的宗教》(2)、胡适《建设的革命文学论》(2)、刘大白《春问》(2)、蔡元培《我的新生活观》(2)、蔡元培《〈中国古代哲学史大纲〉序》(2)、李石岑《缺陷论》(2)、潘力山《为什么要爱国》(2)
汪　震	1	鲁迅《狂人日记》(27)
	2	鲁迅《祝福》(8)
	3	鲁迅《示众》(7)
	4	胡适《不朽——我的宗教》(6)
	5—6	胡适《国语的进化》(5)、陈大齐《论批评》(5)
	7—10	鲁迅《热风·随感录四十六》(4)、鲁迅《故乡》(4)、鲁迅《在酒楼上》(4)、胡适《新生活》(4)、胡适《读书》(4)

续表

修辞学家	排序	作品(语例数)
石苇	1	周作人《自己的园地·国粹与欧化》(7)
	2—3	郭沫若译《茵梦湖》(5)、徐志摩《北戴河海滨的幻想》(5)
	4—5	周作人译《燕子与蝴蝶》(4)、冰心《寄小读者》(4)
	6—10	周作人《闲话》(3)、郭沫若《漂流三部曲》(3)、鲁迅《孤独者》(3)、鲁迅《野草·风筝》(3)、胡适《新生活》(3)、胡适《新思潮的意义》(3)、徐志摩《吊刘叔和》(3)、郁达夫《一个人在途上》(3)、朱自清《背影》(3)

在上表基础上,制定出相应的赋值表。排第 1 名的作品赋值 10 分,排第 2 名的作品赋值 9 分,以此类推。频次相同者,赋值亦同,然并列时占据多个名次(详见表 8-9)。

表 8-9　早期修辞学家笔下的十大现代文学作品赋值表

排序(赋值)	陈望道	田仲济	宋文翰	汪震	石苇
1(10 分)	吴稚晖《一个新信仰的宇宙观及人生观》	梁启超《欧游心影录》	鲁迅译《与幼小者》	鲁迅《狂人日记》	周作人《自己的园地·国粹与欧化》
2(9 分)	鲁迅《爱罗先珂童话集·春夜的梦》、曹靖华译《白茶》	鲁迅《故乡》、冰心《寄小读者》	鲁迅《头发的故事》、鲁迅《故乡》、鲁迅《爱罗先珂童话集·鱼的悲哀》、胡适《文学改良刍议》、叶绍钧《地动》、叶绍钧《诗的泉源》、徐志摩《我所知道的康桥》	鲁迅《祝福》	郭沫若译《茵梦湖》、徐志摩《北戴河海滨的幻想》
3(8 分)				鲁迅《示众》	
4(7 分)	鲁迅译《爱罗先珂童话集·鱼的悲哀》、鲁迅《药》、鲁迅《阿Q正传》、鲁迅《头发的故事》、周作人《现代日本小说集·雄鸡的烧烤》、周作人	鲁迅《长明灯》、鲁迅《好的故事》、鲁迅《野草·风筝》、鲁迅《药》、冰心《梦》、戴望舒《雨巷》、朱自清《背影》、朱自清《匆匆》、		胡适《不朽——我的宗教》	周作人译《燕子与蝴蝶》、冰心《寄小读者》
5(6 分)				胡适《国语的进化》、陈大齐《论批评》	
6(5 分)					周作人《闲话》、郭沫若《漂流三部曲》、鲁迅《孤独者》、
7(4 分)				鲁迅《热风·随感录四十六》、	

排序（赋值）	陈望道	田仲济	宋文翰	汪震	石苇
8（3分） 9（2分） 10（1分）	《现代小说译丛·影》、茅盾《蚀·动摇》	叶绍钧《藕与莼菜》、茅盾《子夜》、徐志摩《我所知道的康桥》、徐志摩《济慈的夜莺歌》、徐志摩《想飞》	鲁迅《野草·风筝》、鲁迅《风波》、鲁迅《随感录三十六·大恐惧》、周作人《平民文学》、周作人译《雄鸡的烧烤》、周作人译《卖火柴的女儿》、胡适《新生活》、胡适《不朽——我的宗教》、胡适《建设的革命文学论》、刘大白《春问》、蔡元培《我的新生活观》、蔡元培《〈中国古代哲学史大纲〉序》、李石岑《缺陷论》、潘力山《为什么要爱国》	鲁迅《故乡》、鲁迅《在酒楼上》、胡适《新生活》、胡适《读书》	鲁迅《野草·风筝》、胡适《新生活》、胡适《新思潮的意义》、徐志摩《吊刘叔和》、郁达夫《一个人在途上》、朱自清《背影》

我们对上表予以整理，将单篇作品的赋值相加，得出其总赋值以考察其影响度（见表 8-10）。

表 8-10 单篇现代文学作品影响度

排序	作家作品名	总赋值
1	鲁迅《故乡》	22
2—5	鲁迅《爱罗先珂童话集·鱼的悲哀》、鲁迅《头发的故事》、冰心《寄小读者》、徐志摩《我所知道的康桥》	16
6	鲁迅《野草·风筝》	15

续表

排序	作家作品名	总赋值
7	鲁迅《药》	14
8—9	朱自清《背影》、胡适《新生活》	12
10—16	吴稚晖《一个新信仰的宇宙观及人生观》、周作人译《雉鸡的烧烤》、梁启超《欧游心影录》、鲁迅译《与幼小者》、鲁迅《狂人日记》、胡适《不朽——我的宗教》、周作人《自己的园地·国粹与欧化》	10
17—25	鲁迅《爱罗先珂童话集·春夜的梦》、曹靖华译《白茶》、胡适《文学改良刍议》、叶绍钧《地动》、叶绍钧《诗的泉源》、鲁迅《祝福》、鲁迅《示众》、郭沫若译《茵梦湖》、徐志摩《北戴河海滨的幻想》	9
26—38	鲁迅《阿Q正传》、鲁迅《长明灯》、鲁迅《好的故事》、周作人《现代小说译丛·影》、茅盾《蚀·动摇》、冰心《梦》、戴望舒《雨巷》、朱自清《匆匆》、叶绍钧《藕与莼菜》、茅盾《子夜》、徐志摩《济慈的夜莺歌》、徐志摩《想飞》、周作人译《燕子与蝴蝶》	7
39—40	胡适《国语的进化》、陈大齐《论批评》	6
41—46	周作人《闲话》、郭沫若《漂流三部曲》、鲁迅《孤独者》、胡适《新思潮的意义》、徐志摩《吊刘叔和》、郁达夫《一个人在途上》	5
47—49	鲁迅《热风·随感录四十六》、鲁迅《在酒楼上》、胡适《读书》	4
50—59	鲁迅《风波》、鲁迅《随感录三十六·大恐惧》、周作人《平民文学》、周作人译《卖火柴的女儿》、胡适《建设的革命文学论》、刘大白《春问》、蔡元培《我的新生活观》、蔡元培《〈中国古代哲学史大纲〉序》、李石岑《缺陷论》、潘力山《为什么要爱国》	3

三、早期修辞学家笔下的作品贡献度

以上分别从作品关注度（广度）和影响度（深度）对早期修辞学家笔下的个性化叙事予以了考察，基于此，再综合考察早期修辞学家笔下的作品贡献度（关注度×影响度）的差异。

我们在将作品的总赋值（影响度）乘以分布值（关注度）[①]，得出早期语法学家笔下作品的贡献度（见表8-11）。

[①] 此处分布值是指在前面修辞学家笔下十大作品中的分布值，在十大作品中分布值为3的有鲁迅《故乡》、鲁迅《野草·风筝》、冰心《寄小读者》、胡适《新生活》，分布值为2的有鲁迅译《爱罗先珂童话集·鱼的悲哀》、鲁迅《药》、鲁迅《头发的故事》、周作人《现代日本小说集·雉鸡的烧烤》、朱自清《背影》、徐志摩《我所知道的康桥》、胡适《不朽——我的宗教》，其余作品分布值均为1。

表 8-11　早期修辞学家笔下的作品贡献度

排序	作家作品名	总赋值×分布值	贡献度
1	鲁迅《故乡》	22×3	66
2	冰心《寄小读者》	16×3	48
3	鲁迅《野草·风筝》	15×3	45
4	胡适《新生活》	12×3	36
5—7	鲁迅《爱罗先珂童话集·鱼的悲哀》、鲁迅《头发的故事》、徐志摩《我所知道的康桥》	16×2	32
8	鲁迅《药》	14×2	28
9	朱自清《背影》	12×2	24
10—11	周作人译《雉鸡的烧烤》、胡适《不朽——我的宗教》	10×2	20
12—16	吴稚晖《一个新信仰的宇宙观及人生观》、梁启超《欧游心影录》、鲁迅译《与幼小者》、鲁迅《狂人日记》、周作人《自己的园地·国粹与欧化》	10×1	10
17—25	鲁迅《爱罗先珂童话集·春夜的梦》、曹靖华译《白茶》、胡适《文学改良刍议》、叶绍钧《地动》、叶绍钧《诗的泉源》、鲁迅《祝福》、鲁迅《示众》、郭沫若译《茵梦湖》、徐志摩《北戴河海滨的幻想》	9×1	9
26—38	鲁迅《阿Q正传》、鲁迅《长明灯》、鲁迅《好的故事》、周作人《现代小说译丛·影》、茅盾《蚀·动摇》、冰心《梦》、戴望舒《雨巷》、朱自清《匆匆》、叶绍钧《藕与莼菜》、茅盾《子夜》、徐志摩《济慈的夜莺歌》、徐志摩《想飞》、周作人译《燕子与蝴蝶》	7×1	7
39—40	胡适《国语的进化》、陈大齐《论批评》	6×1	6
41—46	周作人《闲话》、郭沫若《漂流三部曲》、鲁迅《孤独者》、胡适《新思潮的意义》、徐志摩《吊刘叔和》、郁达夫《一个人在途上》	5×1	5
47—49	鲁迅《热风·随感录四十六》、鲁迅《在酒楼上》、胡适《读书》	4×1	4
50—59	鲁迅《风波》、鲁迅《随感录三十六·大恐惧》、周作人《半民文学》、周作人译《卖火柴的女儿》、胡适《建设的革命文学论》、刘大白《春问》、蔡元培《我的新生活观》、蔡元培《〈中国古代哲学史大纲〉序》、李石岑《缺陷论》、潘力山《为什么要爱国》	3×1	3

由上表,早期修辞学家视角下所揭示的单篇现代文学作品贡献度,显示出了与以往文学史书写迥异的叙事图景,具体表现为:

第一,在早期修辞学家眼中,鲁迅作品在现代汉语制度化进程中所作的贡献最为突出。前 8 名中便占了大多数,其中《故乡》一文更是居于首位,在贡献度上也是遥遥领先,体现出鲁迅牢不可撼的独特地位。

第二,冰心《寄小读者》(居第 2 位)、胡适《新生活》(居第 4 位)、徐志摩《我所知道的康桥》(居第 5 位)、朱自清《背影》(居第 9 位)、周作人译《雉鸡的烧烤》及胡适《不朽——我的宗教》(二者并列第 10 位)进入前十强。这一系列作品在语言艺术审美性方面受到早期修辞学家的推崇与认可,由此成为了构筑现代汉语的"修辞样板"。值得注意的是,周作人进入十强的作品是其译作,体现出早期修辞学家对周作人在翻译文学领域成就的高度认可。

第三,吴稚晖《一个新信仰的宇宙观及人生观》、梁启超《欧游心影录》、李石岑《缺陷论》、潘力山《为什么要爱国》等在以往文学史书写中受重视程度不高的作品纷纷居于较前的位次。而"鲁郭茅巴老曹"的大师序列中,郭沫若的作品《茵梦湖》(译文)以及《漂流三部曲》,分别列于第 17、42 名(且此两部作品并非其代表作),茅盾的《蚀·动摇》则列 26 位。老舍、巴金、曹禺的作品甚至未进入此表中。

我们在上述早期修辞学家笔下的作品贡献度表的基础上,将属于同一作家的文学作品归于一处,得出作品视域下的作家贡献表(见表 8-12)。

表 8-12 基于作品视域的作家贡献度

排序	作家	作品(贡献值)	作家总贡献度
1	鲁迅	《故乡》66+《野草·风筝》45+《爱罗先珂童话集·鱼的悲哀》32+《头发的故事》32+《药》28+《与幼小者》10+《狂人日记》10+《爱罗先珂童话集·春夜的梦》9+《祝福》9+《示众》9+《阿Q正传》7+《长明灯》7+《好的故事》7+《孤独者》5+《热风·随感录四十六》4+《在酒楼上》4+《风波》3+《随感录三十六·大恐惧》3	290

续表

排序	作家	作品（贡献值）	作家总贡献度
2	胡适	《新生活》36＋《不朽——我的宗教》20＋《文学改良刍议》9＋《国语的进化》6＋《新思潮的意义》5＋《读书》4＋《建设的革命文学论》3	83
3	徐志摩	《我所知道的康桥》32＋《北戴河海滨的幻想》9＋《济慈的夜莺歌》7＋《想飞》7＋《吊刘叔和》5	60
4—5	周作人	译《雉鸡的烧烤》20＋《自己的园地·国粹与欧化》10＋《现代小说译丛·影》7＋译《燕子与蝴蝶》7＋《闲话》5＋《平民文学》3＋译《卖火柴的女儿》3	55
	冰心	《寄小读者》48＋《梦》7	
6	朱自清	《背影》24＋《匆匆》7	31
7	叶绍钧	《地动》9＋《诗的泉源》9＋《藕与莼菜》7	25
8—9	郭沫若	译《茵梦湖》9＋《漂流三部曲》5	14
	茅盾	《蚀·动摇》7＋《子夜》7	
10—11	吴稚晖	《一个新信仰的宇宙观及人生观》10	10
	梁启超	《欧游心影录》10	
12	曹靖华	译《白茶》9	9
13	戴望舒	《雨巷》7	7
14—15	蔡元培	《我的新生活观》3＋《〈中国古代哲学史大纲〉序》3	6
	陈人齐	《论批评》6	
16	郁达夫	《一个人在途上》5	5
17—19	刘大白	《春问》3	3
	李石岑	《缺陷论》3	
	潘力山	《为什么要爱国》3	

上表基于早期修辞学家笔下十大现代文学作品视域中的作家影响度作一考察为视角，具体呈现为以下几大特征：

第一,鲁迅高居榜首,其影响度远高于其余作家,凸显出在早期修辞学家这一群体的眼中不可撼动的文学地位。

第二,以往文学史书写中视为"反动文人"的胡适(居第 2 位)、徐志摩(居第 3 位)、周作人(居第 4 位)位次仅次于鲁迅,体现出早期修辞学家对其作品审美属性的高度认可。特别是周作人入选其中的作品多为译作,体现出早期修辞学家对于周作人白话文学翻译成就的充分肯定。

第三,叶绍钧、吴稚晖、梁启超等以往相对处于边缘地位的作家位次靠前,与此形成对比的,以往"鲁郭茅巴老曹"的大师序列中,郭沫若和茅盾并列第 8 位,而"巴老曹"甚至未进入上表,且郭沫若入选其中的作品——《茵梦湖》(译作)、《漂流三部曲》较之于其笔下所出其他作品而言,在以往文学史中知名度并不算高,然而却是引起了早期修辞学家的关注。由此彰显出了修辞学家笔下个性化的文学史叙事特色与风格。

第三节　早期修辞学家笔下的文体贡献度考察

我们在第一编第四章第三节中对晚清至五四时期小说、散文、诗歌、戏剧四大文体的嬗变历程予以了梳理,在早期修辞学家笔下的作家群、作品群贡献度研究基础上,我们拟对早期修辞学代表性著作中征引的现代白话语例的四大文体分布面貌加以全面考察,以期揭示出不同文体在现代汉语制度化构筑中所发挥的不同作用,展现出区别于以往文学史书写的叙事图景。

一、《修辞学发凡》笔下的文体贡献度

陈望道《修辞学发凡》中现代白话文学语例的四大文体分布情况,如表 8-13 所示[①]。

[①] 关于体例须说明的是:表中四大文体按照数量高低依次排列;相应的作家作品的出现频次以数字形式标注其后;主要作家作品中,一般罗列排名前二的作家和作品,以此凸显早期修辞学家选例时的价值取向。

表 8-13　陈望道《修辞学发凡》现代白话文学语例文体分布表

体裁	数量(比例)	主要作家(数量)	主要作品(语例数)
小说	32(59.3%)	鲁迅(17)	《爱罗先珂童话集·春夜的梦》(3)《阿Q正传》(2)
		周作人(8)	《现代日本小说集·雄鸡的烧烤》(2)《现代小说译丛·影》(2)
散文	15(27.8%)	吴稚晖(5)	《一个新信仰的宇宙观及人生观》(4)
		鲁迅(4)	《我们现在怎样做父亲》(1)、《生命的路》(1)
诗歌	4(7.3%)	鲁迅(2)	《我的失恋》(1)、《秋夜》(1)
		周作人(1)	《日本俗歌四十首之二》(1)
		俞平伯(1)	《冬夜·风底话》(1)
戏剧	3(5.6%)	曹靖华(3)	[俄]班珂《白茶》(3)
总计		54(100%)	

由上表,四大文体的排序分别为:小说(59.3%)—散文(27.8%)—诗歌(7.3%)—戏剧(5.6%)。进而言之,陈望道的建构汉语现代修辞学体系的过程中,小说的贡献最大,散文次之,诗歌再次,戏剧最末。

值得注意的是,《修辞学发凡》中散文占据了相当比重,相对而言诗歌与戏剧比重极低,不过在诗歌部分,总数4例中即有2例取自鲁迅的《我的失恋》与《秋夜》(二者均出自鲁迅散文诗集《野草》)。由此也在一定程度上揭示了散文诗这一独特文学体裁的重要性。

二、《修辞学讲话》笔下的文体贡献度

章衣萍《修辞学讲话》中现代白话文学语例的四大文体分布情况,如表8-14所示。

由下表,四大文体的排序分别为:散文(72.7%)—小说(18.2%)—诗歌(9.1%)—戏剧(0)。进而言之,在章衣萍的修辞学体系中,散文的贡献最大,小说次之,诗歌再次,戏剧最末。与陈望道《修辞学发凡》不同的是,在章衣萍《修辞学讲话》中散文占据了压倒性优势,而戏剧比重则为0。

表 8-14　章衣萍《修辞学讲话》现代白话文学语例文体分布表

体裁	数量(比例)	主要作家(数量)	主要作品(语例数)
散文	24(72.7%)	鲁迅(6)	《观斗》(1)《伪自由书·逃的辩护》(1)
		林语堂(5)	《论语录体之用》(2)《论文》(1)
小说	6(18.2%)	郑振铎(2)	[德]莱辛《狮与驴》(1)
		吴稚晖(1)	《上下古今谈》(1)
诗歌	3(9.1%)	沈尹默(1)	《三弦》(1)
		冰心(1)	《赴敌》(1)
		胡适(1)	《胡说》(1)
戏剧	0(0)	0	0
总计			33(100%)

三、《作文修辞讲话》笔下的文体贡献度

田仲济《作文修辞讲话》中现代白话文学语例的四大文体分布情况，如表 8-15 所示。

表 8-15　田仲济《作文修辞讲话》现代白话文学语例文体分布表

体裁	数量(比例)	主要作家(数量)	主要作品(语例数)
散文	63(60%)	冰心(9)	《寄小读者》(3)、《梦》(2)
		徐志摩(8)	《我所知道的康桥》(2)、《济慈的夜莺歌》(2)
小说	27(25.7%)	鲁迅(13)	《故乡》(3)、《长明灯》(2)
		茅盾(2)	《子夜》(2)
诗歌	14(13.3%)	鲁迅(5)	《好的故事》(2)、《风筝》(2)
		戴望舒(2)	《雨巷》(2)
戏剧	1(1%)	曹靖华(1)	[俄]班珂《白茶》(1)
总计			105(100%)

由上表,四大文体的排序分别为:散文(60%)—小说(25.7%)—诗歌(13.3%)—戏剧(1%)。可见在田仲济的修辞学体系中,散文的贡献最大,小说次之,诗歌再次,戏剧最末。

值得一提的是,与陈望道《修辞学发凡》不同的是,田书中散文比重居于首位。而与章衣萍《修辞学讲话》相区别的是,虽然散文比重占据了首位,但优势不如章书明显。且田书中散文诗在诗歌中占据了重要比重,又多半出自鲁迅散文诗集《野草》。除此之外,田仲济还择取了沈尹默散文诗《生机》和刘半农散文诗《饿》各1例。这在上述修辞学著作中并未出现。另外,田书中征引了一例曹靖华所译之苏联独幕剧集班珂《白茶》(此同于陈望道),亦别于章书。

四、《国语文修辞法》笔下的文体贡献度

宋文翰《国语文修辞法》中现代白话文学语例的四大文体分布情况,如表8-16所示。

表8-16 宋文翰《国语文修辞法》现代白话文学语例文体分布表

文体	数量(比例)	主要作家(数量)	主要作品(语例数)
散文	63(50.8%)	胡适(10)	《文学改良刍议》(3)《新生活》(2)
		梁启超(7)	《人生目的何在》(1)《什么是文化》(1)
小说	46(37.1%)	鲁迅(21)	[日]有岛武郎《与幼小者》(6)《故乡》(3)
		周作人(8)	[日]佐藤春夫《雉鸡的烧烤》(2)、《现代小说译丛·影》(1)
诗歌	14(11.3%)	刘大白(5)	《春问》(2)《两个老鼠抬了一个梦》(1)
		鲁迅(4)	《野草·风筝》(2)《好的故事》(1)
戏剧	1(0.8%)	田汉(1)	[英]莎士比亚《罗密欧与朱丽叶》(1)
总计	124(100%)		

由上表,四大文体的排序分别为:散文(50.8%)—小说(37.1%)—诗歌(11.3%)—戏剧(0.8%)。可见在宋文翰的修辞学体系中,散文的贡献最大,小说次之,诗歌再次,戏剧最末。与陈望道《修辞学发凡》相区别的是,宋书中散文比重占据首位,诗歌语例中鲁迅的散文诗比重亦较大,再次证实了早期修辞学家对于散文诗的关注与认可。

五、《国语修辞学》笔下的文体贡献度

汪震《国语修辞学》中现代白话文学语例的四大文体分布情况,如表8-17所示。

表8-17 汪震《国语修辞学》现代白话文学语例文体分布表

文体	数量(比例)	主要作家(数量)	主要作品(语例数)
散文	121(51.9%)	胡适(53)	《不朽——我的宗教》(6)、《国语的进化》(5)
		鲁迅(20)	《热风·随感录四十六》(4)、《热风·随感录四十八》(2)
小说	88(37.8%)	鲁迅(68)	《狂人日记》(27)、《祝福》(8)
		胡适(9)	[俄]契诃夫《一件美术品》(3)、[瑞典]史特林堡《爱情与面包》(2)
		周作人(9)	《点滴·铁圈》(3)、[丹麦]安徒生《卖火柴的女儿》(2)
诗歌	24(10.3%)	徐志摩(9)	《珊瑚》(1)、《丁当——清新》(1)
		鲁迅(6)	《死后》(3)、《秋夜》(2)
戏剧	0(0)	0	0
总计		233(100%)	

由上表,四大文体的排序分别为:散文(51.9%)—小说(37.8%)—诗歌(10.3%)—戏剧(0)。可见,在汪震的修辞学体系中,散文的贡献最大,小说次之,诗歌再次,戏剧最末。值得注意的是,汪书中诗歌出现了较多语例,其中鲁迅的散文诗便出现了6例,占诗歌用例总数的1/4,比重同样较大。此外,汪震在取材时同章衣萍一样,也未考虑戏剧,而之前陈望道、宋

文翰二人在著作中虽然戏剧语例最少,但至少将其划入了取材范围之内。由此也可反衬在早期修辞学家心目中,戏剧的艺术审美特性表现得并不突出。

六、《作文与修辞》笔下的文体贡献度

石苇《作文与修辞》中现代白话文学语例的四大文体分布情况,如表8-18所示。

表8-18 石苇《作文与修辞》现代白话文学语例文体分布表

文体	数量(比例)	主要作家(数量)	主要作品(语例数)
散文	101(62%)	周作人(20)	《自己的园地·国粹与欧化》(7)《闲话》(3)
		郭沫若(14)	《到宜兴去》(2)《山中杂记·铁盔》(2)
小说	46(28.2%)	鲁迅(13)	《孤独者》(3)、《伤逝》(2)
		周作人(12)	[波]戈木列支奇《燕子与蝴蝶》(4)[丹]安徒生《卖火柴的女儿》(2)
诗歌	16(9.8%)	鲁迅(10)	《野草·风筝》(3)、《野草·秋夜》(2)
		郭沫若(3)	《菩提树下》(1)、《女神·雨后》(1)
戏剧	0(0)	0	0
总计			163(100%)

由上表,四大文体的排序分别为:散文(62%)—小说(28.2%)—诗歌(9.8%)—戏剧(0)。可见,在石苇的修辞学体系中,散文的贡献最大,小说次之,诗歌再次,戏剧最末。其中诗歌方面,鲁迅散文诗共出现10例,占诗歌用例总数的八分之五。此外,石苇取材同样不考虑戏剧体裁,再次揭示出了这一文体并不能满足或达到早期修辞学家心目中对于现代白话文的审美标准。

七、《文章讲话》笔下的文体贡献度

夏丏尊、叶圣陶《文章讲话》中现代白话文学语例的四大文体分布情况,如表8-19所示。

表 8-19　夏丏尊、叶圣陶《文章讲话》现代白话文学语例文体分布表

文体	数量(比例)	主要作家(数量)	主要作品(语例数)
散文	20(74.1%)	朱自清(4)	《背影》(4)
		胡适(2)	《不朽》(2)
		周作人(2)	《致俞平伯书》(2)
小说	5(18.5%)	胡适(3)	《差不多先生传》(3)
		叶圣陶(1)	《风潮》(1)
		鲁迅(1)	《鸭的喜剧》(1)
诗歌	1(3.7%)	鲁迅(1)	《野草·秋夜》(1)
戏剧	1(3.7%)	潘家洵(1)	[挪]易卜生《娜拉》(1)
总计	27(100%)		

由上表,四大文体的排序分别为:散文(74.1%)—小说(18.5%)—诗歌(3.7%)、戏剧(3.7%)。可知在夏丏尊、叶圣陶的修辞学体系中,散文的贡献最大,小说次之,诗歌、戏剧再次。其中散文占据压倒性优势,而诗歌与戏剧比重极低。

综上,我们拟将上述七部早期修辞学著作中现代白话文学语例的文体分布情况加以汇总,以期呈现其整体概貌(见表 8-20)。

表 8-20　早期修辞学著作中现代白话文学语例文体分布表

著作名	语例总数	文学体裁分布情况(比例)			
		小说	散文	诗歌	戏剧
陈望道《修辞学发凡》	54	32 (59.3%)	15 (27.8%)	4 (7.3%)	3 (5.6%)
章衣萍《修辞学讲话》	33	6 (18.2%)	24 (72.7%)	3 (9.1%)	0 (0)
田仲济《作文修辞讲话》	105	27 (25.7%)	63 (60%)	14 (13.3%)	1 (1%)
宋文翰《国语文修辞法》	124	46 (37.1%)	63 (50.8%)	14 (11.3%)	1 (0.8%)

续表

著作名	语例总数	文学体裁分布情况（比例）			
		小说	散文	诗歌	戏剧
汪震《国语修辞学》	233	88（37.8%）	121（51.9%）	24（10.3%）	0（0）
石苇《作文与修辞》	163	46（28.2%）	101（62%）	16（9.8%）	0（0）
夏丏尊、叶圣陶《文章讲话》	27	5（18.5%）	20（74.1%）	1（3.7%）	1（3.7%）

下面，我们采取赋值法加以考察，以期较为客观地揭示出早期现代汉语制度化进程中，四大文体的贡献差异。与上文不同的是，此处的赋值后面分别乘上各自在著作中的比重，以此使得各体裁的贡献度差异得到凸显（见表 8-21）。

表 8-21　早期修辞学著作中现代白话文学语例文体贡献表

赋值	陈望道	章衣萍	田仲济	宋文翰	汪震	石苇	夏丏尊叶圣陶
4 分	小说 4×59.3%＝2.372	散文 4×72.7%＝2.908	散文 4×60%＝2.4	散文 4×50.8%＝2.032	散文 4×51.9%＝2.076	散文 4×62%＝2.48	散文 4×74.1%＝2.964
3 分	散文 3×27.8%＝0.834	小说 3×18.2%＝0.546	小说 3×25.7%＝0.771	小说 3×37.1%＝1.113	小说 3×37.8%＝1.134	小说 3×28.2%＝0.846	小说 3×18.5%＝0.555
2 分	诗歌 2×7.3%＝0.146	诗歌 2×9.1%＝0.182	诗歌 2×13.3%＝0.266	诗歌 2×11.3%＝0.226	诗歌 2×10.3%＝0.206	诗歌 2×9.8%＝0.196	诗歌 2×3.7%＝0.074
1 分	戏剧 1×5.6%＝0.056	戏剧 1×0%＝0	戏剧 1×1%＝0.01	戏剧 1×0.8%＝0.008	戏剧 1×0%＝0	戏剧 1×0%＝0	戏剧 2×3.7%＝0.074

我们将上表中各体裁的赋值相加汇总，以期考察早期修辞学家笔下四大文体的贡献度，具体见表 8-22 所示。

表 8-22　四大文体贡献度情况

文体类型	总赋值（贡献度）①
散文	15.7
小说	7.3
诗歌	1.3
戏剧	0.1

综上，我们考察了四大文体在早期修辞学著作中的贡献度，从中可以看出，在早期修辞学家眼中四大文体在现代汉语修辞规范建构的过程中所发挥的作用与以往文学史书写中四大文体的排序又较大差别，具体体现在以下几方面：

其一，散文——最具优势的文学体裁。

在以往文学史书写中，小说占据了统治地位。而在早期修辞学著作的考察中，除了陈望道《修辞学发凡》(1932)小说语例要多于散文之外，其余六部早期修辞学著作中均为散文语例多于小说数量，且彼此间的差距较大。②而章衣萍《修辞学讲话》及夏丏尊、叶圣陶《文章讲话》中散文更是占据了压倒性优势。由此可见，早期修辞学家在择取现代白话语例时，最先倾向于选择散文体裁的文学作品。这与散文形式的灵活多样，易于表达人物思想情感等文体特征密切相关。

其二，小说——次优势体裁。

由上表可知，四大文体中小说贡献度位居第二，说明小说在现代汉语修辞规范的构筑过程中所发挥的优势作用仅次于散文。然而值得注意的是，小说虽然为第二，但已从以往文学史书写中的首要位置上滑落。

其三，诗歌——散文诗的异军突起。

相对于散文与小说，诗歌所占的比重较小，只有十分之一左右。说明新诗在新文学初期虽已取得相当成就，但并未引起早期修辞学家的高度

---

① 统计后所得数值保留小数点后一位。
② 如石苇《作文与修辞》(1933)二者数量相差 55 例之多，而汪震《国语修辞学》(1935)、田仲济《作文修辞讲话》(1947)散文数较小说数亦多出了 30 余例。

关注。不过值得注意的是,在七部早期修辞学著作中均有新诗引例,而散文诗则在其中占据了相当比重。说明了在相对不受重视的新诗之中,散文诗异军突起,受到了早期修辞学家这一群体的集体关注与高度认可。①散文诗在现代汉语制度化进程中所发挥的重要作用不可小觑。散文诗就其所表现的内容而言,具有诗的素质,饱含强烈的感情和想象,就其表现形式而言,则又是以散文的面貌呈现出来。对散文诗这一现代抒情文学体裁的重视在一定程度上揭示出了早期修辞学家对于现代白话文"语言艺术审美性"的期许。从这个角度而言,散文诗同样是早期修辞学家拿来作为社会大众"修辞样板"的重要选择之一。

其四,戏剧——构筑作用最微弱的体裁。

七部早期修辞学著作中,总共只出现了 6 处戏剧语例。②而在章衣萍《修辞学讲话》、汪震《国语修辞学》及石苇《作文与修辞》中甚至未征引任何戏剧语例。说明早期新文学创作中虽然戏剧已取得一定成就,但并未引起早期修辞学家的较高关注,故而早期修辞学家在选例时并不重视对于戏剧体裁的文学作品的择取。换言之,戏剧体裁对于构筑现代汉语"语言艺术审美性"方面所发挥的作用最为有限。

---

① 据统计,总共出现了 33 例,约占总诗歌引例数(76 例)的 43.4%。这部分中绝大多数出自鲁迅散文诗集《野草》,此外在章衣萍《修辞学讲话》中征引了沈尹默散文诗《三弦》、冰心《赴敌》和胡适《胡说》3 处,在田仲济《作文修辞讲话》中征引了沈尹默散文诗《生机》与刘半农散文诗《饿》的用例。黄永健在《散文诗:香港文坛的另一风景带》中指出:散文诗创作的第一个高潮便是"以鲁迅的《野草》为代表,刘半农、沈尹默、许地山都有杰出奉献"。

② 6 处语例中,有 4 例选取自曹靖华所译之班珂《白茶》,1 例选自田汉所译英国莎士比亚《罗密欧与朱丽叶》,还有 1 例为潘家洵所译挪威易卜生《娜拉》。

结语　早期语言学家视野下的中国现代文学史

　　胡范铸师《"案例库修辞学":国家和机构形象修辞研究的一种进路》(2014)指出:"有什么样的材料就可能有什么样的理论,反之,有什么样的理论就会发现什么样的材料。……所谓修辞,就是提高言语行为有效性的活动,任何理性的言语行为无不同时关注行为的有效性,则一切理性的言语行为在本质上都是修辞行为。"依据新言语行为理论,文学史的书写无疑在本质上也属于修辞行为。詹姆斯·费伦的修辞性叙事理论也指出文学史叙事实际上属于一定的修辞意图和修辞策略引导下完成的修辞性行为。由此从语言学的视角切入对其加以考察,或可突破对文学史的惯常体认,建构出迥异于以往文学史书写的叙事图景。

　　20世纪中国文学史是一幅气势恢宏的历史画卷。它的递衍嬗变同时又伴随着20世纪初期的文白转型以及一系列相关的语言文字制度变革。可以说一部20世纪中国文学的发展史也是一部现代汉语制度化的建构史,二者互文共生,互相交融,彼此推衍。

　　鉴此,本书基于法国皮埃尔·布迪厄社会语言学理论中的"国语建构观"(1982)展开研究,试图从早期语言学家这一群体的视野,重新认识20世纪中国现代文学史。由此,我们选取语法学家与修辞学家这两大语言学家最重要的群体(前者注重语言形式的"合法性",后者注重语言艺术的"审美性"),从其语言学著作的现代白话文学语例分析的角度,重新建构20世纪中国现代文学史。据热奈特跨文性理论,引文结构是最为典型的互文现象,是构成语篇对话的最重要的手段。胡范铸师《语法研究的修辞性:中国现代语法学史的另一种考察》(2007)更是指出任何语法都具有修辞性,且"任何修辞行为都是一种意图性行为实施过程中的一个组成部分"。由此语言学家对于引语(现代文学作品引例)的选取实质上反映了这种意图性行为实施过程。语言著作中对于文学作品的征引,直接关系到语言学家认为其语言学体系(语法体系与修辞规范)可以建构在何基础之上这一根本性问题。

我们依据现行代表性语言学史著作,分别确定了1898—1949年间语法学史的分期及1905—1949年间修辞学史的分期,在此基础上依据经典性、白话性、文学性、足量性等原则对早期重要的语言学著作进行逐层筛选,最终确定了七部早期汉语语法学著作及七部早期汉语修辞学著作作为重点考察对象,进而对这些语言学经典著作中的现代白话文学引例逐部予以穷尽性的细致考察。在此基础上分别锁定作家群、作品群以及文体的贡献度三大视角加以进一步考察,以期揭示20世纪中国现代作家作品在现代汉语制度化进程的贡献的差异性,从而呈现早期语言学家视野下迥异于文学史家的另一种叙事图景。

在第一编、第二编的基础上,本结语部分旨在将语法学家同修辞学家合流,以进一步挖掘这两大语言学家基本群体笔下关于20世纪中国现代文学史书写的相同与相异。具体而言,我们拟从两个角度展现语言学家视野下的20世纪中国现代文学史叙事图景:其一将早期语法学家与早期修辞学家予以对比,从中揭示出不同语言学家群体的文学史个性化叙事;其二将早期语法学家与早期修辞学家予以综合,揭示早期语言学家作为一个整体的不同于以往文学史书写的叙事框架。

第一节 早期语言学家笔下的文学史个性叙事框架

在现代汉语制度化进程中,20世纪早期语法学家与修辞学家在构筑民族共同语时所关注的语言层面相异:前者在选取现代白话语例时更倾向于关注"语言形式的合法性";后者则更倾向于关注"语言艺术的显著性",故而各自生成了基于不同语言视点的20世纪中国现代文学史个性化叙事。

一、关于作家群的个性化叙事

我们在第一编第四章和第二编第八章的基础上,整理出早期语法学家与早期修辞学家笔下作者贡献度的对比表(见表9-1)。

表 9-1 早期语法学家与修辞学家笔下作家贡献度对比表①

排序	语法学家笔下作家贡献度	修辞学家笔下作家贡献度
1	冰心(76)	鲁迅(455)
2	鲁迅(63)	周作人(392)
3	徐志摩(61.5)	胡适(300)
4	朱自清(45)	徐志摩(168)
5	周作人、	冰心(145)
6	汪仲贤(34)	梁启超(135)
7	胡适、	朱自清(120)
8	丁西林、	叶绍钧(叶圣陶)(100)
9	赵元任(24)	郭沫若(48)
10	朱光潜(22)	夏丏尊(44)
11	叶圣陶(18)	郑振铎(33)
12	洪深(10)	吴稚晖(24)
13	欧阳予倩(9)	蔡元培(16)
14	徐半梅(8)	茅盾(14)
15	冯友兰、	钱玄同(10)
16	老舍、	林语堂(9)
17	孙福熙(7)	朱光潜(7)

① 居于同一单元格内的作家贡献度相同,位次上并列。下同。

续表

排序	语法学家笔下作家贡献度	修辞学家笔下作家贡献度
18	郭沫若、	刘大白、
19	巴金、	陈大齐(5)
20	王统照、	沈尹默、
21	夏丏尊、	陈独秀、
22	钱玄同、	郁达夫、
23	黎锦晖、	巴金、
24	潘家洵(6)	罗黑芷、
25	丰子恺、	赵元任、
26	林徽因、	丰子恺、
27	李广田(5)	楼适夷、
28	茅盾、	潘家洵、
29	陈西滢(4)	陈北鸥、
		杨骚(4)
30	唐小圃、	
31	梁宗岱、	汪震、
32	废名、	胡怀琛(3)
33	鲁彦(3)	俞平伯、
34	吴稚晖、	陈西滢、
35	林语堂(2)	林洪亮、
36	俞平伯、	文洁若(2)
37	董乐山(1)	刘伯明、
38		任鸿隽、
39		黄凌霜(1)

上表展示了早期语法学家与修辞学家笔下不同的作家贡献情况，我们拟从三个方面对比早期语法学家与早期修辞学家各自建构的个性化文学史叙事图景：

(一)"焦点作家群"比对

我们对早期语法学家、修辞学家笔下的前十大作家（即"焦点作家群")予以对比考察。具体见表 9-2、9-3。

表 9-2　早期语法学家与修辞学家笔下十大作家相同者

作家	语法学家笔下排序	修辞学家笔下排序
冰　心	1	5
鲁　迅	2	1
徐志摩	3	4
朱自清	4	7
周作人	5	2
胡　适	7	3

表 9-3　早期语法学家与修辞学家笔下十大作家相异者

语法学家		修辞学家	
作家	排序	作家	排序
汪仲贤	5	梁启超	5
丁西林	7	叶圣陶	7
赵元任	7	郭沫若	9
朱光潜	10	夏丏尊	10

由上可知，在"焦点作家群"覆盖面上，早期语法学家、修辞学家共同关注了6位现代作家：冰心、鲁迅、徐志摩、朱自清、周作人、胡适。其中最受语法学家关注的作家是冰心，最受修辞学家关注的作家是鲁迅。而冰心、朱自清、胡适在两大语言学家群体中的关注程度都有较大差异。

除了这6位受共同关注的现代作家之外，余下的4位作家各不相同。通过比对，不难发现以下三个方面的特点：

第一，"左翼作家"的遇冷与"非左翼作家"的逆袭。（详见后文）

第二，关于戏剧家的态度迥异。

由早期语法学家所关注的"焦点作家群"中出现了2位戏剧家（汪仲贤、丁西林）。值得补充的是，洪深、欧阳予倩、徐半梅等中国现代戏剧革新的先驱与中坚人物虽未进入前十，然位次同样较为靠前。可见在早期语法学家看来，戏剧家对于现代汉语表达形式的规范化发挥了至关重要的作用。然而这些受到高度关注的戏剧家却在早期修辞学家处遭遇了冷遇,在贡献度表中甚至并未"现身"。可见在早期修辞学家看来,戏剧家在语言艺术审美特质表现得并不显著。

第三,其余作家群之差异。"焦点作家群"中出现的赵元任(列第7位)、朱光潜(列第10位)极受早期语法学家的重视。赵元任更是身兼语言学家、文学家双重角色。然在早期修辞学家笔下,二者的位次均有较大幅度的滑落,分别为第20、17位。可见,这两位作家在促使现代汉语表达合法化方面的贡献相较于语言审美性更受关注。

此外,梁启超在早期修辞学家笔下处于十分显要的位置。位次上居第6位,仅次于冰心,且贡献度亦相当接近。可见其受重视程度。然值得注意的是,在早期语法学家笔下,梁启超却并未出现。如此悬殊的对比结果,揭示出了梁启超的创作在语言艺术审美性方面,备受早期修辞学家的推崇,相比之下,其语言形式的表达并不被视作典范。此外,郭沫若(列第9位)、夏丏尊(列第10位)均属早期修辞学家笔下的焦点作家,然在早期语法学家处,位次却较为靠后(并列第18位),由此同样反映现代作家郭沫若与夏丏尊的语言艺术审美性较之语言形式表达的规范性更受重视。

(二)"左翼作家"序列与"非左翼作家"序列的再认识

我们在前文基础上,将早期语言学家眼中的"左翼作家"与"非左翼作家"序列予以对比,见表9-4、9-5。

表9-4 早期语言学家眼中的"左翼作家"序列

作　家	语法学家笔下排序	修辞学家笔下排序
鲁　迅	2	1
郭沫若	18	9
茅　盾	28	14
巴　金	18	20
老　舍	15	无
曹　禺	无	无

表 9-5　早期语言学家眼中的"非左翼作家"序列

作　家	语法学家笔下排序	修辞学家笔下排序
胡　适	7	3
周作人	5	2
徐志摩	3	4
陈西滢	25	33
林语堂	34	16

上表反映了早期语言学家对于"左翼作家"与"非左翼作家"序列的不同认知情况。

首先,"左翼作家"序列中除了鲁迅受到早期语言学家一致肯定外,其余大师都处于普遍落寞的境地,几乎皆迥异于以往文学史惯常的体认。但相比较而言,在两大语言学家群体笔下,大师们的处境还是有所区别。

(1) 在早期语法学家笔下,曹禺未进入其视野;而在早期修辞学家笔下,曹禺和老舍均未进入其视野。

(2) 郭沫若、茅盾、巴金三者均受到早期语言学家的共同关注,只是程度不一。在早期语法学家眼中,三位排序普遍较后(郭沫若、巴金并列第 18 位,茅盾则居第 28 位)。而在早期修辞学家笔下,郭沫若则进入了前十,茅盾居于第 14 位,巴金则居第 20 位,位次普遍更为靠前。

(3) 老舍在早期语法学家贡献度表中位次(第 15 位)居于"郭茅巴"诸人之前,处于大师中的第 2 位,而在修辞学家眼中老舍则未引起关注。

其次,关于"非左翼作家"序列(胡适、周作人、徐志摩、陈西滢、林语堂),虽因以往被贴上"反动"标签而长期于文学史书写中销声匿迹。但在早期语言学家的视野中,他们在现代汉语制度化进程中所作出的历史性贡献却是得到了较大的认可,尤其是胡适、周作人、徐志摩等更是被两大语言学家群体均视为"焦点"作家。不过相对而言,两大语言学家群体对"非左翼作家"序列的认识也有所区别:

(1) 最受早期语法学家关注的是徐志摩(排第 3 名),而最受早期修辞学家关注的则是周作人(排第 5 名)。

(2) 周作人、胡适在修辞学家眼中居于前三,而在语法学家眼中则分居第 5 名、第 7 名。

(3) 虽然陈西滢、林语堂在早期语言学家眼中并未引起格外关注,排名较后。但相对来说,林语堂在修辞学家眼中排第 16 名,位次居中,而在语法学家眼中则排第 34 名,处于下游。

(三) 关于"边缘性群体"的个性书写

早期语法学家特别关注到诸如孙福熙、黎锦晖、唐小圃、董乐山等文学史上的"边缘性"群体在推广国语、促进现代汉语制度化中均发挥了各自的作用。尤其是黎锦晖、唐小圃二者均在儿童文学领域有着较为突出的建树。

与此相区别的,在早期修辞学家笔下,则特别关注了诸如楼适夷、陈北鸥、杨骚、文洁若、陈大齐、任鸿隽等在文学史书写中所占比重较少的作家们,他们的文学成就同样得到了修辞学家的关注,尤其是陈大齐、任鸿隽更是在当时特定历史语境下为先进文化的推广普及作出了突出贡献。

二、关于作品群的个性化叙事

我们在前文统计出了语法学家笔下作品贡献表与修辞学家笔下作品贡献表,现将其合并为一表(见表 9-6)。

表 9-6　早期语法学家与修辞学家笔下作品贡献对比表①

排序	语法学家笔下作品贡献度	修辞学家笔下作品贡献度
1	徐志摩《我所知道的康桥》(38)	鲁迅《故乡》(66)
2	汪仲贤《好儿子》(32)	冰心《寄小读者》(48)
3	朱自清《背影》(20)	鲁迅《野草·风筝》(45)

① 居于同一单元格内的作品贡献度相同,位次上并列。下同。

续表

排序	语法学家笔下作品贡献度	修辞学家笔下作品贡献度
4	鲁迅《无常》、	胡适《新生活》(36)
5	冰心《冬儿姑娘》、	鲁迅《爱罗先珂童话集·鱼的悲哀》、
6	欧阳予倩《回家以后》(10)	鲁迅《头发的故事》、
7	赵元任《国语留声片课本》、	徐志摩《我所知道的康桥》(32)
8	朱自清《儿女》、	鲁迅《药》(28)
9	冯友兰《贞元六书》、	朱自清《背影》(24)
10	洪深译《第二梦》(9)	周作人译《雉鸡的烧烤》、
11	叶圣陶《这也是一个人》、	胡适《不朽——我的宗教》(20)
12	叶圣陶《阿菊》、	吴稚晖《一个新信仰的宇宙观及人生观》、梁启超《欧游心影录》、
13	叶圣陶《隔膜·低能儿》、	
14	周作人《散文钞·苦雨》、	鲁迅译《与幼小者》、
15	朱光潜《无言之美》、	鲁迅《狂人日记》、
16	丁西林《一只马蜂》、	周作人《国粹与欧化》(10)
17	洪深译《少奶奶的扇子》(8)	鲁迅《爱罗先珂童话集·春夜的梦》、曹靖华译《白茶》、胡适《文学改良刍议》、叶绍钧《地动》、叶绍钧《诗的泉源》、
18	鲁迅《灯下漫笔》、	
19	周作人《文艺批评杂话》、	
20	林徽因《窗子以外》、	
21	徐半梅《月下》(7)	
22	孙福熙《清华园之菊》、	鲁迅《祝福》、
23	胡适《读书》(6)	鲁迅《示众》、
24	胡适《易卜生主义》、	郭沫若译《茵梦湖》、
25	胡适《〈国学季刊〉发刊宣言》、	徐志摩《北戴河海滨的幻想》(9)
26	夏丏尊译《爱的教育》、	鲁迅《阿Q正传》、
27	陈西滢《西滢闲话》、	鲁迅《长明灯》、
28	老舍《上任》、	鲁迅《好的故事》、
29	冰心《姑姑》、	周作人《现代小说译丛·影》、
30	欧阳予倩《泼妇》(5)	茅盾《蚀·动摇》、

续表

排序	语法学家笔下作品贡献度	修辞学家笔下作品贡献度
31	鲁迅《藤野先生》、	冰心《梦》、
32	朱光潜《文艺与道德》、	戴望舒《雨巷》、
33	徐志摩&陆小曼《卞昆冈》(4)	朱自清《匆匆》、
34	赵元任译《阿丽思漫游奇境记》、	叶绍钧《藕与莼菜》、
35	鲁迅《药》、	茅盾《子夜》、
36	赵元任《最后五分钟》、	徐志摩《济慈的夜莺歌》、
37	巴金《长生塔》(3)	徐志摩《想飞》、
38	胡适《尝试集·乐观》、	周作人译《燕子与蝴蝶》(7)
39	胡适译《最后一课》、	胡适《国语的进化》、
40	冰心《笑》、	陈大齐《论批评》(6)
41	董乐山译《旱》、	周作人《闲话》、
42	郭沫若《洪水时代》、	郭沫若《漂流三部曲》、
43	王统照《一栏之隔》、	鲁迅《孤独者》、
44	钱玄同《儒林外史新序》、	胡适《新思潮的意义》、
45	黎锦晖《麻雀与小孩》、	徐志摩《吊刘叔和》、
46	潘家洵译《群鬼》、	郁达夫《一个人在途上》(5)
47	丰子恺《从孩子得到的启示》、	鲁迅《热风·随感录四十六》、
48	鲁迅《风筝》、	鲁迅《在酒楼上》、
49	徐志摩《巴黎的鳞爪》、	胡适《读书》(4)
50	鲁迅《示众》、	鲁迅《风波》、
51	丁西林《亲爱的丈夫》、	鲁迅《随感录三十六·大恐惧》、
52	丁西林《压迫》、	周作人《平民文学》、
53	老舍《柳家大院》、	周作人译《卖火柴的女儿》、
54	老舍《黑白李》、	胡适《建设的革命文学论》、
55	鲁迅《鸭的喜剧》(2)	刘大白《春问》、
56	巴金《家》(1)	蔡元培《我的新生活观》、
57		蔡元培《〈中国古代哲学史大纲〉序》、
58		李石岑《缺陷论》、
59		潘力山《为什么要爱国》(3)

我们拟从三个角度挖掘早期语法学家与修辞学家这两大群体对于中国现代文学作品的不同价值评判。

（一）"典范作品群"比对

我们对早期语法学家、修辞学家笔下的排行前十的作品（即"典范作品群"）予以对比考察，看表9-7。

表9-7　早期语法学家与修辞学家笔下"典范作品群"对比表

排序	语法学家笔下作品贡献度	修辞学家笔下作品贡献度
1	徐志摩《我所知道的康桥》(38)	鲁迅《故乡》(66)
2	汪仲贤《好儿子》(32)	冰心《寄小读者》(48)
3	朱自清《背影》(20)	鲁迅《野草·风筝》(45)
4	鲁迅《无常》、	胡适《新生活》(36)
5	冰心《冬儿姑娘》、	鲁迅《爱罗先珂童话集·鱼的悲哀》、鲁迅《头发的故事》、
6	欧阳予倩《回家以后》(10)	
7	赵元任《国语留声片课本》、	徐志摩《我所知道的康桥》(32)
8	朱自清《儿女》、	鲁迅《药》(28)
9	冯友兰《贞元六书》、	朱自清《背影》(24)
10	洪深译《第二梦》(9)	周作人译《雉鸡的烧烤》、胡适《不朽——我的宗教》(20)

由上表，在早期语言学家两大群体对"典范作品群"的关注体现出以下差异：

第一，在语法学家眼中最受关注的作品是徐志摩的《我所知道的康桥》，而在修辞学家眼中最受关注的作品是鲁迅《故乡》。可见，在现代汉语表达形式的规范性、合法性方面，徐志摩《我所知道的康桥》最被早期语法学家所认可；而在现代汉语语言艺术显著性方面，鲁迅《故乡》则被早期修辞学家普遍视为最具典范意义。

第二，在"十大作品"中徐志摩《我所知道的康桥》和朱自清《背影》被早期语言学家所共同关注。但相对来说，二者在语法学家的笔下排名均明显高于修辞学家。在"十大作品"中虽然都有鲁迅的作品,但在早期修辞学"典范作品群"中入选5部作品,呈现出压倒性优势,而在早期语法学家中只入选1部(且排第4名),体现出两大群体对鲁迅作品价值认识的差异。

第三,对戏剧作品态度迥异。语法学家笔下"典范作品群"中有三部戏剧作品(汪仲贤《好儿子》、欧阳予倩《回家以后》与洪深译《第二梦》),其中《好儿子》更是居第2位。而在早期修辞学的"典范作品群"中戏剧作品无一入选。体现出早期语言学家两大群体在对待戏剧作用上迥异的价值取向。

第四,对不同作品群的关注。胡适的作品有2部入选修辞学家笔下的"典范作品群",却均未进入早期语法学家"典范作品群"。与此相对的是,赵元任的作品因其简易、通俗与示范性等特征,受到早期语法学家的热捧(《国语留声片课本》居第7位),然而却未进入早期修辞学家"典范作品群"。如此也体现出两大语言学家群体各具特色的价值取向与文学叙事。

(二)关于"左翼作家"与"非左翼作家"作品态度差异

上文基于作家群的视域,对早期语法学家、修辞学家笔下的"左翼作家"与"非左翼作家"序列重新加以了考察。以下我们将从作品群的视域出发,对这两大序列的认知作进一步的阐析。

将两大语言学家群体笔下的"左翼作家"与"非左翼作家"序列作品贡献度情况分别加以比对,详见表9-8、表9-9所示。

下表大致反映了早期两大语言学家群体对于"左翼作家""非左翼作家"相关文学作品贡献度的不同认知情况。

1.关于"左翼作家"作品认知的差异。

(1)虽然鲁迅的作品无论是贡献度排序还是作品总篇数,相较于"大师序列"中其余5位作家的作品而言,均有极为明显的优势,但在早期语言学家群体中其认可程度还是有所区别。如鲁迅的作品有3部(《药》《风筝》《示众》)为语法学家与修辞学家所共同关注,然而这3部作品明显更

表 9-8　早期语言学家笔下"左翼作家"作品贡献对比表

排序	语法学家笔下作品贡献度排序	修辞学家笔下作品贡献度排序	作品总数
鲁迅	鲁迅《无常》4 鲁迅《灯下漫笔》18 鲁迅《藤野先生》31 鲁迅《药》34 鲁迅《风筝》38 鲁迅《示众》38 鲁迅《鸭的喜剧》38	鲁迅《故乡》1 鲁迅《野草·风筝》3 鲁迅《爱罗先珂童话集·鱼的悲哀》5 鲁迅《头发的故事》5 鲁迅《药》8 鲁迅译《与幼小者》12 鲁迅《狂人日记》12 鲁迅《爱罗先珂童话集·春夜的梦》17 鲁迅《祝福》17 鲁迅《示众》17 鲁迅《阿Q正传》26 鲁迅《长明灯》26 鲁迅《好的故事》26 鲁迅《孤独者》42 鲁迅《热风·随感录四十六》48 鲁迅《在酒楼上》48 鲁迅《风波》51 鲁迅《随感录三十六·大恐惧》51	7+18=25
郭沫若	郭沫若《洪水时代》38	郭沫若译《茵梦湖》17 郭沫若《漂流三部曲》42	1+2=3
茅盾	0	茅盾《蚀·动摇》26 茅盾《子夜》26	0+2=2
巴金	巴金《长生塔》34 巴金《家》56	0	2+0=2
老舍	老舍《上任》24 老舍《柳家大院》38 老舍《黑白李》38	0	3+0=3
曹禺	0	0	0

表 9-9　早期语言学家笔下"非左翼作家"作品贡献对比表

排序	语法学家笔下作品贡献排序	修辞学家笔下作品贡献排序	作品总数
胡适	胡适《读书》22 胡适《易卜生主义》24 胡适《〈国学季刊〉发刊宣言》24 胡适《尝试集·乐观》38 胡适译《最后一课》38	胡适《新生活》4 胡适《不朽——我的宗教》10 胡适《文学改良刍议》17 胡适《国语的进化》40 胡适《新思潮的意义》42 胡适《读书》48 胡适《建设的革命文学论》51	5+7＝12
周作人	周作人《散文钞·苦雨》11 周作人《文艺批评杂话》18	周作人译《雄鸡的烧烤》10 周作人《国粹与欧化》12 周作人《现代小说译丛·影》26 周作人译《燕子与蝴蝶》26 周作人《闲话》42 周作人《平民文学》51 周作人译《卖火柴的女儿》51	2+7＝9
徐志摩	徐志摩《我所知道的康桥》1 徐志摩 & 陆小曼《卞昆冈》31 徐志摩《巴黎的鳞爪》38	徐志摩《我所知道的康桥》5 徐志摩《北戴河海滨的幻想》17 徐志摩《济慈的夜莺歌》26 徐志摩《想飞》26 徐志摩《吊刘叔和》42	3+5＝8
陈西滢	陈西滢《西滢闲话》24	0	1+0＝1
林语堂	0	0	0

受修辞学的重视。①再如早期语法学家笔下的作品总数为 56，其中鲁迅作品 7 篇，"典范作品群"中仅收录了 1 篇（《无常》）；而修辞学家笔下的作品总数为 59，其中鲁迅作品 18 篇，较之前者多了一倍有余，且"典范作品群"中占了 5 篇。可见，鲁迅作品虽然受早期语言学家的共同关注，但明显更受到早期修辞学的重视。其作品的"审美性"较之其"合法性"明显得到更大的肯定。

（2）郭沫若的作品是"左翼作家"序列中除鲁迅之外的唯一一位同时获早期语法学家和修辞学家共同关注的。不过相对而言，其作品更受到修辞学家的肯定。

---

① 在语法学家笔下，这 3 篇作品分别列第 34、38、38 位，总体靠后；而在修辞学家笔下，则分别为第 8、3、17 位，位次明显靠前。

（3）除曹禺缺席外，两大语言学家群体对茅盾、巴金、老舍的关注也迥异。"巴老"二人的作品在语法学家笔下体现出了一定的贡献度，却未进入修辞学家的视野。与此相反，茅盾作品《蚀·动摇》《子夜》的"语言艺术的显著性"得到修辞学家一定程度的推崇，然其"语言形式的规范性"方面并未受语法学家的关注。

2. 关于"非左翼作家"作品认知的差异。

基于作品视域下，两大语言学家群体对"非左翼作家"作品也体现出不同的价值取向：

（1）陈西滢作品进入了语法学家视野，而未进入修辞学家视野。林语堂作品则无一篇入围。

（2）虽然胡适、周作人、徐志摩的作品均受到了早期语言学家的普遍重视，但早期修辞学家对胡适、周作人作品的认可度明显高于语法学家，而语法学家相较之于修辞学家则对徐志摩的作品予以了更多认可（徐志摩《我所知道的康桥》在语法学家笔下作品贡献度甚至高居榜首）。

这些都体现出早期语言学家两大群体对"非左翼作家"个性化的价值取向。

（三）对"边缘性作品"的差异性关注

除了上文提及的作家作品之外，早期语法学家笔下还关注了叶圣陶《这也是一个人》《阿菊》《隔膜·低能儿》，周作人《散文钞·苦雨》，朱光潜《无言之美》，周作人《文艺批评杂话》，林徽因《窗子以外》，孙福熙《清华园之菊》，胡适《易卜生主义》、《〈国学季刊〉发刊宣言》，夏丏尊译《爱的教育》，陈西滢《西滢闲话》，冰心《姑姑》，朱光潜《文艺与道德》，徐志摩《巴黎的鳞爪》，王统照《一栏之隔》，钱玄同《儒林外史新序》，黎锦晖《麻雀与小孩》，潘家洵译《群鬼》，丰子恺《从孩子得到的启示》，胡适《尝试集·乐观》《最后一课》（译），冰心《笑》，董乐山译《旱》等作品。其中诸如黎锦晖《麻雀与小孩》、潘家洵译《群鬼》、孙福熙《清华园之菊》等作品相较于余者在通行文学史书写中的"曝光率"并不高。且尤为值得一提，作为中国现代文学史上一度备受争议的作家，陈西滢的《西滢闲话》（1928）实则不仅在现代散文史上有着重要价值,在现代汉语发展史上也同样发挥了它的作用。

与此相区别的,早期修辞学家特别关注了吴稚晖《一个新信仰的宇宙观及人生观》、梁启超《欧游心影录》、周作人《自己的园地·国粹与欧化》、曹靖华译《白茶》、胡适《文学改良刍议》、叶绍钧《地动》、叶绍钧《诗的泉源》、徐志摩《北戴河海滨的幻想》、周作人《现代小说译丛·影》、冰心《梦》、戴望舒《雨巷》、朱自清《匆匆》、叶绍钧《藕与莼菜》、徐志摩《济慈的夜莺歌》、徐志摩《想飞》、周作人译《燕子与蝴蝶》、胡适《国语的进化》、陈大齐《论批评》、周作人《闲话》、胡适《新思潮的意义》、徐志摩《吊刘叔和》、郁达夫《一个人在途上》、周作人《平民文学》、周作人《卖火柴的女儿》(译文)、胡适《建设的革命文学论》、刘大白《春问》、蔡元培《我的新生活观》、蔡元培《〈中国古代哲学史大纲〉序》、李石岑《缺陷论》、潘力山《为什么要爱国》等系列作家作品。其中,除了一部分为我们所熟识的作品之外,尤其值得关注的是吴稚晖《一个新信仰的宇宙观及人生观》、梁启超《欧游心影录》、曹靖华译《白茶》、陈大齐《论批评》等作品的文学价值以及历史贡献。

三、现代文体贡献差异比对

我们在前两编的研究基础之上整理出早期语法学家与早期修辞学家笔下文体贡献情况的对比表(见表9-10)。

表9-10 早期语法学家与修辞学笔下文体贡献对比表

早期语法学家笔下文体贡献表		早期修辞学家笔下文体贡献表	
文体类型	贡献度	文体类型	贡献度
散文	7.5	散文	15.7
戏剧	7.1	戏剧	0.1
小说	3.6	小说	7.3
诗歌	0.1	诗歌	1.3

关于现代四大文体在现代汉语制度化进程中的贡献差异,早期语言学家基于各自的语言视点分别作出了不同考量。

在早期语法学家眼中,按文体贡献度大小依次排列,当为散文居首,戏剧其次,小说再次,诗歌最末。而早期修辞学家眼中则是散文居首,小说其次,诗歌再次,戏剧最末。

在排序上最显而易见的区别就在于二者对于戏剧体裁的价值衡量。上表中,戏剧在早期修辞学家笔下的贡献度仅为 0.1,而在早期语法学家笔下则高达 7.1。可见在修辞学家看来,戏剧体裁的作品在语言艺术审美性方面是四大文体中最不显著的,故而在他们的著作中极少征引此类体裁来构筑现代汉语。然而早期语法学家注重的是语言形式的规范、合法性,他们在取材上会倾向于选取语言表达简易明快、通俗晓畅的作家作品,语言艺术美并非其考虑的首要因素。从这个角度而言,戏剧体裁的作品通常采用较为直白的语言,口语化特征鲜明,受众在接受时较为直接。这种便易性使之在现代汉语构筑早期发挥规范、完善语言表达形式的重要作用,由此也就成为早期语法学家取材时的重要对象,位序上仅次于散文,居于其二,且贡献度同散文十分接近。可见,在语言学视角的观照下,对于戏剧体裁的价值考量迥异于文学史的传统体认。

除戏剧外,其余三类文体也存在些许差异。例如小说在语法学家笔下居于第三位,而在修辞学家处则居第二位。由此在一定程度上反映出了小说的艺术审美性对于现代汉语的构筑作用更为突出。同样,散文虽同居首位,但显然其语言艺术审美性相较于形式表达规范性而言,所发挥的作用更为显著。诗歌在早期语法学家与修辞学家笔下所体现的贡献度均为最低,但由于诗歌体裁是语言艺术审美性的最集中反映,故而在早期修辞学家处所得的贡献度略高于语法学家。

第二节 早期语言学家笔下的文学史共性叙事框架

早期语法学家和修辞学家虽是基于不同的语言视点展开各具特色的文学史叙事,然而作为语言学家下辖的两大分支群体,他们对于 20 世纪中国现代文学史的众多书写是基于共同的文学价值取向而展开的。鉴此,在考察早期语言学家关于文学史个性叙事的基础之上,本节将进一步挖掘其关于20世纪中国现代文学史的共性叙事。进而言之,探究在现代汉语制度化进程中,早期语言学家普通倾向于选择同哪些现代作家进行"合谋"构筑民族共同语,具体是以哪些现代文学作品作为构筑之重要载体的,现代四大文体在此中所发挥的作用性又是如何,由此呈现早期语言学家视野下区别于文学史家的独特的文学史叙事框架。

一、关于作家群的共性叙事

围绕20世纪中国现代作家在现代汉语制度化进程中的具体贡献展开考察,有助于揭示早期语言学家普遍倾向于选择哪些文学家"合谋"构筑民族共同语。

具体研究方法如下:在第一编、第二编中我们分别给出了早期语法学家和修辞学家笔下的作家贡献度表,考虑到调查结果是基于不同参数统计所得,不能简单叠加,故而需按照首位作家贡献度为100,对余下作家进行换算①。在此基础上,将早期语法学家和修辞学家笔下所得的两个新数值相加,总和即为早期语言学家笔下的作家贡献度,继而按照具体数值大小由高到低予以排序。

据此,以下分别针对早期语法学家和修辞学家笔下的作家贡献度表分别予以换算。具体见表9-11、表9-12所示。

表 9-11 早期语法学家笔下的作家贡献度

排序	作家	原贡献度	换算后贡献度
1	冰 心	76	100
2	鲁 迅	63	82.89
3	徐志摩	61.5	80.92
4	朱自清	45	59.21

---

① 例如:早期修辞学家笔下前三位作家分别是鲁迅、周作人和胡适,其相应的贡献度为455、392、300。我们将首位鲁迅的数值计为100,则周作人、胡适分别计为86.15、65.93,以此类推。为保证统计结果的有效性,数值保留小数点后两位。

续表

排序	作　　家	原贡献度	换算后贡献度
5—6	周作人、汪仲贤	34	44.74
7—9	胡　适、丁西林、赵元任	24	31.58
10	朱光潜	22	28.95
11	叶圣陶	18	23.68
12	洪　深	10	13.16
13	欧阳予倩	9	11.84
14	徐半梅	8	10.53
15—17	冯友兰、老　舍、孙福熙	7	9.21
18—24	郭沫若、巴　金、王统照、夏丏尊、钱玄同、黎锦晖、潘家洵	6	7.89
25—27	丰子恺、林徽因、李广田	5	6.58
28—29	茅　盾、陈西滢	4	5.26
30—33	唐小圃、梁宗岱、废　名、鲁　彦	3	3.95
34—35	吴稚晖、林语堂	2	2.63
36—37	俞平伯、董乐山	1	1.32

表 9-12　早期修辞学家笔下的作家贡献度

排序	作　　家	贡献度	换算后贡献度
1	鲁迅	455	100
2	周作人	392	86.15
3	胡适	300	65.93
4	徐志摩	168	36.92
5	冰心	145	31.87
6	梁启超	135	29.67
7	朱自清	120	26.37
8	叶绍钧(叶圣陶)	100	21.98
9	郭沫若	48	10.55
10	夏丏尊	44	9.67

续表

排序	作家	贡献度	换算后贡献度
11	郑振铎	33	7.25
12	吴稚晖	24	5.27
13	蔡元培	16	3.52
14	茅盾	14	3.08
15	钱玄同	10	2.20
16	林语堂	9	1.98
17	朱光潜	7	1.54
18—19	刘大白、陈大齐	5	1.10
20—30	沈尹默、陈独秀、郁达夫、巴金、罗黑芷、赵元任、丰子恺、楼适夷、潘家洵、陈北鸥、杨骚	4	0.88
31—32	汪震、胡怀琛	3	0.66
33—36	俞平伯、陈西滢、林洪亮、文洁若	2	0.44
37—39	刘伯明、任鸿隽、黄凌霜	1	0.22

我们将以上两个表格中经换算后所得的贡献度相加,便得出早期语言学家笔下关于现代作家的贡献度总表(见表9-13)。

表9-13　早期语言学家笔下的作家贡献度

排序	作家	贡献度
1	鲁迅	182.89
2	冰心	131.87
3	周作人	130.89
4	徐志摩	117.84
5	胡适	97.51
6	朱自清	85.58
7	叶圣陶	45.66
8	汪仲贤	44.74
9	赵元任	32.46
10	丁西林	31.58

续表

排序	作　家	贡献度
11	朱光潜	30.49
12	郭沫若	18.44
13	夏丏尊	17.56
14	洪深	13.16
15	欧阳予倩	11.84
16	徐半梅	10.53
17	钱玄同	10.09
18—20	冯友兰	9.21
18—20	老舍	9.21
18—20	孙福熙	9.21
21—22	潘家洵	8.77
21—22	巴金	8.77
23	茅盾	8.34
24	吴稚晖	7.90
25—26	王统照	7.89
25—26	黎锦晖	7.89
27	丰子恺	7.46
28—29	李广田	6.58
28—29	林徽因	6.58
30	陈西滢	5.70
31	林语堂	4.61
32—35	唐小圃	3.95
32—35	梁宗岱	3.95
32—35	废名	3.95
32—35	鲁彦	3.95
36	俞平伯	1.76
37	董乐山	1.32

上表中具体作家的分布情况可在一定程度上揭示早期语言学家关于现代作家的普遍价值取向。

（一）"焦点作家群"叙事——新作家序列

由上表可知，在早期语言学家这一群体笔下，按贡献度排序前十大作家依次为：鲁迅、冰心、周作人、徐志摩、胡适、朱自清、叶圣陶、汪仲贤、赵元任、丁西林。此新作家序列颠覆了以往文学史书写中的传统大师排序，且体现为早期语言学家在构筑现代汉语时选择"合谋"的首要考虑对象。这一全新的作家序列主要具备以下特点：

一是鲁迅的"文学盟主"地位。传统的"鲁郭茅巴老曹"的大师排序中，只有鲁迅岿然屹立不倒，不仅高居榜首，且与第二名的冰心贡献度相比也有较大优势。体现出无论是在新中国成立后的文学史书写中，还是在1949年之前的语言学家眼中，鲁迅都拥有不可撼动的"文学盟主"地位。

二是"非左翼作家"的逆袭。除鲁迅之外，"郭茅巴老曹"集体落榜，而周作人、徐志摩、胡适这三位以往视为"反动文人"者不仅入围且排名靠前，完成了对"大师"的逆袭。

三是剧作家的崛起。汪仲贤、丁西林作为剧作家在以往的文学史书写中其地位远低于"鲁郭茅巴老曹"，但却突破了文学史的强势作家序列，在语言学视角的观照下跻身于前十，成为了"文坛新秀"。

此外，叶圣陶、赵元任等以往在文学史上地位并不突出的作者也进入了新的作家序列中，尤其是赵元任因其主要成就集中于语言学领域，故而在文学史惯常叙事中鲜有涉及。诸如此类迥异于文学史家的叙事特征，在很大程度上成就了早期语言学家笔下关于20世纪中国现代文学史的另一种叙事图景。

（二）"公共作家群"叙事

十名开外的"公共作家群"中，首先最值得注意的现象是戏剧家群体的突出地位。除了列入十名之内的汪仲贤、丁西林以外，洪深、欧阳予倩、徐半梅三位戏剧家分别列第14—16位，仅次于郭沫若，而居于"老巴茅"之前。

其次,"公共作家群"中除一部分以往文学史上较为重视的知名作家(例如朱光潜、夏丏尊、钱玄同、冯友兰、林徽因[①]等)之外,孙福熙、潘家洵、吴稚晖、黎锦晖、陈西滢、唐小圃、董乐山等"边缘性"作家的出现也构成了早期语言学家关于文学史叙事的一类重要而又特殊的元素。例如戏剧翻译家潘家洵成就突出,然而却常为文学史书写所忽略。而另类文人陈西滢、吴稚晖,因身贴政治标签或是文学价值取向与主流相左而遭到文学史的冷遇。实际上,他们的文学成就较之主流作家并不逊色,且对于现代汉语的制度化发展,都是不可忽视的重要推动力量。

二、关于作品群的共性叙事

基于早期语言学家笔下作家群贡献度的研究之上,对作家群的具体作品贡献度加以考量,以期揭示早期语言学家关于现代文学作品的普遍价值取向。关于具体研究方法,与作家群的考察类似,兹不赘述。现将早期语法学家、修辞学家各自笔下的贡献度换算表分别罗列如下(见表9-14、表9-15)[②]。

表9-14 早期语法学家笔下的作品贡献度

排序	作家作品名	贡献度	换算后贡献度
1	徐志摩《我所知道的康桥》	38	100
2	汪仲贤《好儿子》	32	84.21
3	朱自清《背影》	20	52.63
4—6	鲁迅《无常》、冰心《冬儿姑娘》、欧阳予倩《回家以后》	10	26.32
7—10	赵元任《国语留声片课本》、朱自清《儿女》、冯友兰《贞元六书》、洪深译《第二梦》	9	23.68
11—17	叶圣陶《这也是一个人》、叶圣陶《阿菊》、叶圣陶《隔膜·低能儿》、周作人《散文钞·苦雨》、朱光潜《无言之美》、丁西林《一只马蜂》、洪深译《少奶奶的扇子》	8	21.05

[①] 此处按照表中具体次序排列。
[②] 此处亦按表中具体次序排列。

续表

排序	作家作品名	贡献度	换算后贡献度
18—21	鲁迅《灯下漫笔》、周作人《文艺批评杂话》、林徽因《窗子以外》、徐半梅《月下》	7	18.42
22—23	孙福熙《清华园之菊》、胡适《读书》	6	15.79
24—30	胡适《易卜生主义》、胡适《〈国学季刊〉发刊宣言》、夏丏尊译《爱的教育》、陈西滢《西滢闲话》、老舍《上任》、冰心《姑姑》、欧阳予倩《泼妇》	5	13.16
31—33	鲁迅《藤野先生》、朱光潜《文艺与道德》、徐志摩 & 陆小曼《卞昆冈》	4	10.53
34—37	赵元任译《阿丽思漫游奇境记》、鲁迅《药》、赵元任《最后五分钟》、巴金《长生塔》	3	7.89
38—55	胡适《尝试集·乐观》、胡适译《最后一课》、冰心《笑》、董乐山译《旱》、郭沫若《洪水时代》、王统照《一栏之隔》、钱玄同《儒林外史新序》、黎锦晖《麻雀与小孩》、潘家洵译《群鬼》、丰子恺《从孩子得到的启示》、鲁迅《风筝》、徐志摩《巴黎的鳞爪》、鲁迅《示众》、丁西林《亲爱的丈夫》、丁西林《压迫》、老舍《柳家大院》、老舍《黑白李》、鲁迅《鸭的喜剧》	2	5.26
56	巴金《家》	1	2.63

表 9-15　早期修辞学家笔下的作品贡献度

排序	作家作品名	贡献度	换算后贡献度
1	鲁迅《故乡》	66	100
2	冰心《寄小读者》	48	72.73
3	鲁迅《野草·风筝》	45	68.18
4	胡适《新生活》	36	52.94
5—7	鲁迅《爱罗先珂童话集·鱼的悲哀》、鲁迅《头发的故事》、徐志摩《我所知道的康桥》	32	47.06
8	鲁迅《药》	28	41.18
9	朱自清《背影》	24	36.36
10—11	周作人译《雄鸡的烧烤》、胡适《不朽——我的宗教》	20	30.30

续表

排序	作家作品名	贡献度	换算后贡献度
12—16	吴稚晖《一个新信仰的宇宙观及人生观》、梁启超《欧游心影录》、鲁迅译《与幼小者》、鲁迅《狂人日记》、周作人《自己的园地·国粹与欧化》	10	15.15
17—25	鲁迅《爱罗先珂童话集·春夜的梦》、曹靖华译《白茶》、胡适《文学改良刍议》、叶绍钧《地动》、叶绍钧《诗的泉源》、鲁迅《祝福》、鲁迅《示众》、郭沫若译《茵梦湖》、徐志摩《北戴河海滨的幻想》	9	13.64
26—38	鲁迅《阿Q正传》、鲁迅《长明灯》、鲁迅《好的故事》、周作人《现代小说译丛·影》、茅盾《蚀·动摇》、冰心《梦》、戴望舒《雨巷》、朱自清《匆匆》、叶绍钧《藕与莼菜》、茅盾《子夜》、徐志摩《济慈的夜莺歌》、徐志摩《想飞》、周作人译《燕子与蝴蝶》	7	10.60
39—40	胡适《国语的进化》、陈大齐《论批评》	6	9.09
41—46	周作人《闲话》、郭沫若《漂流三部曲》、鲁迅《孤独者》、胡适《新思潮的意义》、徐志摩《吊刘叔和》、郁达夫《一个人在途上》	5	7.58
47—49	鲁迅《热风·随感录四十六》、鲁迅《在酒楼上》、胡适《读书》	4	6.06
50—59	鲁迅《风波》、鲁迅《随感录三十六·大恐惧》、周作人《平民文学》、周作人译《卖火柴的女儿》、胡适《建设的革命文学论》、刘大白《春问》、蔡元培《我的新生活观》、蔡元培《〈中国古代哲学史大纲〉序》、李石岑《缺陷论》、潘力山《为什么要爱国》	3	4.55

在前二表基础上,将各文学作品换算后所得的贡献度相加,便得出了早期语言学家笔下关于现代文学作品贡献度的总表(见表9-16)。

表9-16 早期语言学家笔下的现代文学作品贡献度

排序	作家作品	作品贡献度
1	徐志摩《我所知道的康桥》	147.06
2	鲁迅《故乡》	100
3	朱自清《背影》	88.99

续表

排序	作家作品	作品贡献度
4	汪仲贤《好儿子》	84.21
5	鲁迅《野草·风筝》	73.44
6	冰心《寄小读者》	72.73
7	胡适《新生活》	52.94
8	鲁迅《药》	49.07
9—10	鲁迅《爱罗先珂童话集·鱼的悲哀》、鲁迅《头发的故事》	47.06
11—12	周作人译《雄鸡的烧烤》、胡适《不朽——我的宗教》	30.30
13—15	鲁迅《无常》、冰心《冬儿姑娘》、欧阳予倩《回家以后》	26.32
16—19	朱自清《儿女》、赵元任《国语留声片课本》、冯友兰《贞元六书》、洪深译《第二梦》	23.68
20	胡适《读书》	21.85
21—27	洪深译《少奶奶的扇子》、叶圣陶《这也是一个人》、叶圣陶《阿菊》、叶圣陶《隔膜·低能儿》、朱光潜《无言之美》、丁西林《一只马蜂》、周作人《散文钞·苦雨》	21.05
28	鲁迅《示众》	18.9
29—32	鲁迅《灯下漫笔》、林徽因《窗子以外》、徐半梅《月下》、周作人《文艺批评杂话》	18.42
33	孙福熙《清华园之菊》	15.79
34—38	鲁迅译《与幼小者》、鲁迅《狂人日记》、吴稚晖《一个新信仰的宇宙观及人生观》、梁启超《欧游心影录》、周作人《自己的园地·国粹与欧化》	15.15
39—46	徐志摩《北戴河海滨的幻想》、鲁迅《祝福》、鲁迅《爱罗先珂童话集·春夜的梦》、叶绍钧《地动》、叶绍钧《诗的泉源》、胡适《文学改良刍议》、曹靖华译《白茶》、郭沫若译《茵梦湖》	13.64
47—53	冰心《姑姑》、夏丏尊译《爱的教育》、陈西滢《西滢闲话》、老舍《上任》、欧阳予倩《泼妇》、胡适《易卜生主义》、胡适《〈国学季刊〉发刊宣言》	13.16
54—66	徐志摩《济慈的夜莺歌》、徐志摩《想飞》、朱自清《匆匆》、鲁迅《阿Q正传》、鲁迅《长明灯》、鲁迅《好的故事》、冰心《梦》、周作人《现代小说译丛·影》、周作人译《燕子与蝴蝶》、叶绍钧《藕与莼菜》、茅盾《蚀·动摇》、茅盾《子夜》、戴望舒《雨巷》、	10.60

续表

排序	作家作品	作品贡献度
67—69	徐志摩和陆小曼《卞昆冈》、鲁迅《藤野先生》、朱光潜《文艺与道德》	10.53
70—71	胡适《国语的进化》、陈大齐《论批评》	9.09
72—74	赵元任译《阿丽思漫游奇境记》、赵元任《最后五分钟》、巴金《长生塔》	7.89
75—80	徐志摩《吊刘叔和》、鲁迅《孤独者》、周作人《闲话》、胡适《新思潮的意义》、郁达夫《一个人在途上》、郭沫若《漂流三部曲》	7.58
81—82	鲁迅《热风·随感录四十六》、鲁迅《在酒楼上》	6.06
83—98	徐志摩《巴黎的鳞爪》、鲁迅《鸭的喜剧》、冰心《笑》、丁西林《压迫》、丁西林《亲爱的丈夫》、王统照《一栏之隔》、钱玄同《儒林外史新序》、黎锦晖《麻雀与小孩》、潘家洵译《群鬼》、丰子恺《从孩子得到的启示》、胡适《尝试集·乐观》、胡适译《最后一课》、老舍《柳家大院》、老舍《黑白李》、董乐山译《旱》、郭沫若《洪水时代》	5.26
99—108	胡适《建设的革命文学论》、鲁迅《风波》、鲁迅《随感录三十六·大恐惧》、周作人《平民文学》、周作人译《卖火柴的女儿》、刘大白《春问》、蔡元培《我的新生活观》、蔡元培《〈中国古代哲学史大纲〉序》、李石岑《缺陷论》、潘力山《为什么要爱国》	4.55
109	巴金《家》	2.63

由上表所呈现的现代文学作品贡献度序列,可在一定程度上揭示早期语言学家这一群体的倾向性文学价值取向。

(一)"典范作品群"叙事——新十大作品排行

由上表可知,在早期语言学家这一群体中,依据作品贡献度,前十大作品("典范作品群")依次为:徐志摩《我所知道的康桥》、鲁迅《故乡》、朱自清《背影》、汪仲贤《好儿子》、鲁迅《野草·风筝》、冰心《寄小读者》、胡适《新生活》、鲁迅《药》、鲁迅《爱罗先珂童话集·鱼的悲哀》、鲁迅《头发的故事》。该全新的十大作品群,颠覆了以往文学史的认知,呈现出以下特点。

(1)徐志摩《我所知道的康桥》高居榜首,且在贡献值上遥遥领先,较之第 2 位的鲁迅《故乡》也有近乎 50 的差距。

（2）鲁迅不可撼动的"文学盟主"地位。十大作品中，鲁迅的作品便有 5 部，体现出早期语言学家对其作品"合法性"与"审美性"的高度认同。这也说明鲁迅的文学地位，并非仅由 1949 年之后的文学史叙事一力促成，而是在 1949 年之前的语言学家眼中已具有牢不可撼的地位。

（3）"左翼作家"的落寞与"非左翼作家"的逆袭。除鲁迅外，"郭茅巴老曹"作品均未入围十大作品，反而是以往视为"反动文人"的徐志摩《我所知道的康桥》与胡适《新生活》纷纷入围十强。

（4）戏剧的异军突起。十大作品中，除冰心、朱自清的散文外，最值得关注的便是汪仲贤《好儿子》（位居第四），也再次反衬出了戏剧作品在语言学家视野下极受重视与关注。

（二）关于"左翼作家"与"非左翼作家"作品的贡献度认知

在前文讨论的基础上，我们将早期语言学家笔下的"左翼作家"及"非左翼作家"作品的贡献表分别整理如下（见表 9-17、表 9-18）。

表 9-17　早期语言学家笔下的"左翼作家"作品贡献表

排序	作家作品（作品贡献度排名）	作品数
鲁迅	鲁迅《故乡》2、鲁迅《野草·风筝》5、鲁迅《药》8、鲁迅《爱罗先珂童话集·鱼的悲哀》9、鲁迅《头发的故事》9、鲁迅《无常》13、鲁迅《示众》28、鲁迅《灯下漫笔》29、鲁迅译《与幼小者》34、鲁迅《狂人日记》34、鲁迅《祝福》39、鲁迅《爱罗先珂童话集·春夜的梦》39、鲁迅《阿Q正传》54、鲁迅《长明灯》54、鲁迅《好的故事》54、鲁迅《藤野先生》67、鲁迅《孤独者》75、鲁迅《热风·随感录四十八》81、鲁迅《在酒楼上》82、鲁迅《鸭的喜剧》83、鲁迅《风波》99、鲁迅《随感录三十六·大恐惧》99	22
郭沫若	郭沫若译《茵梦湖》39、郭沫若《漂流三部曲》75、郭沫若《洪水时代》83	3
茅盾	茅盾《蚀·动摇》54、茅盾《子夜》54	2
巴金	巴金《长生塔》72、巴金《家》100	2
老舍	老舍《上任》47、老舍《柳家大院》83、老舍《黑白李》83	3
曹禺	0	0

表 9-18　早期语言学家笔下的"非左翼作家"作品贡献表

排序	作家作品	作品数
胡适	胡适《新生活》7、胡适《不朽——我的宗教》11、胡适《读书》20、胡适《文学改良刍议》39、胡适《易卜生主义》47、胡适《〈国学季刊〉发刊宣言》47、胡适《新思潮的意义》75、胡适《尝试集·乐观》83、胡适译《最后一课》83、胡适《建设的革命文学论》99	10
周作人	周作人译《雉鸡的烧烤》11、周作人《散文钞·苦雨》21、周作人《文艺批评杂话》29、周作人《自己的园地·国粹与欧化》34、周作人《现代小说译丛·影》54、周作人译《燕子与蝴蝶》54、周作人《闲话》75、周作人《平民文学》99、周作人译《卖火柴的女儿》99	9
徐志摩	徐志摩《我所知道的康桥》1、徐志摩《北戴河海滨的幻想》39、徐志摩《济慈的夜莺歌》54、徐志摩《想飞》54、徐志摩《吊刘叔和》75、徐志摩《巴黎的鳞爪》83	6
陈西滢	陈西滢《西滢闲话》47	1
林语堂	0	0

从上列二表的对比中，可以看出在早期语言学家眼中，传统的"左翼作家"与"非左翼作家"序列呈现出颠覆性的认知图景：

1. 无论是从作品的数量还是质量（排名）来看，鲁迅即使在 1949 年之前的文学史叙事中依然具有不可撼动的文学盟主地位。

2. 就整体而言出现了"非左翼作家"序列的逆袭。"鲁郭茅巴老曹"中，除鲁迅之外，余下四位作家（曹禺未出现）累计仅有 7 部作品入选，且排名均靠后（最高的属郭沫若译《茵梦湖》位列第 39 名，最低属巴金《家》列居末位）。而"非左翼作家"序列中共有 26 篇作品入选，且不仅徐志摩《我所知道的康桥》高居榜首，胡适《新生活》（排第 7 名）、周作人译《雉鸡的烧烤》（排第 11 名）也名列前茅。

3. 在"郭茅巴老"的内部，也呈现出了"郭老茅巴"的新次序。不过值得注意的是巴金童话《长生塔》、郭沫若译《茵梦湖》等作品在以往文学史书写中较少出现的作品却意外进入了早期语言学家的视野。

4. "非左翼作家"的排序，从作品贡献度来看，以其作品贡献大小而言，"反动文人"的排序依次为胡适、周作人、徐志摩、陈西滢。

（三）"边缘性"作品叙事

表中诸如赵元任《国语留声片课本》、赵元任《最后五分钟》、吴稚晖《一个新信仰的宇宙观及人生观》、梁启超《欧游心影录》、陈大齐《论批评》、黎锦晖《麻雀与小孩》、孙福熙《清华园之菊》等在以往文学史叙事中通常未受重视的"边缘性"作品，却是在现代汉语制度化进程中发挥了不可忽视的构筑作用。

三、现代文体新序列

现代四大文体在中国现代文学史上的传统地位排序往往是小说居首，诗歌、散文随后，而戏剧最末。然而早期语言学家却有着截然不同的价值评判。尽管早期语法学家与修辞学家基于不同的语言视点，会存在些许认知差异，然而总体的价值取向仍是大致趋同的。

据此，我们将运用类似的研究方法对此作进一步的考察分析。首先，分别对早期语法学家与修辞学家笔下的四大文体贡献度作一换算，具体见表9-19、表9-20所示。

表 9-19　早期语法学家笔下的文体贡献度

文体类型	总赋值（贡献度）	换算后贡献度
散文	7.5	100.00
戏剧	7.1	94.67
小说	3.6	48
诗歌	0.1	1.33

表 9-20　早期修辞学家笔下的文体贡献度

文体类型	总赋值（贡献度）	换算后贡献度
散文	15.7	100.00
小说	7.3	46.50
诗歌	1.3	8.28
戏剧	0.1	0.64

在以上两个表格基础上，将相应的数值叠加得出的便是早期语言学家笔

下关于现代四大文体的贡献度差异的普遍认知情况(见表9-21)。

表 9-21　早期语言学家笔下四大文体贡献度

文体类型	语法学家笔下贡献度	修辞学家笔下贡献度	总计
散文	100.00	100.00	200.00
戏剧	94.67	0.64	95.31
小说	48	46.50	94.5
诗歌	1.33	8.28	9.61

由上表可知,根据四大文体在现代汉语制度化进程中的贡献度差异,其在早期语言学家视野下呈现出了新的序列。按贡献度由高到低依次为"散文、戏剧、小说、诗歌",由此颠覆了传统文学史书写的认知。具体表现为:

(1)霸主的易位。在以往现代文学史书写中,小说具有不可撼动的"霸主"地位。然而在早期语言学家眼中,文体贡献度最高的却是散文(小说甚至跌落到第三位)。

(2)戏剧地位的崛起。戏剧体裁的特殊性使之成为早期语言学家十分重要的取材对象。在现代汉语构筑早期,亟须语言表达形式规范合法同时最好兼备一定艺术审美特质的文学作品,以作为可供参考借鉴的语言典范与模板。而关于"语言形式合法性"与"语言艺术的显著性"两大语言视点中,又是以前者为基础,为首要建构依据。由此戏剧体裁的作用在此中得到了极大强化,地位仅次于首位散文,列居第二。由此戏剧体裁地位的攀升打破了中国现代文学史上对于四大文体传统序列的惯常体认。

(3)小说地位的冷落。相对于以往现代文学史中的霸主地位,在早期语言学家眼中该文体贡献度仅位居第三。

(4)诗歌的乏力。诗歌虽然极为注重语言艺术表现力,但早期语言学家眼中,其贡献度居于最末。不过,值得一提的是散文诗,由于其融合了散文形式的灵活性与诗歌的艺术表现性,成为备受早期语言学家尤其是修辞学家所关注与推崇的体裁。在所征引的诗歌用例中,多半属于散文诗之列。其中以鲁迅散文诗集《野草》的关注度最高，最为典型。

综上，基于现代汉语制度化的视角，重新审视中国现代作家作品，一方面揭示出早期语言学家这一群体眼中的"焦点作家群"（新作家序列）与"典范作品群"（新十大作品），由此颠覆了以往文学史书写的认知，呈现出20世纪传统文学大师或曰"左翼作家"序列（"鲁郭茅巴老曹"）的落寞与"非左翼作家"序列（胡适、周作人、徐志摩、陈西滢、林语堂）的崛起；另一方面令那些曾经知名如今"无闻"的"边缘性"作家在文学史叙事图景中重新得以回归。此外，从语言学家视角，重新对四大文体在现代汉语制度化进程中的贡献度予以考察，得出了迥异于以往认知的文体贡献度序列（由高到低依次为散文、戏剧、小说、诗歌），从而为中国现代文学史的书写提供源自语言学视角的异于以往文学史书写的叙事框架。

参 考 文 献

[1] 曹聚仁.新文学运动[A].见曹聚仁.文坛五十年[M].上海:东方出版中心,1997:131.

[2] 陈子展.最近三十年中国文学史[M].上海:太平洋书店,1930.

[3] 陈昌来.二十世纪的汉语语法学[M].太原:书海出版社,2002.

[4] 陈承泽.国文法草创[M].上海:商务印书馆,1922.

[5] 陈介白.修辞学[M].上海:开明书店,1931.

[6] 陈介白.新著修辞学[M].上海:世界书局,1936.

[7] 陈浚介.白话文文法纲要[M].上海:商务印书馆,1920.

[8] 陈思和,王晓明.重写文学史·主持人的话[J].上海文论,1988(4).

[9] 陈思和.关于"重写文学史"[J].文学评论家,1989(2).

[10] 陈思和.笔走龙蛇[M].台北:台北业强出版社,1991:78.

[11] 陈思和主编.中国当代文学史教程[M].上海:复旦大学出版社,1999.

[12] 陈望道.论大众语运动[A].陈光磊等编.陈望道论语文教育[M].开封:河南教育出版社,1989.

[13] 陈望道.陈望道:致汪馥泉函四通[A].见:孔另境编.现代作家书简[M].上海:上海书店出版社,1985:164,168.

[14] 陈望道.中国文法革新论丛[M].重庆:文聿出版社,1943.

[15] 陈望道.近代名家短篇小说集《点滴》[A].见:陈望道文集(第一卷)[M].上海:上海人民出版社,1979:417.

[16] 陈望道.关于《新青年》杂志的通信[A].见:陈望道文集(第一卷)[M].上海:上海人民出版社,1979:557—558.

[17] 陈望道.关于鲁迅先生的片断回忆[A].见:陈望道文集(第一卷)[M].上海:上海人民出版社,1979:544—547.

[18] 陈望道.纪念鲁迅先生[A].见:陈望道文集(第一卷)[M].上海:上海人民出版社,1979:541.

[19] 陈望道.修辞学发凡第九版付印题记[A].见:陈望道.修辞学发凡[M].重庆:中国文化服务社,1945.

[20] 陈望道.修辞学发凡[M].上海:大江书铺,1932.

[21] 陈望道.修辞学发凡[M].上海:新文艺出版社,1954.

[22] 陈望道.修辞学发凡[M].上海:上海文艺出版社,1959.

[23] 陈望道.修辞学发凡[M].上海:作家出版社,1964.

[24] 陈望道.修辞学发凡[M].上海:上海人民出版社,1976.

[25] 陈望道.修辞学发凡[M].上海:上海教育出版社,1979.

[26] 陈望道.修辞学发凡[M].上海:复旦大学出版社,2005.

[27] 陈望道.修辞学发凡[M].杭州:浙江大学出版社,2011.

[28] 陈望道.五四运动和文化运动[N].文艺月报,1959-5-5.

[29] 陈望道.修辞学发凡·重印前言[A].见:陈望道.修辞学发凡[M].上海:上海文艺出版社,1962.

[30] 陈望道.近代名家短篇小说集《点滴》[N].民国日报·觉悟,1920-9-27.

[31] 陈小莹.陈望道:复旦崛起的奠基人[N].第一财经日报,2005,9(23).

[32] 陈欣欣.论林语堂的白话文语言观与文学观[J].中国现代文学研究丛刊,2012(5).

[33] 陈原.我所景仰的赵元任先生[N].中华读书报,2001-3-21.

[34] 陈子展.中国近代文学之变迁[M].上海:中华书局,1929.

[35] 程善之.修辞初步[M].上海:有正书局,1918.

[36] 戴克敦.国文典[M].上海:商务印书馆,1912.

[37] 邓伟.论梁启超"文界革命"与汉语书面体系变革[J].青海社会科学,2009(2).

[38] 蒂费纳·萨莫瓦约著,邵炜译.互文性研究[M].天津:天津人民出版社,2003:17.

[39] 丁易.中国现代文学史略[M].北京:作家出版社,1955.

[40] 董杰锋.汉语语法学史概要[M].沈阳:辽宁大学出版社,1988.

[41] 董鲁安.修辞学讲义(上册)[M].北京:文化学社,1925.

[42] 董鲁安.修辞学[M].北京:文化学社,1931.

[43] 复旦大学中文系现代文学组.中国现代文学史[M].上海:上海文艺出版社,1959.

[44] 高名凯.汉语语法论[M].上海:开明书店,1948.

[45] 龚千炎.中国语法学史稿[M].北京:语文出版社,1987.

[46] 龚千炎.中国语法学史[M].北京:语文出版社,1997:81.

[47] 龚自知.文章学初编[M].上海:开明书店,1926.

[48] 宫廷璋.修辞学举例·风格篇[M].北京:中国学院国文系,1933.

[49] 顾彬著,范劲译.二十世纪中国文学史[M].上海:华东师大出版社,2008:9.

[50] 郭步陶.实用修辞学[M].上海:世界书局,1934.

[51] [日]国木田独步.少年的悲哀[J].周作人译.新青年,1921,第八卷第五号.

[52] 韩洪举.浙江近现代小说史[M].杭州:杭州出版社,2011:322.

[53] 何容.中国文法论[M].上海:商务印书馆,1942.

[54] 胡范铸.《茶馆》语言的美学特征[J].四川师范大学学报,1986(3).

[55] 胡范铸.文学语言阐释学刍议[J].修辞学习,1988(3).

[56] 胡范铸.科学主义与人文主义的分野——中国修辞学研究方法的研究[J].云梦学刊,1990(2).

[57] 胡范铸.论中国修辞学的当下处境[J].修辞学习,1998(1).

[58] 胡范铸.再论中国修辞学的当下处境[J].修辞学习,1998(4).

[59] 胡范铸.20世纪中国修辞学研究的几个问题[J].复旦学报(社会科学版),1998(6).

[60] 胡范铸.从"修辞技巧"到"言语行为"——试论中国修辞学研究的语用学转向[J].修辞学习,2003(1).

[61] 胡范铸."修辞"是什么?"修辞学"是什么?[J].修辞学习,2002(2).

[62] 胡范铸.什么是"修辞的原则?"——对于修辞学若干基本范畴的重新思考(二)[J].修辞学习,2002(3).

[63] 胡范铸.汉语修辞学与语用学整合的需要、困难与途径[J].福建师范大学学报,2004(6).

[64] 胡范铸.语法研究的修辞性:中国现代语法学史的另一种考察[J].修辞学习,2007(2).

[65] 胡范铸.言语行为的合意性、合意原则与合意化[J].外语学刊,2009(4).

[66] 胡范铸."言语主体":语用学一个重要范畴的"日常语言"分析[J].华东师范大学学报,2009(6).

[67] 胡范铸等.作为修辞问题的国家形象传播[J].华东师范大学学报,2010(6).

[68] 胡范铸等.修辞学"转向":走出"问题迷失"的困境[N].中国社会科学报,2012-2-27.

[69] 胡范铸等."海量接受"下国家和机构形象修辞研究的方法设计——兼论构建"机构形象修辞学"和"实验修辞学"的可能[J].当代修辞学,2013(4).

[70] 胡范铸等."案例库修辞学":国家和机构形象修辞研究的一种进路——兼论"面向中亚的跨文化交际案例库"设计的基本思路[J].当代修辞学,2014(2).

［71］胡范铸.国家和机构形象修辞学:理论、方法、案例[M].上海:学林出版社,2017.

［72］胡怀琛.修辞学要略[M].上海:大东书局,1923.

［73］胡怀琛.修辞学发微[M].上海:大东书局,1935.

［74］胡适.国语文法概论[A].胡适.胡适文存(第三卷)[M].上海:亚东图书馆,1924.

［75］胡适.文学改良刍议[J].新青年.1917年,第二卷第五号.

［76］胡适.胡适学术文集·语言文字研究[M].北京:中华书局,1998:307.

［77］胡适.短篇小说第二集·译者自序[A].胡适.胡适全集(第42卷)[M].合肥:安徽教育出版社,2003:379.

［78］胡适.国语运动与文学[M].晨报副刊,1922-1-9.

［79］胡适.胡适留学日记[A].胡适.藏晖室札记(卷13)[M].上海:商务印书馆,1937:943.

［80］胡适.建设的文学革命论[J].新青年,1918年,第四卷第四号.

［81］胡适.《中国新文学大系·建设理论集》导言[A].胡适选编.中国新文学大系·建设理论集[M].上海:上海良友图书印刷公司,1935:31.

［82］胡以鲁.国语学草创[M].上海:商务印书馆,1912.

［83］胡愈之.序言[A].见:陈望道文集(第一卷)[M].上海:上海人民出版社,1979:3.

［84］胡裕树.学习《修辞学发凡》,为促进修辞学的繁荣贡献力量[J].修辞学习,1982(4).

［85］华莱士·马丁.当代叙事学[M].北京:北京大学出版社,1990.

［86］霍四通.《修辞学发凡》用例的当代学术价值[J].当代修辞学,2011(4).

［87］洪深.《中国新文学大系·戏剧集》导言[A].洪深选编.中国新文学大系·戏剧集[M].上海:上海良友图书印刷公司,1935:44.

［88］洪子诚.中国当代文学史[M].北京:北京大学出版社,1999:Ⅳ.

[89] 黄洁如.文法与作文[M].上海:开明书店,1930.

[90] 后觉.国语法[M].上海:商务印书馆,1923.

[91] 黄修己.中国现代文学发展史[M].北京:中国青年出版社,1988.

[92] 黄修己.中国现代文学简史[M].北京:中国青年出版社,1984:6—7.

[93] 黄英.现代中国女作家[M].上海:北新书局,1930年.

[94] 黄永健.散文诗,香港文坛的另一风景带[J].世界华文文学论坛,2000(3).

[95] 霍衣仙.最近二十年中国文学史纲[M].广州:北新书店,1936.

[96] 吉林大学中文系中国现代文学史教材编写小组编.中国现代文学史[M].长春:吉林人民出版社,1959:5—8,14.

[97] 姜证禅.国文法纲要[M].上海:大东书局,1933.

[98] 蒋伯潜,蒋祖怡.文体论纂要[M].重庆:正书书局,1935.

[99] 金兆梓.国文法之研究[M].上海:中华书局,1922.

[100] 金兆梓.实用国文修辞学[M].上海:中华书局,1932.

[101] 康有为.《人境庐诗草》序[A].黄遵宪.人境庐诗草[M].北京:中华书局,1985:316.

[102] 康有为.康南海先生诗集[M].广州:广东高等教育出版社,1988:23.

[103] 来裕恂.汉文典[M].上海:商务印书馆,1906.

[104] 老舍.一点点认识[N].新民晚报刊,1944-5-16.

[105] 黎锦熙.新著国语文法[M].上海:商务印书馆,1924.

[106] 黎锦熙.比较文法[M].北平:著者书店,1933.

[107] 黎锦熙.国语运动史纲[M].上海:商务印书馆,1934:69.

[108] 黎锦熙.修辞学比兴篇[M].上海:商务印书馆,1936.

[109] 黎明.国语文法[M].上海:中华书局,1922.

[110] 李何林.近二十年中国文艺思潮论[M].重庆:生活书店,1939.

[111] 李欧梵.铁屋中的呐喊[M].香港:三联书店(香港)有限公司,

1991:98.

［112］李熙宗.陈望道与我国的语文教育改革［A］.见:复旦大学语言文学研究所编.陈望道先生诞辰一百周年纪念文集［C］.上海:学林出版社,1992.

［113］李孝悌.清末的下层社会启蒙运动:1901—1911［M］.石家庄:河北教育出版社,2001:278.

［114］李一鸣.中国新文学史讲话［M］.上海:世界书局,1943.

［115］李直.语体文法［M］.上海:中华书局,1920.

［116］李致.成规世界的陌生之旅——从叙述视角的选择技巧看鲁迅小说艺术效果［J］.鲁迅研究月刊,2006(10).

［117］梁实秋.《西滢闲话》台湾版序［A］.见:陈子善编.雅舍谈书［M］.济南:山东画报出版社,2005:162.

［118］廖庶谦.口语文法［M］.上海:读书出版社,1946.

［119］林语堂.方巾气研究［A］.见:林语堂随笔幽默小品集［M］.杭州:浙江文艺出版社,1992:262.

［120］林玉山.汉语语法学史［M］.长沙:湖南教育出版社,1983.

［121］刘传辉编选.陈炜谟文集［M］.成都:成都出版社,1993:19.

［122］刘大白.修辞学发凡序［A］.见于陈望道.修辞学发凡［M］.上海:大江书铺,1932:2.

［123］刘复.中国文法通论［M］.上海:群益书社,1920.

［124］刘半农.中国文法讲话［M］.北京:北新书局,1932.

［125］梁启超.新民说·论进步［A］.梁启超.梁启超文选［M］.北京:中国广播电视出版社,1992:213.

［126］刘斐.三十余年来互文性理论在中国的传播与发展［J］.当代修辞学,2013(5).

［127］刘斐,陈昕炜.陈光磊访谈录［J］.当代修辞学,2013(4).

［128］刘斐.陈望道新式标点思想与体系创制［J］.编辑学刊.2014(5).

［129］刘金第.文法会通(甲编)［M］.上海:中国图书公司,1908.

[130] 龙伯纯.文字发凡·修辞卷[M].上海:广智书局,1905.

[131] 卢戆章.中国第一快切音新字序[A].文字改革出版社编.清末文字改革文集[M].北京:文字改革出版社,1958:1—3.

[132] 鲁迅.书信集·致吴渤[A].见:鲁迅全集(第13卷)[M].北京:人民文学出版社,1981:59.

[133] 鲁迅.《爱罗先珂童话集》序[A].见:爱罗先珂著,鲁迅译.爱罗先珂童话集[M].北京:商务印书馆,1922.

[134] 鲁迅.故乡[J].新青年,1921,第九卷第一号.

[135] 鲁迅.鲁迅日记(第2册)[M].北京:人民文学出版社,2006:99,151—152,180—181.

[136] 鲁迅.致吴渤[A].见于鲁迅.鲁迅全集(第13卷)[M].北京:人民文学出版社,1981:59.

[137] 包子衍.陈望道与鲁迅先生的革命友谊[A].见:上海鲁迅纪念馆编.陈望道先生纪念集[C].上海:复旦大学出版社,2006:430.

[138] 陆侃如、冯沅君.中国文学史简编[M].上海:大江书铺,1932.

[139] 路易.对于戏剧家的希望[N].时事新报·学灯,1922-2-27.

[140] 吕叔湘.中国文法要略[M].上海:商务印书馆,1941—1944.

[141] 吕叔湘.文言虚字[M].上海:开明书店,1944.

[142] 吕叔湘.《国文法草创》序[A].陈承泽.国文法草创[M].北京:商务印书馆,1957.

[143] 吕叔湘、王海棻.《马氏文通》序[A].吕叔湘、王海棻编.马氏文通读本[M].上海:上海教育出版社,2000.

[144] 吕云彪等.白话文做法[M].上海:太平洋学社,1920.

[145] [法]罗兰·巴特著.文本理论[J].张寅德译.上海文论,1987(5).

[146] 马建忠.马氏文通[M].上海:商务印书馆,1898.

[147] 马松亭.汉语语法学史[M].合肥:安徽教育出版社,1986.

[148] 马叙伦.修辞九论[M].上海:商务印书馆,1933.

[149] 茅盾.关于吕梁英雄传[J].中华论丛,1946,2(1).

[150] 木山英雄.文学复古与文学革命[M].赵京华编译.北京:北京大学出版社,2004:121.

[151] 倪海曙.回忆望道先生[A].见:复旦大学语言研究室编.《修辞学发凡》与中国修辞学[C].上海:复旦大学出版社,1983:25.

[152] 皮埃尔·布尔迪厄.言语意味着什么——语言交换的经济[M].北京:商务印书馆,2005:18—19.

[153] 钱理群、温儒敏、吴福辉著.中国现代文学三十年[M].北京:北京大学出版社,1987:2.

[154] 钱理群、温儒敏、吴福辉著.中国现代文学三十年(修订版)[M].北京:北京大学出版社,1998.

[155] 热奈特.隐迹稿本[A].史忠义译.热奈特论文集[M].天津:百花文艺出版社,2001:71—72,95.

[156] 邵敬敏.汉语语法学史稿[M].上海:上海教育出版社,1990.

[157] 邵敬敏.汉语语法学史稿(修订版)[M].北京:商务印书馆2006:75,77,88,95,129.

[158] 申丹.作为修辞的叙事:技巧、读者、伦理、意识形态[J].国外文学,2002(2).

[159] 石苇.作文与修辞[M].上海:光明书局,1933.

[160] 施建伟.林语堂传[M].北京:北京十月文艺出版社,1999:361.

[161] 司马长风.中国新文学史[M].香港:昭明出版社,1975—1978.

[162] 宋文瀚.一种改良中学国文教科书的意见[J].中华教育界,1931(4).

[163] 宋文翰.国语文修辞法[M].上海:中华书局,1935.

[164] 宋文翰.新编初中国文[M].上海:中华书局,1935.

[165] 宋文翰.新编高中国文[M].上海:中华书局,1937.

[166] 孙俍工.中国语法讲义[M].上海:亚东图书馆,1921.

[167] 孙起孟.词和句[M].上海:开明书店,1936.

[168] 谭彼岸.晚清的白话文运动[M].武汉:湖北人民出版社,1956.

[169] 谭正璧.国语文法与国文文法[M].上海:中华书局,1938.

[170] 汤振常.修词学教科书[M].上海:开明书店,1905.

[171] 唐弢.中国现代文学史[M].北京:人民文学出版社 1979.

[172] 唐钺.修辞格[M].上海:商务印书馆,1923.

[173] 田仲济.作文修辞讲话[M].上海:上海教育出版社,1947.

[174] W.C.布斯.小说修辞学[M].北京:北京大学出版社,1987:80.

[175] 温儒敏.中国现当代文学学科概要[M].北京:北京大学出版社,2005.

[176] 汪馥泉编.中国文法革新讨论集[M].上海:学艺出版社,1940.

[177] 汪震.国语修辞学[M].北京:文化学社,1935.

[178] 王德威.张爱玲成了祖师奶奶[A].见:小说中国[M].台北:麦田出版社,1993.

[179] 王丰园.中国新文学运动述评[M].北平:新新学社,1935.

[180] 王力.中国文法学初探[M].上海:商务印书馆,1940.

[181] 王力.中国现代语法[M].上海:商务印书馆,1943.

[182] 王力.中国语法理论[M].上海:商务印书馆,1945.

[183] 王力.中国语法纲要[M].上海:开明书店,1946.

[184] 王力.中国语言学史[M].太原:山西人民出版社,1981:184.

[185] 王庆元.苏雪林与武汉大学及其屈赋研究述略[J].武汉大学学报,2000(2).

[186] 王珏.现代汉语语法学简史[M].上海:上海交通大学出版社,2010.

[187] 王梦曾.中华中学文法要略·修辞编[M].上海:中华书局,1913.

[188] 王梦曾.修辞学驾说[M].上海:商务印书馆,1912.

[189] 王瑶.中国新文学史稿[M].上海:开明书店,1951:4,7—10.

[190] 王易.修辞学[M].上海:商务印书馆,1926.

[191] 王易.修辞学通诠[M].上海:神州国光社,1930.

[192] 王应伟.实用国语文法[M].上海:商务印书馆,1920.

[193] 王友贵.鲁迅翻译对中国现代文学史、翻译文学史、中外关系的贡献[J].外国语言文学,2005(3).

[194] 王泽龙.20年代中国现代诗歌音节诗学初探[J].学习与探索,2004(4).

[195] 王哲甫.中国新文学运动史[M].北平:杰成书局,1933.

[196] 闻一多.《女神》之时代精神[N].创造周报,1923-6-3.

[197] 吴明浩.中学文法要略[M].上海:商务印书馆,1917.

[198] 吴汝纶.东游丛录[A].文字改革出版社编.清末文字改革文集[M].北京:文字改革出版社,1958:27—28.

[199] 吴文祺.新文学概要[M].上海:亚细亚书局,1936.

[200] 吴晓东.鲁迅小说的第一人称叙事视角[J].鲁迅研究动态,1989(1).

[201] 吴瀛.中国国文法[M].上海:商务印书馆,1930.

[202] 吴曾祺.涵芬楼文谈[M].上海:商务印书馆,1917.

[203] 无涯生.观戏记[M].阿英编.晚清文学丛钞:小说戏曲研究卷[C].北京:中华书局,1960.

[204] 夏丏尊,叶圣陶.文章讲话[M].上海:开明书店,1938.

[205] 夏征农.忆望道老师[A].见:陈望道文集(第一卷)[M].上海:上海人民出版社,1979:9—10.

[206] 徐志摩.曼殊斐儿[N].小说月报,1923,第14卷第5号.

[207] 许地山.语体文法大纲[M].上海:中华书局,1921.

[208] 阎浩岗.《祝福》及其两个前文本的互文性研究[J].鲁迅研究月刊,2011(11).

[209] 严修.二十世纪的古汉语研究[M].上海:书海出版社,2001.

[210] 杨本泉.陈望道教我们怎样做新闻记者[A].上海鲁迅纪念馆编.陈望道先生纪念集[M].上海:复旦大学出版社出版,2006.

[211] 杨伯峻.中国文法语文通解[M].上海:商务印书馆,1936.

[212] 杨树达.中国语法纲要[M].上海:商务印书馆,1920.

[213] 杨树达.中国修辞学[M].上海:世界书局,1933.

[214] 杨树达.高等国文法[M].上海:商务印书馆,1930.

[215] 易蒲,李金苓.汉语修辞学史纲[M].长春:吉林教育出版社,1989.

[216] 俞明谦.新体国文典讲义[M].上海:商务印书馆,1918.

[217] 郁达夫.女神之生日[N].时事新报·学灯,1922-8-2.

[218] 袁晖,宗廷虎主编.汉语修辞学史[M].合肥:安徽教育出版社,1990.

[219] 袁晖,宗廷虎主编.汉语修辞学史(修订本)[M].太原:山西人民出版社,1995.

[220] 袁晖.二十世纪的汉语修辞学[M].太原:书海出版社,2000.

[221] [美]詹姆斯·费伦.作为修辞的叙事:技巧、读者、伦理、意识形态[M].陈永国译.北京:北京大学出版社,2002:5,14,25.

[222] 朱德发.中国五四文学史[M].济南:山东文艺出版社,1986:113.

[223] 张庚.中国话剧运动史初稿[J].戏剧报,1954(4).

[224] 张虹倩,刘斐.一位修辞学家的中国现代文学史——基于《修辞学发凡》副文本现代白话语例的考察[J].华东师范大学学报(哲社版),2013(6).

[225] 张虹倩.大江书铺系列《修辞学发凡》版本研究[J].当代修辞学,2014(2).

[226] 张虹倩.也论《谈艺录》中黄王诗学抑扬一案[J].华东师范大学学报(哲社版),2014(6).

[227] 张虹倩.陈望道新式标点思想与体系创制[J].编辑学刊.2014(5).

[228] 张虹倩."民主国家峰会"与拜登政府的对华战略——基于布鲁

金斯政策报告话语的框架分析[J].社会科学,2021(07).

[229] 张弓.中国修辞学[M].天津:南开华英书局,1926.

[230] 张梦阳.鲁迅研究的世纪玄览[J].廊坊师范学院学报,2001(3).

[231] 张文治.古书修辞例[M].上海:中华书局,1937.

[232] 张友鸾.章回小说大家张恨水[J].新文学史料,1982(1).

[233] 章士钊.中等国文典[M].上海:商务印书馆,1907.

[234] 章衣萍.修辞学讲话[M].上海:天马书店,1934.

[235] 赵景深.中国文学小史[M].上海:光华书局,1928.

[236] 赵景深.修辞讲话[M].上海:北新书局,1934.

[237] 赵元任.北京口语语法[M].李荣编译.北京:开明书店,1952.

[238] 郑振铎.《中国新文学大系·文学论争集》导言[A].郑振铎编选:中国新文学大系(文学论争集)[M].上海:上海良友图书印刷公司,1935.

[239] 郑智,马会芹主编.鲁迅的红色相识[M].北京:文物出版社,2006:11.

[240] 郑子瑜.中国修辞学的变迁[M].日本早稻田大学语学教育研究所,1965.

[241] 郑子瑜.中国修辞学史稿[M].上海:上海教育出版社,1984.

[242] 郑子瑜.中国修辞学史[M].台北:文史哲出版社,1990.

[243] 周有光.中国语文纵横谈[M].北京:人民教育出版社,1992:26.

[244] 周振甫.中国修辞学史[M].北京:商务印书馆,1991.

[245] 周作人.中国新文学的源流[M].北平:人文书店,1932.

[246] 周作人选编.中国新文学大系·散文一集[M].上海:良友图书,1935.

[247] 朱自清.中国语的特征在哪里[A].朱自清:朱自清全集(第3卷)[M].南京:江苏教育出版社,1988:272.

[248] 祝克懿.互文性理论的多声构成:《武士》、张东荪、巴赫金和本维尼斯特、弗洛伊德[J].当代修辞学,2013(5).

[249] 祝克懿.文本解读范式探析[J].当代修辞学,2014(5).

[250] 祝秀侠.修辞学之社会学之试探[J].语文,1937(3).

[251] 祝秀侠.各个社会中的修辞现象[J].语文,1937(5).

[252] 祝秀侠.社会演进与修辞的变化[J].大风,1940(1).

[253] 庄庆祥.共和国教科书文法要略[M].上海:商务印书馆,1916.

[254] 庄钟庆.读楼适夷两篇报告文学[A].见:梅志等著.楼适夷同志纪念集[M].北京:人民文学出版社,2005:280.

[255] 宗白华.戏曲在文艺上的地位[J].时事新报·学灯,1920-3-30.

[256] 宗廷虎,李金苓.中国修辞学通史(近现代卷)[M].长春:吉林教育出版社,1998.

[257] 宗廷虎.中国现代修辞学史[M].杭州:浙江教育出版社,1990.

[258] 宗廷虎.中国现代修辞学史(修订版)[M].杭州:浙江教育出版社,1997.

[259] 邹炽昌.国语文法概要[M].上海:商务印书馆,1928.

[260] Antoine Compagnon. *La seconde main ou le travail de la citation*[M]. Paris:Seuil,1979:54-56.

[261] Graham Allen. *Intertextuality*[M]. London:Routledge,2000:104.

[262] Gérard Genette. *Palimpseste,La Littérature au seconde degré*[M]. Paris:Seuil,1982.

[263] Julia Kristeva;trans. Thomas Gora and Alice Jardine. Word,Dialogue and novel[A]. In:*Desire in Language:A Semiotic Approach to Literature and Art*[M]. Ed. Léon Roudiez. New York:Columbia University Press,1980:66.

[264] Julia Kristeva;trans. Thomas Gora and Alice Jardine. The Bounded Text[A]. In:*Desire in Language:A Semiotic Approach to Literature and Art*[M]. ed.,Léon Roudiez. New York:Columbia University Press,1980:36.

[265] Michael Riffaterre. *La Production du texte*[M]. Paris: Seuil, 1979:227.

[266] Michael Riffaterre. *Semiotics of Poetry*[M]. Bloomington: Indiana University Press, 1978:4-6.

[267] Roland Barthes, Richard Miller. *The Pleasure of the Text*[M]. Oxford: Blackwell, 1990:64.

[268] Yuen Ren Chao. *Mandarin Primer, An Intensive Course in Spoken Chinese*[M]. Harvard University Press, 1948.

图书在版编目(CIP)数据

早期语言学经典中的中国现代文学史：基于副文本的框架分析 / 张虹倩著.— 上海 ：上海社会科学院出版社，2023

ISBN 978-7-5520-4189-7

Ⅰ.①早… Ⅱ.①张… Ⅲ.①中国文学—现代文学史—研究 Ⅳ.①I209.6

中国国家版本馆CIP数据核字(2023)第136278号

早期语言学经典中的中国现代文学史:基于副文本的框架分析

著　　者：张虹倩
责任编辑：陈如江
封面设计：孙豫苏
出版发行：上海社会科学院出版社
　　　　　上海顺昌路622号　邮编200025
　　　　　电话总机021-63315947　销售热线021-53063735
　　　　　http：//www.sassp.cn　E-mail：sassp@sassp.cn
照　　排：南京理工出版信息技术有限公司
印　　刷：上海万卷印刷股份有限公司
开　　本：787毫米×1092毫米　1/16
印　　张：19.25
插　　页：1
字　　数：270千
版　　次：2023年9月第1版　2023年9月第1次印刷

ISBN 978-7-5520-4189-7/I·503　　　　　　　　定价:88.00元

版权所有　翻印必究